JOSHUA TREE
PHILIPP TREE

AF169229

DAS
SIGNAL
3

BE
Belle Époque Verlag

Joshua Tree Ltd.
Kronou 70, App 202
1026 Nicosia
Zypern

joshuatree@weltenblume.de
www.weltenblume.de

philipp@philipptree.de
www.philipptree.de

Copyright © 2020 Joshua Tree Ltd., Nicosia

Alle Rechte vorbehalten. Nachdruck, auch auszugsweise, nur mit schriftlicher Genehmigung der Autoren.

Lizenzausgabe des Belle Époque Verlags, Dettenhausen, mit freundlicher Genehmigung der Autoren.

Lektorat: Gabriele Rögner
Cover: Cover: Elementi.Studio unter Nutzung von Bildern von Comfreak (Pixabay), Skeeze (Pixabay), PTNorbert (Pixabay), TBIT (Pixabay)
Besonderer Dank: Viktoria M. Keller

Herstellung: Custom Printing, Warszawa, Polen

ISBN: 978-3-96357-068-1

Zusammenfassung Band 2

Steve Työpaikka wurde in der Metawelt von einem scheinbar übermächtigen Wesen ermordet. Wie sich herausstellte, handelte es sich bei dem »Monster«, vor dem bald die gesamte Metawelt zittern sollte, um eine KI, die von außen in die virtuelle Umgebung gebracht worden war. Geschehen konnte das durch ein Mikrowurmloch, das mithilfe menschlicher Ingenieure in China gebaut worden war. Durch dieses Wurmloch sandten Außerirdische ein stetes Signal in die Metawelt und übernahmen an kritischen Stellen die Kontrolle oder zumindest weitgehenden Einfluss. Steve fand diese Wahrheit heraus und musste sterben. Vorher aber hatte er mehrere Face-Clones (Kopien) von sich angelegt und Janika einen Hinweis zukommen lassen. Während sie sich an die Brotkrumenspur in der Metawelt heftete und auf die Hilfe eines virtuellen Spielerteams um AcesAzrael zählen konnte, machte sich June in der realen Welt auf den Weg nach Frankreich. Der Widerstand hatte dank Janika herausgefunden, dass es dort einen zweiten Wurmlochgenerator geben musste, nachdem der chinesische Widerstand den dortigen zerstören konnte. June und ihrem Team gelang der Anschlag und sie überlebte als einzige. Kurz danach erhielt sie eine Nachricht von Janika, die die gesamte Wahrheit aufdecken konnte, welche Steve hinterlassen hatte: Eine Flotte der Außerirdischen war auf dem Weg zur Erde, um die zu kolonisieren. Die Menschheit sollte in ein virtuelles Reservat (die Metawelt) gesperrt und ihre Körper entfernt werden. Sie fand jedoch auch heraus, dass es bei den Aliens mindestens zwei Fraktionen geben musste, da ein neues Signal angekündigt worden war, mit dem eine weitere KI in die Metawelt geschleust werden sollte, um die Menschheit im Kampf gegen die Killer-KI zu unterstützen. June zerstörte jedoch planmäßig den Wurmlochgenerator, bevor die Unterstützung durch das Mikrowurmloch kommen konnte und erhielt Janikas Nachricht zu spät. Das Buch endete mit June, die im Exil in der Schweiz lebte, traumatisiert und in Therapie bei dem Psychiater Doktor Redsam.

Kapitel 1: June

Genf, 16.07.2040

June schreckte von ihrem Feldbett hoch und blinzelte mehrmals, um sich zu orientieren. Das dumpfe *Kawumm* der schweren Artillerie schwappte wie eine mächtige Welle über sie hinweg und hatte sie aus einem unruhigen Schlaf gerissen. Seufzend schob sie ihre Beine vom Bett und rieb mit beiden Händen durch das Gesicht. Sie war viel zu müde, um schon aufzustehen, doch wenn die Geschützstellungen oben auf dem La Dôle bereits schossen, musste es einen größeren Vorstoß der Forums-Truppen geben und an Schlaf war in dieser Nacht sicher nicht mehr zu denken. Ein Blick durch den Raum verriet ihr, dass ihre Mitstreiter wohl schon früher zur gleichen Überzeugung gelangt sein mussten, denn die anderen Feldbetten waren leer. Schnell zog sie Hose, Stiefel und Hemd an, um sich im Gefechtsstand nach der Lage zu erkunden. Ihr Blick verharrte kurz auf ihrem Spiegelbild, als sie sich in der kleinen Nische am Waschbecken säuberte. Was konkret machte sie hier? Sie wusste ganz genau, dass die Schweizer sie eh nicht kämpfen lassen würden und auch all die freundlichen Worte konnten nicht darüber hinwegtäuschen, dass sie ihr nicht trauten – ihr nicht und Ace noch viel weniger. Zwar lobten sie sie und stellten sie als »Lady Fury« ins Zentrum ihrer Propaganda, doch unter dieser oberflächlichen Begeisterung lag kein echtes Interesse. Sie brauchten sie und die Geschichte von der erfolgreichen Vernichtung des Wurmlochgenerators, um etwas gegen die stetig sinkende Moral zu tun, doch das war es dann auch schon. Kurz meinte sie, in ihrem Spiegelbild wirklich die stilisierte Heldin zu sehen, die überall auf den Postern gezeigt wurde. Entsetzt und angewidert wandte sie ihren Blick ab – das war sie nicht, das wollte sie nie sein, und es hatte allen nur Tod und Verderben gebracht.

Mit Nachdruck zog sie ihren Gürtel stramm und prüfte den Sitz ihrer P99. Für einen winzigen Augenblick flackerten Erinnerungen in ihr auf, als ihre Finger die raue Oberfläche des Griffs berührten. Sie sah ihren Vater vor sich, wie er ihr die Waffe erklärte, und spürte Wärme in sich aufsteigen, nur um im nächsten Moment ihre Hand zurückzuziehen, als plötzlich die Gesichter von Albert und Will vor ihr auftauchten, fast als würden sie streiten, wer von beiden als Stellvertreter für all jene Personen stehen durfte, die sie bei ihrem Kampf in den Tod geschickt hatte.

June verkrampfte sich kurz, als könnte sie die aufkommenden Selbstzweifel vertreiben und stürmte aus dem Raum.

Sie trat in den grauen Gang, der nichts anderes als ein mit Beton ausgekleideter Stollen war, von dem unregelmäßig Türen links und rechts abgingen. Die vereinzelten Deckenlampen kämpften einen steten Wettstreit gegen die Dunkelheit unter Tage, ohne sehr erfolgreich zu sein. June schaute kurz nach links, wo der Gang weiter in die Tiefe führte, und als sie niemanden erspähte, wandte sie sich nach rechts, Richtung Gefechtsstand. Sie verfiel in leichten Trab und ignorierte die wenigen Personen, denen sie begegnete, wobei die zumeist von ihr ebenfalls kaum

Notiz nahmen und sehr in Eile waren. So genau June auch wusste, wie wichtig eine schnelles und effizientes Arbeiten in solchen Krisensituationen war – immerhin hatte sie sich beim Widerstand auch ständig über zu lange dauernde Prozeduren beschwert, so sehr verstärkte nun die Geschäftigkeit der anderen ihr Gefühl von Überflüssigkeit – Wasser auf die Mühlen ihrer Selbstzweifel. Es fühlte sich falsch an, dass alle außer ihr etwas zu tun hatten. Dabei wusste sie doch viel besser als die ganzen unerfahrenen Jungen und Mädchen, die man mittlerweile in die Armee eingezogen hatte, wie man gegen den Feind kämpfte.

Als sie vor dem massiven Sicherheitsschott des Gefechtsstandes angekommen war, salutierte der junge Wachhabende und ließ sie eintreten. Sie trat in eine Welt des geordneten Chaos und der konzentrierten Anspannung. In der Mitte des fensterlosen Raumes stand ein riesiger Tisch, dessen gesamte Fläche aus einem Display bestand, auf welchem eine hochauflösende Karte der Umgebung zu sehen war, zusammen mit unzähligen Informationen über Truppenbewegungen, Gefechte etc. June wusste, dass das System früher sehr viel leistungsfähiger gewesen war, doch aufgrund der massiven Skepsis, mit welcher die Schweizer seit Einführung der Implantate nun aller Computer-Technik gegenüberstanden, hatte das taktische Display immer nur die Informationen zur Verfügung, die manuell eingespielt wurden. Die direkten Satellitenverbindungen hatte man alle gekappt, aus Angst, dem Forum oder der KI ein Eintrittstor zu bieten. Tatsächlich glich es einem Wunder, dass das Display überhaupt noch mit einem Computer verbunden war, denn in den letzten zwei

Jahren hatten die Erwachten, allen voran ihr Anführer Ruedi Geber, alles daran gesetzt, möglichst jede Form von Computer-Technik verschwinden zu lassen. Sie hatten auch ein komplettes Verbot von Computer-Technik in Privatbesitz durchgesetzt. June konnte über soviel Irrsinn nur den Kopf schütteln, während sie daran dachte, zu welch massiven Komplikationen dieses Verbot geführt hatte und noch immer führte. Nur gut, dass die Progressiven im Militär noch immer die Mehrheit stellten und damit zumindest den Totalverzicht in den Reihen des Militärs hatten abwenden können. Sie hatten zwar wenig Begeisterung für ihre grundlegenden Pläne wecken können – die gezielte Nutzung von Forums-Technik, doch ihre Argumentation bezüglich der zwingenden Notwendigkeit von Computern beim Militär war derart offensichtlich gewesen, dass die Regierung ihren Argumenten gefolgt war und sich gegen die Pläne der Erwachten gestellt hatte – etwas, was in letzter Zeit immer seltener vorkam, denn die Erwachten gewannen immer mehr Einfluss bei der Bevölkerung und damit auch in der Regierung. Auch wenn June den Erwachten nicht traute, musste sie gestehen, dass insbesondere ihr Anführer Ruedi Geber so charismatisch war, dass man ihm gerne zuhörte, und selbst sie sich manchmal erwischte, bei einigen seiner Punkte nur zustimmend nicken zu können, denn immerhin hatte sie all die Gräuel des Forums erlebt. Doch hinter all seinen Worten steckte immer reiner und purer Hass gegenüber allen Implantatträgern, egal ob sie befreite Kämpfer des Widerstandes waren oder Anhänger des Forums. Dieser Hass erstreckte sich auf alle Menschen, die nicht seiner *zurück zu vortechnischen Zeiten* Ideologie folgten. Sie konnte zwar nachvollziehen, dass man sich mit Haut und Haaren dem Kampf gegen das Forum verschrieb, doch genau da fing das Problem mit Geber und dessen Anhängern an – die meisten hatten nie wirklich gegen das Forum gekämpft, sondern nur gegen die Schweizer, die anderer Meinung waren als sie. Das verachtete June zutiefst, denn sie wusste, dass nur Taten zählten und Worte allein nichts wert waren.

Egal, mahnte sich June und ging auf den Tisch in der Mitte zu, an dem Brigadier Wyss und seine Hauptleute standen. Als June sich ihnen näherte, blickten alle kurz zu ihr, wandten sich aber gleich wieder der Karte zu. Nur Vreni, die als einziger weiblicher Hauptmann anwesend war, schenkte June die Andeutung eines Lächelns. Sie hatten einander in den letzten Wochen besser kennengelernt und June schätzte Vrenis freundliche, aber direkte Art und Weise Dinge anzusprechen.

Ohne auf eine Aufforderung oder Einladung zu warten, stellte sich June an den Tisch und versuchte, sich einen Überblick zu verschaffen. Es sah nicht gut aus, das zumindest erkannte sie sofort anhand der vielen roten und grauen Markierungen entlang der bisherigen Grenze. Rot zeigte immer die feindlichen Truppen und Grau stand für aufgegebene oder ausgelöschte eigene Stellungen. Wie es auf der Karte aussah, hatten die Forums-Truppen fast die Hälfte der Grenzposten eliminiert und waren sehr schnell in das Schweizer Territorium vorgedrungen. June legte die Stirn in Falten. Ein so vehementes und massives Vordringen sah ihnen gar nicht ähnlich. *Was ist hier los?*

»Wir müssen sie mit aller Macht zurückschlagen und dafür kommt nur ein verstärkter Einsatz der Artillerie infrage!«, sagte Hauptmann Moser mit rauer Stimme und schlug mit der Faust auf den Tisch, was June aus ihren Gedanken riss. Irritiert blickte sie in das kantige und vernarbte Gesicht des älteren Mannes.

Ein Blick zurück auf die Karte ließ June sofort die wahrscheinlichen Konsequenzen seines Vorschlags erkennen und ihr gefror das Blut in den Adern.

Das kann er unmöglich ernst meinen, schoss ihr durch den Kopf.

»Moser, das ist das allerletzte, was ich autorisieren werde! Wir haben noch hunderte Leute dort unten, Zivilisten und Soldaten. Wenn wir nun die Artillerie einsetzen, richten wir ein Blutbad unter unseren eigenen Leuten an«, erwiderte Brigadier Wyss.

Seine Stimme war wie immer vollkommen eintönig und June vermochte auch an seiner Mimik nicht abzulesen, welche Emotionen den Mann gerade bewegten. In Junes Augen machte ihn das komischerweise noch unheimlicher als den kaltherzigen Moser, bei dem sie zumindest wusste, was von ihm zu erwarten war.

»Ich möchte andere Vorschläge hören«, sagte der Brigadier und blickte in die Runde seiner Untergebenen, die alle gebannt auf die Karte starrten, als ob es noch irgendetwas zu entdecken gäbe, was sie nicht schon gesehen hatten.

June räusperte sich und alle Blicke wandten sich ihr zu.

»Ja?« Fragend blickte Wyss sie an.

»Was haben die Bodentruppen gemeldet? Wie sind die Forums-Truppen vorgedrungen?«, fragte June niemand bestimmten.

Sie zeigte auf zwei der roten Punkte, die am weitesten

auf das Schweizer Territorium vorgedrungen waren. »Wie alt sind diese Informationen? Wie lange haben sie bis hier«, June tippte doppelt auf die Position des vordersten roten Punktes, »gebraucht?«

»Etwa dreißig Minuten haben die Truppen gebraucht und die Information erreichte uns vor circa acht Minuten. Genaueres wissen wir nicht, da diese Information von unserem verdeckten Observator im Pontet stammt, dessen Verbindung jedoch abgebrochen ist, sodass wir keine weiteren Details erfragen können«, antwortete Vreni sofort und blickte June mit leicht geneigtem Kopf an, während sie sich mit beiden Händen auf den Tisch stützte.

June überschlug in Gedanken kurz die Entfernung zwischen der Grenze und dem markierten Punkt. Dann fiel es ihr wie Schuppen von den Augen: Man würde die Stellungen auf dem La Dôle verlieren, sobald die Forums-Truppen sich aus dem Tal begeben würden.

Wenn sie am Pontet bereits vorbei waren, würden sie bald nach Saint-Cergue vorstoßen und von dort mit den Verteidigern auf dem La Dôle kurzen Prozess machen. Das wäre ein so massiver Verlust, dass die Schweizer ihn wahrscheinlich nicht würden kompensieren können, sodass man früher oder später die gesamte Region bis Lausanne oder darüber hinaus verlieren würde. Das wiederum würde zweifelsfrei auch den Verlust dieser Basis bedeuten.

»Wir müssen sie unbedingt vor Saint-Cergue stoppen, wir dürfen sie nicht auf den Berg kommen lassen, sonst ist hier alles verloren!«, platzte es aus June.

»Fräulein Fury ...« Hauptmann Mosers Stimme klang, als belehrte er ein Kind und June musste seine hochgezogene linke Augenbraue nicht sehen, um zu wissen, dass er sie geringschätzig betrachtete.

»... dieser Tatsache sind wir uns sehr wohl bewusst, nur fehlt es uns an den geeigneten Mitteln, es umzusetzen. Es sei denn«, nun wanderte sein Blick wieder zu Brigadier Wyss, »wir setzen die Artillerie ein und nehmen das Risiko in Kauf, dass wir eigene Leute treffen.« Dann schaute er erneut zu June und fixierte sie mit den Augen. »Wenn Sie also nichts Relevantes beizutragen haben, dann schlage ich vor, dass Sie sich eine sinnvolle Beschäftigung suchen.«

June biss die Zähne zusammen und konzentrierte sich mit aller Macht, ihm keine ausfallende Antwort an den Kopf zu werfen. Gerade, als sie drohte an diesem Vorhaben zu scheitern, durchbrach eine zackige Stimme die Geräuschkulisse des Raumes.

»Brigadier Wyss, in den Technik-Zellen gab es einen Zwischenfall. Leutnant Senner bittet um Ihre Anwesenheit.« Die Augen des jungen Soldaten weiteten sich kurz, als sich die Blicke sämtlicher Offiziere ihm zuwandten.

»Was genau meinen Sie mit einem Zwischenfall, Soldat?«, hakte der Brigadier nach und June spürte, wie sich ihr Magen unwillkürlich zusammenzog.

Noch bevor der Soldat eine Antwort formulieren konnte, rannte June zur Tür und ignorierte die Rufe der aufgebrachten Wachposten dort, als sie an ihnen vorbeistürmte. Ace war in den Technik-Zellen!

Schon beim Anblick der offenen Stahltür im Eingangsbereich war June klar, dass etwas ganz und gar nicht stimmte. Diese massive Sicherheitstür war der äußere Teil einer

Schleuse und normalerweise so schwer bewacht, dass sie niemals offen stand. In all ihrer Paranoia hatten die Schweizer ein absolut abgeschottetes System entwickelt, um auf jeden Fall sicherzustellen, dass niemand mit einem Implantat diesen Bereich verlassen und auch niemand ohne die entsprechende Erlaubnis diesen Trakt betreten konnte. Und jetzt stand die Tür offen?

Ohne ihren Lauf zu verlangsamen, rannte sie durch.

»Ace? Ace wo bist du?«

Wie zur Antwort trat eine Soldatin durch die Tür am Ende des Ganges und streckte ihr beide Hände entgegen.

»Halt, Sie dürfen hier nicht herein! Ich habe ausdrücklichen Befehl, niemanden herein zu lassen!«

June hielt vor der jungen Frau an und versuchte, an ihr vorbei einen Blick in den Raum zu erhaschen, doch die Soldatin hatte sich so weit in den Flur gestellt, dass sie nichts erkennen konnte.

»Ich muss da hinein und nach meinem Freund schauen! Was ist hier los? Warum soll der Brigadier kommen?«

Ohne auf eine Antwort zu warten, schob sie sich an der Soldatin vorbei und wehrte deren Versuch, sie festzuhalten, mühelos ab.

Kaum war sie an ihr vorbei und durch die Tür getreten, blieb sie sofort wieder stehen. Der Kloß der Ungewissheit, der sich in den letzten Minuten hartnäckig in ihrem Bauch verankert hatte, wuchs plötzlich zu kalter Gewissheit an und schnürte ihr die Kehle zu.

Die drei Sicherheitskammern an der Rückseite des Raumes waren geöffnet und leer. Vor einer Kammer lag ein Mann auf dem Boden und war von einigen Sanitätssoldaten umgeben, die mit vollem Einsatz eine Wiederbelebung durchführten. Ein anderer Mann lag auf dem Bauch, die Hände auf den Rücken gefesselt und zwei Soldaten, die ihn unten hielten, standen über ihm. »Ace!«, entfuhr es June und sie stürzte auf ihn zu. »Was ist hier los? Warum halten Sie ihn gefangen?«, schrie sie die beiden Soldaten an.

»June«, erklang Aces Stimme gepresst und sichtlich angestrengt, doch dann drückte einer der Soldaten das Knie so heftig in seinen Rücken, dass jedes weitere Wort in Husten und Röcheln unterging.

»Weil ich das befohlen habe«, erklang eine tiefe Stimme hinter ihr und June drehte sich reflexhaft um. Dort stand Leutnant Senner und blickte sie ausdruckslos an, doch June entging nicht, dass seine rechte Hand auf dem Griff seiner Pistole am Gürtel ruhte. »Ihr Freund hat versucht, den Gefreiten Walter umzubringen« nach einem kurzen Blick nach links, zu der Gruppe der Sanitätssoldaten, fügte er noch hinzu: »und es wahrscheinlich auch geschafft.«

»Das würde er nie tun«, erwiderte June sofort und stemmte ihre Hände in die Hüften. »Und falls doch, wird er einen sehr guten Grund gehabt haben.«

»Das ist mir vollkommen egal! Ihr Freund stellt ein Sicherheitsrisiko dar. Entweder hat er sich entschieden, den Gefreiten umzubringen, oder er wurde von der KI übernommen und diese hat seine Handlung gelenkt – in beiden Fällen muss ich ihn festsetzen und als potenzielle Gefahr einstufen!«

»Aber ...«

»Sperrt ihn in die Sicherheitskammer und trennt das Antennenmodul ab!«, befahl der Leutnant den beiden Soldaten, die Ace festhielten, und ignorierte Junes Einwände.

Fassungslos beobachtete June, wie ihr einziger Freund aus der Zeit des Widerstandes in die monströse Kammer geschliffen und auf der dort befindlichen Liege festgebunden wurde. Bevor die Tür sich schloss, hob Ace den Blick und fixierte June.

»Verschwinde« formte er lautlos mit den Lippen und starrte sie so intensiv an, als wollte er sie mit all seiner Willenskraft aus dem Raum drängen. Dann schloss sich die Tür und surrend fuhren die Riegel in Position.

Nun gab es für Ace keine Möglichkeit mehr, mit der Außenwelt zu kommunizieren, es sei denn, jemand würde von außen das Interkom der Kammer aktivieren. Die Schweizer hatten diese Sicherheitskammern entwickelt, damit die wenigen Implantatträger der Armee sich in das Signal der Metawelt einloggen konnten, obwohl sie sich in den gegen jede Form von Signalwellen abgeschirmten Technik-Zellen befanden. Nur durch die angeschlossenen Antennen konnten Signale mit der Außenwelt ausgetauscht werden und diese Signale leitete man über so viele Relais, dass man hoffte, eine Verfolgung zur Basis wäre nicht möglich. June wusste nicht, ob das stimmte, aber sie hatte beim Widerstand mit eigenen Augen gesehen, was passieren konnte, wenn Implantatträger zu Verrätern oder von der KI übernommen wurden. Daher konnte sie die grundsätzliche Skepsis der Schweizer durchaus nachvollziehen und doch waren diese Maßnahmen wirklich massiv. Sie hatte Ace immer bewundert, dass er diese ganzen Einschränkungen mit den Technik-Zellen und den Sicherheitskammern so klaglos mitgemacht hatte. Umso mehr ärgerte es sie nun, dass man ihn so schlecht behandelte.

»Achtung!«, ertönte es von der Tür und alle anwesenden Soldaten nahmen Haltung an, während Brigadier Wyss und mit ihm Hauptmann Brunner und Hauptmann Moser in den Raum eilten.

»Leutnant Senner, was ist so wichtig, dass Sie mich hierher bitten?« Wyss' monotone Stimme ließ nichts erkennen, doch als sein Blick auf den am Boden liegenden Gefreiten und die Reanimationsbemühungen fiel, zog er kurz die Augenbrauen zusammen.

»Brigadier, ich bitte vielmals um Entschuldigung, doch die Situation erscheint mir sehr dringend. Der Amerikaner hat versucht, den Gefreiten Walter umzubringen, und schrie, dass die KI den übernommen hätte. Außerdem seien die Forums-Truppen auf dem Weg hierher und wir müssten sofort die Basis evakuieren. Ich kann keine seiner Aussagen verifizieren und dachte, dass Sie sich vielleicht selbst ein Bild machen wollten.«

Wyss nickte nur und schritt auf die Sanitätssoldaten zu, die noch immer mit der Reanimation beschäftigt waren. »Wird er überleben?«

»Es sieht nicht gut aus, Brigadier«, antwortete die Soldatin, die den Gefreiten mit einem Beutel beatmete, ohne zu jenem aufzublicken.

»Sie versuchen nun schon seit über zehn Minuten, den Gefreiten Walter zu reanimieren«, ergänzte Leutnant Senner, der hinter den Brigadier getreten war. Dieser nickte nur still, drehte sich leicht nach rechts und zeigte auf die einzige geschlossene Sicherheitskammer.

»Ich nehme an, Sie haben den Amerikaner dort eingesperrt?«

»Jawohl, Brigadier«, erklang sofort die Antwort des

Leutnants hinter ihm. »Dort erscheint er mir am sichersten untergebracht, da er keinerlei Signal senden oder empfangen kann. Mit Verlaub, Brigadier, ich würde dringend empfehlen, den Amerikaner dort auch nicht herauszulassen, bis wir ganz genau wissen, was geschehen ist.«

Der alte Brigadier nickte zur Bestätigung und blickte June an. »Lady Fury, können Sie vielleicht etwas Licht ins Dunkel bringen? Warum sollte Ihr Freund so etwas tun und wie können wir herausfinden, ob er von der KI übernommen wurde oder nicht?«

»Brigadier, Sie wissen genauso gut wie ich, dass es keinen sicheren Weg gibt, um das zu ermitteln, doch ich kann Ihnen versichern, dass Ace eher gestorben wäre als sich von der KI übernehmen zu lassen. Und wenn er eine Warnung für uns hat, dann sollten wir uns diese anhören und sie sehr ernst nehmen!«.

Noch bevor der Brigadier antworten konnte, erschütterten ein mächtiger Knall und ein starkes Beben die ganze Anlage, sodass alle im Raum Schwierigkeiten hatten, stehen zu bleiben. Kleine Steine rieselten von der Decke und Sirenen jaulten auf.

»Wir werden angegriffen!« Sprach June ihren ersten Gedanken laut aus.

Kapitel 2: June

Genf, 16.07.2040

June wischte sich Schweiß und Dreck aus dem Gesicht und atmete dreimal tief ein und aus, um sich wieder zu sammeln.

»Haben wir alle rausgeholt?«

»Wen wir jetzt nicht rausgeholt haben, werden wir wohl auch nicht mehr rausholen. Alle, die in den Ebenen sechs und tiefer waren, müssen versuchen, sich zu den Notschächten und geheimen Ausgängen im Tal durchzuschlagen, da kommen wir von hier oben nicht hin. Die ganze Ebene fünf ist komplett eingestürzt und hat alle Gänge unter sich begraben.« Die Stimme von Hauptmann Vreni Brunner klang in Junes Ohren hohl und weit entfernt, als sei sie gar nicht ganz anwesend.

»Dann lass uns verschwinden, wir können nicht bleiben und je schneller wir von hier verschwinden umso besser! Die Geschützstellungen auf dem La Dôle feuern schon seit einigen Minuten nicht mehr. Entweder haben sie keine Munition mehr oder sie wurden ausgeschaltet, beides ist schlecht für uns und erhöht die Chancen, dass die Forums-Truppen bald hier sein werden. Du hast nun das Kommando und musst den Rückzug anordnen, Vreni!« June versuchte, sowohl Zuneigung als auch Nachdruck in ihre Stimme zu legen, doch selbst in ihren Ohren klangen ihre Worte eher erschöpft und hohl. Neben ihr klopfte

Vreni mit der Hand den Staub von ihrer Uniform, setzte sich den Gefechtshelm auf den Kopf und drückte den Rücken durch.

»AUFBRUCH IN DREI MINUTEN!«, brüllte sie und ließ ihren Blick über die versprengten Ansammlungen von Soldaten schweifen, die sich rund um den im Wald versteckten Notausgang geschart hatten. »Ich möchte, dass alles Material auf die Duros verladen wird. Waffen und Munition haben Vorrang. Nur die Verletzten fahren mit, der Rest marschiert. AUF GEHT'S!« Dann nickte sie June zu und verschwand im aufkommenden Tumult. Brüllend gab sie weitere Befehle.

June schnappte ihren Rucksack, prüfte die Munitionstaschen an ihrer Gefechtskoppel und schulterte ihr Sturmgewehr. Langsam drehte sie sich um die eigene Achse und ließ ihren Blick über das gesamte Umfeld schweifen. Alle Schweizer um sie waren beschäftigt, die Transporter zu beladen und schenkten ihr keinerlei Aufmerksamkeit. Sie schlüpfte durch den Notausgang und stand wieder in dem breiten Fluchttunnel, durch den sie in den letzten Minuten so viele Menschen und Material wie möglich aus dem Berg gerettet hatten. Schnell schritt sie auf die erste Tür in der Wand zu, über der noch schwach der Schriftzug *Wachstube* zu erkennen war und betrat den kleinen Raum in dem außer einem Schreibtisch und einem kleinen Schrank nichts stand.

»Ace?«, flüsterte sie.

»June? Hol mich hier raus! Ich scheiß auf die Schweizer, aber ich bin keine Minute länger bereit, mich vor diesen Idioten zu verstecken, wenn das bedeutet, dass ich in irgendwelchen kleinen und engen Räumen eingesperrt bin!«, erklang ein wenig blechern Aces Stimme hinter dem Lüftungsgitter an der rechten Wand.

»Nöle nicht rum«, herrsche June ihn an. Doch dann erinnerte sie sich an die Worte von Doktor Retsam: »*Sie brauchen Freunde, June! Also seien Sie freundlich! Sie kämpfen gegen Maschinen, also brauchen Sie ein Herz, damit Sie sich von ihnen unterscheiden.*« Kurz zuckte sie zusammen. Zwar konnte sie Schwäche noch immer nicht ausstehen, aber sie hatte in den letzten zwei Jahren erkannt, dass Doktor Retsam recht hatte, und Ace war der einzige Mensch, der ihr wirklich als Freund geblieben war. Wenn sie es auch sonst gegenüber niemandem schaffen sollte – ihm gegenüber musste sie *Herz* haben.

»Die Luft ist rein. Du kannst rauskommen«, fügte sie mit deutlich weicherer Stimme zu. Sie griff nach dem Lüftungsgitter und zog es von dem Schachtende. Dahinter blickte sie in Aces angespanntes Gesicht, der mit angelegten Armen im Schacht steckte und diesen vollständig ausfüllte.

»Du musst mich herausziehen. Ich kann mich nur mit den Füßen nach vorne schieben und das bringt nicht viel«, knurrte er und blickte June erwartungsvoll an.

June packte seine Jacke an beiden Schultern, stemmte sich gegen die Wand und zog ihn nach vorne, bis er aus dem Schacht plumpste. »Autsch, das war ziemlich würdelos«, quittierte Ace seinen kleinen Sturz und rappelte sich auf.

»Zieh das hier an«, sagte June und reichte ihm die Kampfmontur, die sie aus ihrem Rucksack gezogen hatte. Ace ergriff danach und wechselte schnell die Kleidung.

Anschließend griff June nach der Tarnschminke und einem Schal, womit sie insbesondere das Implantat abdeckte.

»Okay, das wird einer Kontrolle nicht standhalten, aber im Moment sind alle so sehr mit der Flucht beschäftigt, dass es reichen wird, um eiligen Blicken zu entgehen. Jetzt schnell raus und schnapp dir dort die Ausrüstung, die ich für dich deponiert habe. Ich hoffe, du weißt noch, wie man mit einer echten Waffe umgeht.«

»Hör mal, June, ich bin Amerikaner, natürlich weiß ich, wie man mit einer Waffe umgeht«, antwortete Ace mit einem schrägen Lächeln, welches durch die Tarnschminke in seinem Gesicht irgendwie grotesk wirkte.

»Auf geht's!«, erwiderte June.

Sie schulterte ihren Rucksack, nahm das Sturmgewehr und eilte aus der Wachstube und durch den Notausgang. Die geländegängigen Transporter der Schweizer schienen fast vollständig beladen und June sah, wie Hauptmann Vreni bereits die ersten Soldaten losschickte, um die Vorhut zu bilden.

June gab Ace ein Zeichen, sich im Notausgang zu verstecken und eilte auf Vreni zu.

»Vreni, ich kann euren Rückzug decken. Ich habe Erfahrung, mich alleine durchzuschlagen, und weiß, wie man den Forums-Truppen entgehen kann.«

»Das ist eine Scheißidee, June. Wenn du alleine den Rückzug deckst, wirst du das wahrscheinlich nicht überleben und außerdem brauche ich ein paar mehr Augen und Ohren in unserem Rücken als nur deine«, erwiderte Vreni direkt und ohne zu zögern.

June hielt einen Seufzer zurück und drückte stattdessen die Schultern durch. »Dann teile mich wenigstens der Nachhut zu, damit ich diese unterstützen kann.«

»Okay, Leutnant Hügli führt die Nachhut an und dort kannst du mitlaufen. Er steht da drüben und brieft seine Leute«, sagte Vreni und zeigt auf eine kleine Gruppe Soldaten, die um einen jungen Leutnant, der gerade eine Ansprache zu halten schien, standen oder hockten.

June nickte und wandte sich bereits zum Gehen, um kurz innezuhalten.

»Pass auf dich auf, Vreni. Ich weiß nicht, was genau schiefgelaufen ist, aber es ist sicherlich noch nicht vorbei.«

»Pass du auch auf dich auf, Lady Fury«, sagte Vreni und salutierte zum Abschied, bevor sie sich wegdrehte und die ganze Truppe abkommandierte. »ABMARSCH! Wir verlegen zurück zum Graben!«

June ging zu Leutnant Hügli und meldete sich bei ihm als Unterstützung an. Sie kannte den jungen Leutnant nicht, aber er erkannte sie sofort und nickte ihr begeistert zu. Mit einiger Anstrengung unterband June eine Belehrung des jungen Soldaten, dass sie nicht die unsterbliche Amazone war, als welche die Schweizer Propaganda sie dargestellt hatte. Vielleicht würde sich diese überzogene Bewunderung noch als nützlich herausstellen.

Sie bot an, die linke hintere Flanke zu übernehmen, und teilte dem jungen Offizier mit, dass sie noch einen Soldaten dabei haben würde, der ihr von Hauptmann Brunner unterstellt worden sei, um ihre Ausrüstung zu transportieren. Damit würde sie Aces Anwesenheit für die nächsten Stunden erklären können. Wie es in der nächsten Basis, dem Graben, mit Ace weitergehen würde, würde sie dann entscheiden. Im Moment musste es reichen.

Leutnant Hügli hatte weder Einwände noch Fragen und so begab sich June zurück zu Ace und sie starteten den Marsch.

»So wie es aussieht, werden wir hier eine Weile ausharren müssen.« June lehnte sich an einen Felsbrocken und rutschte langsam zu Boden, um sich zu setzen.

»Wird auch Zeit«, schnaubte Ace, der schwer atmend neben ihr stand und seinen Rucksack auf den Boden warf, bevor er sich ebenfalls setzte. »Da lobe ich mir doch die Metawelt, da friert man nicht, läuft sich keine Blasen und schwitzt nicht. Außerdem kann man sich in Gedankenschnelle fortbewegen und muss nicht im Schneckentempo marschieren.«

»Willkommen im echten Leben, Bytehead«, kommentierte June trocken und reichte ihm ihre Feldflasche.

»Hm, fühlt sich nicht wirklich willkommen an, aber was soll es, machen wir das Beste daraus, immerhin hat bisher noch niemand versucht, uns umzubringen, damit ist das echte Leben gerade deutlich besser als das Leben in der Metawelt.«

»Apropos Metawelt«, hakte June nach und schaute sich ein letztes Mal um, damit ihnen auch sicher niemand zuhörte.

»Was war heute Morgen los? Warum hast du versucht, den Schweizer Bytehead um die Ecke zu bringen?«

Auch Ace blickte sich um, bevor er zögernd zu berichten begann: »Er hieß Jerome. Wir waren zusammen in der Metawelt und haben versucht, die Pläne der Forums-Truppen abzufangen, dabei müssen wir einen stillen Alarm getriggert haben, denn plötzlich brach die Hölle über uns ein! Die KI hat uns entdeckt und richtig hart zugesetzt. Jerome hat noch während unserer Flucht ein Datenpaket kopiert, das alle aktuellen Truppenbewegungen zu enthalten schien, doch er war zu übermütig und entpackte es während der Flucht, damit die Infos auf jeden Fall durchkommen würden, auch wenn die KI uns erwischen sollte. Dabei hat er wohl den Code nicht genau genug analysiert, denn als er die Daten entpackte, wurde er direkt von der KI übernommen. Die muss einen Backdoor-Code in dem Datenpaket versteckt gehabt haben. Dann ging alles sehr schnell, Jerome, also die KI in Jerome, loggte sich sofort aus und funkte die Koordinaten unserer Basis an die Forums-Truppen. Das musste ich unterbinden und der einzige Weg war sein Tod. Es gibt keine *Heilung*, wenn du erst einmal von der KI besessen bist, das wissen alle! Das weißt auch du.« Er blickte June in die Augen und suchte offensichtlich nach einer Bestätigung für sein Verhalten.

June nickte lediglich zustimmend und signalisierte ihm, weiter zu erzählen. Ace seufzte. »Ich wollte ihn nicht töten, ich mochte ihn gerne, er war ein wirklich feiner Kerl, aber dann war er nicht mehr er, sie hatte ihn bereits getötet, nur sein Köper war noch da. Also habe ich getan, was getan werden musste, bevor die KI noch Schlimmeres anrichten konnte. Es hätte schließlich keinen Weg gegeben, um den Schweizern zu beweisen, dass er die KI war und nicht ich.«

June nickte lediglich und ließ ihren Blick über das kleine Tal schweifen, das sie gerade durchquert hatten.

»Aber genug davon, June, ich habe etwas viel Wichtigeres mitzuteilen, ich glaube, ich habe einen Weg gefunden, wie wir das Forum stoppen können!«, er blickte sie an und seine Augen schienen zu strahlen, als er das sagte.

»Welchen?«, fragte June und ärgerte sich über sich, dass es ihr nicht gelungen war, die Skepsis aus ihrer Stimme zu halten.

»Nun ja«, antwortete Ace und sackte etwas in sich zusammen. »Wie du vielleicht weißt, senden die Implantate alle eine Face, also eine individuelle ID, wenn man so will, und diese wird dauerhaft und immer wieder über die Metawelt abgeglichen. Klar soweit?«

June nickte lediglich zur Antwort.

»Dabei kann es in seltenen Fällen zu Übertragungsfehlern kommen und dann wird ein Abgleich mit der zentralen Forums-Globule vorgenommen und quasi eine intensivere Überprüfung durchgeführt. Bei dieser werden auch die zentralen Prozesse des Datenkerns abgefragt, weshalb bei uns Befreiten eine solche Überprüfung immer zu einem Fehler und quasi zwangsläufig zur Enttarnung führt, da das …«

»Ace, komm auf den Punkt«, unterbrach June ihn. »Ich war noch nie in der Metawelt und habe von dem ganzen Scheiß keinen Plan. Gib mir die Kurzform in zwei Sätzen bitte.«

Ace nickte, schluckte kurz und startete erneut: »Okay, okay, also kurz gesagt glaube ich, dass es eine Möglichkeit gibt, alle Implantate zu überprüfen und ihnen einen neuen Code, also unseren Befreiungscode zuzuspielen.«

»Du glaubst es oder du weißt es?«

»Ich bin sehr sicher.«

»Warum sind mein Vater oder Janika noch nicht darauf gekommen? Die waren doch echte Profis auf dem Gebiet.«

»Nun ja, ich bin ziemlich sicher, dass sie die Idee mit einem Virus auch schon hatten, doch diese *Korrekturfunktion* gibt es erst seit ein paar Monaten, seitdem das Forum die Sicherheitsmaßnahmen drastisch erhöht hatte. Außerdem ist es ein verdammt heikles Unterfangen und da setzen unsere Probleme mit dem Plan ein – entweder wir heben eine Armee von Widerstands-Byteheads aus oder wir brauchen deinen Vater oder Janika oder am besten beide.«

»Aber mein Vater ist tot«, June musste unwillkürlich schlucken, als sie diese bittere Wahrheit aussprach »und Janika ist in der Metawelt verschwunden oder auch tot, wenn ich dich richtig verstanden habe. Das klingt nicht, als ob wir auf ihre Hilfe bauen könnten. Und die Schweizer? Die werden einen Teufel tun und mehr Byteheads einsetzen. Wenn Geber und seine Erwachten weiter an Macht gewinnen, werden sie eher alle Byteheads hinrichten, als einen Plan unterstützen, der irgendeine Technik oberhalb eines Hammers benötigt!«

Ace schüttelte zunehmend vehementer den Kopf, während June sprach.

»Schon klar, June, dass wir von Geber und den anderen Trotteln nichts erwarten können, aber in puncto Janika irrst du dich. Ich habe viel recherchiert und glaube nicht, dass man in der Metawelt wirklich sterben kann, wenn man erst einmal sein Bewusstsein dorthin transferiert hat. Dann ist alles Code und der verschwindet nicht einfach so. Als Janika verloren ging, hat niemand ihren Code aktiv gelöscht, sondern sie hat sich, also ihren Code, aufgespalten. Wenn es uns gelingen sollte, diese aufgespaltenen Teile zu finden, können wir sie zurückbringen!« Er strahlte sie an und wirkte auf June wie ein kleiner Junge, der sich über seine bahnbrechende Erkenntnis freute.

»Und du weißt, wie das geht?«, frage June und konnte die Skepsis nicht aus ihrer Stimme verdrängen. »Wie willst du diese Teile von Janika finden?«

Aces Strahlen erlosch so schnell, wie es gekommen war. »Nun ja, das ist leider ein Problem, an dem ich noch arbeite. Ich habe eine gewisse Spur: Janika muss ihren Code-Teilen ja irgendeine Richtung gegeben haben, am wahrscheinlichsten zu Globulen, die ihr irgendwie vertraut waren. Doch das hilft mir leider nur bedingt weiter, da ich zum einen nicht alle Globulen kenne, in denen sie gewesen ist, und zum anderen habe ich keinen konkreten Anhalt, wie ich ihren Code dort entdecken sollte. Ich kenne aber jemanden, der es wissen könnte.« Ace unterbrach seine Schilderung und wirkte nun etwas angespannt.

»Und, wer ist es?«, stellte June die offensichtliche Frage.

»Nun ja, ein Face-Clone deines Vaters.«

June musste schlucken. »Was soll das sein? Ein *Face-Clone* meines Vaters?«

»Eine Art Kopie des Bewusstseins deines Vaters zu einem Zeitpunkt X.«

Unwillkürlich zog June eine Augenbraue hoch und fixierte Aces Blick. »Eine Kopie meines Vaters? Wie kann es eine Kopie meines Vaters geben? Woher weißt du, dass es nicht mein echter Vater ist?«

»Weil das Face-Clone es weiß und mir gesagt hat. Und eine solche Kopie kann es von jedem versierten Face in der Metawelt geben, doch wenn man sein Bewusstsein vollständig in die Metawelt transferiert hat, wie es dein Vater getan hat, dann geht das sogar noch viel einfacher und vor allem sehr viel vollständiger. Zumindest theoretisch, denn soviel ich weiß, haben bisher nur zwei Menschen jemals ihr Bewusstsein vollständig in die Metawelt übertragen: dein Vater und Janika. Aber zurück zu deiner Frage: Es gibt kaum einen Unterschied zwischen dem Face-Clone und dem *echten* Bewusstsein, außer den Einschränkungen, die der *Schöpfer* seiner Kopie mit auf den Weg gibt.«

Ace schwieg und auch June sagte eine Weile nichts, denn diese Informationen musste sie erst einmal sacken lassen. *Es gibt in der Metawelt ein Ding, das quasi eine Kopie des Bewusstseins meines Vaters ist – kann ich dort all die Fragen stellen, die ich ihm noch hatte stellen wollen, ihm aber nicht mehr stellen konnte?* Sie unterdrückte die aufkommenden Tränen und schüttelte den Kopf. *Reiß dich zusammen, June, konzentriere dich auf die echte Welt und halte deinen Kopf klar! Ehre ihn, indem du seine Lektionen umsetzt und nicht irgendwelchen Hirngespinsten nacheilst*, instruierte sie sich und stand auf.

»Dann benutze diese Kopie meines Vaters und setze den Plan um, Ace, ich kann dir nicht helfen.« June wollte gerade losgehen und Leutnant Hügli suchen, um zu klären, wann es weiter ginge, doch Aces Räuspern ließ sie innehalten.

»Da liegt das Problem, June. Der Face-Clone traut mir nicht. Es ist nur bereit, mit Janika zu kommunizieren oder mit dir. Beides kann ich nicht realisieren.«

»Kannst du ihm nicht eine Nachricht von mir übermitteln? Irgendetwas, das ihm klarmacht, dass du mit mir in

Verbindung stehst? Versuche es, Ace, und dann schauen wir weiter. Jetzt komm hoch. Leutnant Hügli hat zum Aufbruch gewunken.«

June nahm ihr Sturmgewehr in Anschlag und ging los, ohne auf Ace zu warten. Sie brauchte einen Moment für sich, denn in ihr regte sich etwas, was dort gar nicht sein sollte. Ein kleiner Störenfried, der immer wieder die gleiche Frage stellte: *Hätte ich meinen Vater retten können, wenn ich ein Implantat gehabt hätte?* Und nun kam noch eine viel schlimmere Frage hinzu: *Könnte ich meinen Vater wiedersehen, wenn ich ein Implantat hätte?* Clone hin oder her, es war das Bewusstsein ihres Vaters.

Das darfst du gar nicht erst denken! Du bist Lady Fury, du bist frei geboren und wirst frei sterben! Allein der Gedanke an das Implantat entehrt alles, wofür dein Vater gekämpft hat – hielt eine andere Stimme in ihr dagegen.

»Ace, warte, ich suche ein Versteck in der Basis, aber das kann eine Weile dauern, also bleib hier und verhalte dich so unauffällig wie möglich, okay? Geh nicht in die Metawelt, sonst stolpert noch jemand über dich, ohne dass du es merkst.«

Ace hob nur anklagend eine Augenbraue und starrte sie an. Die letzten vier Stunden Marsch bis zur Basis *Graben* hatten ihn sichtlich alle Kraft gekostet, sodass June davon ausging, er würde eher einschlafen, als in die Metawelt zu wechseln, aber sie wollte auf Nummer sicher gehen.

Sie holte ein Tarnnetz aus ihrem Rucksack und zeigte auf die kleine Höhle, die sich im bewaldeten Hang oberhalb des Eingangs zum *Graben* befand. »Dort bist du erst einmal sicher. Warte hier, bis ich zurück bin, okay?«

»Geht klar, ich mache es mir als Caveman gemütlich, während Lady Fury das Schloss bezieht«, merkte er lakonisch an und kroch durch den schmalen Höhleneingang.

June wusste sofort, dass das nicht lange gutgehen würde, sie müsste sich irgendetwas einfallen lassen, damit Ace sich wieder halbwegs frei bewegen konnte. Schon die Zeit in den Technik-Zellen war für ihn hart gewesen, doch zum Nichtstun verdammt zu sein, würde er nicht lange aushalten.

Gründlich tarnte sie den Eingang zur Höhle und prägte sich die Umgebung gut ein, damit sie ihn wiederfand. Dann ging sie in einem weiten Bogen auf den Zutritt des *Grabens* zu und beobachtete genau die Stellungen der Wachtposten, die im Bogen um den Eingang in ihren Stellungen lagen. Da die Schweizer keiner Technik mehr trauten, setzten sie neben einigen festverdrahteten Kameras und Infrarotsensoren vor allem auf Wachposten, die das gesamte Areal in Auge behielten. Diese erkannten June jedoch und bereiteten ihr keinerlei Schwierigkeiten.

Am sehr unscheinbaren Eingang der Basis standen keine Wachen. Hier blockierte zunächst ein massives Stahltor den Zutritt. June klopfte.

»Sonnenlicht«, rief sie die Parole und langsam kroch das Stahltor zur Seite.

Nun dann, wollen wir mal eine Unterkunft für mich und eine Bleibe für Ace finden ...

Kapitel 3: June

Der Graben, 18.07.2040

Schnell schob June die Luke im Boden zu und blickte sich in dem kleinen Wartungsgang um – es war noch immer niemand zu sehen. Gut, dass die Einheit hier so schlecht besetzt war, dass sie einen großen Teil der Einrichtung gar nicht benutzten. Wäre der ganze *Graben* vollständig besetzt gewesen, hätte sie Ace wahrscheinlich nicht verstecken können, doch jetzt hatte sie ihn in einer verlassenen Kammer in dem nie vollkommen fertiggestellten unteren Stockwerk unterbringen können. Von dort konnte er sogar seine Arbeit in der Metawelt fortsetzen, auch wenn June das noch immer für ein unnötiges Sicherheitsrisiko hielt, hatte Ace wahrscheinlich recht, wenn er sagte, dass heutzutage jeder ein Risiko tragen musste, wenn sie nicht sofort kapitulieren wollten.

Langsam schlich June zur Schleusentür, die den Wartungsgang vom Korridor trennte, und lauschte angestrengt, ob auf der anderen Seite jemand war. Nachdem sie sicher war, nichts zu hören, öffnete sie vorsichtig die Tür und spähte in den tristen, grauen Korridor, der von einigen LED-Streifen notdürftig beleuchtet wurde. Wie überall war auch hier Strom kostbar und selbst die sparsamen LEDs wurden nur eingeschränkt benutzt. June schob sich durch den schmalen Spalt der Tür und schloss diese lautlos hinter sich. Kurz streckte sie ihre Glieder und schlenderte in Richtung der Kantine. Das Knurren ihres Magens war mittlerweile von unangenehm laut zu bestialisch angewachsen, womit ihr Hunger hoffentlich groß genug war, um die Militärverpflegung essen zu können.

In der Kantine angekommen entdeckte June Hauptmann Vreni an einem der langen Tische. Sie saß über ihr Tablett gebeugt und starrte in den Eintopf, als müsste sie ihm ein Geheimnis entlocken.

Wahrscheinlich muss sie die Frage klären, ob es wirklich Essen ist oder doch nur warmer Abfall, dachte June und ein kurzer Blick auf die braune, dampfende Masse in ihrer Schüssel ließ sie ebenfalls an der Genießbarkeit zweifeln. Wahrscheinlich spiegelte die Qualität des Essens eins zu eins die Moral der Truppe wider, denn die befand sich seit dem Verlust des vorgezogenen Hauptquartiers auf einem so dramatischen Tiefpunkt, dass June sich immer wieder wunderte, dass bisher so wenige Schweizer desertiert waren.

Sie trug ihr Tablett zu Vreni und setzte sich ihr gegenüber auf die Holzbank. Als sie nicht reagierte, räusperte sich June leise. »Ähm, Vreni, ich hoffe, du hast nichts dagegen, wenn ich mich zu dir setze – oder stört das dein inniges Zwiegespräch mit dem Eintopf?«

Vreni hob ruckartig den Kopf und brauchte einen Moment, um June zu fokussieren.

»Wow, da war aber jemand in Gedanken wirklich weit weg«, kommentierte June die Reaktion.

»Tja ..., also ...«, begann Vreni stotternd, bevor sie sich

gefangen hatte und sich zunächst verstohlen umschaute, bevor sie flüsternd fortfuhr: »Ich war wirklich in Gedanken. Ich war eben bei einer Strategiebesprechung. Also die war geheim und wahrscheinlich sollte ich gar nicht mit dir darüber reden, aber was soll's, in ein paar Stunden werden es eh alle wissen und im Grunde hätte man dich mit deiner Erfahrung am besten eingeladen. Wobei ich nicht glaube, dass man dir wirklich zugehört hätte. Die ganzen hohen Tiere sind viel zu sehr mit Kämpfen und Intrigen untereinander beschäftigt, um wirklich klare Gedanken fassen zu können oder gar in der Lage zu sein, anderen Ideen auch nur eine Chance zu geben.« Vreni schüttelte den Kopf und aß gedankenverloren einen Löffel des Eintopfs, was sie sofort angewidert den Mund verziehen ließ.

»Obergruusig!«, rief sie aus.

June konnte ein Lachen nicht verkneifen und erntete einen gespielt bösen Blick von ihrer Gegenüber. Aus Solidarität aß auch sie den ersten Löffel und konnte Vrenis Reaktion sofort verstehen, wobei sie während ihrer Zeit beim Widerstand und auf der »Reise« Schlimmeres gegessen hatte. So lange es ihren Körper am Leben und Funktionieren hielt, musste es reichen.

»Was war denn nun bei der Besprechung?«, hakte June mit leiser Stimme nach und lenkte sich damit von dem ekligen Geschmack in ihrem Mund ab.

»Brigadier Wyss und Brigadier Aebischer haben über das weitere Vorgehen gestritten. Offensichtlich ist es Geber und seinen Politiklakaien gelungen, noch mehr politische Macht zu gewinnen und nun machen sie Druck auf das Militär, dass alle Implantatträger aus ihren Verwendungen abgezogen und *explantiert* werden sollen. Außerdem sollen alle Forschungen der Progressiven an *sauberen, freien Implantaten* nicht nur eingestellt, sondern auch sämtliche bisherigen Ergebnisse und Prototypen vernichtet werden. Und als wäre das nicht wahnsinnig genug, sollen auch im militärischen Bereich sämtliche Computer und elektronischen Geräte verboten werden. Zwar handelt es sich noch nicht um Gesetze und die oberste Heeresführung hat auch noch keine entsprechenden Befehle erteilt, doch Aebischer vertritt die Position, dass man bereits jetzt alle Implantatträger von ihren Implantaten trennen und die Technik-Zellen schließen sollte. Das würde uns zwar noch blinder machen als wir ohnehin schon sind und wir hätten keinerlei Möglichkeit mehr, Kämpfer des Gegners zu befreien und zu befragen, doch das scheint ihm egal zu sein. Brigadier Wyss hat sich für seine Verhältnisse über die Maßen echauffiert und Aebischer sogar einen Narren genannt, wenn der glauben würde, dass die Pläne der Erwachten etwas anderes bewirken würden, *als aus allen Schweizern wieder Höhlenmenschen zu machen.*«

June blickte Vreni mit weit aufgerissenen Augen an und versuchte, das eben Gehörte zu verdauen. Hatten die Schweizer denn vollkommen den Verstand verloren?

»Vreni, das darf nicht passieren! Wir müssen so viele Menschen mit Implantat befreien wie möglich, damit sie uns im Kampf unterstützen! Wir dürfen sie nicht einfach umbringen! Und das meine ich sowohl aus ethischer als auch rein praktischer Überlegung. Wen wollen wir denn retten, wenn wir alle umbringen? Und wer soll uns die so dringend benötigten Informationen beschaffen? So sehr ich auch den Wunsch unterstütze, dass kein Mensch auf diesem Planeten ein Implantat trägt – noch sind auf wir auf eigene Implantatträger angewiesen!«, erwiderte June mit zunehmender Härte in der Stimme.

»Ich weiß June, mir musst du das nicht sagen. Aber offensichtlich stehen wir mit dem Rücken an der Wand und wenn es uns hier schon schlecht geht, schau dich mal in den Städten und Dörfern um! Die Menschen haben keinerlei Hoffnung mehr und folgen den Parolen von Geber und dessen Blendern, weil es ihnen einfach und logisch erscheint, dass die Lösung für ein komplexes Problem darin liegt, das Problem, also die Implantate und die fortschrittliche Technik, zu verbieten. Sie haben zu viel Angst, um klar zu denken. Niemand redet offen darüber, aber immer mehr Bürger und auch Soldaten laufen über! Das Forum ist mittlerweile dazu übergegangen, Implantate über den großen Ballungsregionen abzuwerfen. Es handelt sich offensichtlich um neue Modelle, die man sich problemlos selbst implantieren kann. Und immer mehr Leute wählen den Weg in die *Freiheit des Forums*, obwohl sie wissen, dass sie sich in die totale Manipulation begeben. Und ich befürchte, dass wir bald alle Kontrolle verlieren werden. Wenn es uns nicht gelingt, einen Erfolg vorzuweisen, der den Menschen wieder Hoffnung gibt und ihnen deutlich macht, dass es doch noch einen Ausweg gibt, werden sich alle abwenden«, erläuterte Vreni wundersam monoton. Sie hatte eine Grimasse gezogen, die sehr deutlich machte, was sie von der Idee hielt, dass man sich in die Hände des Forums begab, doch ansonsten regte sich nichts in ihrem Gesicht.

Vreni wirkte auf June schrecklich erschöpft und resigniert. Die hängenden Schultern, der leere Blick, die tiefen Augenringe, all das passte nicht zu der toughen Frau, die sie in den letzten Wochen schätzen gelernt hatte.

»Also, was ist dein Plan?«, fragte June. Sie musste Vreni auf konstruktivere Gedanken bringen – man durfte in so einer Situation nicht resignieren, das hatte ihr Vater ihr früh beigebracht. *Was auch immer schiefgeht, du musst weiterkämpfen, solange du atmest!*, erklangen in June die Worte ihres Vaters.

»Mein Plan? June, ich bin nur Hauptmann, ich kann froh sein, wenn ich bei den Besprechungen dabeisein darf. Niemand fragt nach meiner Meinung, geschweige denn würde jemand mir erlauben, einen Plan auszuhecken. Außerdem weiß Aebischer, dass ich zu den Progressiven tendiere und klar hinter Wyss stehe, das macht es noch schwieriger, denn egal, was ich sage, er wird es ablehnen.«

»Okay, verstehe, aber was ist dann der Plan? Was können wir tun? Und vor allem, was kann ich tun? Ich will nicht nutzlos sein!« Gerade der letzte Punkt war June wichtig, denn sie merkte immer wieder, dass sie nicht fürs Nichtstun geeignet war. Viele Soldaten schienen sehr gut zu sein, nichts zu tun, und sie schienen es sogar zu genießen, doch nicht June. Sie verabscheute die Drückeberger und Nichtsnutze, auch wenn sie gelernt hatte, es möglichst zu verbergen. Das war noch so ein Ratschlag von Dr. Retsam gewesen.

Ihr war die Ausbildung ihres Vaters in Fleisch und Blut übergegangen und sie hatte früh gelernt, dass es besser war, zuerst zu handeln und nicht so lange zu warten, bis man nur noch reagieren konnte. Doch genau so fühlte es sich seit einigen Wochen an – sie war zum Nichtstun verdammt und konnte, wenn überhaupt, nur reagieren.

»Nun ja, es gibt einen ziemlich verzweifelten Plan«, flüsterte Vreni mit noch leiserer Stimme und warf einen schnellen Blick über die Schulter, bevor sie sich näher zu June beugte.

»Es gibt die Idee, mit ein paar Spezialkräften nach Frankreich vorzudringen und dort auf dem Stützpunkt in Toulon die *Le Terrible* zu stehlen. Nach unseren Kenntnissen liegt dieses alte Atom-U-Boot in dem ehemaligen Miliärhafen und an Bord lagern noch immer atomare Interkontinentalraketen, auch wenn man die nationalen Armeen vor drei Jahren abgeschafft hat. Wahrscheinlich wusste niemand, was man mit den Dingern machen sollte und deshalb lässt man sie einfach dort.«

»Und dann? Was wollt ihr damit machen? Auf die angreifenden Forums-Truppen abwerfen? Das ist Wahnsinn. Die sind doch schon auf eurem Land, wenn ihr sie hier angreift, sterben wir alle an den Folgen!«, erwiderte June, durch zusammengebissene Zähne flüsternd.

»Rede keinen Unsinn, June, natürlich wollen wir die Dinger nicht hier abwerfen und auch sonst nirgends auf der Erde. Die Progressiven wollen sie in den Orbit schießen und das Satellitennetzwerk des Forums zerstören, sodass das Signal zwischen allen Implantatträgern abreißt. Wenn ich es richtig verstanden habe, müssen wir nur einige Satelliten treffen und der ganze entstehende Schrott wird ein sogenanntes *Kessler-Syndrom* auslösen – eine Art Kettenreaktion, bei der die Trümmerteile immer weitere Zerstörung anrichten, und so langsam, aber sicher sämtliche Satelliten im Orbit der Erde vernichtet werden. Dann wird es auch keinen Weg mehr geben, neue Satelliten hochzuschicken, weil die Erde von einer Hülle kleinster Trümmer umgeben sein wird, die schneller als Gewehrkugeln durch die Gegend rasen und alles zerstören würden, was das Forum hinaufschicken könnte.«

Vreni runzelte kurz die Stirn und schien einen Moment zu überlegen, bevor sie fortfuhr: »Naja, zumindest so oder so ähnlich hat man es mir erklärt.«

»Aber wenn wir jetzt das Signal unterbrechen, was wird die Folge sein? Welche Auswirkung wird das auf das Forum und jeden Implantatträger haben?«, sprach June die ersten Fragen aus, die ihr durch den Kopf gingen.

Vreni legte erneut ihre Stirn in Falten und zögerte einen Augenblick.

»Das weiß ich nicht und ich bin ziemlich sicher, dass es auch sonst niemand so genau weiß, aber es wird ihnen auf jeden Fall ihre wichtigste Fähigkeit, nämlich die absolute Vernetzung, nehmen. Außerdem dürfte es das Ende der Metawelt sein, wenn ich deren Funktion richtig verstanden habe.«

June überlegte kurz und musste ihr dann recht geben. Nach allem, was sie von Ace und all den anderen Byteheads über die Metawelt gelernt hatte, war es eine Welt, die grundlegend auf der Vernetzung der ganzen Implantate und deren gigantischer Rechenleistung beruhte. Kappte man diese Verbindung, könnte es wohl das Ende der Metawelt bedeuten. Unwillkürlich zog sich ihr Magen zusammen – sie musste an das Gespräch mit Ace und dessen Plan denken. Das Ende der Metawelt würde auch das Ende der letzten möglichen Verbindung zu Janika und, schlimmer noch, auch der letzten möglichen Verbindung zu ihrem Vater bedeuten. So klein die Chance auch sein sollte, wenn Ace mit seiner Vermutung recht hatte, dass keine Information in der Metawelt wirklich verlorengehen konnte, hatte sie eine kleine Hoffnung, dass ihr Vater dort noch existierte. Sie hasste sich für diese Hoffnung, wollte sie lieber ablegen und stark sein, doch sie hatte gelernt, dass sie ohne Hoffnung nicht kämpfen konnte. Sie war bereits einmal daran zerbrochen, alle Hoffnung aufgegeben zu haben, und noch einmal würde sie es wahrscheinlich nicht überleben. *Das nächste Mal wird kein Psychiater da sein, der dich aus der Scheiße navigiert – also handle so, dass du deine Hoffnung bewahren kannst.* maßregelte sich June in Gedanken.

»June, ist alles okay? Du siehst aus, als hättest du ein Gespenst gesehen. Glaube mir, wir werden keine Atomwaffen auf der Erde zünden, sicherlich nicht!«, riss Vrenis Stimme sie aus ihren Gedanken.

June zuckte kurz zusammen und versuchte, die Gedanken an Hoffnung im Allgemeinen und ihren Vater im Speziellen abzuschütteln. Sie konnte die damit verbundenen Emotionen gerade nicht brauchen.

»Vreni, das ist gar nicht meine Sorge, ich verstehe euren Plan, aber habt ihr auch die Folgen bedacht? Was ist mit den Außerirdischen, die mit ihrer Flotte, oder was auch immer das Ding auf den Aufnahmen ist, auf dem Weg hierher sind? Nicht, dass wir beide noch leben würden, wenn die hier ankommen, aber was bringt es, wenn wir uns jetzt vom Forum befreien, nur um dann ohne Satelliten und irgendwelche Weltraumtechnik dazustehen, obwohl wir wissen, dass eine Invasion aus dem All bevorsteht? Und was ist mit der letzten Information von Janika? Ich habe euch doch schon vor Monaten gesagt, dass die besagte, dass es eine Opposition bei den Aliens gibt, die uns wohlgesonnen zu sein scheint und Hilfe gegen die KI angekündigt hatte – was durch unsere Sprengung des Wurmlochs leider verhindert wurde. Wenn wir jetzt alles blockieren, sind wir nicht nur mit der ankommenden Flotte, sondern auch mit der KI alleine auf dieser Erde. Und die KI wird sicherlich nicht sterben, nur weil das Signal abreißt, wahrscheinlich lädt sie sich einfach in alle Implantate.«

Eine Weile herrschte Schweigen zwischen ihnen und June vermutete, dass Vreni ebenso sehr in der gedanklichen Ausweglosigkeit gefangen war wie sie.

Schließlich seufzte Vreni und blickte June direkt in die Augen. »Ich weiß es einfach nicht, June, und das wirklich Erschreckende ist, dass ich mittlerweile zu 100 Prozent sicher bin, dass all meine Vorgesetzten auch keine Ahnung haben. Was würdest du vorschlagen? Was sollen wir machen? Du hast alles Mögliche und Unmögliche unternommen im Kampf gegen das Forum, doch letztendlich hat es nichts genutzt. Der Widerstand der Amerikaner ist quasi komplett vernichtet und die Zerstörung des Wurmlochgenerators hat das Forum zwar massiv geärgert, aber im Grunde genommen kein bisschen geschwächt.«

Tausend Messerstiche hätten June nicht schwerer treffen können als diese Worte. Auch wenn Vreni geflüstert hatte und June ihr ansehen konnte, dass keinerlei Vorwurf in ihren Worten steckte, dröhnte jedes Wort in ihren Ohren, als hätte man sie ihr mit einem Megafon hineingebrüllt. Es waren genau die Worte ihres schlechten Gewissens. Jedes Mal, wenn sie die Bilder ihrer gestorbenen

Freunde vor ihrem inneren Auge sah, gingen ihr genau diese Gedanken durch den Kopf. Die Erkenntnis des eigenen Scheiterns war zugleich unausweichlich und unaushaltbar.

Plötzlich spürte June das harte und zugleich angenehm vertraute Gefühl des Griffes ihrer P99 in der Hand. Unbewusst hatte sie die Hand auf den Griff der im Holster steckenden Waffe wandern lassen und mit dem Gefühl der Waffe kamen die Erinnerungen an ihren Vater. Es fiel ihr immer schwerer, sein Bild vor ihren Augen entstehen zu lassen, und das schockierte sie, war er doch der wichtigste Mensch in ihrem Leben gewesen, aber je länger er tot war, desto diffuser wurde ihr Bild von ihm. Was jedoch blieb, waren die zahllosen Lehrsätze, die er ihr mit auf den Weg gegeben hatte und das Gefühl tiefer Verbundenheit. *Handeln statt hadern* war einer dieser Lehrsätze, an den sie sich jetzt erinnerte. Und *Lernen hilft zu überleben, Bedauern hindert am Lernen – also lerne alles und bedaure nichts* ein anderer. Unwillkürlich musste sie schmunzeln, als sie an den letzten Satz dachte. Damals hatte sie zwar geglaubt, zu verstehen, aber jetzt erst wusste sie, wie recht ihr Vater wirklich mit diesem Satz gehabt hatte.

»Ich will das Forum nicht schwächen, ich will es vernichten und alle unterdrückten Implantatträger befreien. Und ja, die Vernichtung des Wurmlochgenerators hat nicht zum gewünschten Ziel geführt, aber sie hat allen bewiesen, dass man unmöglich geglaubte Angriffe auf das Forum schaffen kann, wenn man bereit ist, das Notwendige zu tun.«

Vreni nickte. »Ich weiß, June, ich hätte das vorhin nicht sagen sollen, ich wollte dich nicht angreifen. Es ist nur, dass ich wirklich keinen anderen Weg sehe, als das Forum vollständig vom Signal zu trennen.«

»Vielleicht gibt es noch einen anderen Weg«, sagte June und hielt kurz inne. Konnte sie Vreni soweit vertrauen, dass sie Aces Plan verraten konnte? Vielleicht sie sogar einweihen, dass er noch lebte und nicht beim letzten Angriff in den Technik-Zellen ums Leben gekommen war?

Noch immer saßen sie alleine an ihrem Tisch und die Kantine hatte sich weiter geleert, sodass Vreni und sie die einzigen Personen waren, wenn man von den beiden Köchen absah, die irgendwo hinter der Ausgabe herumfuhrwerkten und sie sicherlich nicht hören konnten. Trotzdem wusste sie nicht, wie ihre Gegenüber reagieren würde, und so wog sie die Vor- und Nachteile ab. Ihr Zögern schien auch Vreni aufzufallen.

»Was für einen anderen Weg gibt es, June? Wenn du irgendetwas weißt, musst du es mir sagen! Es steht zu viel auf dem Spiel, um mit Vorschlägen hinter dem Berg zu halten!« Nachdruck durchdrang jedes von Vrenis Worten und sie beugte ihren Kopf nach unten, um Junes gesenktem Blick zu begegnen. Kurz trafen sich ihre Augen und June spürte deutlich die Sympathie, die sie für diese Frau empfand.

»Wie gesagt, es könnte einen weiteren Weg geben. Ace hatte eine Idee, die vielleicht klappen könnte. Es scheint theoretisch die Möglichkeit zu geben, dass man den Befreiungscode, mit dem der jeweilige Datenkern abgetrennt wird, wie einen Virus auf alle Implantate übertragen kann, und zwar, ohne dass der jeweilige Implantatträger zustimmt. Und wenn alle Implantate gleichzeitig *befreit* würden, wäre der Krieg augenblicklich vorbei, da niemand mehr über die Datenkerne kontrolliert werden kann.«

»Wenn das wirklich möglich ist, warum hat es dann noch niemand von den Byteheads im Widerstand gemacht?«, Vreni klang nicht abwertend oder kritisierend, sondern stellte einfach eine für sie offensichtliche Frage.

»Wenn ich es richtig verstanden habe, ist es erst seit einiger Zeit möglich, weil das Forum eine Abwehrmaßnahme gegen die Befreiten in sämtliche Implantate überspielt hat, die man nutzen könnte. Allerdings bedarf es entweder einer Armee Byteheads oder aber jemanden, der so sehr mit der Metawelt vertraut und verbunden ist wie Janika.«

»Die tot ist«, sagte Vreni und ließ es sowohl wie eine Feststellung als auch eine Frage klingen.

»Nun ja, das ist so eine Sache. Wiederum kann ich mich hier nur auf die Aussage von Ace beziehen, aber er sagte, dass niemand, der sein Bewusstsein in die Metawelt transferiert hat, dort wirklich sterben könnte, da keine Informationen verloren gehen würden. Wir müssten also zuerst versuchen, Janika zurückzuholen oder *zusammenzusetzen* – keine Ahnung, wie das genau laufen könnte, aber Ace meinte, dass es theoretisch möglich ist.«

»Ich will dir nicht zu nahetreten, June, aber das sind so viele Unwegsamkeiten und Ungewissheiten, dass mir der gewagte Plan mit den Atomraketen deutlich handfester vorkommt. Außerdem ist Ace tot und ich glaube nicht, dass einer unserer Implantatträger versiert genug mit der Metawelt ist, um so etwas zu machen, ganz abgesehen davon, dass sie nie die Erlaubnis bekommen würden, so sehr wie die Erwachten gerade gegen sie agieren.«

»Ich weiß«, sagte June und fühlte, wie die Unsicherheit in ihr anstieg. Jetzt war der Moment gekommen, in dem sie sich entscheiden musste, ob sie Vreni einweihen wollte oder nicht. Gerade, als sie sich entschieden hatte und den Mund zum Sprechen öffnete, erhob sich Vreni von ihrer Bank und hob das Tablett an.

»Verdammt, June, ich habe die Zeit vollkommen aus den Augen verloren. Ich bin viel zu spät zur Inspektion der dritten Kompanie. Willst du mitkommen?«

June biss sich auf die Lippe und schüttelte den Kopf.

»Danke, Vreni, aber ich werde mal bei den Aufklärern vorbeischauen, ob sie etwas für mich zu tun haben. Ich könnte es echt brauchen, mal wieder vor die Tür zu kommen. Ständig hier im Berg zu sein, ist nichts für ein Mädchen aus den Wäldern Montanas.« Sie zwang sich zu einem Lächeln, als sie ebenfalls aufstand und ihren nur halb gegessenen Eintopf zurückstellte.

Kapitel 4: June

Der Graben, 18.07.2040

»Wenn sie das wirklich machen, wird es keine Chance mehr geben, die Implantatträger des Forums über die Metawelt zu befreien!« Ace sprach mit lauter Stimme und lief in dem kleinen Raum, der sein Versteck darstellte, auf und ab.

»Ich weiß«, sagte June und setzte sich auf die alte Munitionskiste, die als Hocker am improvisierten Tisch diente. Gedankenverloren kaute sie auf ihrer Unterlippe, während Ace seine Wanderung fortsetzte.

»June, wir müssen das verhindern! Im Ernst. Was auch immer genau passiert, wenn das Signal erlischt, der jeweilige Datenkern bleibt aktiv und wird weiter jeden einzelnen Implantatträger im Sinne der Alien-Interessen manipulieren. Dann müssten wir jeden einzeln befreien, bzw. den Befreiungscode übermitteln und hoffen, dass der Code angenommen wird. Ich brauche dir ja wohl nicht zu sagen, wie gut das bereits in den letzten Monaten geklappt hat ...« Bei der letzten Bemerkung troff seine Stimme nur so vor Sarkasmus. »Wir haben zuletzt *NIEMANDEN* bewegen können, irgendeine Datei von uns anzunehmen, da alle Implantatträger des Forums neuerdings eine Face-ID Abfrage durchführen, bevor sie Datenpakete austauschen und dies auch nur mit Leuten aus ihrer *Whitelist* machen.«

Aufgebracht fuhr er mit beiden Händen durch die strähnigen Haare.

»ICH WEISS!«, antwortete June mit Nachdruck. Sie hatte plötzlich die Geduld mit Ace verloren, der nun schon volle fünf Minuten nörgelte, anstatt sich auf Lösungen zu fokussieren. Ihre Anspannung war zu groß, um nun auch noch die von Ace auszuhalten.

»Reiß dich zusammen und hilf mir, einen Plan zu entwickeln, was wir machen *können* und hör auf, mir zu erzählen, was wir demnächst vielleicht *nicht mehr können*! Verstanden? Das wäre hilfreich.«

Abrupt stoppte er seine Wanderung durch die Kammer und starrte stattdessen June mit geweiteten Augen an. Dann räusperte er sich.

»Okay, okay, Lady Fury, du hast ja recht. Wie viel Zeit bleibt uns denn noch, bis die Schweizer ihr Himmelfahrtskommando starten?«

»Ich weiß es nicht genau, aber da sie massiv unter Druck stehen, wird bald eine Entscheidung getroffen werden müssen. Viel Zeit für die Planung brauchen sie wahrscheinlich nicht mehr. So wie ich Brigadier Wyss einschätze, läuft die Planung auf Hochtouren, und sobald er ein *Go* von der Heeresleitung bekommt, wird er seine Leute losschicken«, antwortete June und hielt kurz inne, um in ihrem Kopf alles durchzukalkulieren.

»Also von hier nach Toulon sind es laut den Karten circa 570 Kilometer. Aufgrund der Luftraumüberwachung können die Soldaten nicht fliegen und bedenkt man das massive Aufkommen der Forums-Truppen entlang der Grenze, wird man dort auch nicht mit Fahrzeugen durchkommen. Bleibt also nur, zu marschieren. Selbst wenn sie das täglich acht Stunden tun, würden sie mindestens zwei bis drei Wochen brauchen, um nach Toulon zu kommen. Kalkulieren wir einige Tage, um vor Ort alles auszuspionieren und das U-Boot zu übernehmen, sind wir bei drei bis vier Wochen, und wahrscheinlich dauert es nochmal einige Tage, um eine optimale Abschussposition zu erreichen und die Raketen zu programmieren. Alles in allem würde ich sagen, dass wir circa vier Wochen Zeit haben, nachdem die Aktion angelaufen ist – vorausgesetzt, es sind nicht schon Schweizer Truppen nahe Toulon stationiert, dann wäre die Zeit deutlich kürzer. Gleiches gilt, wenn die Mission starten sollte, ohne dass wir davon Wind bekommen.« Kaum hatte June ihre Ausführungen beendet, trat ihr die Konsequenz unausweichlich vor Augen: Sie mussten sofort etwas unternehmen!

Ace hörte auf, durch die Haare zu fahren, und seine Augen weiteten sich – offensichtlich war er zu der gleichen Erkenntnis gelangt.

»Wir müssen sofort etwas unternehmen«, brach es zeitgleich aus beiden.

»Nun gut, nachdem wir ausnahmsweise mal sofort einer Meinung sind – WAS unternehmen wir?«, fragte Ace und setzte sich June gegenüber auf den Boden.

»Wir müssen dieses Virus verbreiten, von dem du mir erzählt hast. Sag mir, was du brauchst und wir machen das«, entschied June mit einem Nachdruck in der Stimme, für den sie keinerlei Widerhall in ihrem Inneren fand.

»Ohne Janika schaffe ich das nicht. Selbst wenn ich es ihr nachmachen könnte und mein Bewusstsein komplett in die Metawelt transferieren würde, habe ich bei weitem nicht ihr Wissen und ihre Erfahrung mit den tieferen Layern der Metawelt. Wenn wir das schaffen wollen, dann nur mit ihr.«

»Und was ist mit dieser Kopie meines Vaters? Hast du sie überzeugen können, dir zu helfen?«

»Du meinst den Face-Clone? Leider nein – ich bin so oft in der entsprechenden Globule wie möglich, ohne ein zu hohes Risiko einzugehen, mich und die Position der Globule zu verraten, aber bisher habe ich den FC nicht wiedergesehen. Er verbirgt sich vor mir, obwohl ich sogar einen FC von mir erstellt und dortgelassen habe. Aktuell scheint das leider eine Sackgasse zu sein.« Er zuckte mit den Schultern und fuhr wieder mit den Fingern durch die Haare. »Ich habe noch eine andere Idee, aber die ist wirklich gefährlich und in jeder Einzelheit Ausdruck der puren Verzweiflung.«

»Alles, was wir jetzt tun, ist Ausdruck von Verzweiflung, Ace, also raus damit.«

»Ich könnte eine Armada von Perma-Semicons erstellen, welche aktiv Codesequenzen von Janika in die Metawelt senden, die ich aus ihren Aufenthalten in Widerstandsglobulen isoliert habe, und versuchen, ein Resonanzphänomen ...«

»Ace! Hör auf mit dem Byteheadquatsch und erkläre es so, dass es auch ein vernünftiger Mensch kapieren kann, okay?«, fuhr June dazwischen.

»Ist ja gut! Lass mich überlegen.« Er erhob sich vom Boden und startete wieder sein Auf- und Abmarschieren im Raum, bevor er erneut sprach:

»Na gut, ich will es auf den Punkt bringen. Ich kann versuchen, die Metawelt mit modifizierten Suchprogrammen zu fluten, die gezielt Janika, bzw. ihre Fragmente anlocken.

Das Problem ist, dass das niemals unentdeckt bleiben kann und wird. Es ist, als würde man ein Leuchtfeuer anzünden und zwar eines, das nicht nur meine Position in der Metawelt verrät, sondern zwangsläufig auch meine Position in der physischen Welt. Wenn wir das also machen, wird sowohl dort als auch hier die Hölle losbrechen! Klartext genug?« Er blickte sie an und in den Tiefen seiner braunen Augen erkannte June eine Mischung aus Angst, Verzweiflung und Entschlossenheit, die sie mit Sorge erfüllte. Offensichtlich hielt Ace diesen Plan für machbar, aber tödlich.

»Mein Vater hat mir von frühester Kindheit an Regeln vermittelt. Klare und wichtige Regeln, damit ich überlebe. Eine seiner wichtigsten Regeln lautete: *Sei aufmerksam, sei leise, hinterlasse keine Spuren, gehe keine Risiken ein.* Alles an deinem Plan verstößt gegen diese Regel, wirklich alles. Doch wenn ich ganz ehrlich bin, sind die Regeln meines Vaters, *meine* Regeln wohl nur gut, wenn es um *mein* Überleben geht. Für das Überleben der Menschheit hat sich gerade diese Regel wiederholt als untauglich erwiesen.« Die kalte Faust in ihrem Magen, die seit dem Verlust ihres Vaters ihr ständiger Begleiter war, schien bei diesen Worten zu wachsen und sie eine Verräterin zu schimpfen, doch June schluckte die Trauer hinunter. Jetzt war es an der Zeit, Regeln zu brechen. »Was brauchst du, um diesen Plan durchzuziehen und ihn auch zu überleben?«

»Noch ein paar Tage Vorbereitung und so viele befreite Implantatträger wie möglich. Und wir sollten einen Ort suchen, den wir gut verteidigen können. Ich bin nicht sicher, ob wir das hier machen sollten. Falls irgendein Schweizer Bytehead von der Nummer Wind bekommt und nicht auf unserer Seite ist, haben wir wahrscheinlich nicht nur das Forum gegen uns, sondern auch die Schweizer.«

»Okay, ich verstehe«, erwiderte June und begann bereits, fieberhaft zu überlegen, was sie tun könnte. »Starte du deine Vorbereitungen und ich versuche mit den Implantatträgern in den hiesigen Technik-Zellen in Kontakt zu treten. Vielleicht kann ich Hauptmann Vreni für unsere Sache gewinnen, dann würde es deutlich einfacher werden.«

»Sei vorsichtig, June, ich weiß, dass du sie magst und sie ist von all den Militärs hier definitiv auch meine Favoritin, aber vergiss nicht, sie ist eine Soldatin und hat einen Eid geschworen. Wenn sie zu viel weiß und sich gegen uns wendet, sind wir am Arsch.«

June nickte bestätigend. Sie hasste die Vorstellung, Vreni und die anderen Schweizer zu hintergehen, aber vielleicht würde es notwendig sein. *Handeln statt hadern –* diese Regel ihres Vaters schien sie in letzter Zeit besonders häufig befolgen zu müssen.

June eilte durch den muffigen Hauptgang, der sie zum Kommandoraum bringen würde. Die Filteranlage des *Grabens* war seit dem Vortag defekt und während die Techniker versicherten, dass keine Gefahr für die Sauerstoffversorgung bestand, war der Geruch mittlerweile so übel geworden, dass June übergegangen war, möglichst nur noch durch den Mund zu atmen, um es wenigstens etwas erträglich zu halten.

Die beiden Wachen am Kommandoraum kannte June nicht, was sie etwas wunderte, da sie dachte, mittlerweile zumindest jedes Gesicht der knapp hundertfünfzig Schweizer Soldaten schon gesehen zu haben. Sie standen in Kampfanzügen vor der Tür und hielten ihre Sturmgewehre nach unten gerichtet, jedoch eindeutig schussbereit.

Als June weiter auf die Tür zu schritt und sich ihnen auf wenige Meter genähert hatte, hob der linke Soldat eine Hand. Er war ein untersetzter Typ, der mit seinem Vollbart und der üblen Narbe auf der rechten Wange ziemlich verwegen aussah. »Halt, der Zutritt zum Kommandoraum ist gesperrt. Gehen Sie weiter«, sagte er mit einer Stimme, die zu kratzig und hoch für einen Soldaten seiner Statur klang. Doch sowohl seine Haltung als auch die seines Kameraden drückten absolute Entschlossenheit aus. Das waren definitiv keine frisch eingezogenen Grünschnäbel oder Reservisten, das erkannte June, die wusste, wann sie erfahrene Kämpfer vor sich hatte.

»Ich möchte mit Hauptmann Brunner sprechen«, sagte June mit ruhiger Stimme. »Sie erwartet mich«, log sie in der Hoffnung, ihre Chancen etwas zu erhöhen.

»Gehen Sie weiter. Die Besprechung ist strengstens geheim – keine Ausnahmen!« Wie um den Worten seines Kameraden Nachdruck zu verleihen, deutete der zweite Soldat mit dem Lauf seiner Waffe auf den Verlauf des Gangs.

June zuckte mit den Schultern und ging weiter. Es hatte keinen Sinn, sich mit den beiden zu streiten und eine Eskalation wollte sie auf keinen Fall. Also machte sie sich auf den Weg in die Kantine. Nicht weil sie Hunger hatte, aber die Kantine war einer der besten Orte, um Gerüchte aufzuschnappen. Vielleicht konnte sie dort die eine oder andere relevante Information erhaschen und sich ein Bild von der Lage machen. Irgendetwas war faul, da war sie sicher.

In der Kantine war es zum Glück relativ voll. Die Schweizer hatten ein dreiteiliges Wachsystem und anscheinend war die zweite Wache gerade abgelöst worden und genehmigte sich ein Frühstück. June reihte sich in die kurze Schlange ein, nahm ihre Ration und sah sich in dem Raum um, ob sie jemanden der anwesenden Soldaten besser kannte. Sie erspähte Ella und Leandro, die sie aus der letzten Basis kannte und mit denen sie in der Nachhut gewesen war. Sie ging mit ihrem Tablett an deren Tisch und räusperte sich kurz. Beide unterbrachen das Gespräch und blickten zu ihr hoch. »Hallo, June, schön, dich zu sehen«, sagte Leandro und lächelte sie freundlich an. »Hallo«, antwortete June und bemühte sich, sein Lächeln zu erwidern. »Darf ich mich zu euch setzen?«.

»Klar, nimm Platz.« Wieder war es Leandro, der antwortete, doch auch Ella rückte ihr Tablett etwas zur Seite, sodass June ihres bequem abstellen konnte.

June setzte sich und nahm einen Schluck von dem schwarzen Gesöff, das sie hier als Kaffee bezeichneten, nur um es sofort zu bereuen. »Fuck, was für ein Zeug, ich habe die Milch vergessen, um das schwarze Gift zu verdünnen«, sagte June, während die überstarken Bitterstoffe ihre Kehle hinab rannen und sich wie Säure in Richtung ihres Magens bewegten. »Lady Fury haut nichts um außer dem Kaffee der Kantine«, sagte Ella mit einer gehörigen Portion Spott in der Stimme und blickte zu Leandro, als erwartete sie eine spezielle Reaktion. Kurz fragte sich June, ob hier irgendetwas abging, was sie übersah, aber dann entschied sie, dass es vollkommen egal war, solange sie die Informationen bekam, die sie brauchte.

»Heute ist anscheinend nicht mein Tag«, meinte June und zuckte resigniert mit den Schultern. »Ich wollte eben in den Kommandoraum und etwas mit Hauptmann Vreni besprechen, doch davor standen zwei Soldaten, die ich nicht kannte und die haben mir sehr deutlich und wenig freundlich zu verstehen gegeben, dass ich mich vom Acker machen sollte, da dort eine geheime Besprechung stattfinden würde und niemand hinein dürfte.« Schon während sie sprach, sah June, dass Leandro eifrig nickte und auch Ella schien nicht überrascht.

»Hast du es denn noch nicht gehört?«, fragte Ella und blickte June etwas ungläubig an.

»Was gehört?«, fragte June.

»Na, dass heute eine Einheit der sechsten Brigade eingetroffen ist, zusammen mit Befehlen direkt vom neuen Divisionär des Heeres.«

»Nein, habe ich nicht mitbekommen. Was für Befehle sind das?«

»Keine Ahnung«, antwortete Ella lachend. »Das erfahren einfache Gefreite wie Leo und ich sicherlich als letzte, aber allen Gerüchten nach ist der neue Divisionär ein richtig scharfer Hund und knallharter Anhänger von Geber und den Erwachten. Damit hätten die Progressiven schon wieder eine wichtige Position verloren. Wahrscheinlich dürfen wir bald nichts mehr verwenden, was Strom braucht, damit wir auch alle brave Höhlenmenschen werden, wie dieser Geber und seine Idioten wünschen«, sagte Ella mit zunehmender Inbrunst in ihrer Stimme.

Leandro schaute sich unsicher um und raunte: »Himmel, Arsch und Zwirn, Ella, du redest dich um Kopf und Kragen. Mir gefällt auch nicht, was die Erwachten sagen, aber sie haben genug fanatische Anhänger – auch hier in der Basis. Und wenn die langsam das Ruder übernehmen, sollte man sie sich nicht zu Feinden machen, okay?«

»Gopferdelli, Leandro, jetzt lass dir mal Rückgrat wachsen. Wir sind das letzte freie Land der Erde, wo kommen wir hin, wenn wir hier nicht unsere Meinung sagen?«, antwortete Ella, jedoch mit deutlich gesenkter Stimme, sodass nur Leandro und June sie hören konnten.

»Ist das denn üblich, dass neue Befehle durch eine ganze Einheit überbracht werden? Ich dachte, das ginge entweder über Richtfunk oder Boten«, versuchte June, das Gespräch wieder in die richtige Richtung zu lenken.

»Nein, ist es natürlich nicht. Die müssen irgendetwas Größeres vorhaben, dass sie mit einer ganzen Einheit aufmarschieren. Und hast du gesehen, was für eine Einheit das ist? Das sind Truppen des Spezialdetachement der Militärischen Sicherheit oder zumindest einige von ihnen«, sagte Leandro.

»Naja, sie sind auf jeden Fall ziemlich unhöflich gewesen«, sagte June und ihre Gedanken rasten um die Frage, was das wohl zu bedeuten haben konnte. Sie fand keine Antwort und war ziemlich sicher, dass auch Ella und Leandro ihr nicht würden weiterhelfen können. Also aß sie ihren Haferschleim und tauschte noch ein paar Belanglosigkeiten mit den beiden, bevor sie sich verabschiedete und die Kantine verließ. Kaum war sie in die Tür getreten, wäre sie fast von einem jungen Soldaten über den Haufen gerannt worden, der vollkommen aufgeregt in die

Kantine lief und in den Raum rief: »Sie haben die Byteheads gefangen genommen!«

Alle drehten sich um und starrten auf den Neuankömmling und ganz kurz trat eine seltsame Stille ein, als wollten alle abwarten, ob er seiner Nachricht noch etwas hinzufügen würde. Als er das nicht tat, brach augenblicklich ein lautes Durcheinander aus. Einige riefen dem jungen Soldaten Fragen zu, andere taten ihren Unmut und ihre Fassungslosigkeit kund und wieder andere äußerten ihre Begeisterung für dieses Vorgehen. Erst ein lautes Dröhnen einer Rückkopplung aus den Deckenlautsprechern des internen Interkoms führte zu einem Abebben des verbalen Durcheinanders.

»Achtung, Achtung, sämtliches Personal der Einrichtung hat sich auf Befehl von Brigadier Aebischer umgehend im großen Hangar einzufinden. Ich wiederhole: Sämtliches Personal hat sich umgehend im großen Hangar einzufinden.« Mit einem leisen Knacken endete die Durchsage.

Brigadier Aebischer lässt die gesamte Mannschaft antreten? Warum bloß?, fragte sich June und machte sich auf den Weg Richtung Hangar.

Hinter ihr eilten auch sämtliche anderen Soldaten aus der Kantine. Tatsächlich war die Basis vollkommen unterbesetzt, doch nun, wo sich plötzlich jedes Lebewesen auf den Beinen zu befinden schien, kam es June wie ein Bienenstock vor. Wie fleißige Arbeiterbienen strebten alle auf den großen Hangar zu, als würde ihr inneres Programm sie dazu zwingen.

Im großen Hangar standen noch immer einige alte Abfangjäger, doch da man bereits in den letzten Jahren den computertechnischen Anschluss vollkommen verloren hatte, versuchten die Schweizer erst gar nicht mehr, ihren Luftraum mit Flugzeugen zu sichern. Sie hatten auf eine sehr harte Tour gelernt, dass eine moderne Forums-Drohne einem alten Düsenjäger samt Kampfpilot haushoch überlegen war. Nun standen die vier Maschinen der ehemaligen Alarmrotte in der Ecke des Hangars und wirkten wie ein in Stahl gegossenes Monument für die Misere der letzten freien Menschen auf dieser Welt – grundlegend extrem ausgefeilte und beeindruckende Technik war nun plötzlich total überholt und unterlegen.

Vor dem großen stählernen Hangartor stand Brigadier Aebischer auf einer kleinen, rollbaren Leiter, mit der man wohl früher die Jäger bestiegen hatte. Er stand auf der vorletzten Stufe, hatte die Arme hinter dem Rücken verschränkt und blickte mit hocherhobenem Kopf über die Menge der antretenden Soldaten. Flankiert wurde er am Boden von vier Soldaten, von denen June zwei wiedererkannte – es waren die beiden Neuankömmlinge, die sie beim Kommandoraum abgewiesen hatten. Die ankommenden Soldaten bildeten ordentliche Reihen und als *Narbengesicht*, wie June den einen Neuankömmling getauft hatte, »AACHTUNG!« rief, nahmen alle Anwesenden Haltung an. Um nicht weiter aufzufallen, tat June es ihnen gleich.

»Rührt euch«, sagte der Brigadier daraufhin. »Auf Befehl des Divisionärs werden sämtliche Implantatträger, die sich im Dienst des Heeres befinden, mit sofortiger Wirkung von ihren Verwendungen freigestellt. Es ist ihnen untersagt, die Implantate zu nutzen und sie werden morgen von Hauptmann Jeger und dessen Zug nach Bern verlegt. Um eine weitere Gefährdung unserer Operationen zu verhindern, ist sämtliche Interaktion mit den Implantatträgern strikt untersagt, es sei denn, sie ist von mir persönlich angeordnet!«

Schweigen setzte ein und die Worte des Brigadiers lagen bleischwer über dem ganzen Raum. Nur in Junes Kopf rasten die Gedanken. Was bedeutete das für ihren Plan? Was würde mit den Implantatträgern geschehen? Sollten sie nun *explantiert* werden, wie Vreni es genannt hatte? Nach allem, was June wusste, konnte es gar keinen Weg geben, ein Implantat zu entfernen, ohne die Person, die es trug, zu töten, denn schließlich war es fest mit dem Gehirn eines Menschen verbunden. Das konnte nur eines bedeuten: Wenn sie wirklich Aces Plan umsetzen wollten, musste es in dieser Nacht geschehen.

Kapitel 5: June

Der Graben, 19.07.2040

June rieb sich die Augen und blinzelte zweimal, um die aufkommende Müdigkeit zu vertreiben.

»Ace, bleib hier hinten und rühre dich nicht, bis ich die Funkstille breche! Du weißt, was dann zu tun ist«, flüsterte sie und schloss den Deckel der großen Transportbox, in der er sich versteckte.

Ein leises Murmeln der Bestätigung drang durch den Deckel. Dann schlich sie zum Ende der Ladefläche und schob mit zwei Fingern die Plane etwas zur Seite, sodass sie den kleinen Fuhrpark der Schweizer überblicken konnte. Im Zwielicht der mageren Notbeleuchtung wirkten die unterschiedlichen Fahrzeuge bedrohlich und gespenstisch, doch die Stille in der großen Halle beruhigte June zutiefst. Niemand war hier, denn vor dem nächsten Morgen würde niemand irgendein Fahrzeug benötigen. Trotzdem ging sie kein Risiko ein und glitt lautlos von der Ladefläche des Duros. Dann huschte sie leicht geduckt an den leeren Fahrzeugen vorbei und schlich in den Gang, der zum Hauptteil der Anlage führte. Kurz bevor sie die Sicherheitstür erreichte, welche den Gang mit dem Hauptkorridor verband, hörte sie, wie jemand das Schloss entriegelte. Gleich würde die schwere Tür knarzend aufschwingen und sie müsste sich unangenehme Fragen gefallen lassen. Hektisch blickte June sich um und hoffte auf ein rettendes Versteck. Nichts! Der Gang war auf den letzten Metern vor der Tür vollkommen freigeräumt und bot keine Möglichkeit, sich zu verstecken.

June überlegte nicht lange, sondern drehte sich um und rannte zurück, bis sie an einigen Paletten vorbeikam, auf denen sich diverse Kisten stapelten. Dort konnte sie sich verbergen. Gerade als sie sich zwischen drei große Kisten und die raue, feuchte Wand des Ganges gezwängt hatte, hörte sie, wie die Tür wieder geschlossen wurde und Schritte auf sie zu kamen. Die Kisten versperrten ihr jede Sicht und so musste sie sich auf ihr Gehör verlassen, um die Position der Neuankömmlinge zu erahnen. Die kalte Feuchtigkeit drang auf ihre Haut und sie hielt gespannt den Atem an, um sich nicht zu verraten. June hätte fast erleichtert geseufzt, als die Schritte tiefer in den Gang verschwanden, doch stattdessen verhielt sie sich noch einige weitere Augenblicke still und schlich erneut zur Tür.

Kaum hatte sie die schwere Sicherheitstür hinter sich gelassen, bedrängten die Sorgen um Ace sie. Hätte sie doch nachschauen sollen, wer sich in die Garage begab und warum? Gerade die Frage nach dem *Warum* beschäftigte sie, denn laut dem Dienstplan, den sie *zufällig* im Kommandostand betrachtet hatte, war niemand auch nur in der Nähe der Garagen eingesetzt oder für mögliche Wartungsarbeiten eingeteilt. Ob es etwas mit den zweifelhaften Machenschaften von Oberleutnant Jeger und dessen Truppe von der militärischen Sicherheit zu tun hatte? Wollten sie ihre Aktion vielleicht vorverlegen und bereits jetzt im Schutz der Nacht ihre Tour nach Bern starten?

Mach dich nicht verrückt und zieh den Plan durch, ermahnte sich June in Gedanken und schritt zügig auf die

Technik-Zellen des Grabens zu. Was auch immer in der Garage vorging, sie konnte sich jetzt nicht darum kümmern. Sie musste auf ihre Aufgabe fokussiert sein, wenn sie nicht alles gefährden wollte.

Die Technik-Zellen des Grabens hatte man in einer der ehemaligen drei Waffenkammern eingerichtet. Wahrscheinlich, weil man so bereits über verstärkte Zugangstüren und Wände verfügte, was der Paranoia der Schweizer in Bezug auf sämtliche Implantatträger sehr entgegenkam.

Vor dem schweren Zugangsschott standen zwei Soldaten Wache, deren Abzeichen June mittlerweile als jenes des *Spezialdetachement der militärischen Sicherheit* identifizieren konnte. Das würde ihr Vorhaben nicht einfacher machen, war June sofort klar. Diese Soldaten waren nicht umsonst Mitglieder einer Spezialeinheit. Glücklicherweise war zu so später Stunde in der Basis so gut wie niemand unterwegs und das musste sie sich zunutze machen.

Ohne anzuhalten, ging sie weiter und wurde sofort von den beiden Posten bemerkt. June nickte ihnen zu und zählte die Sekunden, die sie brauchte, um auf Höhe der Tür zu gelangen, und weiter, bis sie aus dem Blickfeld der Soldaten verschwunden war. Dann eilte sie voran, bis sie zur Wäschekammer kam. Wie immer standen auch jetzt mehrere der großen Wäschewagen vor dem Tor und warteten auf ihren Einsatz. Von einem der Wagen löste June die Bremsen an den hinteren Rollen, bevor sie das schwere Gerät den Gang hinunterschob, zurück in Richtung der Technik-Zellen. Kurz bevor die Soldaten wieder in ihr Blickfeld kamen, stellte sie einen Timer, den sie beim Abendessen aus der Küche entwendet hatte, und ließ ihn leise zu Boden gleiten. *Fünfundzwanzig, vierundzwanzig, dreiundzwanzig ...* zählte sie in Gedanken, während sie erneut auf die Soldaten zu hielt. Diese schauten sich verwundert an und blickten dann zu June.

»Wäsche? Jetzt?«, fragte der größere der beiden und June entging das leise Misstrauen in seiner Stimme nicht.

Sie nickte und zuckte resigniert mit den Schultern. »Verdammt ja, was soll ich machen? Ich habe die Wette verloren und nun übernehme ich die Schichten von Franz und Rolf«, antwortete June und fügte mit vorwurfsvoller Stimme hinzu: »Und das dauert dann halt etwas länger oder wollt ihr zwei mir helfen?«

Nun lächelten beide etwas spöttisch und winkten sie weiter.

»Nein danke, geh einfach weiter«, gab ihr der andere Soldat noch mit auf den Weg.

Drei, zwei, eins ... Der Timer klingelte weit hinter June im Gang und die beiden Wachen reagierten, wie June erhofft hatte, sie drehten sich um und versuchten, die Quelle des unerwarteten Geräusches zu entdecken.

June wirbelte herum, zog die Waffe unter dem Tuch des Wäschewagens hervor und feuerte zwei Schüsse auf die beiden Soldaten ab. Begleitet von einem leisen Zischen flogen die Projektile aus dem Lauf des pistolenartigen Dings.

June seufzte erleichtert, als die Projektile trafen und beide Soldaten sofort zu Boden gingen. Lächelnd drehte sie ihre rechte Hand leicht zur Seite und betrachtete das weißblaue Plastikding, aus dem sie gerade geschossen hatte. Es war eine Forums-Waffe, die sie vor einigen Monaten erbeutet hatte. Offensichtlich wollte das Forum lebende Gefangene machen und hatte eine Art Betäubungspistole entwickelt, die kleine Projektile abfeuerte, welche einen sofort außer Gefecht setzten. Laut Ace konnte das Ding über ein Implantat gesteuert werden, sodass sich sogar die Stärke der Betäubung regulieren ließ, doch das konnte June genauso wenig nutzen wie die Munitionsanzeige.

Gut, dass sie zumindest einen normalen Abzug gelassen haben, dachte June bei sich und schob schnell den Wäschewagen zu den reglos am Boden liegenden Soldaten.

Mühsam verfrachtete sie beide hinein, schloss den Deckel und stellte den Wagen neben die Tür. Dort würde er zwar auffallen, aber eine andere Möglichkeit hatte sie gerade nicht. June öffnete die massive Tür und legte einen kleinen Stein in das Schloss, damit sie nicht ganz zufiel, sonst wäre sie nur noch von außen aufzumachen gewesen.

In den Technik-Zellen war es vollkommen still und der Vorraum, in dem sie nun stand, war bis auf fünf leere Transportkisten, die geöffnet an der linken Wand standen, ebenfalls leer. June rannte zur einzigen anderen Tür in dem Raum und öffnete diese.

Der Anblick, der sich ihr bot, war wirklich bizarr. Mit den zwei geöffneten Sicherheitskammern hatte sie gerechnet, doch was sie wirklich überraschte, waren die fünf Menschen, die mit Händen und Füßen an die Wand gefesselt waren und denen man Helme über den Kopf gestülpt hatte, die June an die Bilder von Taucherglocken erinnerten, die sie in den alten Büchern ihres Vaters gesehen hatte. Es waren massive Konstruktionen, die neben dem Helm mit kleinem Sichtfenster auch eine metallene

Abdeckung beinhalteten, die den halben Oberkörper umfasste.

Man hatte die armen Männer und Frauen so fest gefesselt, dass sie sich nicht rühren konnten, und hätte June nicht die panisch aufgerissenen Augen durch die Sichtfenster in den Helmen sehen können, hätte sie nicht zu sagen vermocht, ob die Implantatträger noch lebten oder nicht.

June rannte zum ersten Gefangenen und inspizierte den *Helm* genauer. Er verfügte über ein Scharnier mittig über dem Kopf und zwei Verschlüsse an der Seite, die sie mit einiger Kraft öffnen konnte. Dann hob sie den ganzen vorderen Teil hoch und blickte in das Gesicht eines jungen Mannes, der sie anstarrte und einen Knebel ausspuckte. Sofort drückte June ihm die Hand vor den Mund.

»Wenn Sie überleben wollen, seien Sie still und helfen mir, Ihre Kameraden zu befreien. Aber sorgen Sie dafür, dass die ebenfalls keine Geräusche von sich geben. Verstanden?«

Als ihr Gegenüber nickte, nahm June die Hand von seinem Mund und schnitt die Kabelbinder durch, mit denen man ihn an die Wand gefesselt hatte. Fast wäre der junge Implantatträger gestürzt, so geschwächt war er von der Haltung, in die man ihn gezwungen hatte. June erkannte an seinem gequälten Gesichtsausdruck, wie viel Kraft es ihn kostete, keinen Laut von sich zu geben.

Sie reichte ihm eines ihrer Messer und ohne zu zögern machte er sich daran, die Kameradin neben sich zu befreien.

Wenige Minuten später waren alle fünf Implantatträger

befreit und June bedeutete ihnen, ihr leise aus der Kammer zu folgen.

Zügig öffnete June die äußere Tür der Technik-Zellen und zuckte unweigerlich zusammen, als ihr plötzlich Hauptmann Vreni und zwei Soldaten, die sie nicht kannte, gegenüberstanden.

Auch Vreni riss die Augen auf und starrte erst June und dann die fünf ehemaligen Gefangenen hinter ihr an.

»June, was machst du da?«, fragte sie und ihre Stimme war ein schneidendes Spiegelbild des scharfen Blickes, den sie June zuwarf.

June suchte Augenkontakt zu der Frau, die ihr in den letzten Wochen und Monaten ans Herz gewachsen war und fixierte sie.

»Es tut mir leid, Vreni«, sagte sie und noch bevor Vreni ihren fragenden Blick in Worte fassen konnte, hatte June die Forums-Waffe gehoben und schoss zunächst Vreni und dann den beiden vollkommen überraschten Soldaten in die Beine. Alle drei zuckten kurz mit dem ganzen Körper und sackten bewusstlos zusammen. June ächzte und schloss kurz die Augen, um den Anblick von Vrenis in Entsetzen erstarrtem Gesicht abzuwenden.

Beherrscht schluckte sie die Schuldgefühle hinunter, die sich wie eine Krallenhand um ihren Hals gelegt hatten. Letztendlich war es der Knall eines Schusses, der June zusammenzucken und Vrenis Anblick sofort vergessen ließ. Offensichtlich hatte einer der beiden Soldaten den Finger am Abzug seiner Waffe gehabt und die kurze Verkrampfung seiner Muskulatur hatte dazu geführt, dass sich ein Schuss löste, der nun wie ein Donnerhall erklang und sich durch den Gang ausbreitete.

Scheiße, warum hat der Idiot seine Waffe nicht gesichert?, ging es June durch den Kopf, während der Knall noch immer in ihren Ohren hämmerte, sodass sie nichts anderes hören konnte.

»Los, los«, brüllte sie den fünf Befreiten zu, die aber wahrscheinlich gerade so taub waren wie sie, weshalb sie energisch den Gang hinunterzeigte. Dann rannte June los und warf immer wieder einen Blick nach hinten, um sich zu vergewissern, dass ihr alle folgten.

»Ace, wir kommen und es wird nicht gemütlich! Öffne den Nordausgang!«, rief June in das kleine Funkgerät und brach die vereinbarte Funkstille. Wahrscheinlich würde man diesen Funkspruch abfangen, aber das ließ sich nun mal nicht vermeiden und sie hatten von Anfang an gewusst, dass es so kommen würde. Jetzt musste es schnell gehen, bevor man die Soldaten fand und Alarm auslösen würde.

Nur das Blinken der grünen LED am Funkgerät verriet June, dass Ace ihr antwortete – das Dröhnen des Schusses hallte noch immer so stark in ihren Ohren nach, dass sie kein Wort verstand. Sie warf kurz einen Blick über die Schulter und als sie sah, dass ihr noch immer alle fünf Befreiten folgten, lief sie noch etwas schneller.

So erreichten sie keuchend und schwitzend die schwere Sicherheitstür. Sie waren niemandem begegnet und trotz des Alarms schien man ihnen noch nicht auf die Schliche gekommen zu sein.

Das läuft doch ziemlich glatt, dachte June und hätte den Gedanken sogleich gerne zurückgenommen, denn plötzlich stiegen Zweifel in ihr auf – hatte sie etwas übersehen und wähnte sich in falscher Sicherheit?

»Lady Fury?« Die kehlige, brüchig klingende Stimme hinter ihr durchschnitt die Stille und das Keuchen der kleinen Gruppe. June konnte nur mühsam ein Zusammenzucken vermeiden, bevor sie sich umdrehte und die Urheberin der Stimme suchte. Es war eine der beiden Implantatträgerinnen. Wie alle anderen auch hatte sie sich nach vorne gebeugt und stützte sich mit beiden Händen auf die Knie, um sich von dem schnellen Lauf zu erholen. Ihr Blick war jedoch nicht zu Boden gerichtet, sondern sie schaute June direkt an. Als sich ihre Blicke trafen, sprach sie weiter: »Danke, dass Sie uns gerettet haben, Lady Fury!« Dann holte sie tief Luft und schien noch mehr sagen zu wollen, doch June spürte Unruhe in sich aufkommen und gestikulierte ihr, zu schweigen.

»Später können wir reden, jetzt müssen wir erst hinauskommen, sonst war alles umsonst. Also reißt euch zusammen und folgt mir.« Ohne auf eine Antwort oder Reaktion zu warten, drehte sich June wieder zur Sicherheitstür und zog die kraftvoll auf. Sie mussten sich verdammt noch mal beeilen und hatten keine Zeit für *Lady Fury* Ansprachen. Hinter der Tür schien alles zu sein, wie sie es vor einer knappen halben Stunde verlassen hatte. Der Raum war leer und die Öffnung des von diesem Raum zur großen Fahrzeughalle abzweigenden Flures wirkte wie ein schwarzer Schlund, welcher von der gegenüberliegenden Wand in dunkle Tiefen führte.

June sprang über die Schwelle und winkte ihren Begleitern hektisch zu, sich zu beeilen. Hinter dem letzten Befreiten schloss sie die schwere Tür und schlich an den Kopf der Gruppe. Während sie an allen Befreiten vorbeilief, legte sie den ausgestreckten Zeigefinger vor den

Mund und versicherte sich, dass jeder nicke, wenn er oder sie dieses Zeichen sah. Nun mussten alle wirklich leise sein, denn falls die beiden Soldaten von vorhin noch irgendwo herumschlichen, wollte sie nicht, dass ihre Gruppe durch vermeidbare Fehler aufflog.

Vorsichtig schlich June voran und hielt nach einigen Metern in dem finsteren Gang an, als auch die letzte Reflexion des verbliebenen Lichts aus dem Vorraum verschwunden war und sie in einer erschreckend vollständigen Schwärze stand. June spürte, wie sich die feinen Härchen auf ihren Unterarmen aufrichteten und ein Schaudern sie durchlief. Sämtliche Instinkte rieten ihr, zu verschwinden. Hart biss sie die Zähne aufeinander. Das hier war vieles, aber sicher nicht der Ort, an dem sie sich erlauben würde, weiche Knie zu bekommen. *Ruhig du Närrin, reiß dich zusammen*, ermahnte ihre innere Stimme sie mit viel Härte.

Sie wühlte in ihrer Multifunktionstasche, bis ihre Finger die raue, metallene Oberfläche der kleinen Taschenlampe umfassten, die sie gesucht hatte. Vorsichtig schaltete sie die Lampe in ihrer Tasche an und wechselte die Farbe der Hochleistungs-LED, bevor sie sie aus der Tasche nahm. Das rote Licht ließ die Dunkelheit weichen und warf an den rauen Wänden des Tunnels kleine tanzende Schatten, die sich im Rhythmus der feinen Erschütterungen ihrer Hand bewegten.

»Alle da?«, fragte sie flüsternd nach hinten, ohne den Blick zu wenden.

»Ja«, erklang es als Antwort, ohne dass June wusste, wer es gesagt hatte.

Schritt für Schritt kamen sie der großen Fahrzeughalle

am Ende des Korridors näher und June konnte schon den typischen Geruch nach Öl und Diesel wahrnehmen, der sich so viele Jahrzehnte dort unten verbreitet hatte, dass auch die langsame Umstellung auf Elektrofahrzeuge in den letzten Jahren nichts hatte ändern können.

Hinter der nächsten Biegung musste die Halle liegen und June löschte ihre Lampe. Falls die beiden Soldaten noch immer da waren, wollte sie kein Risiko eingehen, und außerdem müsste der schwache Schimmer der Notbeleuchtung aus der Halle reichen, damit sie die letzten Meter überwinden konnten.

Gerade wollte sie weiterschleichen, als plötzlich das Kreischen der Sirenen die Stille zerriss. Alarmleuchten erwachten zum Leben und tauchten den Flur in ein blutrotes Licht.

»Scheiße, sie haben die Wachen gefunden«, rief einer der Befreiten hinter ihr und lief neben sie. »Wir müssen uns beeilen, das ist der Gefechtsalarm. In spätestens drei Minuten sind alle Ausgänge und Kampfstationen besetzt, dann kommen wir nicht mehr aus dem Graben!« Seine Augen waren weit aufgerissen und er brüllte deutlich lauter, als der Alarmton erfordert hätte.

June erkannte die aufkommende Panik des jungen Mannes und blickte zunächst ihn an, bevor sie sich an die kleine Truppe wandte. »Okay, wir müssen uns beeilen. Wenn wir in der Halle sind, macht genau, was ich sage, und bleibt nicht zurück. Wer zurückbleibt, ist verloren – wir werden für niemanden umdrehen! Verstanden? Für niemanden!«

June wartete nicht, dass man ihr zustimmte, sondern rannte mit gezogener Waffe vorwärts. Heimlichkeit half ihnen nicht weiter, jetzt mussten sie schnell und entschlossen handeln. In der großen Halle sorgte das schnell auf- und abschwellende Alarmlicht für eine bizarre Szenerie und June fiel es einen Moment schwer, sich zu orientieren. Dann erblickte sie den Duro, den sie gesucht hatte, und rannte darauf zu.

»Steigt auf die Laderampe!«, brüllte sie den befreiten Implantatträgern zu und deutete mit dem ausgestreckten Arm auf den grauen Duro vor ihnen.

Alle rannten los und June konnte nirgends Schweizer Soldaten entdecken, was sie hätte beruhigen sollen, doch stattdessen breitete sich mehr und mehr ein Gefühl der Falschheit in ihr aus – etwas stimmte nicht.

Kaum waren Gefühl und Gedanke zu einer beklemmenden Einheit verschmolzen, fiel es ihr wie Schuppen von den Augen. Die Erkenntnis kam so plötzlich, dass June abrupt stehen blieb. Sie starrte nach rechts, direkt auf das große Schott, welches das einzige Tor zur Außenwelt und für ihre Flucht darstellte. Es hätte geöffnet sein sollen! In dem Moment, in dem sie die Funkstille gebrochen hatte, hätte Ace aus seiner Kiste klettern und den Öffnungsprozess starten sollen, der langsam das unzählige Tonnen schwere Tor geöffnet hätte. Warum war das Tor noch verschlossen und wo war Ace?

»Ace, wo bist du?«, sprach sie in das Funkgerät.

Knacken und Rauschen drangen aus dem Lautsprecher, gefolgt von einer abgehackt und blechern klingenden Stimme: »... der Obergefreite Heinzmann ... ist in Gewahrsam, lassen Sie Ihre Waffen fallen und ... Sie sich!«

»Scheiße, sie haben Ace!«, flüsterte June ohne den Sendeknopf zu betätigen und blickte sich ratlos um.

Kapitel 6: June

Der Graben, 19.07.2040

June rannte zum Duro, wo der letzte der fünf Implantatträger gerade unter der Plane auf der Laderampe verschwand.

June klopfte im Vorbeilaufen gegen die Plane und rief: »Öffnet die linke Kiste, der Code lautet *Sieben-Acht-Fünf-Neun* und schnappt euch die Waffen. Wenn ich rufe, kommt mit den Waffen raus. Wir müssen unsere Flucht erkämpfen!«

Ohne anzuhalten, eilte sie zur Einmündung des Ganges, aus dem sie wenige Augenblicke früher gekommen waren. Sie stemmte sich gegen den Griff des massiven Schiebetores und schloss es. Auf dieser Seite gab es keinen Riegel, den sie vorschieben konnte – das Tor war gebaut, um Eindringlinge oder Feuer zu hindern, in den Gang und die dahinter gelegene Basis zu gelangen – nicht andersherum. Also behalf sie sich mit einigen Kabelbindern, mit denen sie den Griff des Tores an einem dicken Kabel an der Wand fixierte.

Missbilligend betrachtete June das Ergebnis ihrer Arbeit, von dem sie schon jetzt wusste, dass es nicht lange halten würde, doch mehr ging im Moment nicht.

Sie hoffte auf ihr Glück und brüllte durch die ganze Halle: »Absitzen Leute, wir müssen ein paar Ärsche aufreißen!«

Als der erste Implantatträger mit einem der versteckten Sturmgewehre von der Laderampe sprang, zog June das Funkgerät und drückte den Sendeknopf: »So, Obergefreiter Heinzmann, jetzt komm aus deinem Loch und ergib dich, dann überlebst du das Ganze hier. Es sei denn, du hast Ace ein Haar gekrümmt, dann wäre es besser, wenn du dich erschießt, denn was ich dann mit dir mache, wird sicherlich schlimmer sein!«

Sie ließ die Sendetaste wieder los und ihren Blick durch die große Halle wandern. Wenn ihre Vermutungen zutrafen, musste es irgendwo eine Wachstube oder Lagerkammer geben, in der sich die beiden Soldaten, denen sie vorhin auf dem Gang ausgewichen war, versteckten. Und wer außer den beiden sollte Ace gefangen genommen haben?

Wieder knackte und rauschte das Funkgerät, bevor June die Stimme von vorhin hörte:

»Kommen Sie uns nicht zu nahe! Wir haben bereits Verstärkung informiert und man wird Sie festnehmen.« In Junes Ohren klang die Stimme weniger selbstsicher als noch zuvor – ihre Drohung hatte also nicht ganz ihre Wirkung verfehlt, doch leider hatte es nicht gereicht, um die beiden aus ihrem Versteck zu locken.

June lief zu den Implantatträgern, die in einem losen Haufen um den Duro standen und deren Blicke immer wieder zueinander und dem notdürftig verschlossenen Tor am Ende des Ganges wanderten.

»Okay, Leute, Zeit zu handeln. Kennt sich jemand hier unten aus und weiß, ob es noch eine Wachstube oder eine Lagerkammer gibt, die nicht auf den Plänen verzeichnet ist? Ich glaube, dass sie Ace dort gefangen halten.« Sie blickte von einem zum anderen und der kleine Mann mit den kurzen blonden Haaren, dessen Feldhemd ihn als den Gefreiten M. Schneider auswies, hob langsam seine Hand und meldete sich.

Unwirsch gab ihm June mit einer auffordernden Geste zu verstehen, dass er es ausspucken sollte.

»Also«, begann er mit leichtem Zittern in der Stimme. »... da hinten gibt es zwei abgedeckte Wartungsgruben.« Sein ausgestreckter Finger deutete auf den Boden am hinteren Ende der Halle.

June nickte und wollte schon loslaufen, da hielt sie kurz inne.

»Wer kann mit seiner Waffe umgehen?«

Die stämmige Blonde und Gefreiter Schneider meldeten sich.

»Gut, dann kommt ihr beiden mit und ihr anderen lauft zum großen Haupttor und seht zu, dass ihr das Ding in Bewegung setzt. Wenn ihr es nicht schnell öffnet, ist alles vorbei, also lasst euch besser etwas einfallen.« Zur Antwort bekam June nur einige aufgerissene Augen und zur Seite geworfene Blicke. Niemand bewegte sich.

»LOS JETZT!«, brüllte sie aus Leibeskräften und lief zu den Wartungsgruben.

Nicht ohne Befriedigung registrierte sie, dass Blondie und Schneider ihr folgten, während die anderen zum großen Tor rannten.

Die Wartungsgruben waren mit massiven Metallplatten abgedeckt, die sich über ein Schienensystem schieben ließen.

June hockte sich vor den vorderen Teil der nächstgelegenen und hielt ihre Forums-Waffe samt Taschenlampe im Anschlag. Dann gestikulierte sie dem Gefreiten, dass er die erste Platte zur Seite bewegen sollte. Schneider schien zu zögern, doch ein einziger strenger Blick von June genügte, um ihn beherzt zugreifen und die Platte verschieben zu lassen.

Vor June tauchten die Stufen und die ersten Meter der Wartungsgrube im Licht ihrer Taschenlampe auf. Nichts und niemand rührte sich. Um auf Nummer sicher zu gehen, vollführte June mit der Waffe und der Lampe eine schiebende Bewegung, woraufhin Schneider auch die nächste Platte verrückte, sodass June die gesamte Grube ausleuchten konnte. Fehlanzeige, die Grube war vollkommen leer.

»Zur nächsten«, raunte June und winkte ihre beiden Begleiter weiter. Dieses Mal musste sie nichts sagen. Der Gefreite stand schon neben der vordersten Platte und wartete, dass June sich in Position brachte. Nachdem sie sich hingehockt hatte und Blondie hinter sich wusste, nickte sie dem untersetzten Mann zu und er zog an der Platte. Mit einem leichten Kreischen bewegte sich die über die Führungsschiene und die ersten Strahlen von Junes Taschenlampe drangen in die Dunkelheit des Wartungsgrabens vor. Eine Bewegung zuckte vor den Lichtstrahlen zurück und June spürte, wie ihr Herz schneller schlug und ihre Muskeln sich anspannten – hier war jemand. Gerade wollte sie nach unten stürmen, da erklang ein lautes Bollern hinter ihr – jemand hämmerte gegen das Tor, das sie notdürftig versperrt hatte. Man hatte sie offensichtlich gefunden und bald würde es hier nur so wimmeln vor Schweizer Soldaten. Ohne lange nachzudenken, sprang sie mit vorgestreckter Waffe in die Grube, sobald die Platte weit genug vorgezogen war.

Platschend kam sie in einer kleinen Pfütze auf dem Boden auf und sah drei Gestalten im Licht ihrer Taschenlampe vor sich. Zwei trugen die Uniform der Schweizer, ohne dass June in dem schwachen Licht irgendwelche Dienstgrade oder Namen hätte erkennen können. Der vordere zielte mit einer Pistole auf sie und der hintere hielt dem geknebeltem und gefesselten Ace eine Pistole an den Kopf, während er abwechselnd zwischen ihr und Ace hin und her schaute.

»Lass die Waffe fallen oder dein Freund ist tot!«, brüllte ihr der vordere der Soldaten entgegen und schien um einen festen Befehlston bemüht – doch June entging nicht das leichte Zittern seiner Waffe, die er auf sie gerichtet hielt. Gedanken und Wahrnehmungsfragmente rasten durch Junes Bewusstsein, doch sie schenkte ihnen keinerlei Beachtung. In ihr hatte sich die klare, kalte Leere der absoluten Fokussierung ausgebreitet, die nichts anderes zuließ, als ihre Aufgabe zu erfüllen.

Beide Soldaten schienen sehr angespannt zu sein, und beide waren bewaffnet. Ace bewegte sich nicht, sodass sie nicht sagen konnte, ob er bei Bewusstsein war oder nicht, und zugleich hörte sie von draußen immer mehr Lärm aus Richtung des Tores. Am Ende stand nur eine einzige Erkenntnis: *Ich muss jetzt handeln!*

June schoss.

Das charakteristische Zischen der Forums-Waffe klang in der engen Grube lauter und verzerrter als gewöhnlich. Wie ein schwacher blauer Blitz raste das Projektil auf den hinteren der beiden Soldaten zu, der Ace bedroht hatte. Nun zuckte er zusammen und riss die Arme nach oben, bevor er bewusstlos zusammenbrach.

Gerade wollte June die Waffe schwenken, um den vorderen Soldaten auszuschalten, da verbanden sich ein ohrenbetäubender Knall, ein greller Blitz und ein feurig beißendes Reißen in ihrem linken Arm zu einer Melange schmerzhaften Grauens. June wurde mit solch einer Wucht zur Seite gerissen, dass sie sich plötzlich mit dem Gesicht in der Pfütze am Fuße der Stufen wiederfand. Aus dem Augenwinkel sah sie, wie der vordere der beiden Soldaten seine Waffe sinken ließ, aus deren Mündung noch etwas Rauch drang. Hektisch wandte er seinen Kopf, um sich nach seinem Kameraden umzuschauen.

Instinktiv wollte June ihre Waffe heben, um die Chance zu nutzen und auch diesen Gegner auszuschalten, während er abgelenkt war, doch zu ihrem Entsetzen musste sie feststellen, dass ihre Hand leer war. Sie hatte ihre Waffe fallen lassen.

Ihr Gegenüber musste ihre Bewegung registriert haben, denn sofort drehte er seinen Kopf und zielte mit seiner Waffe auf sie.

»Du scheiß Schlampe hast ihn getötet!«, brüllte er so laut, dass sie es trotz des Dröhnens in ihrem Kopf verstehen konnte. Wie in Zeitlupe sah sie, dass er die Waffe hob und das dunkle, schwarze Nichts der Mündung ihr nahes Ende zu verkünden schien.

Sein Blick traf ihren und für einen Moment schien die Zeit zwischen ihnen stillzustehen und hinter all der Wut und all dem Hass erkannte June Angst und Panik im Blick ihres Gegenübers, der ein Spiegelbild ihrer unterdrückten Empfindungen darstellte. Und dann war der Augenblick vorbei. Er endete erneut in einem infernalen Knall und einem grellen Blitz. Der Kopf ihres Gegenübers wurde nach hinten gerissen und er kippte mit seinem ganzen Körper nach vorne. Blut hatte sich hinter ihm über die Wand verteilt und als gäbe es das betäubende Dröhnen in ihren Ohren so wenig wie die höllischen Schmerzen in ihrem rechten Arm, fokussierte June Blick und Bewusstsein auf das Blut, das aus seinem Kopf strömte. Pulsierend quoll es aus einer klaffenden Wunde an seinem Hinterkopf und breitete sich langsam zu einer immer größeren Lache auf dem Boden aus. Es gab einen Teil in ihrem Bewusstsein, der diese Szenerie als vollkommen falsch und schrecklich erkannte, doch wurde er sofort von dem reinen Willen zu überleben verdrängt.

June stemmte sich vom Boden hoch und wäre fast wieder zusammengebrochen, als eine Welle aus Schmerzen durch ihren linken Arm raste. Mit Mühe und Not unterdrückte sie die Schmerzen und schob sich mit dem rechten Arm nach oben. Plötzlich war Blondie neben ihr und zog sie mit erstaunlicher Leichtigkeit am Kragen hoch.

»Danke«, brüllte June, deren Ohren noch immer von den beiden Schüssen dröhnten und ging auf Ace zu.

»Hilf mir!«, rief sie an Blondie gewandt und deutete auf Ace, der noch immer reglos auf dem Boden lag.

»Wir müssen ihn sofort zum Duro bringen.«

Dann beugte sie sich nach unten und zerschnitt Aces Fesseln.

Mühsam hoben sie ihn gemeinsam hoch und zogen ihn zur Treppe.

»Ace, wach auf, du bist zu schwer«, presste June zwischen den Zähnen hervor, doch ihr Freund reagierte nicht. Sein Bauch hob und senkte sich regelmäßig, doch davon abgesehen gab er keinerlei Lebenszeichen von sich.

An der Treppe wartete der Gefreite Schneider auf sie. Er streckte die Hände aus und half, Ace die Treppe hinaufzuziehen, wofür June ihm unendlich dankbar war. Noch immer schien irgendetwas mit ihrem linken Arm nicht zu stimmen und mit nur einem Arm war es ihr kaum möglich, auch nur ein Bein von Ace zu halten. Ihr Ärmel war zerrissen und voller Blut – offensichtlich war sie verletzt, aber für eine genaue Inspektion hatte sie keine Zeit.

»Zieht ihn zum Duro!«, wies sie die beiden an und rannte vor, um den Wagen zu starten. Noch immer tauchte die Alarmbeleuchtung die ganze Halle in ein diffuses rotes Licht und erschwerte June einen klaren Überblick. Doch das Wenige, was sie sehen konnte, reichte, um sie zu beunruhigen. Das gigantische Haupttor am anderen Ende der Halle, das ihre einzige Fluchtmöglichkeit darstellte, war erst zu einem Drittel an die Seite geglitten, sodass der breite Duro sicherlich noch nicht hindurchpassen würde. Zugleich gab es eine Explosion an dem kleinen Tor zum Gang. Offensichtlich hatte die anrückende Verstärkung der Schweizer entschieden, dass es schnell gehen musste, und versuchte nun, sich mit aller Gewalt Zutritt zu verschaffen.

Junes Magen verkrampfte sich und sie musste zweimal blinzeln, um die plötzlich auftauchenden Sterne in ihrem Sichtfeld zu vertreiben, die von einem unangenehmen Schwindel begleitet wurden.

Durchhalten, Kleines, ermahnte sie sich in Gedanken mit den Worten ihres Vaters. Am Duro wurde sie von den drei Implantatträgern erwartet, die sie zum großen Tor geschickt hatte. Sie standen dicht beieinander und wirkten wie ein Haufen verängstigter und verlorener Kinder.

»Helft den beiden, Ace zu tragen, und dann auf die Ladefläche! Wir müssen hier weg!« June deutete auf Blondie und Schneider, die Ace zwischen sich hielten, indem sie jeweils einen Arm von ihm über ihre Schultern genommen hatten. Seine Füße schliffen ein gutes Stück hinter ihnen über den Boden, da Ace deutlich größer als seine beiden Retter war. Außerdem war er entschieden schwerer, was das ungleiche Trio nur im Schneckentempo vorankommen ließ.

Zwei der Angesprochenen eilten sofort los und schienen erleichtert zu sein, dass sie etwas zu tun hatten. Die dritte blieb stehen und schaute starr geradeaus. June kannte diesen Blick. Sie hatte schon einige Kämpfer getroffen, die plötzlich so aussahen. Niemand wusste, wann es passierte, es schien einfach über sie zu kommen. Ein Doc hatte June mal erklärt, dass das ein dissoziativer Zustand wäre, eine Art Schutzfunktion der Psyche, um sich vor den Schrecken des Schlachtfeldes zu schützen. June war es egal, sie wollte nur, dass alle heil hinauskamen und dafür mussten sich alle am Riemen reißen.

»Verdammt, Mädchen, jetzt nicht schlappmachen, du hast es fast geschafft. Reiß dich zusammen!«, brüllte June die junge Frau an, die wahrscheinlich einige Jahre älter als sie war. Sie schob sie in Richtung der Ladefläche und hoffte inständig, dass sie wieder die Kontrolle gewann. Roboterhaft bewegte diese ihre Füße, jedoch immer nur so weit, wie June sie schob.

An der Laderampe angekommen, blieb sie stehen und machte keine Anstalten, hochzuklettern.

»Scheiße, nun mach, dass du da hinaufkommst, sonst krepieren wir hier!«, schrie June sie voller Verzweiflung an, als ihr klar wurde, dass sie die Frau nicht würde hochheben können.

Als auch dieser Gefühlsausbruch keine Regung erzeugte, holte June mit ihrem rechten Arm aus und schlug ihr mit voller Kraft die flache Hand ins Gesicht. Mit einem lauten Klatschen traf ihre Hand auf die Wange der Frau und ein unangenehmes Brennen breitete sich in Junes Handfläche aus. Das war leider auch der einzige wahrnehmbare Effekt.

Kurz ruckte der Kopf der so Geschundenen zur Seite und folgte der Kraft von Junes Schlag, doch ansonsten passierte rein gar nichts. Weder äußerte sie einen Laut, noch schien sich ihr Bewusstsein wieder in das Hier und Jetzt begeben zu wollen.

»Fuck, da ist echt eine Sicherung bei dir durchgebrannt«, raunte June und ließ die Frau stehen. Sie wusste nicht, was sie mit ihr machen sollte, und so rannte sie nach vorne und schwang sich auf den Fahrersitz.

Als ihre Finger den kühlen, metallenen Kopf des Schlüssels umfassten, durchlief June ein Gefühl der Erleichterung – es war ein Risiko gewesen, ihn am Morgen stecken zu lassen, doch das hatte sich ausgezahlt. Beherzt drehte sie ihn herum und startete den Motor, der dröhnend und rumpelnd zum Leben erwachte.

Ein Blick in den Seitenspiegel verriet ihr, dass Blondie und Schneider, dank der Unterstützung der zwei anderen Befreiten nun fast mit Ace angekommen waren.

Plötzlich durchdrangen Dutzende Strahlen von Taschenlampen den Raum und zuckten wie die Tentakel einer riesigen Bestie hin und her, um kurz darauf wie ein gebündelter Strahl auf June und den Duro zu leuchten.

Die Verstärkung war durch die Tür gedrungen und hatte sie entdeckt.

Dem ursprünglichen Plan nach sollte jetzt Ace neben ihr sitzen und die Fernsteuerwaffen auf dem Dach des Duros bedienen, um heranrückende Angreifer in Deckung zu zwingen. Doch daraus wurde ganz offensichtlich nichts.

»Alle aufgesessen?«, brüllte June durch das offene Fenster nach hinten, da die Kabine und die Ladefläche nicht miteinander verbunden waren.

Wie zur Antwort schlugen die ersten Schüsse in die Fahrerkabine ein und bildeten auf dem Glas kleine Krater mit Ausläufern wie Spinnennetze, doch das Panzerglas tat seinen Job und hielt dem Beschuss durch die Handfeuerwaffen stand. Ob nun alle da waren oder nicht, sie musste losfahren oder sie würden gar nicht mehr starten.

»Alle runter und festhalten«, brüllte sie, auch wenn sie bezweifelte, dass man sie auf der Ladefläche würde hören können. Dann drückte sie mit aller Kraft das Gaspedal durch und ließ die Kupplung kommen.

Mit einem Aufheulen des Motors machte der Wagen einen Satz nach vorne und sie rasten auf das sich kriechend langsam öffnende Tor zu. June blickte kritisch auf den Spalt vor sich, hinter dem die Finsternis der tiefen Nacht auf sie wartete. Es würde eng werden, sehr eng, soviel war ihr sofort klar, doch ein kurzer Blick in den Seitenspiegel verriet ihr, dass die Schweizer nicht vorhatten, es ihnen leicht zu machen. Sie gingen hinter ihnen in Stellung und legten für eine erneute Salve an. Falls dieses Mal jemand auf die Idee kommen würde, das Feuer auf die Reifen zu konzentrieren, wäre es das gewesen.

Plötzlich flog etwas Kleines, Dunkles vom Duro weg

und auf die Schweizer zu. Im ersten Moment hielt June es für irgendein Bauteil, das dem Beschuss nicht standgehalten hatte, doch nach nur einem Herzschlag wurde sie eines Besseren belehrt. Ein kleiner Blitz erhellte den Raum zwischen ihnen und den Schweizern, gefolgt von einer schnell wachsenden Nebelwand.

June dankte dem unbekannten Genie, das sich die Mühe gemacht hatte, nicht nur die Gewehre aus der Kiste zu nehmen, sondern auch den restlichen Inhalt zu inspizieren. Doch bevor sie euphorisch werden konnte, hatte der Duro die Entfernung zum Tor komplett überwunden und June versuchte, ihn möglichst genau in der Mitte zwischen den beiden zur Seite gleitenden Torflügeln hindurch zu navigieren. Mit einer Kakophonie aus kreischendem Metall und splitterndem Glas rissen auf beiden Seiten die Spiegel ab. Eine Fontäne aus aufstiebenden Funken verriet June, dass sie einige Millimeter zu weit nach rechts gelenkt hatte und der Duro nun Lack und Metall blutete. Während er deutlich hörbar litt, schienen die massiven Torflügel absolut unbeeindruckt.

Dann war der Spuk auch schon vorbei und mit einem letzten Aufheulen des Motors verließ der geschundene Duro die Halle und raste vom Graben weg.

Ob sie verfolgt wurden, konnte June nun mangels Spiegeln nicht mehr feststellen, aber das war im Grunde auch einerlei. Jetzt mussten sie improvisieren. Diesen Teil der Flucht hatte sie nur bedingt planen können und auf Ace und die Fähigkeiten seines Implantates vertraut, mit dem es ein leichtes gewesen wäre, in der Wildnis zu navigieren.

Dafür, dass du gegen das Forum kämpfst und dir so viel

darauf einbildest, frei von einem Implantat zu leben, baust du in letzter Zeit ganz schön häufig auf dessen Möglichkeiten, maßregelte sie sich in Gedanken.

Die Scheinwerfer durchschnitten die Finsternis und erlaubten nur grobe und kurze Einblicke in die Welt jenseits des schmalen Gebirgspfades, auf dem sie fuhren. June hoffte, dass sie möglichst bald von dem Weg verschwinden und sich verstecken könnten. Ab jetzt mussten sie sich sowohl vor den Schweizern als auch vor den Truppen des Forums verbergen.

Kapitel 7: June

Almhütte, 22.07.2040

»June, wach auf«, drang eine Stimme wie aus weiter Ferne in ihr Bewusstsein. Doch wie es einen Teil in ihr gab, der diese Aufforderung verstand, gab es einen anderen Teil, der sich weigern wollte, aufzuwachen.

»June, du musst aufwachen!« Diesmal klang die Stimme drängender und zugleich rüttelte jemand an ihrer Schulter.

Langsam kroch ihr Bewusstsein der Stimme und dem Erwachen entgegen, doch bei jedem Schritt auf diesem Weg kamen weitere Wahrnehmungen dazu und ließen sie zurückschrecken. Schmerzen flossen wie heißes Wachs von ihrem linken Arm über den ganzen Körper, nur um im nächsten Moment wie ein Feuerwerk aus Blitzen vollkommen wahllos in ein anderes Körperteil einzuschlagen. June wollte sich zurückziehen, wollte fliehen vor dem Schmerz, der sie durchdrang, doch ihr Bewusstsein kroch unweigerlich dem Erwachen entgegen.

Stöhnend kam sie vollends zu sich und hob langsam beide Augenlider. Verschwommen und unscharf tauchte ein Gesicht vor ihr auf und es dauerte einen Augenblick, bis sie das vertraute Gesicht von Ace erkannte. Er starrte sie aus weit aufgerissenen Augen an und seine Stirn wies tiefe Falten auf, die den Tälern und Bergen ihrer alten Heimat in Montana Konkurrenz machten.

»Ace«, krächzte sie mit einer Stimme, die ihr fremd vorkam. »Ich muss ja ziemlich schrecklich aussehen, so wie du mich anstarrst.«

»Nun ja, ich wäre nicht der Gentleman, als der ich bekannt bin, wenn ich dir widersprechen würde.«

»Was ist passiert? Das Letzte, an das ich mich erinnern kann, ist, dass ich am Steuer des Duros saß und wir auf dem Bergpfad flüchteten.«

»Sind wir auch, bis wir plötzlich immer langsamer wurden und ruckartig zum Stehen kamen, weil wir einen Baum geknutscht hatten. Hast uns allen einen ziemlichen Schrecken eingejagt, als du bewusstlos hinter dem Steuer hingst. Es muss wohl der Blutverlust gewesen sein, der dich langsam dahingerafft hat.«

»Blutverlust? Wie lange war ich weg? Ich fühle mich wirklich elend und mein linker Arm macht mir echt zu schaffen. Fühlt sich an, als würde man ihn mit tausend Hämmern und Nägeln traktieren.«

In dem Moment, als sie über ihren Arm sprach, schaute Ace kurz zur Seite, dorthin, wo ihr Arm von einigen Decken und Kissen verdeckt war. Als er ihr wieder ins Gesicht schaute, hatte sich ein verräterisches Schimmern von Flüssigkeit in seinen Augen gebildet, als könnte er nur mit großer Mühe den Fluss von Tränen unterdrücken. Oder war es gar keine verdrückte Träne, sondern nur ihr noch immer unscharfer Blick?

Die Antwort kam prompt. »June, ich muss dir etwas sagen«, bereits Aces stockende Aussprache ließ June sich verspannen und die kurze Pause machte es noch schlimmer. »Also, ich wollte, dass du es von mir erfährst«, fuhr Ace fort. Ungeduldig hob June eine Augenbraue – sie war immer dafür gewesen, die Dinge geradeheraus anzusprechen, und ursprünglich hatte sie Ace auch so kennengelernt. Dann schluckte er und fuhr erneut fort: »Sie mussten dir den linken Arm abnehmen. Die Blutung war nur schwer zu stoppen gewesen, dann hast du Fieber bekommen und die Wunde fing an, übel zu riechen und obendrein haben ...«

June nahm die weiteren Worte gar nicht mehr wahr. Sie sah zwar, dass Ace weiter sprach, und verstand auch die Worte, doch deren Bedeutung drang nicht mehr in ihr Bewusstsein vor.

Sie haben mir den Arm abgenommen? Aber ich brauche ihn doch! Außerdem kann ich ihn spüren! Ohne Ace weiter zu beachten, versuchte sie, ihren linken Arm unter den Decken und Kissen, die so schwer darauf lasteten, hervorzuziehen, doch es gelang ihr nicht.

Die einzige Reaktion, die sich zeigte, war eine Zunahme des Schmerzes, sodass sie ihre verzweifelten Anstrengungen wieder beendete. Dann nahm sie ihren rechten Arm zu Hilfe und zog die Decken zur Seite, sodass sie ihren linken Arm betrachten konnte.

Kurz zuckte Aces Arm vor, als wollte er sie aufhalten, doch ruckhaft zog er seine Hand langsam zurück und ließ sie gewähren.

Langsam schob June weiter und blickte wie gebannt auf die graue Armeedecke, die sich langsam zur Seite bewegte und Stück für Stück den Blick freigab auf die Stelle, wo ihr schmerzender Arm liegen sollte. Wie eine Kralle aus kaltem Eis griff die Erkenntnis nach ihren Eingeweiden und riss daran. Entsetzen breitete sich in ihr aus und sie schleuderte die Decke fast zur Seite, als sie dort, wo ihr

Arm liegen sollte, nichts sehen konnte. Es war nur die Liege zu sehen und sonst nichts.

Ein weißer, schon etwas mitgenommen wirkender Verband umschloss einen hässlichen kleinen Stumpf, der aus ihrer Schulter kam. Ein lautes Keuchen drang aus ihrer Kehle und war genauso unverständlich wie die Vielzahl an Gedanken und Gefühlen, die sie in diesem Moment durchfluteten.

»Aber«, begann June und musste einige Male schlucken, bevor sie es noch einmal versuchte: »... aber ich kann ihn doch spüren, Ace. Er ist da, ich merke die Schmerzen in meiner Hand und fühle, wie sie den Arm emporwandern!«

Ihre Stimme war immer mehr zu einem Flüstern geworden und verklang dann ganz.

Die warmen Hände von Ace umfassten ihr Gesicht und drehten ihren Kopf langsam, aber mit Nachdruck in seine Richtung, weg von dem Stumpf und dem fehlenden Arm. Als ihre Blicke sich trafen, fixierte er ihren und begann mit ruhiger Stimme zu sprechen: »June, du bist die stärkste Frau, die ich kenne, du wirst es schaffen, damit umzugehen. Du wirst es schaffen, weil du es schaffen kannst und schaffen musst. Okay?«

Noch immer zu verstört und entsetzt, nickte June.

»Okay«, sagte Ace, als ob er sich selbst überzeugen müsste, und hielt weiterhin ihr Gesicht zwischen seinen Händen. »Du hast scheinbar Phantomschmerzen, das kann bei Amputationen passieren und wir können im Moment leider nichts dagegen tun. Jetzt ist es allerdings viel entscheidender, dass du aufstehst und wir uns vorbereiten, von hier zu verschwinden. Die anderen haben schon alles gepackt und in etwa einer Stunde sollte es so dunkel sein, dass wir aufbrechen können. Kannst du aufstehen?«

Seine Hände lösten sich von ihrem Gesicht und er erhob sich vom Rand ihrer Liege. Dann streckte er ihr eine Hand entgegen und June wollte mir ihrer Linken danach greifen. Sie hätte nicht sagen können, welcher Schmerz größer war, das Feuer des Phantomschmerzes oder der Schmerz der Erkenntnis, dass es ein solcher war und sie keine linke Hand mehr hatte, genauso wenig wie sie einen linken Arm hatte.

Etwas von diesem Schmerz musste sich auf ihrem Gesicht abgezeichnet haben, denn Ace beugte sich sofort herunter und wollte ihr die Hand um die Schulter legen.

»Lass das!«, fauchte June ihn an und war überrascht, mit welcher Wucht und mit wie viel Wut in der Stimme sie Ace von sich wies.

»Ich MUSS das alleine können, sonst könnt ihr mich auch gleich zurücklassen oder besser noch ausschalten, damit ich dem Gegner nicht in die Hände falle.«

Ace schwieg und starrte sie an, bis er nickte und einen Schritt von ihr wegmachte.

Vorsichtig stützte sich June mit dem rechten Arm zum Sitzen auf und ließ ihre Beine von der Liege baumeln. Kurz drehte sich die Welt um sie und Sterne tanzten einen explosiven Reigen vor ihren Augen. Ace sprang auf sie zu, doch June schüttelte vehement den Kopf.

»Ich schaffe das. Bleib weg!«

Innerlich kämpfte sie mit dem Schwindel und den Schmerzen, doch sie war fest entschlossen, sich nicht geschlagen zu geben.

Als der Schwindel nachließ und das Meer aus funkelnden Sternen vor ihren Augen zu einer soliden Welt wurde, erhob sie sich langsam und richtete sich gerade auf. Wieder rollte eine Welle des Schwindels über sie, doch dieses Mal riss die Welle sie nicht mit und klang auch etwas schneller wieder ab. Als June das Gefühl hatte, dass sie nicht gleich umkippen würde, begann sie, sich zu inspizieren. Sie trug eine schlichte schweizerische Uniform und den ganzen Falten nach zu urteilen, auch schon länger. Ihre Füße steckten in einem Paar grober Wollsocken und ansonsten hatte sie nichts bei sich.

»Wo sind meine Sachen? Mein Gürtel und meine P99?«

»Ich habe sie hier hingelegt.« Ace deutete auf eine kleine Kiste in der Ecke des Raumes.

»Aber vielleicht solltest du erst einmal ein paar Meter gehen und etwas essen und trinken, bevor du dich um deine Sachen kümmerst.« Aces Stimme klang zu sehr beschwichtigend und bemitleidend in Junes Ohren, um seinem vernünftigen Vorschlag Folge leisten zu können.

Vielmehr fühlte sie sich durch seine milden Worte zu noch mehr Härte sich gegenüber angespornt. Sie fokussierte die kleine Kiste in der Ecke und ihren darauf befindlichen Gürtel samt Pistolenhalfter. Dann setzte sie einen Fuß nach vorne und wollte geradewegs darauf zu gehen, doch alles, was sie zustande brachte, war ein kläglicher Schlurfen und selbst das musste sie zweimal unterbrechen, um nicht von ihrem Schwindel zu Boden gerissen zu werden.

Angekommen lehnte sie sich gegen die Wand, schloss die Augen und atmete ein paarmal ein und aus. Dann bückte sie sich nach dem Gürtel, an dem das so sehr vertraute Gewicht ihrer P99 hing. Sofort übernahm die jahrelange Routine und sie schwang den Gürtel um die Hüfte, um sein Ende mit der linken Hand zu schnappen und den Gürtel zu schließen. Stumpf schlugen Gürtel und Pistolenhalfter gegen ihre Hüfte, nur um hinunterzurutschen, da keine linke Hand vorhanden war, die das Ende des Gürtels hätte greifen können. Unweigerlich verkrampfte sich June. »Was für eine verfluchte ...«, zischte sie zwischen zusammengebissenen Zähnen hervor und blickte hasserfüllt auf den Stumpf, der aus ihrer linken Schulter ragte.

Es hatte lange gedauert, bis sie einen Weg gefunden hatte, sich den Gürtel umzulegen. Sicherlich wäre es schneller gegangen, wenn sie Aces Hilfe angenommen hätte, doch sie hatte ihn kalt abgewiesen und innerlich zum Teufel gewünscht. Ihr war bewusst gewesen, dass sie ihm gegenüber vollkommen unfair war, doch es war ihr egal gewesen. Doktor Retsam hätte ihr wahrscheinlich unterstellt, dass sie Ace wehgetan hatte, um etwas von ihrem eigenen Schmerz vergessen zu können. Wahrscheinlich hätte er recht und doch war es ihr einerlei.

Jetzt, nachdem sie endlich den Gürtel umgelegt und ihre Sachen gepackt hatte, war sie vollkommen erschöpft, obwohl sie nichts gemacht hatte. Das waren alles Arbeiten gewesen, welche ihr vor ihrer Verwundung so leicht von der Hand gegangen waren, dass sie gar nicht darüber nachgedacht hatte – das war nun anders.

»Bist du bereit? Können wir aufbrechen?«, fragte Ace mit weicher, mitfühlender Stimme.

»Ja. Lass uns bloß verschwinden«, blaffte sie ihm als Antwort entgegen. Gerade hatte sie noch überlegt, sich bei ihm zu entschuldigen, da machte es seine mitfühlende

Art nur schlimmer. June hatte das Gefühl, als würde dadurch ihre neue Behinderung noch mehr fokussiert, obwohl das wahrscheinlich gar nicht seine Absicht gewesen war.

Zumindest war ihr nicht mehr schwindelig, sodass sie nun aus dem Zimmer eilen konnte, ohne Sorge haben zu müssen, gleich den Boden unter den Füßen zu verlieren und zusammenzubrechen. Also ging sie aus dem Raum und ignorierte Aces gestammelte Einwände.

Schnell hatte sich June einen Überblick über ihre Lage verschafft. Sie waren in einem alten Bergbauernhof untergekommen, welcher seit einigen Jahren leerzustehen schien. In dem großen Wohnzimmer war sie auf die anderen gestoßen. June hatte den Gefreiten Schneider, der sich als Markus vorstellte, und die stämmige Blonde, deren Name Gritli Müller lautete, sofort wiedererkannt. Auch die Drei anderen befreiten Implantatträger identifizierte sie und diese stellten sich als Alicia, Luis und Theo vor. Die vier übrigen Personen im Raum waren ihr jedoch vollkommen fremd. Sie trugen Kleidung der Schweizer Armee, jedoch ohne erkennbare Abzeichen einer Einheit. Außerdem waren zwei von ihnen Implantatträger.

Ace hatte sie ihr vorgestellt: Guisep, Andrin, Ruedi und Fränzi waren Teil des neuen schweizerischen Widerstandes, wie Ace es genannt hatte. Er und die anderen Implantatträger aus dem Graben hatten die Zeit genutzt und versucht, so viele schweizerische Implantatträger wie möglich vor den Plänen zu ihrer Verhaftung und Explantierung zu warnen. In vielen Fällen waren sie zu spät gewesen, doch andere hatten sie rechtzeitig erreicht – so auch die vier Neuankömmlinge. Sie hatten sich hierher durchgeschlagen und laut Ace hatten sich noch mehr Implantatträger über die Metawelt gemeldet und waren auf dem Weg zu einem gemeinsamen Treffpunkt in der Nähe eines Ortes namens Wimmis. Dort wollte sich der *neue Widerstand* treffen.

June fühlte sich nicht wohl bei der Sache – so viele Unbekannte, die nun zu ihnen stoßen würden, das barg zu viele Risiken. Schnell hatte ihr jedoch eingeleuchtet, dass es kein Zurück mehr gab, und Ace hatte noch einmal sehr deutlich gemacht, dass sie so viele Implantatträger wie möglich brauchten, um seinen Plan durchziehen zu können. Also hatte June nur genickt und war auf die Ladefläche des alten Transporters geklettert, den man in der Scheune des Bauernhofes ausgegraben und wieder halbwegs fahrbereit gemacht hatte.

Hier saß sie nun und lauschte dem Motorenlärm des alten Fahrzeuges und dem besorgniserregenden Knarren und Quietschen der Stoßdämpfer, die mehrmals so hart durchschlugen, dass June nicht sicher war, ob sie überhaupt heil vom Berg hinunter kommen würden.

Kurz überlegte sie, ob sie ein Gespräch mit den anderen auf der dunklen Ladefläche beginnen sollte, doch dann verwarf sie die Idee sofort wieder – es war zu laut und sie hatte auch nicht wirklich etwas zu besprechen. Überhaupt war es ein seltsames Gefühl in dieser neuen kleinen Einheit und das kam nicht nur daher, dass sie die meisten kaum kannte oder sich nicht im Vollbesitz ihrer Kräfte befand. Es lag vielmehr daran, dass außer Ruedi, Fränzi und ihr alle ein Implantat trugen und seit einiger Zeit vermehrt darüber zu kommunizieren schienen. Das erste Mal fühlte sie sich ohne Implantat irgendwie nicht zugehörig – eine ganz neue und sehr unangenehme Erfahrung.

»Weiß jemand, wie weit es noch ist, bis wir auf einer Straße oder einem Weg ankommen, der diese Bezeichnung auch verdient? Mein Rücken macht diese elende Tortur nicht mehr lange mit«, brüllte sie über den Lärm hinweg und kaum waren die Worte ausgesprochen, wollte sie sie zurücknehmen. Sie wollte doch keine Schwäche zeigen. *June, kannst du dich nicht mal zusammenreißen – jetzt halten sie dich nicht nur für bemitleidenswert, weil dir ein Arm fehlt, jetzt müssen sie dich auch noch für verweichlicht und wehleidig halten!*, schalt sie sich in Gedanken.

Plötzlich ertönte schallendes Gelächter vom vorderen Teil der Ladefläche. June kniff die Augen leicht zusammen und versuchte, zu erkennen, wer sie auslachte. Den Umrissen nach zu urteilen musste es entweder Luis oder Theo gewesen sein.

»Was ist an der Frage so lustig?«, presste June zwischen zusammengebissenen Zähnen hervor.

»Wie bitte?«, brüllte die Stimme zurück, die June nun ziemlich sicher Theo zuordnete.

»Was ist an meiner Frage so lustig?«, wiederholte June ihre Frage und spürte, dass die Wut in ihr nur noch größer wurde. »Auch mir kann mal was wehtun und anders als ihr bescheuerten Byteheads kann ich mich nicht in eine verfluchte Metawelt flüchten! Also lach mich verdammt noch mal nicht aus!« Den letzten Satz brüllte sie deutlich lauter, als es der Lärm der Fahrt erfordert hätte, und die folgende Stille wirkte umso unangenehmer, doch das war ihr gerade egal.

»Ähm, also ich weiß ja nicht, welche Laus dir über die

Leber gelaufen ist, Mädchen, aber ich habe nicht über dich gelacht, sondern über die Bemerkung von Gritli, die sie eben *gestreamt* hat.«

Streamen, so nannten sie ihre Form der Implantat-zu-Implantat-Kommunikation, die June verschlossen blieb. Solche Momente gab es immer wieder, in denen sie das Gefühl hatte, dass ein Großteil der Kommunikation an ihr vorbeiging. Das war in höchstem Maße unangenehm für sie, doch fehlte es ihr zurzeit an der Kraft, um etwas dagegen zu unternehmen, und außerdem musste sie neidvoll eingestehen, dass es extrem gut klappte. Sie konnten offensichtlich viel schneller Informationen austauschen und machten zugleich keinerlei Geräusche. Sie hatte kurz versucht, Ace zu überzeugen, dass sie lieber offen sprechen sollten und nicht über ihre Implantate. Um nicht als Nörglerin dazustehen, hatte sie versucht, zu argumentieren, dass sie in der Metawelt keine Spuren hinterlassen sollten, doch Ace hatte sie nur kurz verdutzt angeschaut und ihr erklärt, dass gar kein Kontakt zur Metawelt notwendig sei.

»Oh, Entschuldigung«, flüsterte June, die sich plötzlich bewusst wurde, dass alle auf der Ladefläche sie anstarrten.

»Entschuldigung, Theo, ich wollte dich nicht beleidigen«, rief June erneut, damit sie auch über den Fahrtlärm verstanden wurde. Sie hatte ihn an der Stimme erkannt und außerdem war er der Einzige in der ganzen Gruppe, der sie *Mädchen* nannte, was sie ihm in Wirklichkeit gar nicht übel nahm, aber jetzt hatte es sie verletzt – es hatte ihren Wutausbruch noch dümmer erscheinen lassen und trieb ihr die Schamesröte ins Gesicht. *Du musst dich wie-*

der unter Kontrolle bringen, ermahnte sie sich. *Nur schwache Menschen verlieren die Kontrolle und wer schwach ist, der stirbt,* ging ihr ein Satz ihres Vaters durch den Kopf.

»Wir sind gleich im Tal angekommen«, meldete sich nun Guisep zu Wort. »Andrin hat sich in eine Forums-Drohne gehackt, die gerade das Gebiet überwacht, und auf deren Sensoren drei Duros der Armee ausgemacht, die gerade auf den Bauernhof zu halten. Sieht aus, als hätten wir es gerade noch rechtzeitig weggeschafft.«

»Kann er die Drohne noch eine Weile unter Kontrolle behalten, damit sie unseren Weg voraus sichert?«, fragte June.

»Sorry, June, aber das wird nichts werden«, ertönte nun die leicht kratzende Stimme von Andrin. »Ich habe nur ihre Daten abgreifen können, sie fliegt ihr normales Muster weiter. Wenn ich mich einmischen würde, wäre es eine Frage von wenigen Augenblicken bis es auffällt und wir neben der Armee auch noch das Forum auf uns aufmerksam gemacht haben.«

»Ich verstehe«, meinte June und nickte. »Nimmt die Drohne noch immer die Duros auf?«

»Nein, sie fliegt ein festes Muster ab und liefert die Daten durchgängig an das Forum. Und dort hat man sich offensichtlich entschieden, dass es diese drei Duros nicht wert sind, sich näher mit ihnen zu beschäftigen. Ich bleibe aber dran und suche nach einer anderen Drohne, die sich dem Gebiet nähert.«

»Okay, danke.«

Sie setzten ihre Fahrt fort und erneut sagte niemand etwas, sodass nichts außer den Fahrgeräuschen zu hören war.

Ein lauter Knall riss June aus ihren Gedanken. Der Transporter geriet kurz ins Schlingern und kam mit einer Vollbremsung zum Stillstand. Sofort spürte June, wie sich ihr ganzer Körper anspannte. Automatisch wanderte ihre Rechte zum Griff ihrer P99 und umschloss ihn. Das vertraute Gefühl des Holzes, welches sich durch die viele Benutzung ganz weich anfühlte, gab ihr immer ein Gefühl der Sicherheit und Zuversicht.

»Chizz«, hörte sie Aces Stimme von außen durch die Wand der Laderampe dringen. Dann klopfte es gegen die Fahrzeugwand.

»Kommt raus, wir fahren so schnell nicht weiter«, rief Ace und klang aufgebracht und frustriert.

Kapitel 8: June

Almhütte, 23.07.2040

»Gopferdelli, wir sollten die Karre hier zurücklassen. Ohne Ersatzreifen wird das nichts und überhaupt, hat schon mal jemand einen Reifen gewechselt?«, klagte Andrin, warf allen finstere Blicke zu und stemmte seine Arme in die Hüfte.

»Du bist gerade überhaupt nicht hilfreich«, schnauzte Theo ihn an. »Und um deine Frage zu beantworten, ja, ich habe schon des Öfteren Reifen gewechselt – das ist keine Raketenwissenschaft.« Auch Theos Stimme mangelte es nicht Schärfe.

»Nun kommt mal runter, Jungs, und entspannt euch«, mischte sich Gritli ein. »Wir müssen überlegen, was wir jetzt machen. Vorschläge?«

Kaum hatte Gritli ihre Frage gestellt, prasselte eine ganze Menge Vorschläge auf sie ein und June verlor schnell den Faden. Ihr Blick wanderte den Weg, den sie gekommen waren, zurück und sie suchte nach Hinweisen auf die Ursache der Reifenpanne. Es steckte nichts im Reifen, aber er war großflächig zerrissen, sodass er sofort alle Luft verloren hatte. June musste Andrin zustimmen, den Reifen würde niemand mehr reparieren, hier war ein neuer notwendig.

Sehen konnte sie nichts auf der Strecke, aber so schnell wollte sie nicht aufgeben. Also setzte sie sich in Bewegung und inspizierte sehr genau die Reifenspur. Nach einigen Metern war die deutlich ausgebrochen und bildete ein paar Schlenker. Kurz vor diesen wurde June fündig. Ein graues, spitzes Etwas schaute aus dem Boden. Es war einige Zentimeter in den Matsch gedrückt und bewegte sich keinen Millimeter, als sie mit ihrem Fuß dagegen drückte. June bückte sich, zog ihr Kampfmesser und versuchte, das Ding freizulegen. Unter dem braunen Matsch war noch etwas graue Farbe zu erkennen und die herausragende Spitze sah für sie wie eine Bruchkante aus, als hätte jemand irgendein Metallteil liegenlassen, über dessen scharfkantige Bruchstelle sie unglücklicherweise gefahren waren. Mit einiger Mühe gelang es ihr endlich, das Teil aus dem Matsch zu befreien und in Gänze zu betrachten. Dabei wurde ihr erneut im wahrsten Sinne des Wortes schmerzhaft bewusst, dass ihr linker Arm fehlte, weshalb alles deutlich länger dauerte, als es hätte sollen.

Nachdem sie den gröbsten Matsch abgewischt hatte, stockte ihr Atem und sie blickte sich nach allen Seiten um. Einige Meter weiter links eilte sie in den kleinen Wald und blieb vor einem weiteren Metallteil stehen, das ebenfalls wie ein Bruchstück aussah.

»Trümmer«, flüsterte June sich zu und blickte sich weiter um. Wenn ihre Vermutung zutraf, mussten noch viel mehr herumliegen. Nach einigen Augenblicken hatte sie noch weiter links weitere Trümmerstücke entdeckt. Vor dort folgte sie den immer dichter beieinanderliegenden Trümmern, bis sie sich an einer Absturzstelle wiederfand. Es handelte sich eindeutig um ein kleines Luftschiff des Forums. June kannte diese Modelle. Es war keines der gigantischen Terraformungs-Agrar-Dinger, das hier war ein kleines Kurier- oder Transportluftschiff. Doch wo war der Transportcontainer? June drehte sich langsam um die eigene Achse und inspizierte den Wald rundum. Sie blickte die verhältnismäßig kleine Schneise entlang, die sich durch den Absturz gebildet hatte. Wie niedrig das Luftschiff wohl geflogen war? Auf jeden Fall musste es relativ senkrecht abgestürzt sein.

Sonst wäre sicherlich eine viel größere Schneise der Verwüstung zu sehen, dachte June. Der Container konnte also nicht weit sein. Sie umrundete die Absturzstelle und suchte vor allem hangabwärts. Tatsächlich, da war er, ein mannshoher, grauer Würfel, der vollkommen gleichmäßig gewesen wäre, wenn der Aufprall ihn nicht deformiert hätte. Jetzt war seine untere Ecke gestaucht und von dort zog sich ein Riss über die ganze Oberfläche.

Als hätte ein Riese versucht, das Teil zu knacken, indem er es schwungvoll auf den Boden schlug, nur um nach dem ersten Anlauf das Interesse zu verlieren, dachte June und ging näher. Normalerweise konnte man diese Container nur öffnen, wenn man den Code knackte oder sehr viel Gewalt anwandte, was jedoch in der Regel auch am Inhalt nicht spurlos vorüberging. June wusste das zur Genüge aus ihrer Zeit beim Widerstand. Damals hatten sie viele Luftschiffe vom Himmel geholt und sich die Fracht geschnappt.

»Mal schauen, was du uns so zu bieten hast«, sprach June gedankenverloren und inspizierte den Riss.

»June?«, ertönte Aces Ruf in einiger Entfernung. Etwas peinlich berührt, dass sie wie eine Amateurin davongeschlichen war, ohne mit ihrer Einheit in Verbindung zu bleiben, erhob sie sich und winkte Ace zu sich, in dessen

Gefolge sich Theo, Ruedi und Markus befanden. Theo erblickte sie zuerst und zeigte in ihre Richtung.

Kurz darauf waren sie bei ihr angekommen und schauten sich an der Absturzstelle um.

»Scheiße, June«, blaffte Ace sie an. »Das kannst du nicht machen, dich einfach davonschleichen.«

»Ich bin nicht geschlichen, während ihr alle beschäftigt wart, euch wegen des Reifens zu streiten, habe ich mich nützlich gemacht und nach der Ursache für die Panne gesucht. Dabei habe ich letztendlich dieses kleine Schätzchen gefunden.« June deutete einmal quer über die Absturzstelle und verharrte mit ihrem Zeigefinger auf dem Container.

»Also rege dich nicht auf, sondern hilf mir lieber, den Container zu öffnen«, setzte June mit energischer Stimme nach.

»Okay, aber beim nächsten Mal sagst du uns wenigstens Bescheid. Da du kein Implantat hast, können wir dich nicht anstreamen oder orten«, beschwerte sich Ace.

»Schon vergessen? Ich bin Lady Fury – born free und so – es ist eine gute Sache, kein Implantat zu haben, Ace!«, schoss sie giftig zurück, obwohl sich ein Teil von ihr wunderte, so sehr gekränkt zu sein, weil er sie erneut hinwies, dass sie nicht auf die gleiche Art kommunizieren konnte wie die anderen.

Ace hob abwehrend und beschwichtigend die Hände. »Wow, beruhig dich, Lady Fury, du musst mir nicht beweisen, dass du den Namen verdient hast, okay?«

»Nimm die Metallstange dort drüben und hilf mir, den Container an dem Riss hier vorne weiter zu öffnen«, wies sie Ace an, um nicht mehr über die Sache reden zu müssen. Kurz blickte er sie forschend an, dann zuckte er mit den Schultern und folgte ihren Anweisungen.

Letztendlich mussten sie auch die anderen drei dazurufen, um mit vereinter Kraft den Container so weit aufzureißen, dass sie an den Inhalt kamen.

Er war mit kleinen, hellblauen Boxen gefüllt, die alle gleich aussahen. June schnappte sich eine und inspizierte sie eingehend.

»Leben Sie in Freiheit und Frieden. Das Forum ist für alle Menschen da, auch für Sie«, las Theo laut vor, der sich ebenfalls eine Box genommen hatte. »Sie haben es in allen vier Schweizer Sprachen darauf gedruckt.«

June öffnete ihre Box. In ihr befand sich ein neues Implantat, das in eine Art durchsichtige Haut gehüllt war. Außerdem war noch eine nicht beschriftete kleine Tube in der Packung, sowie eine bebilderte Anleitung, die erklärte, wie man sich das Implantat selbst einsetzen konnte.

Fassungslos ließ June ihren Arm mit der Box sinken und schaute zu den anderen.

»Das sollte wohl eine der *Lieferungen* mit kostenlosen Implantaten für alle sein, die aufgeben und sich dem Feind freiwillig überantworten wollen«, sagte June an niemand bestimmtes gewandt.

Sie verspürte nur Verachtung für alle Leute, die so etwas taten, und gab sich keinerlei Mühe, die Verachtung aus ihrer Stimme zu halten.

»Nun ja, die meisten Zivilisten leiden massiv unter dem Krieg gegen das Forum und nur die Älteren können sich noch erinnern, dass wir einmal eines der reichsten Länder mit dem höchsten Lebensstandard in Europa waren. Es gibt viele Menschen, die sich profan nur regelmäßiges

Essen, moderne medizinische Versorgung und ein Ende des Krieges wünschen. Ich kann verstehen, dass für sie das Angebot des Forums zunehmend verlockender klingt«, gab Ruedi zu bedenken und June sah, dass alle außer Ace leicht nickten.

Da wurde ihr klar, dass dieser Kampf mehr von den Schweizern forderte, als sie dauerhaft würden leisten können. Daran würden auch die radikalen Pläne der Erwachten nichts ändern – im Gegenteil, wahrscheinlich verschlechterten deren Maßnahmen für eine technikfreie Welt die Probleme der meisten Leute nur noch.

»Was sollen wir damit machen?«, fragte Markus und deutete auf die Unmenge Boxen, von denen mittlerweile eine ganze Menge aus dem aufgebrochenen Container gequollen war.

»Verbrenn…«, setzte June gerade an, da fiel Ace ihr ins Wort.

»Wir nehmen so viele wie möglich mit. Den Rest lassen wir hier.«

June blickte ihn fragend und zweifelnd an. Auch die anderen schienen verwirrt.

»Nun, es ist ganz einfach«, klärte Ace sie auf. »Wir brauchen möglichst viele Implantate: Zum einen für die Progressiven und ihr Projekt eines *sauberen* Implantates und zum anderen vielleicht auch für uns, falls wir nicht genug Implantatträger für unsere Mission zusammenbekommen sollten. Darüber hinaus kann es nicht schaden, ein paar Implantate zu besitzen, falls eines kaputtgehen sollte. Und verbrennen werden wir sie schon deshalb nicht, weil ein Feuer sofort unsere Position verraten würde. Außerdem würde es auch keinen Unterschied machen. Soviel wir wissen, kontrolliert das Forum mittlerweile die ganze restliche Welt oder zumindest den mit Abstand größten Teil. Das bedeutet, dass sie sicherlich mehr als genug Ressourcen haben, um den Verlust einiger weniger tausend Implantate zu verkraften – verbrennen würde sie also nicht einmal schrecken oder gar in ihren Bemühungen zurückwerfen.«

June musste einen Augenblick über Aces Aussagen nachdenken, doch auch wenn sich alles in ihr auflehnte, als müsste sie gerade dem Teufel höchst persönlich die Hand küssen, nickte sie und packte die Box mit »ihrem« Implantat in die Beintasche ihrer Kampfhose. Da die anderen sich nicht rührten, begann June zu sprechen.

»Okay, Leute, ihr habt Ace gehört und er hat leider vollkommen recht, also lasst uns so viel wie nur möglich von dem Scheiß mitnehmen.«

Zunächst verharrten alle bewegungslos, als wären sie eine Gruppe ausgesetzter Wachsfiguren, doch dann, wie belebt von einem unsichtbaren Doktor Frankenstein, griffen sie nach den Boxen und stopften Taschen und Rucksäcke voll.

Letztendlich war es vollkommen aussichtslos gewesen auch nur einen Bruchteil der Boxen mitzunehmen und doch starrte June nun auf einen Haufen von sicherlich fünfzig Implantat-Boxen, der sich auf der Ladefläche des alten Transporters in einem großen Sack türmte.

Theo hatte sich in dem Streit durchgesetzt und mit viel Mühe und Not war es ihnen gelungen, den alten Ersatzreifen unter der Ladefläche zu demontieren und statt des kaputten einzubauen, sodass nun alle wieder Platz genommen hatten und auf die Weiterfahrt warteten. Mit einem heftigen Ruck, begleitet vom Aufheulen des Motors, machte der Transporter einen Satz nach vorne und die holprige Fahrt setzte sich genau so plötzlich fort, wie sie geendet hatte.

»Oh, Scheiße«, erklang plötzlich Theos Stimme, der neben ihr auf der finsteren Ladefläche hockte und die ganze Zeit kein Wort gesagt hatte, genau wie die anderen Implantatträger.
»Sie haben uns …«, begann er zu rufen, doch weiter kam er nicht, da eine Vollbremsung alle Passagiere auf der dunklen Ladefläche durcheinanderwarf, als hätte ein Riese diese als Würfelbecher missbraucht.
Hart schlug June erst gegen die metallene Seitenwand, um dann zur Seite gerissen zu werden. Erst irgendjemandes Knie, welches sich unsanft in ihren Magen grub, stoppte die unkontrollierte Reise.
Keuchend schnappte sie nach Luft und auch um sie drangen klagende und fluchende Laute durch die Dunkelheit an ihre Ohren.
Gerade wollte June sich aufstemmen, da riss jemand die Ladeluke auf und brüllte laut: »Raus, raus, wir müssen den Wagen aufgeben! Beeilt euch, die Schweizer rücken von vorne und hinten auf uns zu!«
Mühsam drückte sich June weiter empor und kroch von der Ladefläche. Hinter ihr sprangen Theo und Alicia aus dem Transporter. Beide wirkten ziemlich ramponiert und Alicias sonst so feines Gesicht wurde von einer hässlichen Platzwunde verunstaltet, aus der ein blutiges Rinnsal tropfte.

June schnappte nach Aces Arm und hielt ihn kurz fest, als er an ihr vorbeiging und nach dem Sack mit den Implantaten griff.

»Wie ist die genaue Lage?«, fragte sie ihn.

»Die Schweizer rücken mit etwa dreißig Mann von hinten auf uns zu und vor uns haben sie nach der nächsten Kurve eine Straßensperre errichtet, an der etwa zwanzig Leuten auf uns warten«, antwortete Ace und zog gleichzeitig den schweren Sack zu sich, womit er sichtlich Mühe hatte.

»Haben die Schweizer ein Fahrzeug an der Straßensperre stehen?«

»Ja, zwei Duros konnten wir erkennen.«

June ließ sich die Antwort durch den Kopf gehen und betrachtete nebenbei das sie umgebende Gelände. Steil aufragende Felswände zu ihrer Rechten, die nur vereinzelt kleine Büsche und Bäume zeigten und sich sicherlich fünfzig Meter hoch erstreckten, bevor der Wald begann, in dem sie die Absturzstelle gefunden hatten.

Links sah es ganz ähnlich aus, hier ging es steilen Fels einige Meter hinunter, bevor die ersten Baumwipfel kamen, die den Blick auf den darunter liegenden Waldboden versperrten. Nur die schmale, in den Fels geschlagene Straße vor und hinter ihnen war ein wirklich nutzbarer Weg.

»Dann müssen wir die Sperre erobern und die Fahrzeuge an uns nehmen«, schlussfolgerte June aus Aces Schilderungen und ihren Beobachtungen. Als sie den Zweifel in Aces Gesicht sah, redete sie weiter. »Wir können weder nach links oder rechts ausweichen noch scheint es sinnvoll, dass wir uns den dreißig Leuten hinter uns zum

Kampf stellen – also bleibt nur ein Weg und das ist der nach vorne!«

»June, die haben sich dort zwar nur notdürftig befestigt, aber immerhin haben sie sich verschanzt – wenn wir die angreifen, wird das für uns nicht gut ausgehen«, erwiderte Ace mit gequälter Miene. Dann fuhr er fort: »Außerdem überschreiten wir dann eine Grenze, von der es kein zurückgeben wird. Wir können die Soldaten vor uns nicht alle mit Forums-Waffen betäuben, denn wir haben nur eine, wir würden also Schweizer Blut vergießen und ich bin nicht sicher, ob alle dazu bereit sind – ich eingeschlossen.«

June hatte diesen Punkt kommen sehen, doch es musste getan werden und es war sinnlos, sich zu drücken. Daher nickte sie nur.

»Leute, kommt alle mal her!«, rief sie mit lauter Stimme und versuchte, so befehlsgewohnt wie nur möglich zu klingen.

Die Umstehenden rückten näher und die anderen kamen hinter den Transporter gelaufen.

»Okay, ihr kennt die Lage«, stellte June fest und alle nickten. »Wir werden von den Soldaten eingekesselt und müssen JETZT eine Entscheidung treffen. Entweder wir ergeben uns oder wir treten die Flucht nach vorne an und holen uns die beiden Duros, um mit ihnen zu flüchten. Doch das wird nicht ohne Blutvergießen gehen. Ihr wisst, dass Krieg eine dreckige Angelegenheit ist und wenn es gegen die ehemals eigenen Leute geht, noch viel mehr. Doch ihr müsst euch folgende Frage stellen: *Was werden sie mit mir machen, wenn sie mich gefangen nehmen?* Und *werden sie Rücksicht auf mich nehmen, wenn ich ihnen vor die Flinte laufe?* Ich glaube, es ist anzunehmen, dass sie keinerlei Gnade mit den Implantatträgern haben werden und auch alle anderen nicht damit rechnen können, dass Geber und seine Erwachten ihnen mit Milde und Vergebung begegnen werden. Jetzt ist der Moment gekommen, in dem wir wirklich für unsere Ziele kämpfen müssen, und wenn wir uns zum gegenwärtigen Zeitpunkt geschlagen geben, nur weil wir nicht bereit sind, ihr Blut an unseren Händen zu ertragen, ist der Kampf gegen die Erwachten und das Forum gescheitert und das Blut aller freien Menschen wird an unseren Händen kleben!«

Entsetzen, Niedergeschlagenheit und Schock spiegelten sich auf den Mienen der Männer und Frauen um sie, doch bei jedem Wort erkannte June, dass sich Verstehen und Entschlossenheit ausbreiteten und langsam die Vorherrschaft übernahmen. Als sie ihre letzten Worte gesprochen hatte, herrschte Schweigen, bis Theo seinen Blick hob und über alle Anwesenden wandern ließ.

»Die kleine Lady Fury hat recht. Ich glaube, ich weiß, wovon ich rede, wenn es um kämpfen geht, und ich weiß, dass es ein schmutziges Geschäft ist, doch am Ende heißt es doch *wir oder sie* und da musste ich bisher nie lange überlegen und werde es auch jetzt nicht tun – im Zweifelsfall entscheide ich für mich und mein Leben und deshalb werde ich June folgen und kämpfen!« Er richtete seinen Rucksack, zog sein Sturmgewehr vom Rücken und stellte sich kampfbereit neben June.

Bestätigendes Nicken und auffordernde Blicke wanderten wie eine Welle durch die kleine Gruppe und kurze Zeit später hatten sie sich für den Kampf bereitgemacht. June wusste, dass sie sich hätte freuen müssen, denn das war das beste Ergebnis, auf das sie hatte hoffen dürfen, doch in ihr war genauso wenig Platz für Freude wie für Bedauern. Jetzt zählte nur eines: Handeln und bestehen.

Sie ließ sich von Ace eine Karte der Stellung vor ihnen auf einem kleinen Display zeigen und kurz darauf hatte sie allen ihren Plan erläutert, er war simpel und damit hoffentlich auch effektiv.

»Jetzt!«, brüllte June, ohne zu wissen, ob Alicia sie hören konnte. Die kleine Schweizerin hatte sich nicht abbringen lassen, den geschobenen Wagen auf die feindlichen Stellungen zu lenken, und mit ihrer geringen Größe argumentiert, sodass sie sich gut hinter dem Lenkrad würde verstecken können.

Wahrscheinlich war ihr Ruf kaum zu hören gewesen, da die Sturmgewehre und das schreckliche Maschinengewehr, aus denen auf den Wagen geschossen wurde, einen so unglaublichen Lärm machten, doch Ace stand neben ihr und würde ihre Kommandos über sein Implantat weiterleiten. Also sprang Alicia im richtigen Moment aus der Fahrertür und rollte sich auf dem Boden zusammen, während Gritli und Theo zwei ihrer vier Granaten in die von den Gegnern provisorisch errichtete Stellung warfen. Das Timing war fast so perfekt, wie June erhofft hatte. Der alte Lieferwagen und die Granaten trafen fast gleichzeitig die dürftige Barriere und während die Explosionen der Granaten die Gegner vor allem in Deckung zwangen, brach der Lieferwagen die gewünschte Bresche, durch die nun June stürmte, mit ihrer P99 in der Rechten und einem wilden Schrei auf den Lippen.

Es war ein kurzes, aber heftiges Gefecht gewesen. Der

Kommandant der schweizerischen Einheit hatte das Unglück wohl in letzter Sekunde kommen sehen und einen Teil seiner Männer hinter die Duros gezogen, von wo aus sie auf alle schossen, die sich hinter dem Lastwagen blicken ließen, was Andrin zum Verhängnis wurde, als dieser nach vorne gepprescht war, ohne Deckungsfeuer einzufordern. Er hatte so viele Kugeln der Gegner abbekommen, dass es aussah, als hätte ihn eine Granate zerfetzt.

Die Maschinengewehrstellung hatten sie direkt ausgeschaltet und letztendlich waren auch die letzten Soldaten hinter den Duros gestorben, nachdem Theo sich auf den Boden hatte fallen lassen und ihnen in die Beine schoss.

Nun blickte June ein letztes Mal vom Beifahrersitz des eroberten Duos auf das hinter ihnen liegende Schlachtfeld und wandte ruckartig ihren Blick nach vorne.

»Lass uns fahren, Ace, wir müssen zusehen, dass wir hier wegkommen. Der Druck der Schweizer wird nicht weniger werden – im Gegenteil, nun haben sie einen Grund, uns zu hassen.«

Kapitel 9: June

In der Nähe des Hochmatt, 25.07.2040

»Wie weit ist es noch nach Wimmis?«, fragte June, ohne das Fernglas zu senken, mit dem sie den Soldaten der Schweizer Armee im Tal folgte.

Die Patrouille bestand aus einem Duro und zehn abgesessenen Soldaten, die in breit aufgefächerte Formation nebeneinander hergingen und alles um sich in Augenschein nahmen.

»Wenn wir weiterhin so vielen Patrouillen ausweichen müssen, mindestens noch drei Tage«, antwortete Ace, der neben ihr auf dem Bauch lag und ebenfalls das Tal und die Soldaten beobachtete.

»Wir müssen schneller werden! Wenn wir den Schweizern noch drei weitere Tage geben, um uns zu suchen, werden sie uns finden und ausschalten. Die verdammten Berge schränken unsere Bewegungsmöglichkeiten so sehr ein, dass wir es schon jetzt nur ihrer schlechten internen Kommunikation und den zunehmenden Attacken des Forums zu verdanken haben, dass sie uns nicht erwischt haben. Bereits am Ausgang des letzten Tals hätten sie uns faktisch stellen müssen. Wahrscheinlich kommt uns der zunehmende Einfluss der Erwachten zugute«, schlussfolgerte June.

»Oh ja«, fiel ihr Ace lakonisch ins Wort. »Sie haben wahrscheinlich auch die letzten Telefonleitungen gekappt und trainieren jetzt Brieftauben, um ihre Nachrichten zu überbringen.«

»Vielleicht, vielleicht ist es aber auch nur der Versuch, uns zum Zentrum des neuen Widerstandes zu folgen, indem sie uns immer gerade so entkommen lassen, aber genau beobachten, wohin wir uns bewegen«, brachte June ihre finstersten Überlegungen zum Ausdruck.

»Hm, du weißt wirklich, wie man einem Jungen Mut macht, June. Danke, jetzt ist mein Paranoia-Level gerade um hundert Prozent gestiegen.«

»Komm schon, Ace, findest du es nicht auch seltsam, dass unsere kleine Maskerade am letzten Checkpoint nicht durchschaut wurde? So dumm oder unerfahren können die Grünschnäbel von Soldaten doch gar nicht gewesen sein und falls doch – welcher Kommandant setzt solche Leute ein, wenn er nicht will, dass die Gegner durchkommen?«

»Nun ja, du weißt, wie die Schweizer organisiert sind – streng hierarchisch und nach Dienstgrad –, wie Theo schon gesagt hat, die Zeit der letzten Nachtwache gibt man immer den Anfängern, weil die alten Hasen keine Lust darauf haben«, gab Ace zu bedenken. June dachte noch darüber nach, als Ace flüsterte:

»Da vorne, links an der zerfallenen Hütte, dort bewegt sich etwas.«

June schwenkte ihr Fernglas und ihr Sichtfeld weg von den Soldaten, leicht nach rechts, wo sie einige Augenblicke zuvor die kümmerlichen Reste einer dunkelbraunen Holzwand und eines eingestürzten Daches gesehen hatte. Als die Ruine im Zentrum ihres Blickfeldes auftauchte, versuchte sie, langsamer zu atmen und ihre aufgestützten

Arme so ruhig wie möglich zu halten, um nicht durch die Bewegungen ihres Fernglases irritiert zu werden. Alles erschien ihr wie gehabt – die Außenwand, deren braunes Holz an so vielen Stellen kaputt war, dass sie wie die Halloween-Variante des hier so beliebten löchrigen Käses wirkte. Auch die Trümmer des eingestürzten Daches hatten sich nicht verändert, alles schien genauso tot und leblos wie noch einige Augenblicke zuvor.

Doch dann sah sie die Bewegung, von der Ace gesprochen hatte. Eines der Holzpaneele wurde zur Seite geschoben und eine kleine Gestalt huschte hervor. Es war ein Kind von vielleicht sechs oder sieben Jahren. Wahrscheinlich ein Junge, dachte June, doch das konnte sie auf die Entfernung nur schwer sagen. Kurz guckte das Kind den Soldaten hinterher, dann lief es in entgegengesetzter Richtung davon.

»Komisch, Ace, warum läuft das Kind vor den Soldaten weg? Grundlegend sollte es ihnen hinterherlaufen und versuchen, etwas zu essen oder eine Süßigkeit zu bekommen«, sprach June ihre Gedanken laut aus.

»Ich habe keine Ahnung, doch das ist jetzt nicht unser Problem, wir müssen uns um die Soldaten dort unten kümmern, beziehungsweise darum, wie wir an ihnen vorbeikommen«, antwortete Ace.

»Wir brauchen ein Ablenkungsmanöver«, stellte June das Offensichtliche fest.

»Und hast du auch eine Idee, wie das aussehen könnte?«

June wanderte mit ihrem Blick durch das gesamte Tal und ließ einige Minuten verstreichen, bevor sie antwortete.

»Die Hütte auf dem Berg gegenüber, gleich die erste, mit der langgezogenen Wiese davor. Ich glaube, unten an der Brücke über den kleinen Bach geht der Weg hoch. Kurz bevor die Patrouille in ihr kleines Feldlager zurückkehrt, klaue ich einen ihrer beiden Duros und lege den anderen lahm. Dann werden sie mir nachsetzen und auf den Berg folgen. Ihr könnt in der Zeit unbehelligt das Tal passieren. Sie haben nicht genug Leute, um uns alle zu verfolgen. Sollten sie eure Tarnung schlucken und Unterstützung anfunken, müssen halt Markus oder Theo eine plausible Ausrede parat haben, aber das wird ihnen sicherlich nicht allzu schwerfallen.«

»Und was ist mit dir? Dein Plan erklärt noch nicht, wie wir *gemeinsam* an den Schweizern vorbeikommen. Außerdem gefällt mir nicht, dass du das ganze Risiko trägst und wir entspannt weiterfahren«, gab Ace, ohne zu zögern, zur Antwort.

»Ich werde sie soweit nach oben locken wie möglich, ihren Duro lahmlegen und im Schutz der Nacht das Tal durchqueren, idealerweise mit dem geklauten Duro, aber zur Not schaffe ich das auch zu Fuß. Und falls alles schiefgeht, laufe ich auch bis Wimmis. Allein bin ich eh schneller und unauffälliger als in dieser großen Gruppe.« Nach kurzer Pause fügte sie leise hinzu: »Ich habe schließlich nur einen Arm und kein Bein verloren – bin also noch immer in der Lage, mich alleine durchzuschlagen, und mit Abstand die Erfahrenste von uns – selbst im Vergleich zu Theo, denn Patrouillen zu entgehen ist etwas, was ich seit meiner frühesten Kindheit gelernt habe.«

»Aber Theo kennt sich viel besser in den Bergen hier aus und er hat ein Implantat. Mit ihm können wir streamen und so immer wissen, wo er sich gerade befindet, und ihm wichtige Hinweise geben, die wir vielleicht von angezapften Drohnen des Forums empfangen. Wenn du losgehst, haben wir keine Möglichkeit, unerkannt in Kontakt zu bleiben.«

»Okay, also weil ich kein Implantat habe, bin ich nicht gut genug für diese kleine Mission? Ist es das, was du mir sagen willst, Ace?«, fauchte June ihn an und fühlte sich von einer Woge der Wut mitgerissen. »Euer ganzer *wir sind der Implantate tragende neue Widerstand* Scheiß geht mir auf die Nerven! Nur damit du es nicht vergisst – ihr alle seid wandelnde Zeitbomben. Wer kann schon wissen, ob nicht Theo oder Gritli oder Giusep oder irgend ein anderer demnächst von der KI übernommen wird oder freiwillig überläuft? Wir *kämpfen* noch immer primär gegen das Forum und die Implantate sind Teil des Forums! Also hör auf, mich abzuwerten, weil ich *kein* Implantat trage – *born free* ist noch immer ein Vorteil und kein Makel – verstanden?!«

Sie war im Verlauf ihrer Tirade aufgestanden und immer lauter geworden, sodass sie am Ende nicht nur von Ace angestarrt wurde, sondern auch von allen anderen ihrer Truppe. *Was ist bloß in mich gefahren? Wo ist meine Selbstbeherrschung geblieben?*, tadelte sie sich in Gedanken. Es fühlte sich an, als hätte sich eine Lawine angestauter Gefühle Bahn gebrochen und alles, was sie zurückließ, war ein emotionales Trümmerfeld, aus dem kleine Ranken der Scham sprossen und alles andere zu verdecken schienen.

Ace starrte sie nur mit finsterem Blick an, dann wandte er sich wortlos ab und ließ sie stehen. Auch sonst sagte niemand etwas. Ausschließlich schweigende Blicke trafen sie und doch war June sicher, dass sie genau in diesem Moment alle miteinander streamten und sich über sie lustig machten. Sie würden sich wahrscheinlich über die *blanke* Lady Fury auslassen, die nur noch einen Arm hatte und gar nicht der Legende entsprach, zu der man sie verklärt hatte. Dass die Implantatträger alle Menschen ohne Implantat als die *Blanken* bezeichneten, hatte sie einem geflüsterten Gespräch von Luis und Alicia entnommen.

Jetzt wandte sie sich ab und ging Richtung Tal. In ihr kochte es noch immer vor Wut und Scham zugleich und sie war nicht sicher, welche der beiden Emotionen die Oberhand gewinnen würde, doch in beiden Fällen würde sie definitiv nicht bei den anderen sein wollen.

Das Lager der Schweizer war von Nahem betrachtet so mittelmäßig gesichert, wie es aus ihrem Versteck am Berg gewirkt hatte. Bis zur Besitznahme durch die Armee musste es ein Bauernhof gewesen sein, zumindest sprachen die beiden großen Scheunen rechts und links des zweistöckigen Wohnhauses für diese Annahme. Nun hatte man lediglich den Zaun repariert und kurz hinter dem großen Hoftor ein mit Sandsäcken verstärktes und mit einem Maschinengewehr bestücktes Wachhäuschen errichtet.

Darin konnte June zwei Soldaten ausmachen, die eher gelangweilt als wachsam wirkten, was ihr sehr entgegenkam. Problematischer war die Tatsache, dass das Hoftor geschlossen war und erstaunlich massiv wirkte. Außerdem war es noch immer taghell und June konnte sich nicht erlauben, auf die Dämmerung zu warten, da jeden

Augenblick die Patrouille zurückkehren könnte und dann würde es hier so sehr von Soldaten wimmeln, dass ihre Chancen von mäßig auf unterirdisch sinken würden.

Reiß dich zusammen, plane, handle, mache keine Fehler, forderte sie sich in Gedanken auf, um die in ihr aufkeimende Unsicherheit zu unterdrücken. Langsam schlich sie geduckt weiter, immer die dichte Hecke zwischen sich und den Wachen auf der anderen Seite der Straße haltend, bis sie aus deren Blickfeld verschwunden war und sich erneut umschaute. Hinter dem Wohnhaus des nahezu rechteckigen Bauernhofes verlief ein reißender Bergbach. An dessen jenseitigem Ufer stieg auch schon steil die Felswand an, sodass man sicherlich mit keinerlei Fahrzeugen von dieser Seite rechnete. Ob die Schweizer auch einzelne Eindringlinge zu Fuß von dieser Seite ausschlossen, konnte sie nicht wissen, hoffte aber inständig auf eine gewisse Nachlässigkeit. Schnell blickte sie sich nach allen Seiten um, rannte geduckt über die Straße und hinter die steinerne Außenwand der Scheune. Die Böschung zwischen Scheune und Bergbach war schrecklich schmal und es mangelte der glatten Scheunenwand an geeigneten Punkten, um sich festzuhalten, sodass June Rücken und Arm fest gegen die Wand presste und vorsichtig Schritt für Schritt an ihr entlangglitt. Prüfend huschte ihr Blick von ihren Füßen zu ihrer Umgebung und zurück.

Mit einem lauten Poltern rutschte unter ihrem rechten Fuß ein Stein weg und klatschte in den Fluss. Plötzlich ohne Halt, sackte ihr rechtes Bein weg und machte Anstalten, dem Stein zu folgen und den Rest von ihr mitzunehmen. Wie eine betrunkene Ballerina kämpfte sie um ihr Gleichgewicht und ruderte mit ihrem verbliebenen Arm.

Mühsam erlangte sie ihre Balance zurück und presste sich schwer atmend gegen die Wand. Erst dann arbeitete ihr Gehirn wieder korrekt und warnte sie vor der Aufmerksamkeit, die sie erregt haben könnte. Das gerade abflauende Adrenalin in ihren Adern erreichte sofort ein neues Hoch und voller Anspannung beobachtete June ihre Umgebung – alle Sinne bis aufs äußerste geschärft. Als sie auch nach einer gefühlten Ewigkeit nichts erkennen konnte, was auf ihre Entdeckung hinwies, setzte sie ihren Balanceakt fort.

Ohne weitere Zwischenfälle gelangte sie ans Ende der Wand und zu dem Maschendrahtzaun, welcher den kleinen Garten zwischen Scheune und Wohnhaus vom Umland trennte. Leider hatten die Schweizer den oberen Teil des Zauns mit Stacheldraht verstärkt, sodass sie nicht würde hinüberklettern können, doch darauf war sie vorbereitet. Sie zog eine Kneifzange aus ihrer Beintasche, die sie in einem verlassenen Haus am Anfang der Straße gefunden hatte. Mühsam mit nur einer Hand durchtrennte sie Masche um Masche des Zauns, bis sie sich hindurchzwängen konnte. Auf ihrem Weg zum Innenhof durchquerte sie den Garten dicht an der Wand des Wohnhauses und versuchte, die Stapel aus alten Brettern und die zwei übel riechenden Regentonnen voll braunem Wasser als Deckung zu verwenden. Dann war sie soweit nach vorne gelangt, wie sie sich traute, und inspizierte den Hof genauer. Man hatte, außer dem improvisierten Wachposten am Eingangstor, alles freigeräumt, sodass sich June keinerlei Deckung bot, die sie hätte nutzen können. Und so unachtsam die beiden Wachen am Tor auch waren – man würde sie auf jeden Fall entdecken, sobald sie versuchen würde, über den Hof zu schleichen. Dass sie über den Hof musste, stand außer Frage, denn sie konnte ihr Ziel, die beiden verbliebenen Duros, durch das riesige offene Scheunentor auf der anderen Seite erkennen. Ratlos blickte June sich um. Außer ein paar verwilderten Beeten, dem Gerümpel aus Brettern und den Regentonnen hatte der kleine Garten, in dem sie sich befand, nichts zu bieten. Auch die Scheune auf ihrer Seite des Hofes würde ihr nicht weiterhelfen, egal, was sich hinter dem geschlossenen Tor befand. Dann blieb ihr Blick an den zwei kleinen Fenstern in der Wand des Wohnhauses hängen, eines auf jeder Etage. Die außen montierten Fensterläden waren allesamt offen und hingen teilweise ziemlich schief in ihren alten Scharnieren, doch die Fenster waren geschlossen.

June bemerkte, wie ihr Herz schneller pochte, ihre Gedanken zu kreisen begannen und sich ein Gefühl von Frustration und Resignation in ihr ausbreitete. Dann nahm sie plötzlich eine Bewegung am Boden einige Meter vor sich wahr. Hinter einem der Bretterstapel streckte eine Ratte den Kopf vorsichtig prüfend hervor und huschte dann pfeilschnell zu dem nächstgelegenen verwilderten Beet, wo sie unter einem Haufen Blätter verschwand. Als June sich schon wieder abwandte, um zurück zum Hof zu schauen, beobachtete sie ein kurzes Aufblitzen hinter den alten Holzlatten.

Als sie sich neben den Stapel hockte und einige Bretter zur Seite schob, sah sie ein kleines Kellerfenster, das halb offen stand. Vorsichtig schob June auch die restlichen Bretter so weit zur Seite, dass sie zu dem kleinen Fenster kriechen konnte. Wenn kein Weg über den Hof führte, dann vielleicht durch das Gebäude.

Kurz darauf fand sich June in einem finsteren Keller wieder, in dem es so intensiv nach Rattenkot stank, dass June fast übel wurde. Stück für Stück gewöhnten sich ihre Augen an die Dunkelheit und offenbarten mehr Details des Raumes – es war eine Abstellkammer voller Gerümpel und gegenüber dem Fenster befand sich eine grob gezimmerte Tür. Vorsichtig, um nichts umzuschmeißen, schlich June zur Tür und presste ihr Ohr gegen das raue Holz, um zu lauschen. Nichts war zu hören.

Langsam öffnete June die Tür und bei aller Vorsicht, die sie walten ließ, gaben die Scharniere dennoch ein elendes Quietschen von sich, als wollten sie June verspotten.

Der Flur hinter der Tür war noch dunkler, sodass June bereits nach wenigen Schritten nichts mehr sah und sich nur noch tastend voranbewegen konnte. Die Dunkelheit machte sie nicht nur langsam, sie raubte ihr mit jedem Augenblick auch etwas Orientierung und Zuversicht. Ständig stieß sie gegen irgendetwas. Ihr Zeitgefühl ließ sie vollkommen im Stich, doch gemessen an den diversen Prellungen, die sie davongetragen hatte, musste einige Zeit vergangen sein, bis sie schließlich um eine Ecke gelangte und hinten rechts einen schwachen Lichtschein wahrnahm, der etwas über ihrer Kopfhöhe schwebte. So gelangte sie zu einer kleinen Treppe, an deren oberem Ende eine Tür war. Fahles Licht brach durch die Ränder. Wieder legte June ihre Ohren an die Tür und lauschte. Wie ein fauchendes Unwetter vernahm sie das Pochen und Fauchen ihres Herzschlags und Blutflusses in den Ohren, doch sonst konnte sie nichts vernehmen. Sie griff nach der rauen, kalten Klinke und drückte sie Millimeter für Millimeter hinunter.

Langsam schlich sie durch den Türspalt und wieder mussten sich ihre Augen umgewöhnen, dieses Mal an das fahle Licht der Dämmerung, welches durch die Fenster in das Treppenhaus des Wohnhauses fiel. *June, du hast zu viel Zeit vertrödelt, beeile dich,* mahnte sie sich und schloss die Tür, die unter der nach oben führenden Treppe in der Wand lag.

Plötzlich öffnete sich rechts von ihr eine Tür und ein älterer Soldat trat hindurch. June starrte ihn voller Überraschung an und auch ihr Gegenüber schien zunächst in seiner Verwunderung gefangen. Dann ging alles sehr schnell. Im gleichen Moment schienen sie sich von ihrer kurzen Schockstarre befreit zu haben. Der Soldat ließ die Tasche in seiner Hand fallen und June zog mit einer fließenden Bewegung ihre P99, streckte den Arm aus und richtete die Pistole direkt auf die Stirn ihres Gegenübers, dessen Hand bereits auf dem Griff seiner Waffe lag, die jedoch noch immer im Holster ruhte.

»Langsam und vorsichtig die Hände heben«, flüsterte June. Die Augen des Mannes verengten sich etwas und er zögerte kurz.

»Jetzt! Und dann rückwärts ins Zimmer!«, forderte June mit so viel Nachdruck in ihrer Stimme wie möglich.

Langsam hob er seine Hände und schritt zurück in den Raum.

»Was wollen Sie?«, fragte er mit ruhiger, tiefer Stimme.

»Wenn Sie mich erschießen, wird es hier in wenigen Augenblicken nur so von Soldaten wimmeln und die werden Sie nicht alle in Schach halten können.«

»Halten Sie die Klappe und drehen Sie sich um«, antwortete June, nachdem sie in den Raum getreten waren.

Ohne ihren Gefangenen aus den Augen zu lassen, fischte sie mit ihrem Fuß nach der Tür und schob sie hinter sich zu.

»Und wenn ich mich nicht umdrehe?«, seine Stimme klang noch immer ruhig und fest.

»Dann haben wir ein Problem – Sie Ihr letztes und ich nur ein weiteres von vielen an diesem Tag«, antwortete June und fixierte seinen Blick.

»Jetzt weiß ich immerhin, warum man Sie *Lady Fury* nennt. Sie haben Mut und Temperament. Schade nur, dass Sie zu einer Verräterin geworden sind.«

»Ich verrate nichts und niemanden, ich sorge nur dafür, dass Sie und Ihre idiotischen Kameraden nicht alle Chance auf Rettung der Menschheit zunichtemachen, indem Sie ...«, kurz zögerte June und biss sich auf die Zunge. »Halten Sie die Klappe und drehen Sie sich um!«, forderte sie ihn mit kalter Stimme auf. Sie hatte das ungute Gefühl, dass das nicht gut ausgehen würde.

Er leistet zu viel Widerstand und wird sicherlich etwas Dummes versuchen, schoss es June durch den Kopf.

»Nein, *Lady Fury*, ich glaube, ich ...« Weiter kam er nicht, denn June sprang nach vorne und schlug ihm mit aller Kraft, die sie aufbringen konnte, den Griff ihrer Pistole auf den Hals. Ihr Gegenüber versuchte noch, die Hände zur Abwehr nach vorne zu reißen, doch er war einen Herzschlag zu langsam. Röchelnd griff er nach seinem Hals und krümmte sich schmerzerfüllt zusammen.

Blitzschnell setzte ihm June nach und hieb mit aller Kraft auf seinen Hinterkopf, was ihn wie einen nassen Sack zusammenbrechen ließ. Blut klebte am Griff ihrer

Pistole, als sie den Arm anhob, und sie sah, dass sie ihm eine massive Platzwunde zugefügt hatte.

»Idiot, warum hast du es uns beiden nicht einfacher machen können?«, flüsterte June.

Sie beugte sich zu ihrem Opfer und lauschte. Sein Atem ging schwer, röchelnd und ungleichmäßig – ein schlechtes Zeichen. Doch wie so oft in der letzten Zeit, war auch jetzt nicht der Moment, ihre Handlungen zu bedauern oder zu hinterfragen.

Sie richtete sich auf und inspizierte den Raum, in dem sie sich befand. Man hatte alles hinausgeschafft, was hier einmal gestanden haben mochte, um Platz für zwei große Tische zu schaffen, die man in der Mitte zusammengeschoben hatte. Darauf lagen diverse Karten und Berichtsmappen, wie sie June bereits aus dem Graben und all den anderen Militärlagern der Schweizer kannte. Ein schneller Blick über die Karten zeigte ihr, dass die Schweizer offensichtlich viel Gebiet an die Truppen des Forums verloren hatten, wenn sie die roten Linien richtig interpretierte, die von Frankreich zunächst Genf, dann Lausanne und mittlerweile ein Gebiet kurz vor Freiburg abdeckten. Das war gar nicht gut. Und dann war da noch etwas anderes. Ein orangefarben umkreistes Gebiet fiel June ins Auge und in dessen Mitte stand ein Ortsname: *Wimmis*.

»Oh Mist!«, entwich es June atemlos. Dann rollte sie die Karten zusammen, hob die Tasche des Soldaten vom Boden auf und steckte so viele Dokumente hinein, wie passten.

Zeit, einen Duro zu klauen und die anderen zu warnen!, forderte June sich in Gedanken auf und schlich aus dem Zimmer.

Kapitel 10: June

Simmental, 26.07.2040

Das Gewicht der Tasche zog heftig an ihrem Rücken und June hätte sie am liebsten fallen lassen, um ohne sie weiterzulaufen. Ihre Füße brannten und trotz der nächtlichen Kälte schwitzte sie am ganzen Leib.

Komm schon, du musst durchhalten! Du musst die anderen warnen!, feuerte sie sich in Gedanken an. Und so lief sie weiter über den kleinen Pfad, der sich im Mondlicht vor ihr abzeichnete, umgeben von einer Bergwelt, die im fahlen Mondlicht so mystisch erschien, dass sie bei anderer Gelegenheit, in ruhigeren Zeiten, sicherlich stehen geblieben wäre, um sie in ihrer ganzen Pracht zu erfassen und zu würdigen. Doch jetzt konnte sie nur an ihr Ziel denken und daran, dass sie so schnell wie möglich dort ankommen musste. Also biss sie die Zähne aufeinander und lief weiter. Immer weiter und weiter.

June schreckte hoch und brauchte einige Augenblicke, bis sie sich orientiert hatte. Die Schmerzen in ihrer Schulter und ihrem Rücken wurden nur noch von denen ihrer Füße übertroffen, die so große Blasen hatten, dass man ihre Fußsohlen für eine Miniaturversion der verdammten Bergwelt, durch die sie sich seit anderthalb Tagen kämpfte, halten konnte. Doch es konnten nicht ihre Schmerzen gewesen sein, die sie aus ihrem unruhigen Schlaf gerissen hatten, dafür war sie erst vor zu kurzer Zeit eingeschlafen und noch viel zu müde. So leise wie möglich kam sie vom Liegen in die Hocke und zog ihre P99. Dabei versuchte sie den Busch, hinter dem sie sich versteckt hatte, möglichst nicht zu berühren. Dessen große grüne Blätter wuchsen so dicht, dass sie sich perfekt dahinter hatte verbergen können, doch leider galt das nun auch in die andere Richtung – es war ihr kaum möglich, irgendetwas auf der anderen Seite zu entdecken.

Dann kam eine leichte Windbö auf und trug ein Geräusch mit sich, den Berg empor. Es waren schwere Stiefel, die über Schotter marschierten, und der Klang kam näher. June blickte sich um und schrieb es ihrem von Erschöpfung und Schmerzen vernebelten Zustand zu, dass sie sich in ein Versteck begeben hatte, aus dem es nur einen Ausgang gab – durch den Busch. Hinter ihr ragte die glatte Felswand mindestens fünf Meter in die Höhe und selbst wenn sie es mit nur einem Arm und ihrer schweren Last geschafft hätte, die schrecklich glatt aussehende Wand emporzuklettern, wäre sie ein so leichtes Ziel gewesen, dass selbst ein totaler Anfänger sie mit geschlossenen Augen hätte treffen können. Einen Moment schloss sie die Augen und tat etwas, was sie sonst nie tat, sie betete, dass man sie nicht finden würde. Sie kam sich vollkommen albern vor, als wäre sie noch immer das kleine Mädchen im Wald von Montana, das hoffte, alles Böse dieser Welt würde verschwinden, wenn es sich die Augen zuhielt. *Die Klugen handeln und die Dummen hoffen – also handle klug, dann brauchst du nicht zu hoffen!* – hatte ihr Vater schon damals gesagt und nun hörte sie seine Worte erneut und fühlte sich erbärmlich.

Die Laute kamen immer näher – es mussten mehrere Personen sein, die sich auf dem schmalen Pfad etwa drei Meter unter ihrer Position bewegten. Doch sie hörte außer den gedämpften Marschgeräuschen nichts weiter, weder Gesprächsfetzen noch vereinzelte Kommandos. June spürte, wie sich ihre Anspannung steigerte und dass sie nichts sehen konnte, machte alles nur noch schlimmer. Die P99 im Anschlag und jeden Muskel in ihrem Körper gespannt, wartete sie ab und verharrte noch in dieser Position, als die Geräusche schon lange verklungen waren. Dann schob sie sich vorsichtig durch das dichte Blattwerk des Busches und eilte zum Pfad hinunter. Der Boden war viel zu steinig, um verwertbare Spuren zu finden, doch sie hatte gehört, dass sich die Unbekannten den Berg hinauf bewegt hatten – genau in der Richtung, in die sie auch musste.

Kurz überlegte sie, ob sie auch einen anderen Weg nehmen konnte, doch sie hatte die Karte der Schweizer sehr genau studiert und dies war der einzige Weg, der infrage kam, wenn sie nicht die Straße unten im Tal oder mehrere Tage Umweg in Kauf nehmen wollte. Begleitet von ihren wieder erstarkten Schmerzen und der Sorge, zunehmend die Kontrolle über die ganze Situation zu verlieren, setzte sie sich in Bewegung.

Ob Ace wohl doch recht gehabt hatte?, schoss es ihr durch den Kopf. *Wäre es einfacher, wenn ich ein Implantat hätte? Dann hätte ich alle Informationen von der Karte und aus den Dokumenten bereits an alle streamen können. Die anderen wären bereits gewarnt. Ich hätte eine Drohne hacken und das Gebiet auskundschaften können oder mich mit den anderen koordinieren, sodass wir schneller aufein-*

andertreffen. Aber ich wäre nicht mehr ich und ich wäre angreifbar, wäre nicht mehr frei ...

Die Gedanken kreisten in immer gleichen Bahnen durch ihren Kopf, ohne dass auch nur ein Quäntchen Klarheit entstand, während sie weiterlief.

June zuckte zurück, hielt den Atem an und machte vorsichtig drei Schritte rückwärts. Forums-Truppen, daran bestand kein Zweifel. Sie hatte mindestens zwei der charakteristischen weißen Rüstungen gesehen. Was machten sie hier? Suchten sie nach ihr? Nach dem neuen Widerstand oder den regulären Schweizer Truppen?

June war sehr sicher, dass der Ort dort im Tal Wimmis war, doch leider half ihr das nur bedingt weiter. Sie hatte keine Idee, wo sich der neue Widerstand verstecken wollte, sie wusste nur, dass es in Wimmis war. Die Dokumente der Schweizer ließen vermuten, dass sie eine alte und schon lange stillgelegte Militäranlage namens *Burgfluh* nutzen würden, doch über deren Lage schwiegen sich alle Dokumente aus. Entweder wussten die Schweizer es ebenfalls nicht genau – was June ausschloss, oder aber es war so selbstverständlich für sie, dass sie es nicht extra erwähnen mussten.

Was aber machten nun die Forums-Soldaten hier? Wussten sie vom neuen Widerstand? Wussten sie vielleicht sogar, wo sich die Anlage befand?

June schaute sich um und schlich weg vom Weg, einige Meter den Hang hoch, wo sie sich zwischen einigen Felsen versteckte, um die beiden Soldaten zu beobachten. Schnell erkannte sie: Es waren drei und nicht nur zwei. Den dritten hatte sie nur nicht sehen können, da er an einem Baum lehnte, den Helm abgenommen hatte und genüsslich einen Riegel verspeiste. Ab und an nickten er oder seine Kameraden oder jemand schüttelte den Kopf, doch niemand sprach ein Wort. Es wirkte, als beobachtete June drei debattierende Geister, die Unsichtbarkeit gegen Unhörbarkeit getauscht hatten.

Ob das Streamen dazu führen wird, dass die Implantatträger irgendwann das normale Sprechen komplett einstellen oder sogar verlernen, weil es niemand mehr macht?, schoss es June durch den Kopf, bevor sie sich konzentrierte, zu überlegen, was sie als Nächstes tun musste.

Sollte sie die Forums-Soldaten weiter beobachten, um ihnen zum Versteck des neuen Widerstands zu folgen – falls sie herausgefunden hatten, wo es war? Oder sollte sie sie lieber ausschalten, damit sie keine Gefahr mehr darstellten?

Was sie auf Fall verhindern wollte, war, dass sie die drei aus den Augen verlor und sie sich unbemerkt ihr oder dem Widerstand nähern konnten. Kurz überlegte sie auch, ob sie zwei ausschalten und einen am Leben lassen sollte, um ihn zu befragen, doch sie wusste, dass er dann alle anderen würde warnen können, ohne dass sie es bemerken oder gar verhindern konnte. So etwas konnte man nur durchziehen, wenn man einen verbündeten Implantatträger an seiner Seite hatte, damit dieser den Gefangenen abschirmte und den Befreiungscode installierte. So jemanden hatte sie aber nicht und nach dem massiven Streit mit Ace war sie auch nicht sicher, ob sie jemals wieder mit einem Implantatträger zusammenarbeiten würde, dem sie vollständig vertraute. Solch ein Vertrauen hatte sie nur Ace gegenüber entwickelt und vielleicht vor zwei

Tagen so nachhaltig zerstört, dass es nicht mehr zu retten war?

Der Gedanke schmerzte June in jeder Faser ihres geschundenen Körpers und doch gab es eine Seite an ihr, die diese innere Qual guthieß – eine Seite, die ihr die Schuld an allem gab und nun eine entsprechende Selbstbestrafung forderte.

Abwarten und weiter beobachten, beschloss June. Solange sie die drei im Blick behielt, wahrte sie auch alle Optionen in ihrer Hand. Also wartete sie in ihrem Versteck hinter den Felsen und harrte der Dinge, die da kommen mochten.

Die Dämmerung hatte bereits eingesetzt und June war den drei Soldaten des Forums den Berg hinab, durch das Tal und bis vor eine steil aufragende Felswand gefolgt. Zwischendurch hatte sie die drei einen Moment aus den Augen verloren und befürchtet, dass ihre extreme Vorsicht bei der Verfolgung nun zu einem kompletten Scheitern geführt haben könnte. Umso größer war ihre Erleichterung gewesen, als sie sie endlich wiedergefunden hatte. Sie waren gerade dabei gewesen, sich oberhalb eines schmalen Bergpfades zu verstecken. Und plötzlich waren sie einfach verschwunden – in einem Augenblick waren sie noch dagewesen, hatten sich in ihre auserkorenen Verstecke gelegt und im nächsten Moment schienen sie abhandengekommen. Es hatte einige Augenblicke des Nachdenkens und viele Minuten genauesten Beobachtens gedauert, um das Rätsel zu lösen: Sie hatten die Farben ihrer Rüstungen so perfekt verändert, dass sie jedes Chamäleon neidisch gemacht hätten. Nur weil June ganz genau wusste, was und wo sie suchen musste, konnte sie die ganz leichten Konturen erkennen, welche die Soldaten trotz ihrer Tarnung von der Umgebung abhob. Das war definitiv eine neue und gefährliche Technik. June lief ein kalter Schauder den Rücken hinunter, als sie sich vorstellte, wie viele derart getarnte Gegner sie wohl schon übersehen hatte. Konnten sie das nur mit ihren Rüstungen oder auch bei ihren Drohnen und anderen Fahrzeugen?

Wie auch immer sich die Technik auswirken würde, jetzt musste sie handeln. June legte leise und vorsichtig die schwere Tasche ab, dann kroch sie langsam in Richtung des ersten Gegners. Alle paar Meter hielt sie an, um ihr Herz zur Ruhe kommen zu lassen und die getarnten Gegner wiederzufinden. Sie hatten sich keinen Millimeter bewegt, doch June traute der Ruhe nicht und wollte sie auf keinen Fall aus den Augen verlieren.

Nach einer gefühlten Ewigkeit, ihr Arm und ihre Beine schmerzten vom Kriechen, war sie bis auf einige Meter hinter den vordersten Forums-Soldaten gekrochen. Er lag, noch immer vollkommen regungslos, vor ihr auf dem Boden und seine Rüstung spiegelte perfekt die Grün-, Braun- und Grautöne seiner Umgebung wider. June ließ langsam, wie in Zeitlupe, die Hand zu ihrer Pistole am Gürtel wandern. Kurz hatte sie überlegt, das Messer zu nehmen, in der Hoffnung, den Gegner vor sich so geräuschlos ausschalten zu können, dass die beiden anderen es nicht bemerken würden, doch dann hatte sie sich an die Geisterunterhaltung und das Streamen erinnert und ihr war klar geworden, dass sie so oder so sofort auffallen würde. Ob er nun laut oder leise starb, sicher würde er ein letztes Signal der Warnung streamen können – wenn das nicht eh vollkommen autonom geschah. Dann also lieber schnell und laut. Vollkommen geräuschlos und mit einer Langsamkeit, die jede Schnecke hektisch erscheinen ließ, umfasste sie den Griff ihrer Pistole und zog sie nach vorne.

Im einen Moment noch vollkommen regungslos und mit der Umgebung verschmolzen, drehte sich der Gegner vor ihr plötzlich zur Seite, sprang auf und schwenkte sein Sturmgewehr in ihre Richtung. Seine Tarnung schien sich nicht in der gleichen Geschwindigkeit, mit der er sich bewegte, anpassen zu können, weshalb sich leichte Verzerrungen auf seiner Rüstung bildeten, als habe man ein frisches Ölgemälde des Waldes mit einer groben Harke verschmiert.

Die Reaktion erfolgte so plötzlich und aus heiterem Himmel, dass June ihre folgenden Handlungen nur ihrem Unterbewusstsein und den vielen Jahren Training durch ihren Vater zuschreiben konnte. Sie sprang ebenfalls auf und sofort zur Seite, während ihr Arm die Pistole hochriss, in einer fließenden Bewegung dem Gegner folgte und ihr Finger den Abzug betätigte. Der Knall ihrer P99 wirkte auf ihr Bewusstsein wie ein Magnet und riss es endgültig in den aktuellen Moment, sodass das und ihr Körper wieder synchron waren. Die Kugel traf genau die Mitte des Visiers ihres Gegners, was dieses zerspringen und ihren Gegner in sich zusammensacken ließ. Sofort erlosch der Tarneffekt und die gewohnte weiße Rüstung erschien. Der Schwung ihres Aufspringens riss June weiter und sie stürzte dem Boden entgegen, was ihr das Leben rettete, denn genau dort, wo ihr Kopf noch vor dem Bruchteil einer Sekunde gewesen war, donnerte nun eine Salve Schüsse vorbei und ließ einige Meter hinter ihr eine kleine windschiefe Kiefer splittern. Aus dem Augenwinkel erkannte June, dass die beiden anderen Gegner aufgesprungen waren und nun auf sie anlegten, sie musste also unbedingt in Deckung gelangen. Schwer schlug sie auf dem Boden auf und ihre Rippen sandten Wellen des Schmerzes aus. Mit einem weiteren Hechtsprung warf sich June in die Deckung des Felsens, direkt neben den starren Leichnam des Forums-Soldaten. Gerne hätte sie sein Sturmgewehr an sich genommen, um das stetige Feuer der Gegner zu erwidern, doch sie wusste, dass alle neuen Forums-Waffen nur noch mittels Implantat abgefeuert werden konnten, sodass dieses Unterfangen vollkommen sinnlos war. Gleiches galt leider auch für die Granaten, welche der Tote an seinem Gürtel trug.

Krampfhaft überlegte June, was sie machen sollte, während ihre Gegner sie weiterhin beschossen, sodass sie in ihrer Deckung festsaß.

Sie durfte nicht bleiben. Wären die Stellungen vertauscht gewesen, hätte sie versucht, hinter die Position ihres Gegners zu gelangen, während sein Kamerad den Beschuss fortsetzte, sodass ihr Opfer nicht fliehen könnte. Doch nun war sie in der Rolle des Opfers und steckte fest. Nach einem kurzen Abwägen ihrer Optionen griff sie nach dem Gürtel des Toten und zog daran, doch das Ergebnis war vollkommen ernüchternd. Der Tote war ein viel zu großer und massiger Mensch und mit seiner Rüstung so schwer, dass sie ihn kaum einen Millimeter von der Stelle zerren konnte. Damit starb also auch der Plan, Stück für Stück mit ihm als Kugelfang aus der Deckung zu kriechen. Langsam türmte sich eine Welle der Panik in ihr auf und drohte, sie zu überrollen. Hastig und mit der Kraft der

Verzweiflung schob sie ihn zumindest auf die Seite und betrachtete die kleine Kuhle, in der er gelegen hatte.

Es könnte funktionieren, nein, es muss funktionieren, schoss ihr durch den Kopf.

June konnte kaum atmen, so schwer lastete die Leiche auf ihr, deren harte Panzerung sich qualvoll in ihre Beine, ihren Bauch und ihr Gesicht bohrte. Dann hielt sie den Atem ganz an, als sie Schritte dicht an ihrem Ohr vernahm. Jede Faser ihres Körpers, alle Muskeln und Nerven waren zum Zerreißen gespannt und sie wusste nicht, wie lange sie das noch aushalten konnte. Eine Ewigkeit schien gar nichts zu passieren. Hatte sie die falsche Entscheidung getroffen? *Handle immer so, dass du die Anzahl deiner Möglichkeiten erhöhst, anstatt sie zu verringern.* Das hatte sie sowohl von ihrem Vater immer zu hören bekommen als auch irgendwo gelesen und sie wusste, dass dies ein verdammt guter Rat war, doch leider hatte sie ihn nicht befolgen können und sich in eine Situation gebracht, in der es nur eine einzige Möglichkeit gab – abwarten und hoffen.

Die Ewigkeit des Abwartens endete so schnell, dass June den richtigen Moment fast verpasst hätte. Plötzlich wurde der Leichnam angehoben und June erspähte zwei Paar weiße, gepanzerte Beine. Ohne zu zögern, hob sie ihre Pistole und schoss beiden Gegnern in die Knie. Sofort wurde der Leichnam wieder losgelassen und sein volles Gewicht drückte June zu Boden. Während gedämpfte Schmerzensschreie erklangen, stemmte sie sich mit aller Kraft gegen das Gewicht des Toten und schob ihn nach rechts zur Seite. Sie musste schnell auf die Beine kommen und ihren Gegnern den Rest geben! Kaum war sie halb aus der Kuhle, hörten die Schreie plötzlich auf. Erschrocken sah June, wie die beiden Forums-Soldaten, welche durch die Treffer zu Boden gegangen waren, sich aufrappelten und ihre Waffen in ihre Richtung hoben. Mit beiden Beinen kämpfte sich June unter der Leiche hervor und hob zugleich ihren Arm, um erneut zu schießen. Ihre ersten beiden Schüsse gingen daneben und erst der dritte traf den einen der beiden Soldaten, der gerade seine Waffe in Anschlag gebracht hatte. Der Brusttreffer, den sie gelandet hatte, verfehlte seine Wirkung nicht und warf ihn erneut zu Boden.

Sofort riss June ihre Waffe herum, um auch den zweiten Angreifer zu erwischen, der seine Waffe fast vollständig gehoben hatte. Sie schossen gleichzeitig. Und alles, was dem ohrenbetäubenden Knall der beiden Schüsse folgte, war reiner, purer Schmerz, direkt aus der Hölle der Qualen. Als hätte der Teufel höchstpersönlich seinen feurigen Dreizack in ihren Oberschenkel gebohrt, klaffte nun eine Schusswunde in ihrem rechten. Während der Schmerz sich binnen des Bruchteils eines Augenblickes in ihrem Körper ausgebreitet hatte, dauerte es eine gefühlte Ewigkeit, bis das Blut aus der Wunde sprudelte. Dann kam es, wie ein kleiner Springbrunnen, dessen stetiges An- und Abschwellen Teil der schaurig-grotesken Installation zu sein schien.

Mühsam löste June den Blick von ihrer Wunde. Falls sie mit dem ganzen Blut auch ihr Bewusstsein verlieren sollte, musste sie vorher sichergehen, dass sie den verbliebenen Soldaten ausgeschaltet hatte. Ein kurzer Blick verriet ihr, dass sie ihn nicht, wie anvisiert in die Brust, sondern in den nur schwach gepanzerten Hals getroffen hatte, sodass er keine weitere Gefahr darstellte.

Mit letzter Kraft stieß sie sich komplett unter dem Leichnam hervor, der ihr als Tarnung gedient hatte, ließ die Pistole fallen und drückte die Hand auf ihre Wunde. So sehr sie auch drückte, sie konnte die Blutung nicht stoppen. Nun langsamer, aber dennoch kontinuierlich drang Blut aus der Wunde und quoll zwischen ihren Fingern hervor. Mit nur einem Arm blieb June nichts anderes übrig, als die Hand von der Wunde zu lösen, um ihren Gürtel abzunehmen und so straff um ihren Oberschenkel zu spannen, dass die Blutung letztendlich stoppte.

Schwindel überfiel sie und die ganze Welt um sie schien zunächst drei Runden Karussell zu fahren, bevor sie mühsam abbremsen konnte und der Schwindel sich soweit legte, dass sie wieder etwas sah.

Auf einen Stock gestützt, humpelte June den Pfad empor, den die drei Forums-Soldaten observiert hatten. Sie mussten damit gerechnet haben, dass in naher Zukunft irgendjemand entlang kommen würde, sonst hätten sie sich nicht die Mühe gemacht, hier Position zu beziehen. June konnte es sich jedoch nicht leisten, zu warten. Das hatte sie trotz ihres durch den Blutverlust benebelten Verstandes sofort begriffen. Wer auch immer am Ende dieses Pfades auf sie warten würde – neuer Widerstand oder Schweizer Armee, sie brauchte in den nächsten Minuten medizinische Hilfe, sonst würde sie den kommenden Tag sicher nicht erleben. In einem kleinen, hinteren Eckchen ihres Gehirns gab es einen Rest Verstand, der ihr sagte, dass dieses wohlig warme Gefühl der Entrückung, als habe jemand die ganze Welt in Watte gepackt, welche die Spitzen des alles durchdringenden Schmerzes abmilderte, kein gutes Gefühl war und von ihrem nahen Ende kündete. Doch June setzte einen Fuß vor den anderen, immer nur den nächsten Schritt vor Augen, denn es fehlte ihr schon lange an der Kraft, den Kopf zu heben, um ihren trüben Blick nach vorne zu richten. Irgendwann machte sie keine richtigen Schritte mehr, sondern taumelte etwas nach vorne, suchte ihr Gleichgewicht, fand einen Bruchteil davon und taumelte weiter. Als auch das nicht mehr ging, brach sie zusammen und schlug auf dem Boden auf, ohne dass ein einziger Muskel in ihrem Körper zuckte, um dem ihm innewohnenden Schutzreflex zu folgen und ihren Sturz abzumildern.

Alle Lichter ihrer Welt erloschen und Dunkelheit umfing sie.

Kapitel 11: June

Wimmis, 30.07.2040

»Ahhhhhhhhhhhhhhhhh...«, drang ein langer kehliger Schrei aus Junes Mund, als sie aufschreckte. Wie Bauklötze in einem alten Computerspiel fielen Bruchstücke von Wahrnehmung und Erinnerung zusammen und bildeten ein Fundament der Realität. Wahrscheinlich war es den Resten ihrer Bewusstlosigkeit geschuldet, dass sie nicht alle Bauklötze korrekt sortiert und gedreht hatte, sodass ihre Realität nun einige unschöne Lücken aufwies. Alles wirkte unscharf und verschwommen, als wohnte allem eine eigene Bewegung inne. Doch es reichte, um mit trübem Blick einen kahlen, weiß-grauen Raum mit einigen alten Edelstahlregalen und Schränken wahrzunehmen, genau wie den scharfen Geruch nach Desinfektionsmitteln und Medizin. Es war eine dieser unangenehmen Lücken in der Konstruktion ihrer Realität, die dazu führte, dass es entsetzlich lange dauerte, bis sie diesen Geruch als typisch für alle Lazarette, die sie je kennengelernt hatte, erkannte.

»Hallo? Ist hier jemand?«, fragte sie vorsichtig in den Raum. »Hallo?«

Niemand antwortete. Mühsam versuchte sie, sich aufzurichten, doch ihr fehlte die Kraft. Seufzend gab sie ihre Bemühungen auf und schloss erschöpft die Augen, während eine vertraute Dunkelheit sie zu umhüllen begann.

Beim nächsten Mal erfolgte das Erwachen langsamer. Stück für Stück nahm June mehr um sich wahr. Zunächst das Geräusch einer Unterhaltung, begleitet von Schritten, dann das Klappern von Gegenständen und letztendlich verstand sie die gesprochenen Worte:

»Es ist zu früh, um zu sagen, wie sich ihr Bein entwickeln wird. Wir konnten den Blutfluss stoppen und die Wunde reinigen. Nun müssen wir abwarten, wie die Heilung verläuft«, sagte eine Frauenstimme.

»Und wie stehen ihre Chancen, dass es gut verläuft?«, fragte eine männliche Stimme.

»Das kann ich noch nicht sagen. Sollte es sich entzünden, werden wir amputieren müssen. Wir haben keine breite Auswahl an Antibiotika mehr, die notwendig wären, um eine komplizierte Infektion zu bekämpfen. Außerdem hat sie so viel Blut verloren, dass ich nicht sicher bin, ob sie einen Infekt überhaupt überstehen würde. Schweres Fieber könnte sie das letzte bisschen Kraft kosten.«

»Sie ist eine Kämpferin. Die größte Kämpferin, die ich kenne und sie wird auch hiergegen ankämpfen«, antwortete die Männerstimme, die June nun als jene von Ace erkannte.

Kurz überlegte June, die Augen zu öffnen, doch dann verwarf sie den Gedanken wieder. Sie wollte dem Gespräch weiter folgen.

»Das mag sein, doch jeder Körper hat Grenzen und es ist unmöglich, diese korrekt vorherzusagen. Da sie kein Implantat trägt und unsere Mittel extrem begrenzt sind, können wir auch nur rudimentäre Daten zu ihrem Zustand erheben. Es wäre einfacher, wenn wir sie implantieren dürften. Es könnte ein Gewinn für sie und unsere Sache sein, wenn wir einen der Prototypen verwenden«, schlug die Frauenstimme vor. Die Ruhe und Gelassenheit in ihrer Stimme stand in krassem Gegensatz zu der Wut und dem Entsetzen, welche ihre Worte in June entfachten. Wer auch immer diese Frau war, sie musste den Verstand verloren haben! Lieber würde sie sterben, als sich der Knechtschaft des Implantates zu unterwerfen, selbst wenn man ihr sofort den Befreiungscode aufspielen würde. Noch bevor sie die Augen geöffnet hatte, um heftigen Einspruch zu erheben, kam dieser von Ace.

»Auf keinen Fall, Doc! Schlagen Sie sich das sofort aus dem Kopf. Sie würde das auf gar keinen Fall tolerieren! Das steht gegen alles, woran sie glaubt und wofür sie kämpft. Wahrscheinlich würde sie nicht nur Sie umbringen, sondern mich gleich mit, weil ich es nicht verhindert hätte.«

June wäre am liebsten aufgesprungen, um Ace für seine klare Ablehnung zu danken – bis er weitersprach: »Sie müssen verstehen, Doc – sie wurde von ihrem Vater in der festen Überzeugung großgezogen, dass alles, was mit dem Implantat zu tun hat, schlecht und böse ist. Ich glaube, dass sie auch uns, die wir befreite Implantatträger sind, nur bedingt davon ausnehmen kann. Sie weiß nicht genug von den Vorzügen des Implantates, weil sie diese nie erfahren hat. Sie ist vollkommen festgefahren in ihrer Ablehnung und die scheint eher zu wachsen, als abzunehmen. Und wie bereits gesagt, ist sie von Geburt an so erzogen worden – das lässt sich nicht so einfach abschütteln.«

Wut kochte in June auf. Jetzt wollte sie ihm nicht mehr danken, außer vielleicht um ihn gleichzeitig zu erwürgen. Was fiel diesem Idioten ein, dass er sie derart kritisierte?

Sie war *festgefahren* in ihrer Ablehnung? *Beständig* und *stabil* auf dem rechten Pfad, im Kampf gegen die Unterdrückung durch das Forum und das Implantat, das war sie!

»Wie Sie meinen«, antwortete die Frau. »Dann müssen wir abwarten und das Beste hoffen.«

June wollte die Augen geschlossen halten und abwarten, dass sie gingen, damit ihre Wut und ihr Entsetzen über Aces Aussagen abebben konnten, doch dann kam plötzlich eine Erinnerung in ihr auf, die alles veränderte. Sie öffnete die Augen und sprach direkt los, ohne jemanden anzuschauen, noch immer zu schwach, um sich wirklich zu bewegen.

»Sie wissen, dass wir hier sind. Wir müssen uns auf einen Angriff vorbereiten!«, brach es aus June.

»June, du bist bei Bewusstsein. Ich hatte …«, erklang Aces Stimme.

»Spar dir die Worte, Ace! Hör mir einfach zu. Habt ihr meine Tasche gefunden?«

»Ähm … was für eine Tasche? Du lagst zusammengebrochen einige Meter vor dem versteckten Eingang der Festung. Du hattest keine Tasche bei dir.«

»Dann müsst ihr sie suchen. Ich bin drei Forums-Soldaten gefolgt, die sich neben dem Pfad auf die Lauer gelegt hatten. Ich habe sie ausgeschaltet, aber sie haben mich … ach egal! Schick Leute los, damit sie nach den Leichen suchen. Oberhalb der Stelle, hinter zwei großen Felsen, werden sie meine Tasche finden, mit Plänen und Dokumenten der Schweizer. Sie wissen vom neuen Widerstand und auch, dass ihr euch hier in Wimmis treffen und verstecken wollt«, brachte June die wichtigsten Fakten auf den Punkt.

»Doc, gehen Sie zu Theo und geben Sie ihm diese Informationen weiter. Er soll ein paar Leute zusammenstellen und nach dieser Tasche suchen«, befahl Ace. June fiel auf, dass er eine Routine an den Tag legte, die sie bis vor einigen Wochen – nein, sogar einigen Tagen noch nicht bei ihm gekannt hatte.

»June, wie alt sind diese Informationen und woher hast du sie?«, wandte er sich wieder ihr zu und tauchte das erste Mal in ihrem Blickfeld auf. Er sah ausgemergelt aus und tiefe Falten durchzogen sein eingefallenes Gesicht, die sie vor einigen Tagen noch nicht so ausgeprägt bei ihm gesehen hatte.

»Ich habe sie einem Offizier der Schweizer abgenommen, als ich in den Hof eingedrungen bin, um das Ablenkungsmanöver für euch zu organisieren. Ich weiß nicht, wie lange das her ist.«

»Vier Tage«, kommentierte Ace ruhig und klang nachdenklich. »Wir haben dich gestern gefunden.«

»Okay, dann vor vier Tagen. Ich habe so viele Dokumente wie möglich mitgenommen, aber ich konnte nur einen Bruchteil studieren. Es sieht wirklich schlecht aus, Ace. Nicht nur wissen die Schweizer und offensichtlich auch das Forum, wo wir sind, die Schweizer haben auch extrem große Gebiete an das Forum verloren. Wenn das so weitergeht, ist der Kampf in wenigen Tagen vorbei. Und das wird auch den Schweizern klar sein, was wiederum den Druck erhöht, ihren Plan mit den Atomwaffen so schnell wie nur möglich umzusetzen – koste es, was es wolle!«

Junes letzte Worte klangen stumpf nach und ihnen folgte eine erdrückende Stille. Ace atmete schwer aus und ließ sich auf den Rand ihres Krankenlagers sinken. Kurz trafen sich ihre Blicke, dann starrten beide diffus in die Ferne, während sie ihren düsteren Gedanken nachhingen.

»Ace, wie steht es um deinen Plan? Sind genug Implantatträger hier versammelt, um ihn in die Tat umzusetzen?«

Ace antwortete nicht sofort und als er es tat, sprach er sehr langsam und zögerlich: »Nun ja, wir sind zumindest so viele, dass wir es wagen könnten, aber es gibt einige neue Entwicklungen und die sind fast alle schlecht. Noch schlechter, wenn man die neuen Informationen von dir dazunimmt.«

Ace pausierte und June entschied, abzuwarten. Ihr Freund, wenn er denn noch immer ihr Freund war, schien Zeit zu brauchen, um seine Gedanken und Worte zu sortieren.

Seufzend fuhr er fort: »Es gibt eine neue Entwicklung in der Metawelt. Ein Teil von ihr ist verschwunden und mit ihr alle Faces, die sich zu dieser Zeit in dem entsprechenden Gebiet aufgehalten haben. Wobei, er ist nicht wirklich verschwunden, er ist eher wie eine schwarze, undurchdringliche Sphäre, aus der nichts dringt und in die niemand kommt. Zumindest nicht so, dass er oder sie anschließend davon berichten könnte. Es gibt einige Informationen, die besagen, dass manche, die versucht haben, hineinzugelangen, dies auch geschafft haben, jedoch kam bisher keiner wieder heraus! Und in der Schnelllebigkeit der Metawelt ist quasi eine Ewigkeit vergangen – die schwarze Festung ist bereits vor drei Tagen Realzeit erschienen.«

»Die schwarze Festung?«, hakte June nach.

»Keine Ahnung, wer sich den Namen ausgedacht hat,

aber so nennen es nun alle. Im Grunde genommen ist es aber auch egal, wie wir das Ding nennen. Das Problem ist, dass es angefangen hat, kleiner zu werden und zugleich einen undurchdringbaren Datenstrom im Datahaven etabliert hat. Wir wissen nicht, was da vorgeht, aber es scheint etwas in Gang zu setzen, und ich habe große Sorge, dass es uns nicht gefallen wird. Wenn die schwarze Festung weiter in diesem Tempo schrumpft, wird sie binnen zwei Tagen verschwunden oder was auch immer sein. Und es ist das *was auch immer,* das mir und allen anderen sehr große Sorgen macht. Zugleich haben sich die Schwarzen Samurai komplett zum Datahaven zurückgezogen und bewachen es so stark, dass niemand mehr hineinkann – keine Chance.« Seufzend beendete Ace seine Schilderungen und auch wenn June nur die Hälfte verstand, so sah sie ihm an, dass er bis ins Mark erschüttert und verunsichert war.

»Und was tut ihr dagegen?«, fragte June mit bemüht ruhigem und sanftem Tonfall.

»Wir hoffen noch auf Markus und Gritli. Sie haben sich gestern in das Datahaven gehackt, um Informationen zu sammeln. Das war noch, bevor die Schwarzen Samurai ihre Abwehr geschlossen hatten. Da ihre Köper noch immer leben, hoffen wir, dass sie es zu uns zurückschaffen, doch bisher tut sich nichts.«

Wieder folgte ein langes und bedrückendes Schweigen, während June versuchte, ein schlüssiges Gesamtbild der Lage zu erstellen.

Nach einiger Zeit blickte sie auf und schaute Ace an. »Ace, du hast gesagt, fast alle Neuigkeiten seien schlecht.«
Ace nickte nur.

»*Fast alle*, hast du gesagt. Es muss also auch gute Nachrichten geben, doch die hast du mir bisher vorenthalten!«, bohrte June nach.

»Oh, oh ja, du hast recht«, antwortete Ace, der jetzt ganz aus seinen Gedanken aufzutauchen schien. Dann fuhr er fort: »Es gibt zwei positive Neuigkeiten. Zum einen konnten wir über hundert Implantatträger vor der Razzia und Explantierung durch die Erwachten warnen und fast achtzig sind hier oder auf dem Weg hierher. Und zum anderen hat sich uns auch die komplette Forschungsgemeinschaft der Progressiven um Professor Doktor Antoine Odermatt angeschlossen – das ist an und für sich schon eine gute Nachricht, aber noch besser wird sie, weil er einen Prototypen entwickelt und mitgebracht hat.« Ace machte eine kurze andächtige Pause und schaute June direkt an, als wollte er sichergehen, dass ihre Aufmerksamkeit ganz bei ihm und der kommenden sensationellen Enthüllung war. »Er hat das erste *freie* Implantat entwickelt! Er geht davon aus, dass damit gar keine Beeinflussung durch den Datenkern des Implantats oder das Signal des Forums mehr möglich sein wird. Er hat die Prozesse des Datenkerns, die für eine reibungslose Funktion zwingend sind, extrahiert und alles gelöscht, was einen Beeinflussungscode darstellt. Somit kann niemand mehr mit diesem Implantat ungewollt Teil des Forums werden!« Aces Augen strahlten förmlich, als er diese Entwicklung schilderte und sein Blick schien in die weite Ferne einer nur von ihm imaginierten Zukunft zu wandern. Als sich sein Blick wieder fokussierte und er die fehlende Begeisterung in Junes Augen sah, verblich seine Euphorie genauso schnell, wie sie zum Vorschein gekommen war und er sah plötzlich wieder so eingefallen und schlecht wie vorher aus.

»Schön und gut, Ace, aber es ist noch immer ein Implantat mit Alientechnik und alle Menschen, die aktuell im Einflussbereich des Forums leben – also bis auf einige wenige im Widerstand Lebende so ziemlich alle Menschen dieser Erde, haben die *reine, unfreie* Variante des Implantats – können die einfach wechseln?«, hakte June nach.

Ace schüttelte bedauernd den Kopf und June sprach direkt weiter. »Siehst du, es nutzt dem mit Abstand größten Teil der Menschheit gar nichts! Oder kann man das alte Implantat zum neuen umprogrammieren, sodass die alten Implantate wie die neuen funktionieren und nicht zurück unter die Kontrolle des Forums oder der KI gelangen können?« Erneut schüttelte Ace den Kopf und verharrte mit seinem Blick auf dem Boden vor seinen Füßen. »Okay, man kann die Implantate also weder wechseln noch die alten in die neuen umprogrammieren. Wer soll also von diesen *freien* Implantaten profitieren?«

Wieder herrschte einen Moment Schweigen zwischen ihnen und Junes Frage schien im Raum zu schweben – wie ein Unwetter, das sich lautlos aufbaute und bald eskalieren würde.

»Nun ja, Leute, die bisher kein Implantat haben, könnten die ersten sein, die von diesem profitieren.« Noch bevor June etwas erwidern konnte, sprach Ace weiter. »Der Professor hat die Hoffnung, dass er mit mehr Zeit für seine Forschung auch in der Lage sein wird, alte Implantate gegen neue zu tauschen, aber dafür müssen wir ihm deutlich mehr Zeit verschaffen und vor allem auch Daten von Benutzern der neuen Implantate.«

June konnte Ace kaum noch zuhören, da ihr immer wieder die Unterhaltung zwischen Ace und der Ärztin in den Sinn kam. »Also habt ihr an Leute wie mich gedacht? Ihr wollt mit den *freien* Implantaten auch die letzten Menschen zu Implantatträger machen? Damit erreicht ihr doch genau das, was das Forum bisher nicht geschafft hat!« June gab sich größte Mühe, Ace nicht anzuschreien, sondern ruhig und bedächtig zu sprechen, doch ihre tief empfundene Resignation und Verbitterung klangen in jedem Wort mit.

Wieder herrschte Schweigen zwischen ihnen und sie sahen sich nicht an. Dann brach Ace die Stille. »June, ich weiß, dass das für dich ein Albtraum ist und gegen all das spricht, wofür du gekämpft hast, aber die Fakten sind eindeutig! Das Forum kann uns kinderleicht ausschalten, weil wir technisch haushoch unterlegen sind! Selbst wenn mein Plan funktionieren sollte und wir den Befreiungscode an sämtliche Implantatträger gleichzeitig überspielen können, bleiben alle, die ein altes, ein Forums-Implantat haben, gefährdet für eine erneute Kontrolle durch das Forum oder den Datenkern! Und zugleich macht uns das Implantat in so vielen Bereichen leistungsfähiger, dass niemand es wirklich missen möchte. Ich kann es dir nicht zeigen, aber bitte glaube mir, wenn ich dir sage, dass allein die Kommunikationsmöglichkeiten, die das Implantat bietet, so unfassbar vielseitig und großartig sind, dass es einen wahnsinnigen Gewinn darstellt.«

»Du hast dich sehr verändert, Ace! Noch vor wenigen Wochen warst du ein Widerstandskämpfer, ein Freund, der mit mir gegen das Forum und die Unterdrückung durch das Implantat gekämpft hat, und nun unterstützt du die Idee, alle Menschen mit einem Implantat zu verbinden?«, antwortete June und schüttelte resigniert den Kopf.

»Nein, June, ich habe mich nicht verändert!«, erwiderte Ace nun laut und energisch. »Ich habe lediglich erkannt, wie die Faktenlage genau ist! Würde ich wünschen, dass alles wie in der Zeit vor dem Implantat wäre und es gar keine Implantate geben würde? Ja, vielleicht! Aber das ist nicht mal Utopie, das ist reines, kindisches Wunschdenken! Es gibt keine Möglichkeit, das Geschehene rückgängig zu machen. Die Implantate sind da und wir haben nur die Möglichkeit, sie vollständig der Kontrolle des Forums zu entreißen und dadurch das Forum zu vernichten, und dazu *brauchen* wir Implantatträger, wenn wir nicht alle mit einem Implantat umbringen und die Menschheit auf eine Handvoll Schweizer und dich reduzieren wollen.«

Der letzte Satz troff nicht nur vor Sarkasmus, sondern war auch so voller absoluter Resignation, dass June ihn erschüttert anstarrte – so kannte sie Ace wirklich nicht.

»Genug davon! Diese Diskussion bringt uns nicht weiter«, entschied June lautstark. »Wie steht es um die Befreiungsaktion? Wann startest du oder startet ihr mit der Verteilung des Befreiungscodes an alle Implantatträger?«

»Heute sollten noch zwölf weitere Unterstützer zu uns stoßen, dann können wir beginnen.«

June nickte, als Zeichen, dass sie verstanden hatte.

»Ich weiß aber nicht, ob mein Plan noch immer gelingen kann, June. Ich weiß nicht, was genau die schwarze Festung ist, wie sie mit dem Datahaven interagiert und was dort überhaupt vorgeht. Es kann sein, dass es unser Unterfangen vollkommen untergräbt, falls dort gerade der

Kontrollcode geändert oder irgendeine andere Korrektur vorgenommen wird, die unser Vorhaben unmöglich machen könnte. Es ist aktuell einfach eine Black Box und wird es wohl auch bleiben, wenn wir nicht doch noch etwas von Markus und Gritli hören. Wenn sich allerdings bewahrheitet, was du sagst, dass sowohl das Forum als auch die Schweizer Armee wissen, wo wir sind, haben wir vielleicht gar keine Zeit mehr, zu warten und müssen alles auf eine Karte setzen. Das gefällt mir ganz und gar nicht, aber ich sehe auch keine wirkliche andere Möglichkeit.«

»Und was ist mit Janika, konntest du sie finden oder zumindest Fortschritte bei der Suche nach ihr machen?«

Ace schüttelte leicht den Kopf. »Meine Versuche sind gescheitert. Es ist wie vorher, ohne die Hilfe des Face-Clones deines Vaters werden wir sie nicht finden und er ist nicht bereit, mir zu helfen. Er wird nur mit dir reden.«

»Aber ich kann nicht mit dem Ding reden, weil ich kein Implantat habe! Wäre das Ding wirklich eine Kopie meines Vaters, müsste es das auch verstehen!«, brüllte June voller Verzweiflung, Wut und Resignation.

Erst nachdem Ace schweigend gegangen war, bemerkte June, wie erschöpfend der Streit gewesen war. Und wie viel Kraft die Verwundung sie zu kosten schien. Langsam sackten ihre Augen zu und ihr Bewusstsein entschwand in einen unruhigen Schlaf.

Kapitel 12: June

Wimmis, 01.08.2040

In Wirklichkeit hätten jetzt Sirenen aufheulen und rote Warnleuchten anspringen müssen, doch bei der Instandsetzung der alten Festungsanlage hatte man nur wenig Zeit und Ressourcen aufbringen können, sodass man sich ganz auf die Verteidigungsfähigkeiten fokussiert hatte. *Zumal Alarmsignale bei neunzig Prozent der Anwesenden in etwa so notwendig waren wie Leuchtfeuer zur Zeit der Funkgeräte*, schoss es June durch den Kopf. Beim neuen Widerstand fanden sich nur wenige, die keine Implantatträger waren. Insbesondere nachdem Professor Odermatt und sein Team sich über die Implantate hergemacht hatten, die June und die anderen aus dem abgestürzten Transportcontainer des Forums mitgenommen hatten. Sie hatten bereits diverse Forums-Implantate zu sogenannten *freien Implantaten* umgebaut und für all diese hatten sich Freiwillige gefunden, die bereit waren, sie sich einzusetzen. Da die zugrunde liegenden Forums-Implantate alle auf der neuesten Entwicklungsstufe waren, dauerte der Prozess nur noch wenige Stunden. Die mitgelieferten Medikamente gestalteten den gesamten Vorgang vollkommen schmerzlos, was alle, die sich dem Procedere unterzogen hatten, bestätigten. So kam es, dass es nur noch sehr wenige *Blanke* in den Reihen des neuen Widerstandes gab, wovon June eine war.

Sie stand an der Wand eines großen Raums mitten in der Festung, dessen Wände noch teilweise das Grau erahnen ließen, in dem man sie wohl vor Ewigkeiten gestrichen hatte. Das Schild am Eingang war derart verwittert, dass June nicht mehr sagen konnte, wozu der Raum früher gedient haben mochte. Jetzt wirkte er auf jeden Fall wie ein gigantischer Schlafsaal. Man hatte sämtliche Doppelbetten, die man in der Festung gefunden hatte, zusammengetragen und hier aufgestellt. Darin lagen nun die sechzig Implantatträger, die sich entschieden hatten, Ace bei der Umsetzung seines Planes zur Verbreitung des Befreiungsvirus zu unterstützen. Sie hatten vor etwas mehr als einer Stunde angefangen und viel länger hatten die Truppen des Forums auch nicht benötigt, um ihre Festung auszumachen. Jetzt ertönten die ersten Schüsse der Autokanonen, welche die Festung umgaben. So sehr June die Arbeit des Professors ablehnte, so sehr musste sie eingestehen, dass er und die anderen Progressiven dank ihrer Offenheit für die Nutzung von Computertechnik einen wirklichen Gewinn in ihren Verteidigungsbemühungen darstellten. Sie hatten diverse Waffensysteme so modifiziert, dass sie von Implantatträgern ferngesteuert werden konnten. Damit hatten sie einen Verteidigungsring erstellen können, der deutlich umfangreicher war, als es ihre bescheidene Personenzahl sonst ermöglicht hätte.

June lehnte sich auf eine alte hölzerne Krücke, die irgendjemand hinter einem der Schränke im alten Lazarett der Festung gefunden hatte, und fühlte sich vollkommen nutzlos. Alle um sie leisteten ihren Beitrag im Kampf, selbst die Handvoll Kinder, die in die Festung mitgebracht worden waren, liefen hastig hin und her und halfen als

Boten oder Munitionslieferanten. Doch June war selbst dazu nicht in der Lage, so langsam und eingeschränkt sie mit nur einem Arm und dem verflucht schmerzhaften Bein war.

Plötzlich zuckte eine junge Frau im Bett links neben June auf und auch wenn June wusste, dass es wenig bringen würde, rief sie laut: »Doc! Hier vorne!«

Sofort eilten die Ärztin und ihr Assistent herbei. Die Ärztin beugte sich zu der zierlichen blonden Frau, aus deren Nase und Ohren Blut lief, deren Zucken jedoch mittlerweile aufgehört hatte. Mit schrecklich routinierten Handgriffen untersuchte die Ärztin sie, nur um kurz darauf zu June zu gucken und den Kopf zu schütteln.

»Verdammt«, entwich es June und auch sie schüttelte den Kopf. Man musste kein mathematisches Genie sein, um sich auszurechnen, dass es ganz offensichtlich nicht gut lief mit Aces Plan und sie in der letzten Stunde viel zu viele Leute verloren hatten, um noch lange kämpfen zu können.

Mühsam humpelte June zu dem Bett, in dem Ace lag. Erschöpft ließ sie sich auf die Bettkante sinken und entlastete ihr schmerzendes Bein. Ace wirkte, als wäre er tot. Keine Regung durchzog sein Gesicht und nur das dezente Heben und Senken seines Brustkorbs verriet June, dass er noch lebte.

In einem Anflug von Sentimentalität strich sie ihm vorsichtig über die Stirn. »Pass auf dich auf, mein Freund. Egal, wie viel Streit wir auch in der letzten Zeit hatten, ich will dich nicht verlieren!«, flüsterte sie ihm zu, auch wenn sie wusste, dass er es nicht würde hören können.

Doch wahrscheinlich endet es eh hier, schoss es June

durch den Kopf. Es würde wahrscheinlich keine weitere Flucht geben. Entweder entschieden sie den Kampf hier für sich oder aller Widerstand war gebrochen. Dies war aller *final stand*.

Ein lautes, vielstimmiges Stöhnen lief wie eine Welle verbalisierten Entsetzens durch den Raum und verpasste June eine Gänsehaut. Ace, der bis vor einem Moment noch genauso reglos vor ihr gelegen hatte wie in den letzten Stunden, öffnete die Augen und stöhnte auf. Der bullige Typ im Bett hinter ihm tat es ihm gleich und die anderen verbliebenen Implantatträger schienen ebenfalls aufzuwachen.

Aces Blick war desorientiert und seine geweiteten Pupillen wirkten wie zwei schwarze Tore, aus denen Angst und Entsetzen strömten.

Beruhigend legte June ihre Hand auf seine Schulter.

»Ace, du bist zurück, alles ist gut!«, flüsterte sie ihm beruhigend zu. Ruckartig gewann sein Blick an Fokus und er schaute sie an.

»Nein, June, nichts ist gut und nichts wird jemals wieder gut sein. Wir haben verloren!«

June war nicht sicher, was sie stärker traf, der Inhalt seiner Worte oder die Endgültigkeit, mit der er sie ausgesprochen hatte. Das Schweigen, welches nun nicht nur zwischen ihnen herrschte, sondern vom ganzen Raum Besitz ergriffen hatte, erschien June plötzlich unerträglich massiver und deutlicher als jeder noch so laute Aufschrei des Entsetzens oder der Verzweiflung. Das Gefühl der Niederlage strahlte von allen an der Aktion Beteiligten aus. Wenn ihr gemeinsamer Schrei die Explosion einer Atombombe gewesen war, war das nun folgende Schweigen wie die schleichende, aber noch viel tödlichere Strahlung, die folgte und in jede Zelle jedes Anwesenden eindrang, um ihn langsam zugrunde zu richten.

Instinktiv drückte June ihren Rücken durch und stand auf. Es war keine so starke und elegante Bewegung, wie sie sie noch vor ihren Verletzungen zuwege gebracht hätte, aber sie stand gerade, aufrecht, mit erhobenem Kopf. Sie sprach mit normal lauter, doch fester Stimme:

»Nein! Wir haben NICHT verloren! Solange wir leben, solange irgendein freier Mensch auf diesem Planeten lebt, solange irgendjemand sich gegen die Macht des Forums und der Aliens stellt, solange haben wir nicht verloren! Ich weigere mich, aufzugeben, denn ich atme noch. Ich WEIGERE mich, irgendjemanden hier aufgeben zu lassen, solange er oder sie noch atmet! Es mag sein, dass wir einen Rückschlag erlitten haben, es mag sein, dass wir schreckliche Erkenntnisse hinnehmen müssen, es kann sein, dass wir viele gute Freunde betrauern müssen, doch wir DÜRFEN und WERDEN nicht aufgeben! Hast du mich verstanden, Ace? Wir werden WEITERKÄMPFEN und wir werden WEITER WIDERSTAND LEISTEN, solange wir atmen!« Junes Worte hallten in dem stillen Raum nach. Es war zunächst nicht ihre Absicht gewesen, zu allen zu sprechen, doch war sie mit jedem Wort nachdrücklicher und lauter geworden, sodass nun alle sie anschauten. Und mit jedem Wort, das sie an Ace und die anderen gerichtet hatte, hatte sie sich auch an den Teil in sich gewandt, der verletzt, entkräftet und hoffnungslos war. Auch diesem Teil in ihr hatte ihre Rede gegolten und ihn mit aller Vehemenz zum Schweigen gebracht.

Kurz bevor die Stille wieder die Macht übernehmen konnte, erhob sich Ace von seinem Bett und sprach mit lauter Stimme: »Ihr habt Lady Fury gehört und ihr solltet euch ihre Worte zu Herzen nehmen, so wie ich sie mir zu Herzen nehmen werde. Wir werden nicht aufgeben, wir kämpfen weiter!« Sehr viel leiser, sodass nur June es hören konnte, fügte er hinzu: »Auch wenn ich keinerlei Idee habe, wie wir das machen sollen.«

»Wir sollten uns mit den anderen beraten und du musst mir auf dem Weg zu ihnen erklären, was passiert ist«, antwortete June leise.

Ace nickte still und verließ mit ihr den Raum. Bereits auf dem Weg nach draußen begann er leise zu schildern, was vorgefallen war.

»Wir haben uns einen heftigen Kampf mit den Schwarzen Samurai und der KI geliefert, um unsere Datenpakete in die zentrale Forums-Globule und den Datahaven zu integrieren. Der Kampf war so schrecklich wie befürchtet, doch geschah etwas Unerwartetes. Durch unseren Kampf wurden die Abwehrmaßnahmen des Forums auf uns konzentriert, was es einigen Perma-Semicons, die offensichtlich von Markus und Gritli stammten, ermöglichte, den Datahaven zu verlassen. Die meisten wurden vernichtet, doch mir gelang es, eines vollständig abzufangen und die von ihm transportierten Daten zu entschlüsseln. Markus und Gritli haben herausgefunden, dass die Vernichtung des letzten Wurmlochgenerators eine Art Notfallplan der KI aktiviert hat. Sie hat einen Teil der Metawelt abgetrennt und alle zu dem Zeitpunkt darin befindlichen Faces vollständig gefangen – also einen vollständigen Transfer ihrer Bewusstseine erzwungen. DAS ist die schwarze Festung! Und auch wenn wir nicht genau wissen, was die KI exakt plant, so wissen wir jetzt, dass das Forum schon seit Monaten an einem neuen und viel größeren Wurmlochgenerator arbeitet, der in den nächsten Tagen fertiggestellt sein wird. Die KI hat sämtliche Daten aus dem Datahaven in sich, also genau genommen in die schwarze Festung, aufgenommen und zugleich eigene, verschlüsselte Datensätze in den Datahaven integriert. Ich habe keine Ahnung, was diese Datensätze beinhalten, aber einem Kommentar von Markus und Gritli ist zu entnehmen, dass sie mit einem Trigger versehen sind, welcher mit dem Wurmlochgenerator und der schwarzen Festung verbunden ist. Wenn ich also raten müsste, würde ich sagen, dass die Datensätze irgendwelche KI-Clone oder zumindest Instruktionen enthalten, die bei Veränderungen am Wurmlochgenerator oder der schwarzen Festung aktiviert werden.« Ace holte tief Luft und ließ June etwas Zeit, das Gehörte zu überdenken.

Junes Stirn legte sich in Falten und sie versuchte, all die neuen Informationen zu verarbeiten.

»Als ich den letzten Wurmlochgenerator zerstört habe, hatte Janika kurz zuvor in Erfahrung gebracht, dass auf der anderen Seite wahrscheinlich noch eine KI wartet, die uns positiv gesonnen ist und auf dem Weg zu uns war. Durch die Zerstörung des Generators ist es jedoch nie dazu gekommen. Wenn es nun also einen neuen Wurmlochgenerator gibt – haben wir dann nicht auch eine neue Chance auf die Hilfe durch diese andere KI?«, fragte June.

»Vielleicht, aber das ist hochgradig spekulativ und wir haben keine Zeit mehr, darauf zu warten! Das Forum weiß, wo wir sind, die Schweizer wissen, wo wir sind, und verlieren zugleich jeden Tag mehr und mehr Gebiete und Menschen an das Forum, sodass es nur noch eine Frage weniger Tage sein wird, bis jede Form von Widerstand vollständig ausgeschaltet sein wird.« Es folgte eine kurze Pause, bevor Ace fortfuhr: »Und es gibt keine Chance auf einen zweiten Anlauf, denn die Schwarzen Samurai haben meinen Virus-Code abgefangen. Ich bin sicher, dass sie bereits jetzt alle nur erdenklichen Gegenmaßnahmen in Code gegossen und implementiert haben. Diese Tür ist für uns geschlossen. Ich habe versagt!« Bei den letzten Worten war Ace stehen geblieben, hatte sich gegen die raue Wand des Ganges gelehnt und June sah, wie Tränen aus seinen Augen rannen.

Sie wollte etwas sagen, wollte ihm seinen Schmerz nehmen, doch sie wusste aus eigener, bitterer Erfahrung, dass es nichts gab, was diesen Schmerz nehmen konnte. Zumindest würde es keine Worte dafür geben. Also lehnte sie sich neben ihn an die Wand und wartete, bis er bereit war, weiterzugehen.

Nach einer Weile wischte er mit dem Ärmel seiner schmutzigen Feldjacke die Tränen aus dem Gesicht und ging auf die Tür zum improvisierten Kommandostand zu.

Hier hatte mittlerweile eine alte Bekannte das Kommando übernommen. Hauptmann Vreni Brunner hatte sich dem neuen Widerstand angeschlossen, nachdem man ihren Vorgesetzten Brigadier Wyss, einen bekennenden Progressiven, abgesetzt und inhaftiert hatte. Vreni war mit einigen ihr treu ergebenen Soldaten zu Professor Odermatt geflohen und mit ihm nach Wimmis gekommen. June hatte Vreni noch nicht gesehen, sondern nur gehört, dass sie nun ebenfalls hier war. Sie war nicht sicher, wie es zwischen ihnen stand, denn immerhin hatte sie Vreni bei ihrem letzten Kontakt mit einer Forums-Waffe betäubt und war geflohen.

Als June die Tür öffnete, hatte sie mit einigen einfachen Soldaten, Bildschirmen, einem Kartentisch und der angespannten Atmosphäre konzentrierter Arbeit gerechnet, nur von einigen Befehlen und Funksprüchen durchbrochen, doch das traf nicht zu. In dem kleinen und schlecht beleuchteten Raum standen lediglich ein paar Stühle und an den Wänden fanden sich Spuren alter Technikinstallationen, die offensichtlich seit vielen Jahrzehnten demontiert oder zerstört waren. Auf dreien der sechs Stühle saßen Menschen. Vreni konnte June sofort an deren aufrechten, Kraft und Disziplin ausstrahlenden Haltung erkennen. Der ältere Soldat zu ihrer Rechten war ihr vollkommen unbekannt und den etwas jüngeren Leutnant hatte sie schon gesehen, konnte ihn aber nicht mehr genau zuordnen. Alle drei wirkten vollkommen konzentriert auf irgendetwas vor ihnen, dass nur sie, aber nicht June, sehen konnten. Erst da fiel ihr das charakteristische schwache Leuchten eines Implantates hinter Vrenis rechtem Ohr auf.

June zuckte unweigerlich etwas zurück, bis ihr Verstand wieder die Kontrolle übernahm und sie begriff: Vreni war mit dem Professor angekommen und sicherlich eine der Ersten, die bereit gewesen waren, sich das freie Implantat implantieren zu lassen. June wusste nicht genau, warum, aber sie fühlte sich von dieser Frau, für die sie noch immer so etwas wie freundschaftliche Gefühle hegte, verraten. Es widersprach ihrem Weltbild.

Da auch hinter den Ohren der anderen beiden ein Implantat leuchtete, wusste June, warum der Raum so geisterhaft still war – sie streamten und verarbeiteten alle Informationen über ihre Implantate. *Das ist für sie schneller und effektiver*, schoss es ihr durch den Kopf.

Da niemand ein Wort sagte oder sie auch nur zur Kenntnis nahm, räusperte sich June und sprach ohne weiteres in den Raum:

»Hallo? Ist jemand zu Hause?«

Vreni und die beiden Soldaten regten sich und blinzelten fast synchron, als müssten sie erst wieder ganz im Hier und Jetzt ankommen.

»Hallo, June«, sagte Vreni und zeigte ihr charakteristisches Lächeln, das jedoch gefror, als ihr Blick auf den Stumpf fiel, an dem früher ihr Arm gewesen war, und dort verharrte.

June zuckte mit den Schultern und versuchte locker zu klingen, obwohl dieser Blick wieder zu den seltsamen Phantomgefühlen und -schmerzen führte, die sie in den letzten Stunden erfolgreich ausgeblendet hatte.

»Hallo, Vreni, wie ich sehe, haben wir uns beide etwas verändert.« Dabei nickte June in Richtung von Vrenis Implantat. »Ich hoffe, du kannst mir verzeihen, dass ich dich bewusstlos schießen musste – ich hatte weder die Zeit, mit dir zu diskutieren, noch wollte ich dir die Möglichkeit nehmen, jede Form der Beteiligung vollkommen plausibel abstreiten zu können.«

»Wie zuvorkommend«, meinte Vreni lakonisch und zog die rechte Augenbraue hoch.

»Aber sei es drum, ich kann durchaus verstehen, warum du gehandelt hast, wie du es getan hast und jetzt ist nicht die Zeit, um in der Vergangenheit zu wühlen.« Vreni nickte energisch, als wollte sie sich bestätigen, bevor sie fortfuhr. »Wir haben die erste Angriffswelle des Forums zurückschlagen können und die Schweizer Armee ist in so viele Kämpfe verwickelt, dass sie erst einmal kein Problem darstellen sollte. Trotzdem ist unsere Zeit hier mit einem Ablaufdatum versehen. Selbst wenn das Forum seine Bemühungen nicht bündelt und uns in einem forcierten Angriff ausbombt, nehmen sie Stück für Stück den Rest des Landes ein, uns gehen binnen weniger Tage die Energiereserven aus und dann ...« Sie hob die vor ihr auf dem Tisch liegenden Hände, breitete sie leicht aus und ließ sie wieder sinken. Ihre Mimik und Gestik beendeten ihren Satz genauso gut, wie es Worte getan hätten.

»Ace hat einige wichtige Infos ...«, begann June, doch Vreni nickte sofort und unterbrach sie. »Ich weiß bereits alles. Ace hat die Informationen durchgehend gestreamt, sodass wir«, kurz stockte sie, »sodass alle Implantatträger Bescheid wissen. Alle anderen werden gerade auf den neuesten Stand gebracht.«

»Okay«, sagte June schnell, um den Gefühlen in sich gar nicht erst Raum zu geben. »Wenn alle Bescheid wissen, sollten wir besprechen, was wir jetzt tun!«

»Wir brauchen Janika«, mischte sich Ace erstmals in das Gespräch ein. Als June und Vreni zu ihm blickten, fuhr er fort: »Es ist ganz einfach. Egal, ob wir den Wurmlochgenerator erneut vernichten wollen, die andere KI zu Hilfe holen, ein neues Virus entwickeln oder was auch immer tun wollen – wir werden ihre Hilfe brauchen! Wir können den Wurmlochgenerator nicht physisch zerstören, da wir keine ausreichenden militärischen Mittel mehr haben, um über den Atlantik zu gelangen. Wenn wir ihn denn überhaupt zerstören wollen – bedenkt man die Auswirkungen der letzten beiden Zerstörungen von Wurmlochgeneratoren. Somit bleibt uns nur ein Plan in der Metawelt und dort sind wir nicht stark genug. Wir brauchen jede Hilfe, die wir bekommen können!«

Während June schweigend zuhörte und spürte, wie sich ihr Magen zusammenzog, nickte Vreni nur. Als sie den Mund öffnete, um etwas zu sagen, fiel ihr June unvermittelt ins Wort und sprach einfach drauflos.

»Aber was ist mit dem Plan der Schweizer, die alten französischen Atomraketen zu übernehmen? Könnten wir die nicht nutzen, um den Wurmlochgenerator zu zerstören? Immerhin sind es Interkontinentalraketen!« June blickte fragend und nach Zustimmung heischend zwischen Vreni und Ace hin und her. Da die anderen Anwesenden sich aus dem Gespräch heraushielten, ignorierte sie diese.

Vreni schüttelte den Kopf. »Nein, wir haben keine Möglichkeit, sie zu erreichen. Sie wurden unter dem Phantom-Protokoll vereidigt und ausgesandt – der Auftrag läuft also ohne jeden Kontakt zur Kommandostruktur und ist nicht widerrufbar.«

»Das ist schlecht, das ist wirklich schlecht! Bei allen Toren der Hölle, was habt ihr euch dabei gedacht? Ihr schickt einen Haufen Spezialsoldaten auf eine vollkommen bescheuerte Mission und es gibt keine Möglichkeit, sie zurückzuholen, ihre Mission zu korrigieren oder sonst irgendwie Einfluss zu nehmen?«, brachte June ihre Fassungslosigkeit zum Ausdruck.

»Die Mission war damals nicht bescheuert und ist es auch heute nicht. Das Phantom-Protokoll stellt sicher, dass es keinerlei Kommunikation gibt, welche die gegnerischen Kräfte alarmieren oder unsere Kräfte verraten könnte. Wie ich das sehe, sind die Spezialkräfte und ihre Mission aktuell sogar unsere beste Chance«, antwortete Vreni scharf.

»Dann wird es aber mit Sicherheit keine Möglichkeit mehr geben, um einen Virus auf alle Implantate aufzuspielen und die Menschheit zu befreien. Richtig?« June blickte Ace an und hoffte, dass er sie unterstützen würde.

»Ladys, diese Diskussion führt uns zu nichts, also schlage ich vor, dass wir sie beenden. Wir können keinen Einfluss auf die Soldaten und ihre Mission nehmen und wir haben keine Ahnung, ob sie noch leben, ob sie Erfolg haben werden oder nicht. Wir müssen eigene Pläne schmieden, mit unseren eigenen Mitteln!« Vreni und June antworteten ihm nicht, sondern schauten ihn erwartungsvoll an.

Ace seufzte und ließ sich auf einen der freien Stühle fallen. Dann griff er in die Tasche seiner Jacke und zog eine Box heraus. Er legte sie auf den Tisch und schob sie langsam mit zwei ausgestreckten Fingern über den Tisch in Junes Richtung.

»Wenn wir nicht auf die Atomraketen hoffen wollen, brauchen wir Janika zurück und dafür gibt es nur einen Weg«, flüsterte Ace und blickte June schweigend in die Augen.

Junes Knie begannen zu zittern, als sie erkannte, um was für eine Box es sich handelte. Vollkommen gefangen von deren Anblick, als bewegte sich eine Giftschlange auf sie zu, wäre June wahrscheinlich auf dem Boden gelandet, wenn Vreni ihr nicht in voller Geistesgegenwart einen

Stuhl hingeschoben hätte. Hart landete sie auf der Sitzfläche und starrte weiter auf die Box.

»June, ich weiß ...«, begann Ace zu sprechen, doch sie hörte ihn nicht mehr. Ihre Gedanken rasten und ihre Gefühle explodierten in einer Supernova, die alles um sie verblassen ließ.

Plötzlich war sie wieder ein kleines Mädchen.

»Heute bist du dran«, sagte ihr Vater und hielt ihr ein schwach strampelndes Kaninchen entgegen, dessen Kopf reglos in seinem festen Griff verharrte. Panik machte sich in ihr breit. Angst und Entsetzen flammten auf, doch die erhofften Worte ihres Vaters, dass sie das Boubaka nicht töten sollte, blieben aus. Sie bettelte und flehte, doch es half nicht. Voller Wärme und Mitgefühl blickte er sie an, aber nichts ließ seine Hand oder seine Entschlossenheit weichen. »Zähle bis drei und dann machst du es, okay? Genau wie nachts, wenn du Wasser aus dem Brunnen holst. Drei Sekunden darfst du Angst haben, aber wenn du bei Drei angekommen bist, tust du es«, schlug er vor. Dann tat sie es. Sie tat es, obwohl sie es verabscheute, obwohl ihr Ströme von Tränen über das Gesicht liefen und sich mit dem Blut des Boubaka vermischten. Sie tat es, weil es getan werden musste, und das war alles, was zählte.

Ein Finger berührte die glatte Oberfläche der Box. *EINS, ZWEI, DREI* zählte sie. Dann hob sie den Blick, fixierte Ace mit kalter Entschlossenheit und nahm die Box vom Tisch.

Kapitel 13: June

Wimmis, 02.08.2040

»**Willkommen zu deinem Initialisierungsprozess**«, erklang eine Stimme in Junes Kopf, noch bevor sie ganz aufgewacht war. Reflexhaft öffnete June die Augen und schaute sich um, wer mit ihr gesprochen haben könnte, doch niemand war zu sehen. Dann zuckte June zusammen und eine Gänsehaut bildete sich auf ihrem ganzen Körper, als ihr dämmerte, was passiert war. Ohne nachzudenken, wanderte ihre Hand langsam hinter ihr rechtes Ohr und ihre Finger glitten über das kalte, glatte Ding, das dort nun für den Rest ihres Lebens bleiben würde. *Wie konnte es bloß soweit kommen? Wieso habe ich dem zugestimmt?*

»**Bitte nenne deinen Namen.**«

»June«, sagte sie automatisch.

»**Bitte gib mir einen Namen, du kannst diesen auch später noch ändern.**«

June musste nicht lange überlegen.

»Boubaka.«

»**Hallo, June, ich bin Boubaka. Über mich kannst du sämtliche Funktionen deines Implantats steuern. Diese stehen dir bereits jetzt in vollem Umfang zur Verfügung. Je näher wir uns kennenlernen, desto besser werde ich in der Lage sein, dir situationsangemessene Optionen vorzuschlagen.**«

»Scheiße, ich habe es wirklich getan«, entwich es June.

»Falls du mit mir interagieren möchtest, kannst du dies auch gedanklich tun. Du musst deine Fragen oder Antworten an mich also nicht laut aussprechen, falls du das nicht möchtest. Nach einigen Stunden wird die Initialisierung abgeschlossen sein, sodass du auch nur an die entsprechenden Informationen oder Prozesse denken musst, ohne sie als gedanklichen Befehl zu konkretisieren. Ich werde sie trotzdem verstehen.«

June war hin- und hergerissen zwischen ihrem Entsetzen und dem Ekel vor sich und dem, wozu sie geworden war auf der einen Seite und ihrer Neugier auf die Erkundung ihrer neuen Möglichkeiten auf der anderen. Letztendlich war es aber die reine Notwendigkeit für schnelles Handeln, die ihr weiteres Vorgehen bestimmte.

»Kannst du eine Verbindung zu Ace herstellen?«, fragte June in Gedanken – dieses Mal, ohne es laut auszusprechen.

»Ja, dies ist problemlos möglich. AcesAzrael ist Teil des gesicherten lokalen Stream-Netzes, zu dem auch dir Zugang gewährt wird. Soll ich eine Verbindung aufbauen? Falls ja, in einem Voice-Stream, einem VR-Stream oder einem C-Stream?«

»Scheiße, ich habe keine Ahnung, was ein VR- oder C-Stream sind!«

»Ein VR-Stream erzeugt einen virtuellen Raum, in welchem sich die jeweiligen Teilnehmer, präsentiert durch eine jeweils individuell gestaltete Persona, begegnen. Dort wird eine vollständige Kommunikation und Interaktion, vergleichbar mit einer Begegnung in der realen Welt, ermöglicht. Ein Conjunction-Stream – kurz C-Stream, ist eine direkte Bewusstseinsverbin-

dung zwischen Personen. Dabei werden sämtliche Kognitionen und die ihnen jeweils zugrundeliegenden Emotionen frei geteilt.«

»SÄMTLICHE Kognitionen und Emotionen?! Nein, auf keinen Fall! Mach diese VR-Stream Nummer, damit ich möglich direkt mit Ace in Kontakt treten kann.«

Kaum hatte June diesen Satz in Gedanken formuliert, da fand sie sich auch schon in einem leeren, weißen Raum wieder und, noch bevor sie diesen Wechsel wirklich begriffen hatte, stand Ace auf der anderen Seite des Raums.

»Verdammt, Boubaka, du hättest mich vorwarnen sollen!«, sagte June und wunderte sich sofort, warum die Worte nun von ihr laut ausgesprochen wurden, obwohl sie diese genau so *gedacht* hatte wie zuvor.

»Boubaka?«, fragte Ace, legte den Kopf schief und hob eine Augenbraue.

»So habe ich das elende Kaninchen in meinem Kopf getauft«, antwortete June mit grimmiger Stimme.

»Ich freue mich zu sehen, dass du mit deinem Implantat gut in Kontakt gekommen bist. Die neuen Modelle integrieren so verdammt schnell – ich beneide dich, wenn ich bedenke, wie lange es damals bei mir gedauert hat«, antwortete Ace mit einem warmen und zugleich verschmitzten Lächeln im Gesicht.

»Ace, ich hasse es und ich hasse dich, dass du mir das Ding gegeben hast. Mich hasse ich, dass ich ja gesagt habe, und das Forum und die Schweizer hasse ich, dass wir keine andere Wahl hatten!« June meinte jedes dieser Worte ernst und fragte sich, ob diese C-Stream Nummer nicht doch besser gewesen wäre, damit Ace es auch wirklich verstanden hätte. Nein, wäre es nicht, wurde ihr sofort klar. Sie hatte nur die Spitze des Eisbergs aus vollkommener Verzweiflung, Wut, Resignation und Abscheu formuliert, der unter der Oberfläche ihrer schwankenden Selbstkontrolle trieb. Sie würde keine Technik anwenden, die ihr noch mehr Kontrolle entreißen würde.

Aces Lächeln verschwand und wurde durch eine neutrale Mine ersetzt. »June, es tut mir wirklich leid, dass ich dich zu diesem Schritt drängen musste, aber ich sehe wirklich keinen anderen Ausweg! Ich …«

»Vergiss es, Ace! Nun ist es geschehen und ich muss damit leben. Lass uns Janika finden, damit wir diese ganze Sache beenden oder dabei sterben«, fiel sie ihm ins Wort und stemmte die Hände in die Hüfte. *Ich habe hier meinen linken Arm wieder!*, schoss ihr durch den Kopf. Erst jetzt hatte sie es bemerkt. Sie war wieder vollständig sie. *Hier bin ich nicht behindert wie in der echten Welt.* Diese Erkenntnis gefiel ihr. Gefiel ihr sogar so sehr, dass sie einen Moment ihre grundsätzliche Ablehnung gegen diese Art der Kommunikation und alle anderen Dinge, die mit dem Implantat in ihr zusammenhingen, vergessen hatte. Kaum wurde ihr das bewusst, zwang sie sich, gegen diese Gefühle anzukämpfen. Sie durfte sich nicht begeistern lassen.

»Okay, verstanden. Wir müssen in die Metawelt wechseln. Warst du schon in der Metawelt, bzw. hat Boubaka es dir schon erklärt?«

»Nein, ich bin sofort hierhergekommen.«

»Okay, dann nehme ich dich mit. Du musst es mir nur erlauben.«

Kurz überlegte June, was das bedeuten könnte, doch dann nickte sie. »Tu, was du tun musst – ich werde mitmachen, so gut ich kann.«

Ace lachte und grinste wie ein schlitzohriger Schuljunge: »Dass ich das noch mal erleben darf! Du gibst mir freie Hand?«

June verdrehte die Augen und schüttelte leicht den Kopf. »Oh mein Gott, Ace! Nun bring uns einfach in die verdammte Metawelt zu Janika und gut ist.«

»**AcesAzrael fordert eine Tramp-Verbindung an. Gewähren?**«

»*Ja, auch wenn ich keine Ahnung habe, was das ist. Aber ja, gewähren.*«

»**Ein Tramp-Verbindung ist …**«

»*Es ist mir egal. Hauptsache, wir kommen voran*«, unterbrach June die Stimme harsch.

Der Anblick der Metawelt überwältigte June. Sie wusste nicht, wie sie hierhergelangt war, doch plötzlich stand oder schwebte sie – was auch immer der richtige Begriff dafür war, mitten am Sternenhimmel. Sie wusste natürlich, dass es nicht wirklich Sterne, sondern *Globulen* waren, die sie sah, aber das war in diesem Moment egal.

»Wie kann etwas so abgrundtief Falsches wie die Metawelt so schön sein?«, entfuhr es June.

»Es ist atemberaubend, nicht wahr?«, antwortete Ace.

June nickte nur und starrte mit offenem Mund in alle Richtungen.

»Wir müssen weiter, June. Es ist nicht sicher, sich lange Zeit an einem Ort aufzuhalten, das zieht ungewollte Aufmerksamkeit auf uns und außerdem hast du es selbst gesagt – wir müssen schnellstmöglich Janika finden.«

Plötzlich verschwammen die Sterne zu langen Lichtschlieren und June hatte das Gefühl, als würden sie sich unendlich schnell bewegen, obwohl sie keinen Muskel rührte.

Einen Augenblick später war es schon wieder vorbei. Um sie hatte sich der »Sternenhimmel« verändert. Nun waren hier deutlich weniger Globulen, doch dafür schwebten sie direkt vor einem großen, grau schimmernden Exemplar.

»Okay, June«, begann Ace, zu sprechen. Er stellte sich vor sie, sah ihr tief in die Augen und fixierte ihren Blick. »Was ich dir jetzt sage, ist von größter Wichtigkeit! Bitte höre mir gut zu, damit du es auch wirklich verstehst! Okay?«

Irritiert über diesen plötzlichen Anflug von Seriosität zuckte June leicht zurück und runzelte die Stirn. »Klar – als wenn mir in dieser schrecklich hübschen Welt des reinen Schwindels irgendetwas anderes übrigbleiben würde. Ich weiß ja noch nicht einmal, wie man hier von A nach B kommt.«

»Das meine ich nicht, June. Es geht um die Globule, in die wir gleich eindringen werden. Vielmehr geht es um deren einzigen Bewohner.«

»Die Kopie meines Vaters?«, schoss June dazwischen.

Ace nickte. »Ja, June. In dieser Globule ist ein Face-Clone deines Vaters. Du darfst nur nicht vergessen – es ist ein Face-Clone, nicht dein Vater. Es ist eine so vollständige oder unvollständige Kopie des Bewusstseins deines Vaters, wie dein echter Vater es damals programmiert, bzw. gestaltet hat. Der Face-Clone wird also verdammt echt wirken – ist es aber nicht. Und wenn wir die Globule verlassen, wird er uns nicht folgen können – aber wir werden sie verlassen müssen. Ich hoffe, du hast das begriffen. Wir sind hier, um mit dem Face-Clone zu verhandeln, dass er uns hilft, Janika zu finden, bitte denke daran. Das muss unser oberstes Ziel sein.«

Ace schwieg nach seinen letzten Worten und auch June sagte nichts. Ihr Kopf war leer und alle vorherigen Emotionen, der ganze Eisberg des emotionalen Entsetzens so weit verdrängt, dass er auch ausgelöscht sein könnte. Nun war nur noch Raum für einen Gedanken. *Ich werde Papa wiedersehen. Eine Kopie seines Bewusstseins zwar nur, aber es ist ein Teil von Papa.*

Ace schüttelte den Kopf und seufzte. »Oh je, lass uns gehen. Ich muss wohl auf das Beste hoffen.«

Er fasste sie an der Hand und einen Moment verschwand alles, bevor sie sich plötzlich an einem neuen Ort befand.

Es war eine Wohnung, die June kannte, wenn auch nur aus Erzählungen und von Fotos. Der Raum war groß und kombinierte Küche und Wohnbereich. Links an der Wand waren eine Küchenzeile und rechts ein großes Sofa, zwei Sessel und ein ausladender Bildschirm. Die dritte Wandseite war vollständig verglast und bot den Blick auf einen ordentlichen kleinen Garten. June hatte nie in einer so sorgsamen, sauberen und gemütlichen Umgebung gelebt und doch fühlte es sich vom ersten Moment vertraut oder zumindest *richtig* an. Mit aufgeklapptem Mund und weit geöffneten Augen machte June ein paar Schritte durch den Raum. Drehte sich langsam um die eigene Achse und inspizierte alles.

»Du warst damals noch so jung, dass du dich wahrscheinlich nicht erinnern kannst, aber für mich ist dies der Ort, an dem ich die glücklichsten Stunden meines Lebens verbracht habe«, hörte June plötzlich eine ruhige und warme Männerstimme sagen. Eine Stimme, deren Details sie wahrhaft schon vergessen hatte und die ihr doch so vertraut war, dass sie sie immer wiedererkennen würde. Diese Stimme war es, die sie zusammenzucken und erstarren ließ. Ein Teil von ihr wollte sich sofort umdrehen, den Besitzer dieser Stimme in den Arm nehmen und nie wieder loslassen. Ein anderer Teil hatte so große Angst, dann auch den letzten Rest an Kontrolle über ihre Gefühle zu verlieren, dass sie am liebsten weglaufen würde.

»June, Kleines, ich weiß, dass du es bist.« Eine Hand legte sich auf ihre Schulter und drückte sie leicht. Es war die vertraute Kombination aus *Halt geben* und *Auffordern* die June von frühester Kindheit kannte.

Eine Kopie des Bewusstseins deines Vaters, schossen plötzlich Aces Worte durch ihren Kopf. *Eine Kopie, nicht das Original – aber spielt das eine Rolle?*

June machte einen Schritt nach vorne, um so die Hand ihres *Vaters* von der Schulter zu nehmen und zugleich, um sich umzudrehen. Sie musste sich dem Anblick stellen – denn sie hatte gewusst, dass es so kommen würde.

Vor ihr stand ihr Vater, keine Frage! Dieser Face-Clone sah etwas jünger aus als ihr echter Vater in den letzten Monaten seines Lebens – eher so, wie sie ihn aus ihrer Kindheit in Montana erinnerte. Der eine, der erste Anteil von ihr, drohte plötzlich Oberhand zu gewinnen: Der überwältigende Drang, »Papa« zu rufen, nach vorne zu stürmen und ihn so fest zu umarmen wie sie nur konnte, war so mächtig, dass er all ihre Barrikaden, all das harte Training der maximalen Selbstkontrolle überwand. Sie schlang ihre Arme um ihren Vater, drückte ihn mit aller

Kraft an sich und weinte. Sie weinte all die Tränen, die sie in ihrem Leben zurückgehalten hatte. Sie war plötzlich nicht mehr June, die erfahrene Kämpferin, sondern June, das kleine Mädchen, das für seinen Vater stark sein wollte und trotzdem weinen musste.

Sie wusste nicht, wie lange es gedauert hatte, doch dann meldete sich mit aller Macht der andere Teil in ihr. Der Anteil, der sagte, dass das alles falsch war. Dass es nicht ihr echter Vater war, sondern nur ein Programm, welches ihrem Vater so schrecklich ähnlich war. Noch immer wollte sie ihn nicht wirklich loslassen, doch sie machte einen Schritt zurück und sagte laut:

»Nein!«

Das Wort war mehr an sie als an die Kopie ihres Vaters oder den still in einer Ecke des Raumes verharrenden Ace gerichtet. Doch der Face-Clone hob die Schultern und Hände zu einer fragenden Geste. »Was *Nein?*«, fragte er leise.

»Nein zu den Gefühlen, die dein Anblick in mir auslöst. Ich kann mich ihnen jetzt nicht hingeben! Das hast du, dein echtes *du* mir immer beigebracht – meine Emotionen dürfen dem notwendigen Handeln nie im Wege stehen!«, sagte June mit zitternder Stimme und wischte die Tränen aus dem Gesicht.

Die Kopie ihres Vaters nickte. Voller Zögern, aber sie nickte. »Es hat mir immer leidgetan und tut es auch heute noch, dass ich dich zu solch einer Härte erziehen musste – doch ich wusste keinen anderen Ausweg, um dich vernünftig auf das Leben vorzubereiten. Es tut mir leid, meine Kleine. Es tut mir so leid!« Nun sah June, wie auch über ihr Gesicht Tränen liefen, und das Gesicht ihres Vaters, der doch nicht ihr echter Vater war, in ein Abbild reinen emotionalen Schmerzes verwandelten.

»Wie können wir Janika finden?«, platzte June mit der Tür ins Haus. Sie musste endlich von den emotionalen Themen wegkommen und sich den wirklich wichtigen Dingen widmen. Sie musste es, sonst würde sie an ihren Emotionen zerbrechen.

Die Miene ihres Vaters durchlief ein kurzes Wechselspiel, das June allzu vertraut war. So hatte ihr Vater immer gewirkt, wenn er nicht sicher war, ob er sie schimpfen oder trösten sollte. Dann glätteten sich seine Züge etwas, die Tränen verschwanden von einem auf den anderen Augenblick und er drückte seinen Rücken durch.

»Ihr könnt sie nicht *finden*, zumindest nicht in klassischem Sinn. Und ich befürchte sogar, dass sie sich auch nicht finden kann. Aber, und jetzt kommt die gute Nachricht: Ich glaube, einen Weg gefunden zu haben, wie man all ihre *Teile* finden und dann zu Janika reintegrieren könnte. Durch meine Beschränkungen als Face-Clone konnte ich das jedoch noch nicht vollständig testen.« Bei den letzten Worten ließ ihr Vater die Schultern leicht hängen und sein Blick schien in eine Ferne zu führen, die nur er wahrnehmen konnte.

»Ich glaube, ich habe eine Idee, was du meinen könntest, aber ich bin weit davon weg, es wirklich geblickt zu haben. Kannst du es genauer erklären?« Damit mischte sich Ace zum ersten Mal überhaupt in die ganze Situation und das Gespräch ein.

»Ich will es versuchen«, antwortete Steves Face-Clone und setzte sich auf das Sofa.

»Ihr wisst beide um die verschiedenen Layer der Metawelt und dass der Code-Layer die tiefe Basis von allem hier darstellt?« June schüttelte den Kopf, doch ihr Vater erzählte einfach weiter. »Es ist ein so basaler, aber komplexer Code, dass er in der Regel gar nicht direkt beeinflusst wird. Die einzigen Leute, die wirklich direkt im Code-Layer arbeiten, sind die extrem erfahrenen Faces, die von Anfang an dabei waren, oder die Administratoren und Schwarzen Samurai, wobei Letztere den Code-Layer gar nicht selbst beeinflussen, sondern dies durch ihre jeweiligen Perma-Semicons erledigen, welche sie von den Administratoren erhalten.«

»Ja ja, schon klar«, meinte Ace und ging unruhig auf und ab. »Das sind Grundlageninformationen, Steve, aber was wir jetzt brauchen, ist eine klare, möglichst heiße Spur zu Janika. Ich möchte nicht unhöflich sein, aber ich wäre dir echt dankbar, wenn du etwas schneller zum Punkt kommen könntest.«

»Hm, ja. Also ich habe herausgefunden, dass sich Janika bei ihrer Flucht vor der KI auf die Ebene des Code-Layers zurückgezogen hat. Durch den Bewusstseinstransfer war sie eh direkt in den Code-Layer integriert, aber sie hat quasi alle Verbindungen zu den höheren Layern unterbunden, sodass sie nur im Code selbst gefunden werden kann. Um auch das zu erschweren, hat sie sich in viele teilautonome Code-Strukturen aufgeteilt. Sie agieren fast wie kleine KIs und immer, wenn Janika-Code-Strukturen aufeinandertreffen, können sie Informationsbestandteile austauschen und so über die Zeit Wissen mehren, ohne sich gegenseitig *verraten* zu können, falls jemand ihren Code isolieren und korrekt interpretieren sollte.«

»Wow«, meinte Ace nur, während er gedankenverloren

nickte und offensichtlich alles noch einmal in seinem Kopf durchspielte.

»Ja, total wow!«, bemerkte June sarkastisch. Sie hatte nicht einmal die Hälfte verstanden. »Nur um sicherzugehen, dass ich diesen ganzen Mist richtig verstanden habe: Janika hat sich im Keller der Metawelt versteckt und um es allen etwas schwerer zu machen, sie zu finden, hat sie sich in kleine Häppchen zerteilt, damit man sie auf keinen Fall in einem Stück fressen kann. Richtig?« Mit forschem Blick und fragender Miene schaute sie zwischen dem Clone ihres Vaters und Ace hin und her. Ace nickte quasi sofort und ihr Vater schien einen Moment zu zögern, ob er soviel fehlende Präzision gutheißen könnte, doch dann nickte auch er.

»Ja, so in der Art könnte man das als Metapher erklären. Und wenn wir alle auf einem Stand sind, will ich gerne dem Wunsch von Mr. AcesAzrael nachkommen und ein paar weitere Dinge klarstellen«, ergänzte ihr Vater und ein leichtes Lächeln schlich in seine Gesichtszüge.

»Janika ist bekanntermaßen meinem Vorbild und meinen Anweisungen gefolgt, um ihr Bewusstsein in die Metawelt zu transferieren. Diese Methode führt zu gewissen *Besonderheiten* im jeweiligen persönlichen Code – so wie bei mir. Ich kann nun aus den bei mir festgestellten Code-Besonderheiten auf die von Janika schließen. Wenn wir den kompletten Code-Layer auf diese Art und Weise nach den für Janika spezifischen Besonderheiten absuchen, müssten wir faktisch alle Teile von ihr finden. Sind erst einmal alle Teile beieinander, werden sie höchstwahrscheinlich von sich aus konfluieren und Janika als Gesamtheit wiederherstellen. Problematisch bei der Sache ist nur, dass diese *neue* Janika relativ viele Erfahrungen fragmentiert aufgenommen hat, sodass es anfangs unter Umständen zu einigen Schwierigkeiten kommen könnte, bis sich all die Informationen und Erfahrungen zu einer konstanten Gesamtpersönlichkeit integriert haben. Doch das ist alles hochgradig spekulativ und ich könnte mich irren, da noch nie jemand so etwas gemacht hat!«

»Na gut, Steve, ich habe es soweit verstanden. Aber angenommen, deine Theorie stimmt und die von dir herausgearbeiteten Code-Besonderheiten stellen das probate Suchkriterium dar – wie sollen wir den ganzen Code-Layer in ausreichend kurzer Zeit durchsuchen? Das kann Jahre dauern und die haben wir nicht. Ich bin noch nicht einmal sicher, dass wir noch *Stunden* haben!«, formulierte Ace seine Bedenken und wirkte zutiefst besorgt.

»Das sind Dinge, von denen ich keine Ahnung habe«, meinte June und ließ sich tiefer in das Sofa sinken. »Was ich aber durchaus begriffen habe, ist, dass wir zwar jetzt wissen, wie wir unsere *Puzzleteile* von den anderen im Puzzleuniversum unterscheiden könnten, dass wir aber Ewigkeiten aufwenden müssten, um alle Puzzleteile in Augenschein zu nehmen. Und selbst wenn wir alle Teile des Puzzles gefunden haben, wissen wir nicht sicher, ob das Bild uns gefallen wird oder wir Pech haben und es nicht richtig zusammenpasst?«

»Ja« erklang es von dem Face-Clone ihres Vaters und Ace gleichzeitig.

»Die offensichtlichste und schnellste Lösung wäre es, eine entsprechend programmierte Armada von Sucher-Permacons in den Datahaven zu infiltrieren. Dort laufen früher oder später alle Daten des Code-Layers zusammen, aber noch einmal, das wird doch viel zu lange dauern!«, beschwerte sich Ace, stemmte die Hände in die Hüfte und starrte den Face-Clone an.

»Ja, würde es, aber ich habe ein Virus programmiert, das unser Sucher-Permacon vom Datahaven in die gesamte Metawelt verteilen und so die benötigte Zeit auf ein Minimum reduzieren wird. Der einzige Haken bei der Sache ist, dass wir es in die zentrale Daten-KI integrieren müssen, da nur von dort ein Omnicode verbreitet werden kann.« Der Face-Clone ihres Vaters verzog die Mundwinkel und blickte beide an, als wollte er sich für das Gesagte entschuldigen.

»Das geht nicht«, stellte Ace mit aufbrausender Stimme fest und machte eine wegwerfende Geste. »Niemand kann die zentrale Daten-KI im Datahaven infiltrieren! Das ist der mit Abstand am besten gesicherte Code der gesamten Metawelt!«

»Nur, weil etwas noch nicht erfolgreich versucht oder gemacht wurde, heißt es nicht, dass es nicht möglich ist«, stellte der Face-Clone mit vollkommen ruhiger Stimme fest. »Ihr könnt es schaffen, wenn ihr euch ganz genau an meinen Plan haltet! Schaut ihn euch sorgfältig an.«

Plötzlich tauchte ein Datenwürfel vor ihnen in der Luft auf und June griff danach, doch Ace war schneller. Kaum hatte er ihn berührt, veränderte sich die ganze Umgebung und Stück für Stück nahm der Plan Gestalt an.

»Das wird verdammt hart«, flüsterte Ace mit belegter Stimme, doch June erkannte auch, dass er ganz leicht nickte, bevor er sie ansah und sich die Umgebung um sie erneut veränderte. June hatte noch immer das Gefühl, Teil eines Plans zu sein, den sie nur in seinen Grundzügen erahnte und bei dessen Ausführung sie wahrscheinlich so hilfreich sein würde wie ein Fisch auf dem Trockenen, aber das war nun egal. Es ging los.

Kapitel 14: June

Irgendwo in der Metawelt, 02.08.2040

June fühlte sich wie ein Blatt im Wind. Nicht nur, dass die Ereignisse der letzten Stunden sie vollkommen überrollt hatten, nein, nun war sie auch noch in einer Welt, in der sie fast keine Kontrolle zu haben schien. Dazu kamen noch die extrem aufwühlenden Gefühle, die durch die Begegnung mit der Kopie ihres Vaters aufgekommen waren und die sie nur mit größter Anstrengung verdrängen konnte. Es war frustrierend und kostete sie enorme Kraft.

Resignierend ließ sie ihren Blick über die Stellen fahren, an denen ihre Hände und Arme sein sollten, doch dort war nichts zu sehen. Sie konnte gar nichts von sich sehen. Das fühlte sich nicht nur falsch an, es flutete ihr Gehirn auch mit Bildern aus der realen Welt, in der sie plötzlich ohne ihren linken Arm aufwachte, obwohl sie ihn spüren konnte.

So sehr sie auch verstand, dass diese Form der Tarnung, die der Face-Clone ihres Vaters ihnen gegeben hatte, extrem hilfreich war, so sehr hasste sie es.

»Hat es wirklich geklappt?« Junes Stimme klang selbst in ihren Ohren wie die eines nöligen Mädchens, aber es war ihr egal. Sie konnte für Höflichkeiten keine Kraft erübrigen.

»Ja, hat es, ich erhalte einen stetigen Strom von Daten«, ertönte die Stimme ihres Vaters in ihrem Kopf.

»Und wie lange dauert es noch?«, hakte sie nach.

»Das lässt sich nicht genau sagen«, mischte sich nun Ace in das Gespräch.

June ließ ihren Blick in die Richtung wandern, aus der Aces Stimme gekommen war, doch auch dort konnte sie nichts außer dem endlosen Gewirr kleiner grauer, weißer und blauer Würfel, die in sich ständig wandelnden Bahnen um die weiße Plattform rasten, auf der sie standen, erkennen.

»Da kommt ein erster Datensatz, mit dem entsprechenden Muster«, erklang wieder ihr Vater.

»Ich sehe es«, bestätigte Ace und einen Moment später erschien ein unscheinbarer grauer Würfel, der sich aus dem endlosen Strom der anderen Würfel schob und auf ihre Plattform schwebte.

»Ace, aktiviere jetzt den zweiten Code«, forderte die Stimme des Clones.

»Mache ich«, kam prompt die Antwort.

Nun erschien ein rot leuchtender Kreis auf dem Boden der Plattform und umfasste mit seinem Licht den Datenwürfel, welcher zu rotieren begann und sich in eine unendliche Anzahl kleinster Würfel aufteilte. Das Schauspiel dauerte nur einen Augenblick, dann hingen die Miniaturwürfel wie eine Staubwolke im Lichtkegel des Kreises.

Kaum hatte June ihren Blick von dem Schauspiel gelöst, schob sich ein weiterer Datenwürfel auf die Plattform, wanderte in den Lichtkreis und zerlegte sich ebenfalls in Millionen kleinster Würfel. Ganz kurz dachte June, dass nun nichts weiter passieren würde, doch dann begannen die beiden Wolken aus Miniaturwürfeln ineinanderzufließen.

»Was passiert da?«, fragte sie nach.

»Die einzelnen Datenfragmente werden durch das Perma-Semicon, welches Steve uns gegeben hat, neu sortiert. Jedes Datenfragment konnte zuvor nur logische Verknüpfungen innerhalb seines Datenwürfels eingehen, sodass sich ein lokales logisches Netzwerk gebildet hat. Mit den noch nicht dagewesenen Daten wird dieses Netzwerk neu gebildet und entsprechend komplexer«, antwortete Ace.

Gebannt beobachtete June, wie immer mehr Würfel auf die Plattform und in den Lichtkreis strömten und eine immer größere und komplexere Wolke bildeten.

»Das war der letzte Datensatz«, erklang nach einiger Zeit die Stimme ihres Vaters. »Jetzt müssen wir hoffen, dass die erste Integration schnell genug abläuft und meine Theorie sich bewahrheitet.«

Mittlerweile war in dem kreisrunden Lichtkegel ein wahrer Sturm aus der Wolke geworden, so schnell bewegten sich die Datenwürfel hin und her.

»Seid ihr sicher, dass es funktioniert? Ich kann nicht sehen, dass sich da irgendein Fortschritt zeigt, das Chaos ist lediglich größer geworden«, fragte June mit leiser Stimme.

»Warte einen Moment, June, selbst hier im Zentrum der Metawelt braucht so eine Berechnung einige Zeit, immerhin sind es viele Billionen Verknüpfungen, die sich neu bilden müssen, bevor sich ein funktionierendes neuronales Netzwerk und hoffentlich Janikas Persönlichkeit formen können«, beruhigte Ace sie.

Dann, vom einen auf den anderen Moment stand plötzlich eine junge Frau vor ihnen, mit dem vertrauten Gesicht von Janika. Unwillkürlich zuckte June zusammen. Sie wusste auch nicht, was sie genau erwartet hatte, aber irgendwie war sie davon ausgegangen, dass es einen Lichtblitz, ein plötzliches Vibrieren oder irgendeinen anderen Hinweis geben würde, dass hier gerade die Metaweltvariante einer Wiederauferstehung geschah. Doch nichts dergleichen passierte. Die chaotische Datenwolke war vom einen auf den anderen Moment verschwunden und nun stand Janika da. Sie öffnete die Augen und fixierte June mit ihrem Blick. *Sie kann mich sehen*, schoss es June durch den Kopf.

»Hallo, June, ich freue mich, dass wir uns nun einmal persönlich treffen«, sagte sie mit ruhiger Stimme und einem leichten Lächeln im Gesicht.

»Hallo, Janika«, brachte June mühsam hervor. »Geht es dir gut?« Nun fühlte sie sich erst recht dumm, aber ihr war absolut nichts Besseres eingefallen. *Was sagt man zu einer Person, die gerade von den digitalen Toten zurückgeholt worden war?*, dachte sie. *War sie überhaupt noch eine wirkliche Person oder war sie lediglich ein extrem individualisierter Programmcode in der Metawelt?*

»Ich fühle mich wieder *vollständig*, ich glaube, das trifft es am besten«, antwortete Janika und runzelte die Stirn. Dann wanderte ihr Blick einen Moment in eine leere Ferne, bevor sie sich plötzlich in die Richtung drehte, in der June Ace vermutete.

»Ace, wir müssen zurück in die Globule zu Steves Face-Clone. Wir haben keine Zeit!«, rief Janika mit eindringlicher Stimme.

»Ähm, wieso kannst du uns sehen und woher weißt du von Steves Face-Clone? Er ist doch gar nicht hier und die Datenverbindung, die er zu uns aufgebaut hat, ist vollkommen verschlüsselt!?«, fragte Ace mit einer Stimme, von der June wusste, dass er sie für Situationen vollkommener Fassungslosigkeit reserviert hatte.

Janika schüttelte kurz den Kopf und plötzlich verschwand sowohl Junes als auch Aces Unsichtbarkeitstarnung und sie standen vollkommen sichtbar neben Janika auf der Plattform.

Dann sprang June ein Stück zurück, als plötzlich ein waberndes, graues Loch vor ihr auftauchte.

Im gleichen Moment begann die Plattform unter ihnen sich aufzulösen.

»Heilige Scheiße«, stöhnte Ace und sein Gesicht nahm die Farbe reinen Leichenweißes an.

»Los, durch da!«, befahl Janika und noch bevor June überhaupt überlegen konnte, trat sie durch das graue, wabernde Etwas. Nach einem Moment Desorientierung, der ein überwältigendes Gefühl der Übelkeit in ihr auslöste, fand sich June im Wohnzimmer ihres Vaters wieder.

Neben ihr stand Ace, dessen Gesichtsfarbe nun zu einem faden Grün gewechselt hatte.

Fragend blickte June ihn an, noch immer zu sehr beschäftigt, ihre Übelkeit zu bändigen, um sprechen zu können.

Ace schüttelte nur leicht den Kopf und schluckte schwer.

Vollkommen lautlos trat Janika zwischen sie. Aufrecht stehend und mit scharfem Blick schien sie das Zimmer zu mustern – offensichtlich vollkommen unberührt von der Reise durch das wabernde Etwas.

Dann tauchte plötzlich der Face-Clone auf und lächelte alle an.

»Sehr beeindruckend, Janika, du hast offensichtlich viel mehr gelernt, als ich für möglich gehalten habe. Wenn es die Zeit erlaubt, würde ich mich freuen, einige Erklärungen von dir zu erhalten.«

»Wir haben«, begann Janika und unterbrach sich sofort wieder. »*Ich* habe viele Einblicke in die Metawelt erhalten, die mir zuvor verschlossen waren. Aber dafür ist keine Zeit, wir müssen uns vorbereiten, die Metawelt zu verlassen, und dazu müsst ihr«, sie zeigte auf Ace und June, »zunächst euer Bewusstsein ganz in die Metawelt übertragen, sonst könnt ihr nicht mitkommen!« Sie sprach mit einer solchen Ruhe und Selbstverständlichkeit, dass June zunächst gar nicht realisierte, was genau Janika gerade gesagt hatte. Erst das unendliche Entsetzen in Aces Gesicht ließ sie die Tragweite des eben Gehörten erahnen.

»Chizz, Janika, mach mal langsam, warum sollten wir auch nur daran denken, unser Bewusstsein komplett in die Metawelt zu transferieren? Das ist doch total verrückt! Außerdem hast du gerade gesagt, dass wir die Metawelt verlassen müssen«, entfuhr es Ace.

June schüttelte gleichzeitig heftig den Kopf. »Ich werde auf keinen Fall mein Bewusstsein in diese verfluchte Metawelt transferieren. Es ist schon schlimm genug, dass ich nun auch ein Implantat habe. Wir haben dich zurückgeholt, damit du uns hilfst, etwas gegen den neuen Wurmlochgenerator und die schwarze Festung zu unternehmen. Wir kommen alleine nicht weiter. Und uns rennt die Zeit davon! Die letzten freien Menschen haben sich in einer Bunker-Anlage in der Schweiz verschanzt und sind von Feinden umzingelt, wir müssen jetzt einen Ausweg finden!« June fühlte bei jedem Wort, wie ihr Herz schneller schlug und ihr Gefühl der Unruhe sich in echte Panik zu verwandeln drohte.

Janikas Blick wirkte währenddessen so fern, als schaute sie durch June und ignorierte sie. Unruhe und Panik wandelten sich in heiße Wut. »Hör mir wenigstens zu, wenn ich mit dir rede! Wir haben unsere letzten Hoffnungen auf dich gesetzt und alles riskiert. Du schuldest uns, dass du uns wenigstens zuhörst!«, brüllte June sie an. Kurz herrschte absolute Stille und niemand in dem plötzlich so klein wirkenden Wohnzimmer regte sich. June erzitterte innerlich. Das war nicht gut, sie drohte die Kontrolle zu verlieren. Es war nun schon das zweite Mal, dass sie eine so heftige emotionale Reaktion zeigte und nicht wie gewohnt unterdrücken konnte. Erst beim Anblick ihres Vaters und jetzt gegenüber Janika. *Zähle bis drei und dann reiß dich zusammen. Du MUSST die Kontrolle behalten*, rief sie sich in Gedanken zur Ordnung. Dann begann sie innerlich zu zählen.

Als habe ein unsichtbarer Blitz sie getroffen, zuckte plötzlich Janikas Kopf zur Seite und zurück – ihr Blick fokussierte zunächst June und wanderte dann zu Ace und dem Face-Clone.

»Hört mir gut zu, denn ich habe keine Zeit, es zu wiederholen. Ich wünschte, ich könnte Rücksicht auf eure Gefühle nehmen, ich wünschte es wirklich, aber das geht jetzt nicht. In meiner Zeit der Separierung, die ich im Code-Layer verbracht habe, konnten meine Teile extrem viele Informationen und Erkenntnisse gewinnen, aber ich habe noch immer Schwierigkeiten, sie zu einem Gesamtbild zu integrieren. Einiges ist mir jedoch bereits vollkommen klar: Wir müssen durch das Wurmloch reisen und auf der anderen Seite nach Unterstützung oder einer Lösung suchen. Für eure Körper in der Festung gibt es keine Chance mehr, zu überleben. Das Forum kennt nicht nur deren genaue Position, sondern hat auch vier eurer Kameraden infiltriert, die in diesem Moment die Verteidigung für die angerückten Forums-Truppen ausschalten. Natürlich könnt ihr euch jetzt ausloggen und versuchen, zu fliehen, aber die Chancen sind zu gering.«

June spürte, wie sich ihr Magen umdrehte, allein die Vorstellung von Verrätern in den eigenen Reihen hatte sie schon immer krank gemacht, aber nun zu wissen, dass die letzten freien Menschen aufgrund von Verrat zugrunde gehen würden, war unerträglich.

»Wie viel Zeit haben wir noch, bevor sie unsere Körper erreichen?«, flüsterte Ace mit leerer Stimme und leichenblassem Gesicht.

»Ich weiß es nicht genau«, antwortete Janika. »Es dürften aber nicht mehr als fünf bis zehn Minuten sein, denn gerade habe ich eine Nachricht des Kommandeurs vor Ort abgefangen, dass sie in den unteren Stollen vordringen konnten.«

Für Junes Geschmack sprach Janika viel zu ruhig und gefasst von einem Ereignis, welches das Ende aller Freiheit auf der Erde bedeuten würde.

»Was ist mit dem Plan der Schweizer? Vielleicht schaffen sie es ja noch, die Raketen zu starten?«, fragte June. Selbst in ihren Ohren klangen ihre Worte hohl und leer, doch so sehr sie den Plan immer abgelehnt hatte, nun war er der letzte Strohhalm, an den sie sich klammern konnte.

»Das Schweizer Kommando hat es zwar in den Hafen von Toulon geschafft, doch die Le Terrible konnten sie nicht aufbringen, da das Forum durch seine Informanten bei den Schweizern gewarnt war«, erwiderte Janika kurz angebunden.

»Was erwartet uns auf der anderen Seite? Was können wir dort überhaupt erreichen?«, hakte Ace nach, dessen Gesicht wieder etwas Farbe angenommen hatte.

»Ich weiß es nicht genau, es gibt keine Informationen über die Welt der Anderen im System des Forums. Was wir aber wissen, ist, dass die Anderen keine homogene Fraktion sind und es mindestens eine KI auf ihrer Seite gab, die uns gegenüber wohlgesonnen war. Ich wüsste nicht, warum diese KI oder ihre Erschaffer nicht mehr dort sein sollten. Wenn es uns gelingt, mit dieser KI Kontakt aufzunehmen, ist sie sicherlich der stärkste Verbündete, den wir gewinnen können. Außerdem wird die schwarze Festung und mit ihr alle darin gefangenen Bewusstseine bei der Öffnung des Wurmloches auf die andere Seite transferiert werden. Das ist unsere einzige Chance, um ebenfalls dorthin zu gelangen – dafür müssen wir uns in den Datenstrom einklinken, was ihr aber nur dann könnt, wenn ihr nicht mehr an euren Körper gebunden seid.« Wieder sprach Janika vollkommen nüchtern. Nur zum Ende hin hatte ihre Stimme etwas Nachdruck gewonnen.

»Wie ich das sehe, habt ihr keine andere Wahl. Selbst wenn ihr es schaffen solltet, aus der Bergfestung zu fliehen, sehe ich keine Möglichkeiten mehr, dass ihr noch einen erfolgreichen Schlag gegen das Forum führen könnt. Falls meine Meinung überhaupt zählt«, warf der Face-Clone ihres Vaters ein, der bis dahin still neben dem Fenster gestanden hatte.

»Ihr habt gut reden, ihr seid eure Körper ja schon los«, grollte June. Verzweifelt wandte sie sich an Ace, der sein Gesicht mit beiden Händen bedeckt hatte und laut seufzte. »Ace, sag etwas, es muss doch noch einen anderen Weg geben! Wir können unsere Körper nicht so einfach aufgeben! Immerhin sind es unsere Körper und welche Menschheit wollen wir denn retten, wenn es uns nur noch als dauermanipulierte Implantatträger oder Maschinengeister gibt? Dann ist doch alles nur noch eine Lüge, eine reine Farce, dann gibt es keine echten Menschen mehr!«

Langsam ließ Ace die Hände sinken und starrte June aus feuchten Augen an.

»June, ich weiß, dass du nicht darüber sprechen wolltest, aber ich habe es dir am Anfang schon erklärt: Ich bin diesen Weg bereits gegangen, ich habe mein Bewusstsein via Implantat und Metawelt in einen gefangenen Kämpfer des Forums transferiert, weil es die einzige Möglichkeit war, über den Atlantik zu kommen.« Dann stockte er einen Moment und seine Augen und Gesichtsmuskeln zuckten zu Bildern, die nur er sehen konnte. »Und um nicht von den Soldaten des Forums ausgelöscht zu werden wie alle anderen, als sie gerade unsere letzte Basis angegriffen haben«, fügte er mit hohl und fern klingendem Flüstern hinzu.

Es durchzuckte June. Sie hatte es gewusst, er hatte es ihr gesagt, in ihrer Zeit im Sanatorium, als sie sich zum ersten Mal getroffen hatten. Sie hatte diese schreckliche Information aber so tief in ihrem Inneren verborgen, dass sie sie schon kurze Zeit später vollkommen ignorieren konnte.

Jetzt kam sie wieder ans Licht ihres Bewusstseins und

die volle Erkenntnis dessen, was er getan hatte, ließ einen heiß-kalten Mahlstrom des Entsetzens durch ihre Eingeweide tanzen.

»Ihr habt keine Zeit mehr!« Mit klarer, kalter und scharfer Stimme durchschnitt Janika Junes Schockstarre. »Die Truppen des Forums stehen vor der Tür des Kommandoraums und brechen diese gerade auf. Ihr müsst euch jetzt entscheiden – wechselt in die Metawelt oder geht zurück in eure Körper. Ihr müsst euch JETZT entscheiden!«

»Ich mache es«, rief Ace sofort aus und spannte sich an.

June wollte eine kluge Entscheidung treffen, wollte unbedingt einen anderen Ausweg finden, doch es kam ihr nichts in den Sinn. Ihr Gehirn schien leer zu sein.

»June, Kleines, dies ist einer der gefährlichsten Momente in unserem Kampf. Du weißt, was gefährlich bedeutet.« Die Worte ihres Vaters, gesprochen mit seiner Stimme, waren in diesem Moment so vertraut, dass sie vollkommen ausblendete, dass es nur sein Face-Clone gewesen war, der sie ausgesprochen hatte.

»Gefährlich ist, wenn meine Position verraten wird. Gefährlich ist, wenn die Umstände mich zu Fehlern zwingen. Gefährlich ist, wenn etwas Unvorhergesehenes passiert, und gefährlich ist die Nacht«, wiederholte sie seine über viele Jahre gepredigte Formel. Tränen rannen ihr in Strömen über das Gesicht und all die Mauern in ihrem Inneren, welche die Monster aus Emotionen, aus Angst, Verzweiflung, Schuld und Entsetzen gefangen gehalten hatten, brachen in sich zusammen und mit ihnen alles, was sie hatte funktionieren lassen. Vertraute Hände nahmen sie in die Arme, hielten sie und wiegten sie leicht hin und her, wie sie es früher immer getan hatten, als sie noch ein kleines Mädchen gewesen war, das in den tiefen Wäldern Montanas aufwuchs, um zu lernen, in einer Welt voller Gefahren zurechtzukommen. »Es tut mir leid, Papa, ich habe versagt, ich habe es nicht geschafft.«

»Kleines, du hast nicht versagt, nur dank dir leben überhaupt noch freie Menschen und gibt es einen wirklichen Widerstand. Weil du immer das getan hast, was getan werden musste, weil du die Stärke dafür hast Kleines. Ich war immer stolz auf dich und werde es immer sein.«

Ein winziger Teil von Junes Bewusstsein reagierte mit Ablehnung, wollte diese Worte nicht an sich heranlassen, da sie nur von einem Face-Clone kamen, doch der überwiegende Teil verlor jede Hemmung und hielt ihren Vater im Arm.

Schniefend hob sie ihren Kopf, schaute in das Gesicht, das ihr so unglaublich vertraut war, und nickte dann. Sie nickte nochmals, löste sich aus der Umarmung und drehte sich zu Janika.

»Tu es.«

June hatte kein Gefühl für die Zeit und noch viel weniger für den Raum. Es hätte eine Sekunde gewesen sein können oder auch die Dauer mehrerer Zeitalter. Als sie wieder bei Bewusstsein war, hatte sie zunächst keine Unterschiede wahrgenommen, bis sie gezielt danach gesucht hatte. Dann war ihr eine Tiefe der Wahrnehmung der Metawelt gelungen, welche sie vollkommen überwältigt hatte. Wie eine Lawine aus Informationen rollten die reinen Daten auf sie zu und drohten sie mitzureißen. Zugleich bildete sich ein unvorstellbares Netzwerk aus logischen Verknüpfungen und Beziehungen.

»June, fokussiere dich!«, wies Janika sie mit fester Stimme an. Mühsam versuchte June diesem Rat zu folgen und all die Code-Daten zu ignorieren, um sich voll und ganz auf die Welt um sich zu konzentrieren.

»Es ist absolut beeindruckend«, stellte Ace mit heiserer Stimme fest und wirkte auf June wie ein kleiner Junge mitten im Spielzeugladen, so weit waren seine strahlenden Augen aufgerissen.

Seine Begeisterung sprang zwar nicht wirklich auf sie über, half ihr jedoch, sich zu fokussieren und etwas zu beruhigen.

»Es tut mir leid, aber wir haben keine Zeit, dass ihr die Tiefen der Metawelt erkundet oder auch länger bestaunt. Ihr müsst euch auf unsere Aufgabe konzentrieren und die wird schwer genug werden, auch ohne dass ihr abgelenkt seid.«

»Gesprochen wie meine alte Lehrerin in der Grundschule«, kommentierte Ace trocken, dessen Augen den kindlichen Glanz verloren hatten. »Und die mochte ich nicht«, setzte Ace mit einem Grinsen nach.

June zuckte mit den Schultern und wartete ab, was Janika ihnen als Nächstes sagen würde. Aces kleine Stichelei schien auf jeden Fall vollkommen von ihr abzuprallen – sie zeigte nicht die kleinste Regung.

»Folgt mir, wir müssen uns zum Wurmlochgenerator begeben«, sagte Janika und Ace und June hängten sich an ihre Fährte, bis sie vor einer riesigen, grauen Globule zum Stoppen kamen.

June musterte sie und spürte Enttäuschung in sich aufsteigen. Sie hatte etwas wirklich Beeindruckendes, etwas Großes erwartet, das irgendwie der Bedeutung des Ganzen gerecht wurde, doch stattdessen sah dieser Ort sehr einfach und geradezu normal aus.

Erst ein Blick auf den Code-Layer, eine Sichtweise, an die sie sich wirklich noch gewöhnen musste, machte ihr deutlich, dass hinter dieser Globule viel mehr steckte, als man sehen konnte. Dort wirkte sie nicht wie eine langweilige graue Kugel, sondern wie eine explodierende Sonne, so viele Datenverknüpfungen bestanden zwischen ihr und dem Rest der Metawelt.

»Wow, das Ding ist aber echt heiß verdrahtet«, kommentierte Ace und pfiff anerkennend.

»Ja, das ist sie! Um die korrekten Berechnungen für das Wurmloch zu ermöglichen, ohne zugleich aufzufallen, zapft die Globule des Generators fast alle Rechenkapazitäten der Metawelt an und leitet jeweils einen kleinen Teil zu sich um«, erläuterte Janika und fuhr nach einer kurzen Pause mit ihren Schilderungen fort:

»Wenn ich alle Informationen richtig kombiniert habe, wird sich hier das Wurmloch öffnen, bzw. der Datenstrom vom Wurmloch mit der Metawelt verknüpft werden. Da wir nicht in die schwarze Festung eindringen können, müssen wir also entweder vor oder nach ihr in den Datenstrom eintauchen. Ohne zu wissen, wie lange das Wurmloch und der Datenstrom bestehen bleiben werden, erscheint die zweite Option zu unsicher, sodass ich empfehlen würde, wir treten vor der schwarzen Festung ein.«

»Das wird uns jedoch jede Möglichkeit nehmen, zunächst einmal mittels Perma-Semicon zu sondieren, was uns auf der anderen Seite erwartet und ob die Passage überhaupt frei und für uns bewältigbar ist«, gab Ace zu bedenken.

»Stimmt, es ist ein Risiko, das wir eingehen, aber ich sehe keine Alternative. Wenn unsere Annahme richtig ist, dass die schwarze Festung von der KI erzeugt wurde, um eine Art *Probe* von der Menschheit und der Metawelt zu übermitteln, wird die KI eine Form gewählt haben, die einen Transport auf die andere Seite und eine erste Integration in das System der Anderen ermöglicht. Nehmen wir das als Grundlage für unsere Überlegung, und ich habe aktuell keine besseren Informationen oder logischere Schlussfolgerungen, um etwas anderes anzunehmen, muss der Weg durch den Datenstrom frei sein. Ich habe die Hülle der schwarzen Festung weiter analysiert und ein Perma-Semicon erschaffen, das uns eine ähnliche zukommen lassen wird. Zum einen sollte sie verhindern, dass wir Teile unseres Bewusstseins auf der Reise verlieren, zum Beispiel aufgrund von Firewalls oder Ähnlichem, zum anderen erlaubt sie uns vielleicht, nicht sofort als Fremde aufzufallen. Letzteres ist zugegebenermaßen hochgradig spekulativ«, schloss Janika ihre umfangreichen Schilderungen ab.

Noch bevor June oder Ace etwas erwidern konnten, warf Janika ihnen jeweils einen schwarzen Ball zu. Reflexartig, ohne weiter nachzudenken, griff June nach dem Ball und fing ihn. In dem Moment, in dem sich ihre Finger um die tennisballgroße Kugel legten, zerfloss diese wie nasser, schwarzer Sand und breitete sich rasend schnell über ihren Körper aus, bis sie komplett eingeschlossen war. Verwundert betrachtete June erst ihre Hände, dann ihre Arme und alles weitere. Sie war lückenlos von der schwarzen Schicht umgeben und sah alles etwas abgedunkelt, als schaute sie durch eine Sonnenbrille. Auch die anderen waren von einer schwarzen, leicht transparenten Schicht umgeben, als hätte man sie in einen Ganzkörperanzug aus flüssigem Sonnenbrillenglas gesteckt.

Gerade wollte June ihr Erstaunen kundtun, da stülpte sich die riesige, graue Globule vor ihnen in der Mitte ein und bildete so etwas wie einen riesigen Bagel – mit dem Unterschied, dass das Loch in der Mitte nicht lange leer blieb, sondern binnen weniger Herzschläge von einem gelben Lichtstrahl durchdrungen wurde.

»Der Datenstrom hat begonnen«, stellte Janika fest, wobei ihre Stimme plötzlich gar nicht mehr so beherrscht und selbstsicher klang wie noch wenige Augenblicke zuvor.

Einen Moment, nicht länger als ein Herzschlag, starrten alle drei wie gebannt auf den riesigen Datenstrom, der gerade vor ihren Augen entstanden war.

»Ich weiß nicht, ob euch das bewusst ist, aber ich glaube, wir werden gleich die ersten Menschen sein, die unser Sonnensystem verlassen und auf einem anderen Planeten landen!«, warf Ace plötzlich ein, um dann kurz zu pausieren und seine Stirn in tiefe Falten zu legen. »Wobei Kritiker wohl nicht ganz zu Unrecht behaupten könnten, dass wir gar keine richtigen Menschen mehr sind«, schloss er seine Überlegungen ab und unbehagliches Schweigen breitete sich zwischen ihnen aus.

»Es gibt keinen Weg zurück, also lasst uns tun, was getan werden muss«, sagte June und ohne einen Blick zurück, trat sie in den Datenstrom.

Gleißendes Licht umfing sie.

Kapitel 15: June

Etwas tastet und tastet, sucht und findet doch nicht. Unsichtbare Hände, von jeglicher Körperlichkeit getrennt, glitten über Dinge, die einmal waren oder irgendwann sein würden. Ewigkeiten wechselten einander ab und verschmolzen zu einem bloßen Konzept der Zeit, inmitten eines Meeres aus Zeitlosigkeit. Da war auch Dunkelheit und doch hatte sie nichts mit der Abwesenheit von Licht zu tun, dafür war sie zu allumfassend. Es gab nur Dunkelheit, sonst nichts. Oder es gab nur das Nichts, das die Gestalt von Dunkelheit annahm, als einzelne Neuronen feuerten, die keine Neuronen waren und den Eindruck von Beklemmung erzeugten. Für dieses Empfinden gab es aber keinen Empfänger und keinen Erschaffer, nichts, das gefühlt werden konnte. Alles glitt durch die formlose Unendlichkeit, entrückt von Nähe und Entfernung, ein Geist, nackt und ungeboren, fiel in die Stille wie ein Wassertropfen in den Ozean. Er konnte sich mit nichts verbinden, löste sich in ihm auf, ohne dass es eine Trennung gegeben hätte. Sobald der Tropfen das Wasser berührte, wurde er zum Ozean.

»June? June! June.«

Ein Feuer entbrannte zwischen zwei Nervenspalten, Moleküle aus Einsen und Nullen begannen zu zucken und hin und her zu wandern. Ein Gedanke entstand und formte eine Idee: *ich.*

»June!«

Ich bin, dachte sie. *Ich bin dieser Name. June.*

Sie öffnete die Augen und sah in Janikas Gesicht und mit einem Schlag kamen sämtliche Erinnerungen zurück wie eine Flutwelle, die in einer Woge einen lange Zeit ausgetrockneten See bis zum Rand füllte. Bills Tochter saß auf einem alten Ledersessel mit fleckigen Armlehnen und sah irgendwie anders aus, als sie sie in Erinnerung hatte – und zwar nicht bloß, weil sie einen komplett kahlrasierten Schädel hatte.

June blickte zur Seite und in das Gesicht von Ace, der mit entrückter Miene ins Leere blickte, bis er sich plötzlich schüttelte wie ein Hund, der sich von dem Wasser in seinem Fell befreien wollte. Sie saßen gemeinsam auf einer Couch, die mehrfach geflickt worden war, in einer Art Wohnzimmer mit hohen Decken, einem Flachbildfernseher und geschlossenen Vorhängen vor den Fenstern.

»Wo sind wir?«, krähte June mit belegter Stimme und musste sich mehrfach räuspern, bevor sie weitersprechen konnte. »Habe ich geschlafen?«

»Ja«, bestätigte Janika mit abwesendem Blick und June fand, dass irgendetwas an ihr anders war. Sie konnte nur nicht den Finger darauf legen, worum es sich handelte. Es war mehr ein Eindruck als ein klarer Gedanke. »So in der Art zumindest.«

»In der Art?«, fragte Ace und begann, zaghaft die Schläfen zu reiben, als sei er nicht sicher, ob seine Finger ihm gehorchen würden.

»Wir sind in der Metawelt. Also nein, nicht wirklich in der Metawelt. Wir sind in einem metaweltartigen Abschnitt der Metawelt, der sich allerdings nicht auf der Erde befindet.«

»Wir sind mit dem Datenstrom durch das Wurmloch«, erinnerte sich Ace schleppend. »Und dann ... dann ... also dann ...«

»Ihr erinnert euch nicht, was danach geschehen ist, weil ich euer Bewusstsein in einen Kryptocode gehüllt habe, der ...«

»Bitte«, murmelte June und schüttelte den Kopf. »Ich glaube, dass ich verstehen sollte, was du uns erklären willst.«

Janika nickte nachsichtig und holte tief Luft. »Ich habe euch in einer Art Puffer, also einem Zwischenspeicher dieses Ortes, abgelegt und als Code-Layer getarnt. Das war nicht leicht, weil hier oberflächlich alles anders funktioniert als auf der Erde.«

»Auf der Erde?«

»Ja, wie Ace schon sagte: Wir sind durch das Wurmloch geglitten und befinden uns weit entfernt an einem anderen Ort in der Milchstraße. Zumindest die Server befinden sich dort, wenn man das so nennen kann.« Janikas Blick wurde wieder abwesend, als befände sie sich gedanklich an einem anderen Ort. Dann schien sie aufzuwachen und schürzte die Lippen. »Ich habe euch also in den Zwischenspeicher geladen, um es zu vereinfachen, während ich mich mit dem neuen Code vertraut gemacht habe. Da es sich bei der schwarzen Festung, in der wir uns jetzt quasi befinden, um eine Globule aus unserer Metawelt gehandelt hat, gibt es Ähnlichkeiten im Code und doch ist alles anders. Hier besteht nichts aus Binärcode.«

»Nullen und Einsen«, raunte Ace June zu und sie nickte, ohne wirklich zu verstehen. »Qubits, schätze ich?«

Janika nickte. »Ja. Alles basiert auf quantenmechanischen Zuständen, nicht auf Transistoren, wodurch diese Simulation deutlich komplexer ist und keine Ladezeiten oder örtliche Beschränkungen enthält – außer jenen, die von den Admins aufgestellt wurden.«

»Mit Admins meinst du *Aliens*, oder?«, vergewisserte sich June und schüttelte ungläubig den Kopf, als Janika nickte. Sie konnte einfach nicht glauben, dass sie es getan hatten und nun auf der anderen Seite waren – wo auch immer sich die befand und wie auch immer sie aussehen mochte. Nur zu gut erinnerte sie sich an ihre Kindheit in Montana, als sie eines der Drohnenschiffe erblickt hatte, das im Fluss Nährstoffpellets ausgeworfen hatte, um Wasser und Böden mit außerirdischen Mineralien zu verändern. Der Anblick hatte ihr furchtbare Angst eingejagt – Angst, die sie ihrem Vater natürlich nicht hatte zeigen wollen, die aber jetzt zurückkehrte. Es war eine diffuse Furcht vor dem Unbekannten, ließ sich schlecht greifen oder beschreiben und war doch unangenehm wie ein drohender Schatten, der ihre Gestalt einhüllte. Seine Form war bizarr und wurde von der Beklemmung selbst erschaffen und doch zeigte sich sein Ursprung nicht.

Die Außerirdischen waren die unheimliche Unbekannte in ihrem Leben aus Disziplin und Tatendrang, das immer daraus bestand, von Augenblick zu Augenblick das Richtige zu tun, um das eigene Überleben zu sichern. Die Anderen aber zeigten sich nie, schickten bloß ihre Implantate und die Idee für die Metawelt, wenn sie es richtig verstanden hatte. Aber warum? Sie wollten ganz offensichtlich die Erde für sich haben, hatten deshalb ihre Flotte auf den Weg geschickt und mit unfreiwilliger menschlicher Hilfe angefangen, ihre baldige neue Heimat für sich zu optimieren: Neue Pflanzen, eine leicht veränderte atmosphärische Zusammensetzung und lästige Menschen, die man in eine virtuelle Realität abschob. Warum aber töteten sie nicht alle Bewohner mithilfe eines Virus oder dergleichen?

June hätte es jedenfalls so gemacht, wenn sie hätte rational entscheiden müssen. Noch ein Grund mehr, weshalb sie die Außerirdischen nicht verstand und sich vor ihnen fürchtete – was sie insgeheim wütend machte.

»Ja, auch wenn ich nicht sicher bin, ob es sich bei einigen nicht um künstliche Intelligenzen handelt, die so hoch entwickelt sind, dass sich die Codemuster, die sie erzeugen, nicht von denen intelligenter, fühlender Wesen unterscheiden«, erklärte Janika. June fiel auf, dass ihre Augen gerötet und übermüdet aussahen – und dann war da noch dieses merkwürdige Gefühl, dass etwas mit ihr nicht stimmte.

»Diese Codemuster«, fragte Ace dazwischen und beugte sich ein wenig vor, als sei er gerade erst aufgewacht. »Wie kannst du die überhaupt interpretieren? Wenn hier alles auf Qubits basiert, dürfte doch auch der Code nicht wiederzuerkennen sein, immerhin besteht er in seiner Grundform nicht mehr aus an und aus.«

»Könntet ihr einem Mädchen aus Montana kurz erklären, wovon ihr sprecht?«

»Normale Computer, also in engerem Sinne Prozessoren, bestehen aus Transistoren. Das sind winzige Dinger, die entweder unter Spannung stehen oder eben nicht. Ein und aus, Null und Eins«, sagte Ace und öffnete und schloss seine linke Hand. »Ein Quantenprozessor dagegen beruht auf sogenannten Superpositionen von Teilchen. Das heißt, dass ein Qubit neben Null und Eins auch einen Zwischenzustand einnehmen kann. Erst durch eine Messung nimmt es die Position von Eins oder Null ein. Das Messergebnis ist dann das, was man in einem klassischen Bit *speichern* kann.«

»Aber dann sind diese Dinger doch auch binär«, wandte June stirnrunzelnd ein.

»Ja, Information wird binär dargestellt«, stimmte er ihr zu, hob jedoch einen Finger. »Wäre da nicht das Quantengatter. In einem herkömmlichen Rechner werden Bits gespeichert, also Binärangaben, die zum Beispiel bei einer Suchanfrage durchforstet und abgerufen werden. Die Anzahl der Transistoren, also der simpelsten An-und-Aus-Maschinen, entscheidet über die Geschwindigkeit der Berechnung für die Anfrage. Komplexe Operationen sind das Addieren von Eins-und-Null-Zuständen. Das Quantengatter besteht nicht aus einem technischen Baustein wie einem Transistor, sondern aus physikalischer Manipulation eines Qubits, beispielsweise durch Magnetfelder ...«

»Ace!«

»Also Quantencomputer sind viel schneller im Faktorisieren großer Zahlen, die das Produkt zweier Primzahlen sind, denn ...«

»ACE!«

»Quantencomputer sind viel schneller, können deutlich komplexere Modelle mit extrem vielen Faktoren wie beispielsweise Simulationen, entwickeln und berechnen als herkömmliche Prozessoren«, ging Janika dazwischen.

»Also beruht diese Metawelt auf Alientechnologie und nicht allein auf Technologie, die wir unwissend mit Alienhilfe erschaffen haben«, fasste June zusammen.

»Ja, und die zugrundeliegende Hardware befindet sich auf einem Exoplaneten.«

»Was ist mit den Regeln dieser Globule?«, wollte Ace wissen und beugte sich auf seiner Sofahälfte vor, die Ellenbogen auf die Knie gestemmt und den Mund hinter den Händen verborgen, als schaute er einen spannenden Film.

»Naturgesetze, kein Codezugriff.« Janika zögerte und schüttelte etwas entrückt den Kopf. »Alles ist auf Null, Ace.«

»Was bedeutet das? Ich verstehe nicht ...«

»Es gelten die normalen Naturgesetze des Kosmos, niemand kann fliegen, Face-Clones erstellen oder ...«

»Respawnen?«

Sie schüttelte den Kopf und Ace riss die Augen auf.

»Wer stirbt, wird in den Zwischenspeicher geladen, aber in einen gesicherten Teil, in den ich noch nicht vordringen konnte. Nach allem, was ich weiß, heißt tot auch tot, der Code der Person wird gelöscht.«

»Aber er könnte vorher gespeichert werden, wie in einem alten Desktop-Mülleimer.«

Janika zuckte mit den Schultern. »Möglich.« Erneut zögerte sie. »Es gibt aber noch mehr, was ihr wissen müsst.«

»Sag es frei heraus«, forderte June sie auf. Sie wollte lieber reinen Tisch haben, als mit Samthandschuhen angefasst werden.

Ihre Gedanken schweiften kurz zu ihrem Vater und dann zu seinem Abbild in der Metawelt, das sie so sehr durcheinandergebracht hatte. Er war nicht real gewesen und doch war er realer gewesen als in ihrer Erinnerung. Sie hatte ihm so viel sagen wollen und doch geschwiegen, um sich nicht der Hoffnung hinzugeben, ihr Vater würde noch leben. Nichts war echt gewesen und gleichzeitig doch.

Ich hasse diesen Ort!

»Diese Globule scheint ein Gedankenexperiment zu sein. Das Jahr ist 2059 und in dieser scheinbaren Realität ist das Implantat von Bill und Steve nie entwickelt worden. Bill und Steve existierten hier nicht und die Simulation scheint sich lediglich auf die USA zu beziehen.«

»Wie ist das möglich?«, fragte June irritiert. »Haben die ... *vorgespult?*«

»Nein. So wie es aussieht, haben sie ein Startdatum festgelegt, einige Tage vor dem Datum, an dem Bill den Patienten mit dem Implantat eingeliefert bekommen hat«, verneinte Janika. »Seither ist diese Welt ganz normal der Zeit unterworfen.«

»Aber dann muss sie ja schon lange vor unserem Eintreffen gestartet worden sein.«

»Nein.«

June warf Ace einen Blick zu, der ebenso verständnislos dreinblickte wie sie. Dann kam ihr ein Gedanke und plötzlich verstand sie, was an Janika anders war, worauf sie den Finger allerdings nicht hatte legen können: Ihre Augen waren von Krähenfüßen umgeben, die vorher nicht da gewesen waren. Ihre Haut wirkte einen Hauch spröder, die Lippen etwas blasser und faltiger und unter ihren Augen hatte sich ein Ansatz von dunklen Tränensäcken gebildet, den sie zuerst für ein Zeichen von Stress gehalten hatte.

»Au, verdammt nochmal«, polterte Ace. »Wir waren dreiundzwanzig Jahre im Zwischenspeicher?«

Janika nickte. »Ja. Ich konnte euch erst online schalten,

als ich sicher genug war, euren Code gefahrlos implementieren zu können, ohne dass ihr wie alle anderen euer Gedächtnis verliert.«

»Warte mal, das heißt, dass alle anderen in dieser Globule keine Erinnerung haben?«

»Ja. Was sie anbelangt, gibt es keine Metawelt, nur ihr normales Leben und Sterben, eine Vergangenheit, eine Gegenwart und eine Zukunft.«

»Ich verstehe das nicht«, wandte June ein. »Wieso sollte man die Metawelt ...«

»*Eine* Metawelt«, korrigierte Janika sie. »Das hier ist wirklich komplexer Kram und es handelt sich um eine virtuelle, nicht-reale Welt – auch wenn die Grenzen der Definition verschwimmen –, da hören die Gemeinsamkeiten aber bereits auf.«

»Gut, warum sollte man also *eine* Metawelt erschaffen, in der alles so ist wie außerhalb der Metawelt, nur ohne ein zentrales Ereignis?«

»Ich kann es mir nur so erklären, dass jemand herausfinden wollte, wie sich alles ohne das Implantat entwickelt hätte.«

»Aber warum?«

Janika zuckte mit den Achseln und hob die Handflächen. »Frag mich was Leichteres. Vor allem stellt sich die Frage, warum die Anderen das wissen wollen – und warum so lange.«

June dachte darüber nach und spürte, wie ihr ein unangenehmes Kribbeln über den Rücken lief. Sie kannte das Gefühl von einschießendem Adrenalin, doch jetzt und hier wusste sie, dass es gar keines gab, das durch ihre Adern jagen konnte. Es gab nur Nullen und Einsen oder irgendwas dazwischen, keine echten Hormone, keine echten Gefühle – keine echten Gedanken? Sie spürte klar das Muster des Sofastoffes unter ihrer Hand, die darauf lag wie auf dem Kopf eines Raubtieres, das sie streichelte. Doch die Rezeptoren in ihren Fingern existierten ebenso wenig wie die Synapsen in ihrem Gehirn, die daraus einen taktilen Reiz machten.

Aber ich spüre es. Das Ergebnis ist dasselbe, dachte sie und schluckte schwer. *Das darf nicht sein. Es ist falsch und unecht!*

»Du warst also dreiundzwanzig Jahre allein in dieser Welt?«, wechselte sie das Thema, bevor ihr Kopf vor sich überschlagenden Gedanken und einer indifferenten Wut zu platzen drohte. Mitfühlend sah sie Janika an, die müde nickte.

»Ja. Ich musste den Code verstehen, bevor ich euch holen konnte. Ich ... wir ... wir sind die letzten freien Menschen, wenn man so will.« Etwas von Janikas Trotz und Vorwärtsgewandtheit schien in ihre Züge zurückzukehren und sie sah aus wie eine Pflanze mit hängenden Blättern, die bewässert wurde und sich wieder aufrichtete. »Deshalb dürfen wir keine Fehler machen. *Ich* durfte keinen Fehler machen und nichts riskieren. Aber ich habe die Zeit genutzt!«

»Das ... das tut mir leid, das muss schrecklich einsam gewesen sein.«

»Ich habe versucht, beschäftigt zu sein.«

»Du hast nach der KI gesucht, oder?«

»Nach den Verbündeten«, bestätigte Janika und biss sich frustriert auf die Unterlippe. »Ich habe aber kein Zeichen von einer uns freundlich gesonnenen KI entdecken können. Man könnte meinen, dass Geronimous die KI der Alienfraktion ist, die uns wohlmeinend gegenübersteht – falls sie existiert. Aber an den kommt man schlecht heran, zumindest ich.«

»Geronimous?«, fragten June und Ace gleichzeitig.

»Ein Terrorist in dieser Realität.« Janika winkte ab. »Egal, ich bin jedenfalls nicht an ihn herangekommen.«

»Aber du kannst doch den Code sehen und interpretieren.« Ace schüttelte verständnislos den Kopf. »Das sollte doch ein Leichtes sein.«

»Der Code von Bewohnern ist anders. Er ist weder sichtbar noch manipulierbar, anders als Gegenstände. Es scheint so etwas wie eine spezielle Sicherung für denkende Wesen zu geben, die nicht einmal ich durchdringen kann – ich würde mich sogar wundern, wenn die Admins es könnten.«

»Und was ist mit der *bösen* KI?«, entgegnete June neugierig. »Hast du von der etwas gesehen oder gehört?«

Janika schüttelte erneut den Kopf. »Nein. Ich vermute aber, dass es sich bei Charles Cheney um die Alien-KI handelt.«

»Charles Cheney?«, fragten June und Ace erneut zeitgleich und warfen sich einen kurzen Seitenblick zu.

»Ihr müsst viel nachholen, um auf den neuesten Level zu kommen, was den Zustand und die aktuelle Lage dieser Welt betrifft. Wichtig ist, dass ihr euch zurechtfindet: Es gibt noch immer Autos und so etwas wie ein erweitertes Internet, das hier *Cyberweb* genannt wird und wie ein Mix aus Internet und Augmented Reality funktioniert.« Sie machte eine Pause und rieb mit einer Hand ihren Nacken. Ihre Augen kniff sie zusammen, als hätte sie Schmerzen, und streckte sich etwas. »Wenn ich ehrlich bin, bin ich gar nicht sicher, ob dieses System eine KI erlaubt oder nicht. Es könnte sein, dass wir unser Verständnis von KI überdenken müssen.«

»Überdenken?«, hakte Ace nach. »Was meinst du damit?«

»Wir müssen eine künstliche Intelligenz vermutlich anhand von minimalen Unterschieden im Vergleich zu Menschen identifizieren, was nicht leicht wird – wenn nicht gar unmöglich.«

»Dazu müssen wir vermutlich rausgehen?«, fragte June und sah zu den Fenstern, die von schweren Vorhängen verhüllt waren.

»Ja, das müsst ihr.«

»*Ihr?*«

Janika nickte entschieden. »Ich muss mich bald wieder in den Deep-Layer begeben und nach der Backdoor suchen.«

»Es gibt eine Backdoor?«, wollte Ace wissen, während June gleichzeitig »Was ist eine Backdoor?« fragte.

»Ein Ort, den die Außerirdischen oder ihre KIs benutzen, um diese Globule, Metawelt oder Realität-Was-auch-immer betreten und verlassen können«, antwortete Janika und machte eine ausholende Geste. »Ich glaube nicht, dass die Admins sich freiwillig Jahrzehnte hier einsperren – eine Ewigkeit, bis ihr Code stirbt.« Sie schüttelte den Kopf. »Nein, nein. Es muss eine Backdoor geben und die muss ich finden. Es gibt mehrere Kandidaten, die ich untersuchen muss, und es gibt noch etwas, das von Bedeutung sein könnte, einen anderen Ausweg.«

»Was für einen Ausweg?«, fragte June interessiert. In

Gedanken dachte sie automatisch an eine Hintertür aus der virtuellen Realität, zurück in etwas Echtes.

»Noch ist es eine Hexenjagd, ein Nebenprodukt meiner Einsamkeit, das zu einer Art Hobby geworden ist, wann immer meine Konzentration keine Arbeit am Deep-Layer mehr zugelassen hat.«

»Wo sind wir überhaupt? Ist das deine Wohnung?« Ace sah sich nicht besonders beeindruckt um. An einigen Stellen, wo die uralte Blümchentapete aufgrund Schimmel oder Trockenheit abgeblättert war, bröckelte der Putz von den Wänden.

»Ja. Ich weiß, sie macht nicht viel her, aber durch meine Arbeit kann ich nicht gerade viel Geld verdienen. Das bisschen Kreditkartenbetrug reicht gerade, um genügend Essen und Trinken zu haben und die Stromrechnung zu bezahlen«, rechtfertigte Janika sich mit sichtlich unzufriedenem Gesichtsausdruck. Schließlich zuckte sie jedoch mit den Schultern und brachte ein flüchtiges Lächeln zustande. »Sorry, ich bin wirklich müde. Das ist eine kleine Wohnung und sie liegt in einem echt beschissenen Viertel, aber hier stellt niemand Fragen und die Mieten sind günstig.«

»Und was genau sollen wir jetzt tun?«, fragte June ein wenig hilflos. Sie befanden sich in der Zukunft – ob virtuell oder nicht. Vieles musste sich verändert haben.

»Wir müssen nach der verbündeten KI suchen. Ich bin sicher, dass, wenn wir Verbündete bei den Aliens haben, sie diesen Ort nicht ignoriert haben werden. Wir müssen sie finden und um Antworten bitten. Vielleicht kann sie uns sagen, wo sich die Backdoor befindet und wie wir sie benutzen können. Ich kann nicht sicher sein, wie schnell die Zeit hier drinnen im Vergleich zu da draußen vergeht, aber wenn es eins zu eins ist, befindet sich die Erde bereits in einer Art Digitalreservat und wir müssen dringend etwas unternehmen, bevor alle ihre wahren Körper nicht mehr kennen und eine Entfremdung einsetzt.«

Eine KI finden, die man kaum erkennen kann, in einer Welt, die wir nicht verstehen und die nicht real ist, fasste June im Kopf zusammen und konnte nur mit Mühe ein Schnauben unterdrücken. *Was für Überlebensregeln gelten hier? Gelten die alten überhaupt noch?*

Sie würde es bald herausfinden, das spürte sie.

Kapitel 16: June

June und Ace schliefen den Großteil des Abends und die ganze Nacht bis etwa zehn Uhr morgens, da Janika sie nicht weckte. Obwohl sie dreiundzwanzig Jahre geschlafen hatten, schien ihr Schlafbedürfnis riesengroß zu sein.

Nein, wir haben nicht geschlafen, ermahnte sich June in Gedanken, während sie die Beine aus dem knarzenden Doppelbett schwang, in dem sie mit Ace lag. Der hünenhafte Bytehead murrte im Halbschlaf und drehte sich auf die Seite. *Wir haben nur als Code existiert. Als Einsen und Nullen.* Sie runzelte die Stirn und seufzte. *Oder irgendetwas dazwischen. Dieser ganze Scheiß macht mich wirklich wahnsinnig.*

Das Schlafzimmer war so klein, dass das Bett beinahe den gesamten Raum ausfüllte und die Tür aus porösem Holz beim Öffnen gegen den rostigen Rahmen stieß. June ging in dem engen Flur nach rechts zum Badezimmer, das sie jederzeit gegen die Außentoilette in Montana eingetauscht hätte. In einer zugigen Hütte aus Holz stank es wenigstens nicht nach Urinstein, verrosteten Rohren und Schimmel, der fleckig in den Ecken des feuchten Putzes klebte.

Sie wusch sich mit kaltem Wasser, das leicht bräunlich gefärbt war, das Gesicht und schaute in den stumpfen Spiegel über dem Waschbecken. Mit regloser Miene betrachtete sie die Wassertropfen, die über ihre helle Haut perlten und im flackernden Deckenlicht glänzten. Ihre Augen waren noch immer hell und sie fand, dass sie recht wach dreinschauten, doch darunter lagen tiefe Schatten, als hätte sie dreiundzwanzig Jahre durchgemacht. Ob Janika ihr Aussehen für diese künstliche Realität erschaffen hatte? Warum dann die Augenringe? Oder waren die Teil dessen, was diese Welt und deren Regeln für sie erschaffen hatten? Konnte eine Simulation überhaupt derart detailliert sein?

Sie hat dein Aussehen nicht erschaffen, niemand kann sich so genau an Details erinnern, dachte sie und schüttelte den Kopf, als wollte sie ihr Spiegelbild überzeugen, dass das Unfug war. Aber war es das wirklich? Wie konnte sie noch sicher sein, was unrealistisch und was denkbar war in einer Welt wie dieser.

Langsam fuhr sie mit den Fingern über das Gesicht, spürte die Feuchtigkeit unter ihren Fingerkuppen und den leichten Druck auf Stirn, Wangen und dann ihrem Kieferbogen. Es fühlte sich absolut echt an, wie immer, und doch …

»Hey, bist du ins Klo gefallen?«, hörte sie Ace von draußen rufen, kurz bevor es gegen die Tür pochte. »June?«

»Moment«, murmelte sie und seufzte, bevor sie einige Wassertropfen von dem Spiegel wischte, wie um ihre Gedanken fortzuschieben. Da das kleine Handtuch in dem Ring neben dem Waschbecken nicht gerade vertrauenerweckend aussah, rümpfte sie die Nase und trocknete sich grob mit dem Ärmel ihres Shirts ab. Janika hatte offenbar nicht viel Zeit für ihre kleine Wohnung aufgewandt – ein weiteres Zeichen, dass sie vermutlich zu viel Zeit in ihrer Welt aus Zahlen verbracht hatte.

Code. Illusion.

»June«, nörgelte Ace und als sie die Tür entriegelte und mit missbilligendem Blick aufzog, sah sie ihn mit zusammengekniffenen Knien und beiden Händen vor dem Genitalbereich seiner Boxershorts dastehen und sofort an ihr vorbeihuschen.

»Fast eingeschifft«, meckerte er und flitzte zur Toilette.

June zuckte mit den Schultern und zog ohne besondere Eile die Tür hinter sich zu. Danach ging sie zur Küche, einem winzigen Raum mit einer Zeile, einem portablen Elektroherd und Kühlschrank, und suchte Müsli und Sojamilch, an welcher sie erst prüfend roch, zusammen. Mit Schale und Löffel ging sie ins Wohnzimmer, wo Janika noch immer auf ihrem Sessel lag, einen Helm auf den Kopf, der bis auf Mund und Nase ihr ganzes Gesicht bedeckte. Ihre Hände steckten in Handschuhen, die über Kabel mit einer großen Box verbunden waren – vermutlich einem Akku. Unablässig bewegten sich ihre Finger, als tippte sie auf einer unsichtbaren Tastatur.

»Ähm, Janika?«, fragte sie vorsichtig, als könnte sie allein mit ihrer Stimme dafür sorgen, dass irgendetwas mit ihrer Gegenüber passierte, das nicht stattfinden durfte.

»Hallo, June«, antwortete Janika nach einer längeren Verzögerung und ihre Finger wurden etwas langsamer, bevor sie zögernd nach dem Helm griff und ihn absetzte. Sie fuhr mit einer Hand über die Haarstoppeln auf ihrem Kopf und dann die geröteten Augen. »Ist alles in Ordnung? Fühlst du dich ausgeruht?«

»Ja, ich wundere mich, dass ich so lange geschlafen habe. Ich habe doch nichts Anstrengendes getan.«

»Das Schlafbedürfnis wächst mit psychischem Stress und das, was ich euch gestern erzählt habe, dürfte wohl genügend Stress für einen *sehr* langen Schlaf ausgelöst haben.«

»Deine Frisur ist ... gewöhnungsbedürftig. Aber praktisch, gefällt mir«, wechselte June das Thema. Sie wollte nicht über ihren Stress reden und schon gar nicht über ihre Psyche.

Janika betrachtete den Helm auf ihrem Schoß und tätschelte ihn nachdenklich. »Es ist praktischer mit dem Datenhelm. Wenn du viel Zeit darin verbringst, schwitzt dein Kopf irgendwann und es ist hygienischer und die Verbindung ist besser – zumindest bilde ich mir Letzteres ein.«

»Dir ist es egal, wie du aussiehst, hm?«

»Natürlich. Im Cyberweb hat man ohnehin kein Face, was spielt es da für eine Rolle. Dort liegt meine Arbeit und nicht bei den zwanzig Minuten, die ich pro Woche vor die Tür muss.« Janikas Oberlippe zuckte – ein klares Zeichen, dass sie wenig von der Vorstellung hielt, vor die Tür zu gehen. Oder dieses Cyberweb zu verlassen, wie June vermutete.

»Ich hoffe, dass du dich nicht zu viel in dieser Scheinwelt innerhalb der Scheinwelt aufhältst«, sagte sie besorgt und löffelte langsam ihr weich gewordenes Müsli.

»Spielt keine Rolle. Ich muss die Backdoor finden und ein Pfand.«

»Ein Pfand?«

Janika winkte ab. »Das erkläre ich dir, sobald ich weiß, dass eines existiert, oder ich zumindest eines erschaffen kann.«

»Aha«, antwortete June ahnungslos, bemerkte aber, dass ihre Gegenüber nicht mehr darüber reden wollte und unruhig wurde. »Lass dich nicht aufhalten.«

»Danke.« Janika nahm ihren Helm und wollte ihn gerade wieder aufsetzen, als sie innehielt und June in die Augen sah. »Um die Ecke sind eine Bar und ein kleiner Supermarkt. Da könnt ihr euch ein bisschen mehr kaufen, als ich hier habe. Ich erwarte nicht von euch, so zu leben wie ich. Auf dem kleinen Tisch neben der Haustür findet ihr eine Schlüssel- und eine Kreditkarte. Etwas altmodisch, aber gedeckt und in den kleineren Läden wird sie noch akzeptiert. Tut mir nur einen Gefallen.«

»Und was für einen?«

»Bleibt unauffällig. Euch ist ja bewusst, dass ihr mit dieser Welt nicht vertraut seid, also lasst es nicht bei jeder Gelegenheit offensichtlich werden, wie in einem falschen Film, okay?«

»Ist die Polizei hier besonders streng?«, wollte June wissen.

»Es ist nicht die Polizei, um die ihr euch Sorgen machen solltet«, erwiderte Janika und schob sich den Datenhelm wieder auf den Kopf. Nahezu zeitgleich begannen ihre Finger wieder über unsichtbare Konsolen und Tasten zu gleiten.

»Du hast das letzte Müsli aufgegessen«, murrte Ace. June drehte den Kopf und sah ihn mit enttäuschtem Gesicht im Türrahmen zum Flur stehen. Sie hielt ihm die halb gefüllte Schale hin und setzte einen entschuldigenden Blick auf. Er lächelte schnaubend und nahm ihr Angebot an. Es dauerte keine Minute, da hatte er den Rest Cerealien weggelöffelt.

»Mann, ich habe immer noch Hunger wie ein Bär!«

»Geht mir genauso. Janika hat vorgeschlagen, dass wir etwas einkaufen. Gute Idee. Kommst du mit?«

»Klar, wenn es da draußen Essen gibt und ich weniger das Gefühl habe, mir bei jeder Berührung der Einrichtung Hepatitis einzufangen, bin ich dabei.«

»Hepatitis?«, fragte June.

»Kam das in deinen Medizinlektionen nicht vor?« Er klang tatsächlich überrascht.

»Nein. Wenn es in Montana nicht vorkam, dann vermutlich nicht.«

»Irgendso ein Virus, das Prominente überträgt«, erklärte Ace und zuckte mit den Schultern. »Lass uns gehen.«

June schnappte sich die beiden Karten im Kreditkartenformat und verstaute sie in ihrer Jeans. Über das Treppenhaus, das nach oben und unten führte und voller Zeitungs- und Essensreste war und schlimmer stank als ein Abguss, gelangten sie zur Eingangstür. Dort saßen in einer Ecke zwei Jugendliche mit bleichen Gesichtern und blutunterlaufenen Augen, die sie beim Vorbeigehen musterten. Einer hob eine skelettartige Hand in ihre Richtung.

»Braucht er Hilfe?«, fragte June und wollte sich bereits dem jungen Mann zuwenden, als Ace sie weiter und durch die Tür nach draußen schob.

»Ja, aber keine, die du ihm geben kannst.«

»Die sahen aber krank aus.«

»Sind sie auch.«

»Was haben sie denn? Die sahen aus, als hätten sie einen Geist gesehen«, befand June und blickte über die Schulter zurück zu ihnen, doch die Tür fiel bereits wieder ins Schloss.

»Haben sie möglicherweise sogar.«

»Wovon redest du da?«

»Das sind Junkies! Ich vergesse manchmal, dass du eine echte Hinterwäldlerin bist«, lachte Ace und es war beinahe ein echter, unbeschwerter Laut, der sie einen Augenblick vergessen ließ, wo sie gerade waren.

»Junkies? Was ist das denn?«

»Die sind süchtig nach Drogen.«

»Ah! Vor Drogen hat mein Dad mich immer gewarnt. Aber er meinte einige Medikamente in unserem Haus. Ich wusste nicht, dass man aussieht wie die, wenn man zuviel davon nimmt.«

Ace lächelte und schüttelte in einer Mischung aus Mitleid und Resignation den Kopf. »Lass uns mal zu diesem Supermarkt ... hm.«

»Was?«

»Sieht gar nicht so anders aus als 2019, wenn du mich fragst«, entgegnete er und erst jetzt sah sie sich bewusst um. Sie standen auf einem Bürgersteig aus Spritzbetonplatten, die an mehreren Stellen aufgeplatzt waren. Vor ihnen führte löchriger Asphalt in beide Richtungen und war eingerahmt von fünf- bis sechsstöckigen Reihenhäusern, deren Fassaden aussahen, als hätten sie gerade einen Krieg überstanden. Über den zahlreichen Geschäften rechts und links hingen bunte Neonschilder, die das Gewerbe ihrer Besitzer anpriesen. Etwa die Hälfte zeigte stilisierte nackte Männer und Frauen. Die Gehwege waren voller Menschen in dunkler Kleidung und im Kontrast dazu mit bunten Gelfrisuren, die teilweise leuchteten oder blinkten, ohne dass sie Lichter darin gesehen hätte. Autos fuhren gluckernd vorbei und hupten immer wieder, wenn sich der erstaunlich dichte Verkehr staute. Da es leicht nieselte, hielten viele Passanten Regenschirme in allen

Farben des Regenbogens über ihre Köpfe und bildeten so eine Art bewegliches Dach aus Plastik.

June überwältigte die schiere Masse an Menschen und Fahrzeugen und machte instinktiv einen Schritt zurück. Ihr Rücken knallte gegen die Glasfassade des Hauseingangs. Schwer atmend und mit großen Augen sah sie Gestalten jeder Hautfarbe und jedes Geschlechts an sich vorbeiströmen. Wie in einer perfekt einstudierten Choreografie drängten sie sich auf dem Gehweg, ohne sich gegenseitig zu berühren, und schafften es sogar, dass sich ihre Regenschirme nicht ineinander verhakten.

»Meine Güte, so viele Leute, so viele Lichter und so viele Autos, von allem so viel«, murmelte sie und wusste gar nicht, wohin sie zuerst schauen sollte. Sie war bereits in der Basis des Widerstands in Vermont unter vielen Menschen gewesen und das hatte sie in den ersten Tagen und Wochen damals schon überfordert. Doch daran hatte sie sich gewöhnen können, weil sie die Menschen kannte und wusste, dass sie keine direkte Gefahr darstellten – zumindest hatte sie das da noch gedacht. Hier kannte sie niemanden und alles war laut und überreizte ihre Sinne, sodass sie nicht klar abschätzen konnte, was um sie geschah und warum und auf wen sie als potenzielle Gefahrenquelle achten musste.

»Ist schon gut«, versuchte Ace, sie zu beruhigen und legte ihr eine breite Hand auf die Schulter. »Ich bin in einer Großstadt aufgewachsen, in einem Viertel, das nicht viel besser war als dieses hier.« Er sah zu einem der Sexclubs auf der anderen Straßenseite, der immer wieder mit seiner Leuchtreklame zwischen den Passanten direkt vor ihnen auftauchte und zuckte mit den Schultern. »Na ja, vielleicht nicht ganz so wie dieses hier. Aber die Autos haben genauso gestunken, die Hälfte hatte genauso Löcher in den Auspuffen und die Menschen waren ... nun ja, zumindest besser frisiert. Leuchten diese Haare von selbst? Das ist ja abgefahren!«

»Lass uns was einkaufen, okay?«, bat June und tat etwas, das sie noch vor einem Jahr niemals getan hätte: Sie hakte sich bei Ace ein und blieb dicht bei ihm, um das Gefühl loszuwerden, weggerissen und von der fremden Menschenmasse davon gespült zu werden. Er tat ihr den Gefallen und tat, als würde er es gar nicht bemerken. Stattdessen hielt er den Blick nach rechts gerichtet und zog sie mit sich in den Strom der vermummten Körper.

Es dauerte nicht lange, bis sie wieder anhielten, direkt vor einer Häuserfront, die von hohen Fenstern mit Sprüngen durchsetzt war und in der Mitte eine schwere Doppeltür aus dunklem Holz besaß, über der »Matruschka« stand.

»Klingt wie ein Puff«, befand Ace, als sie davorstanden und zu dem Schild aufsahen wie zwei Museumsbesucher. Die Tür ging auf und eine Gruppe lachender Männer mit grünen und blauen Haaren kam herausgeplatzt und hätte sie beinahe über den Haufen gerannt, hätte June sie nicht beide zur Seite gezogen.

»Was ist ein Puff?«, fragte sie und warf den nach Alkohol Riechenden einen missbilligenden Blick hinterher, ohne dass die sie überhaupt zu bemerken schienen.

Ace sah sie an und seufzte. »Ein Ort für Männer, die gut im Geldverdienen und schlecht im Umgang mit Frauen sind.«

»Ah, so wie eine Unternehmensleitung«, sagte June unschuldig, froh, endlich etwas zu wissen, doch ihre Freude verflog sofort wieder, als Ace lachte und sie ansah, als hätte sie gerade etwas sehr Lustiges gesagt. »Was denn?«

»Wer hat dir das denn erzählt?«

»Mein Vater.«

»Er hatte Humor, das muss man ihm lassen. Du weißt vermutlich nicht einmal, was eine Unternehmensleitung ist, oder?«

»Doch!«, gab sie entrüstet zurück und sie mussten einer weiteren Gruppe junger Leute ausweichen, diesmal in die andere Richtung, da die in die Bar wollte. »Unternehmen sind Leute, die Sachen verkaufen, und ihre Leitung sind Männer, die das Geld sammeln, für das andere Leute arbeiten.«

»Du hast gerade Steve zitiert, schätze ich?« Ace grinste noch immer und June gefiel es gar nicht, wie er sie ansah. Sie war doch kein Gegenstand der Belustigung!

»Ja, er hat mich unterrichtet, also weiß ich Bescheid. So.« Sie deutete auf den Eingang. »Gehen wir jetzt da rein, oder nicht?«

»Klar, vielleicht gibt es da was zu essen.« Ace zog die Tür auf und bedeutete ihr, voranzugehen.

June tat es und trat in einen großen Schankraum mit dunkel vertäfelten Wänden und einer langen Bar, hinter der Messingrohre aus der Decke kamen und in großen Kanistern endeten, die wiederum mit Zapfhähnen verbunden waren. Eckige Tische mit halbkreisförmigen Sitzecken reihten sich dicht an dicht an die Wände und fast alle waren vollbesetzt, während die grünen Sitzpolster an den runden Tischen in der Mitte der Bar größtenteils leer waren. Dicker Zigarettenqualm wallte wie giftiger Nebel unter der hohen Decke und wurde ständig von den aufsteigenden Qualmfäden gefüttert, die von den laut durcheinanderredenden Gästen erzeugt wurden. Das bunte Allerlei aus aufdringlichen Frisuren stand in krassem Kontrast zu der düsteren, heruntergekommenen Einrichtung und der dunklen Kleidung, die die meisten hier trugen.

»Da ist noch was frei!«, sagte sie und deutete auf eine der Sitzecken ganz hinten rechts in der Ecke, während Ace noch mit gerunzelter Stirn nach einem geeigneten Platz suchte.

»Ah«, machte er, ohne auszusehen, als könnte er erkennen, worauf sie zeigte, nickte jedoch und ließ sich von ihr an den Wartenden vor der Bar vorbeiziehen, bis sie den freien Tisch erreicht hatten.

»Blick auf die Tür, aber weit genug von ihr weg. Blick auf den Hinterausgang«, sie deutete auf eine kleine Tür am Ende der Bar, über der ein Notausgang-Schild angebracht war, und machte dann eine ausholende Geste, »und Blick in den gesamten Raum. Wenn Ärger durch die Tür kommt, sind wir schnell weg. Wenn Ärger hier drinnen aufkommt, sehen wir es schnell, sind aber nicht direkt im Weg. Wenn ein Feuer …«

»Feuer?«, fragte Ace verwirrt und setzte sich auf die halbkreisförmige Bank. »Was redest du denn da?«

»Wir müssen vorbereitet sein, wenn es Ärger gibt«, erklärte June nun ihrerseits irritiert. »Was denn sonst?«

»Du bist das erste Mal in deinem Leben in einer Bar und alles, was dir durch den Kopf geht, ist … ist … ich weiß auch nicht, dieser paranoide Kram?«

»Denkst du, dass wir zu paranoid sein können?«

»Touché«, murrte er ergeben und bedeutete ihr, sich

ebenfalls zu setzen. Sie tat es und rutschte durch, bis sie ganz hinten an der Wand saß und in den Raum sehen konnte. Ace schob ihr die Getränkekarte hin und ihr Blick fiel direkt nach dem Aufschlagen auf eine Spalte mit Hamburgern.

»Mhm, das will ich haben.«

»Was denn?« Ace beugte sich zu ihr und schielte in ihre Karte, um herauszufinden, was so schnell ihr Interesse erregt haben könnte. »Nen Burger?«

»Ja! Ich habe noch nie einen Hamburger gegessen, aber mein ...« Sie räusperte sich und schluckte einen Kloß hinunter, der sich in ihrem Hals bilden wollte. »Mein Vater hat immer gesagt, dass das sein Lieblingsessen gewesen war, vor dem Implantat und allem.«

»Ah, ein guter Mann.« Ace nickte und klappte seine Karte zu. »Ein wirklich guter Mann. Ich nehme auch einen Burger.«

»Welchen soll ich denn nehmen?«

»Lassen wir uns doch überraschen«, schlug er vor.

»Überraschen?«, fragte June und starrte ihn an, als hätte er einen schlechten Witz gerissen. »Wieso sollten wir das tun?« Sie schüttelte den Kopf und las die Zutaten der einzelnen Burger durch. Schließlich entschied sie sich für den ihrer Meinung nach unverfänglichsten. »Wir nehmen Cheeseburger.«

»Gut, nen Cheeseburger geht immer!«

Wie auf Knopfdruck erschien im selben Moment eine Frau mit strähnigen blonden Haaren und schmutziger Schürze, an der sie die Hände abwischte, bevor sie ein kleines elektronisches Gerät aus der Tasche zog und sie desinteressiert ansah.

»Was darfs'n sein?«

»Wir hätten gerne zwei Cheeseburger.«

»Und zwei Bier«, warf Ace ein und machte eine beschwichtigende Geste, als June ihm einen fragenden Blick zuwarf.

»Zwei Cheeseburger, zwei Bier. Welche Sorte?«

»Helles, äh, Gezapftes!«

Die Frau sah ihn über den Rand ihres kleinen Gerätes an, tippte etwas mit dem Finger ein und zuckte mit den Schultern. »Gut. Bringe ich euch.«

»Danke«, sagte June höflich, doch die Kellnerin war bereits wieder auf dem Rückweg zur Bar und sammelte unterwegs einige verwaiste Flaschen und Teller ein.

»Sehr hygienisch hier. Da bekommen wir bestimmt kein Heppertitties.«

»Hepatitis«, korrigierte Ace sie schmunzelnd und rieb über den Bauch. »Wenn wir uns den Magen verderben, kann Janika uns bestimmt zeigen, wie wir den entsprechenden Code aus uns programmieren.«

»Auf mich hat sie nicht gewirkt, als wäre dieser Ort für sie sehr einfach zu manipulieren oder gar zu verstehen«, hielt June dagegen und starrte die Maserung in der Tischplatte an, als könnte sie ihr ein paar Geheimnisse entlocken. »Denkst du«, sagte sie schleppend, »dass Janika sich verändert hat? Ich meine dreiundzwanzig Jahre … das ist wirklich viel, vor allem, wenn man sie alleine verbringt.«

»Ich weiß es nicht, sie war immer noch die Alte, zumindest hat sie so auf mich gewirkt. Aber dreiundzwanzig Jahre und dann die meiste Zeit im Code … das ging sicher nicht spurlos an ihr vorbei.«

»Sie schien irgendwie getrieben zu sein.«

»Natürlich, das war sie schon immer. Wenn sie der Meinung war, für etwas kämpfen zu müssen, konnte nichts und niemand sie aufhalten und das wird sich nicht geändert haben.« Ace schüttelte den Kopf und nickte dankbar, als die Kellnerin zurückkam und zwei halbe Liter Bier in milchigen Gläsern vor ihnen abstellte. »Für sie muss es gewesen sein, als hätte sie uns nach dreiundzwanzig Jahren das erste Mal wiedergesehen. Nun ja, es war sogar sicher so. Für uns ist nur ein Fingerschnippen vergangen.«

»Dafür hat sie aber sehr gefasst gewirkt«, dachte June laut nach und umfasste widerwillig den Griff ihres Bierglases. »Wir sollten das nicht trinken, da ist Alkohol drin.«

»Ja, das ist ja der Grund, dass wir es trinken.«

»Alkohol benebelt die Sinne und macht dich langsamer und anfälliger, Gefahren zu übersehen.«

»Ach, komm schon! Ein Glas macht dich im Gegenteil noch aufmerksamer. Erst danach wird es … lustig«, meinte Ace breit lächelnd und seufzend stieß sie mit ihm an und nahm einen Zug.

Es schmeckte scheußlich.

»Sie war sehr gefasst, findest du nicht?«, wiederholte sie und schob das Glas nach dem Abstellen etwas weiter von sich.

»Hm, schon, aber sie hatte doch auch dreiundzwanzig Jahre Zeit, um sich auf diesen Moment vorzubereiten.«

»Wenn es wirklich Janika ist.«

»Was?« Ace runzelte die Stirn und seine Augen verengten sich zu kleinen Schlitzen, als er sich näher zu ihr beugte. »Was redest du da?«

»Wir sind aufgewacht in einer vollkommen neuen Umgebung, auf einem anderen Planeten und uns gegenüber sitzt eine gealterte Janika. Woher sollen wir wissen, dass es sich nicht um eine dieser bösen künstlichen Intelligenzen oder ein Alien, das ihren Code übernommen hat, handelt?«

»Ich ... wir ... das ...« Ace starrte in sein Bier und fletschte die Zähne. »Kacke, Mann! Das können wir wirklich nicht wissen. Aber du hast schon recht. Vielleicht sollten wir sie einfach fragen.«

June legte den Kopf schief und sah ihn an, als hätte er den Verstand verloren.

»Na ja«, versuchte er sich zu rechtfertigen, »anhand ihrer Reaktion können wir ja vielleicht mehr herausfinden. Oder wir stellen ihr Fragen, die nur sie beantworten kann.«

»Zum Beispiel?«

Ace zögerte und warf die Hände in die Luft. »Ich denke mir was aus, lass mir wenigstens genug Zeit, das Bier auszutrinken.«

»Weil es ja aufmerksamer macht«, schnaubte sie und verdrehte die Augen, als die Kellnerin zurückkehrte und zwei unheimlich saftig aussehende Burger in Plastikschalen mit Fritten vor ihnen abstellte.

Dads Lieblingsessen, dachte sie, gleichzeitig traurig und erwartungsvoll.

Kapitel 17: June

»Schmeckt interessant«, befand June schmatzend und leckte Ketchup vom Daumen, nachdem sie den letzten Happen hinuntergeschlungen hatte.

»Interessant?« Ace verzog angewidert den Mund und warf die Hälfte seines verbliebenen Cheeseburgers achtlos in die Plastikschale zurück. »Widerlich! Das ist doch kein Fleisch!«

»Da stand doch auch Sojabratling. Und Sojasauce. Und Sojakäse. Ah, und Soja-Tomatenersatz.« June zuckte mit den Schultern und begann, auch ihre Fritten zu dezimieren.

»Würde mich nicht wundern, wenn auch das verdammte Bier nach Soja schmeckt.« Er nahm eine Fritte und hielt sie vor die Augen wie ein Juwelier einen Diamanten zur Begutachtung. »Ich könnte wetten, dass selbst die Dinger eine Sojanote haben. Bah.«

»Offenbar mögen die Programmierer dieser Welt Soja.«

»Pssst«, machte Ace und sah sich verstohlen um. »Wir sollten hier nicht so offen reden, wer weiß, ob solche Wörter irgendeinen Alarm im Code auslösen oder so.«

»Wenn das hier eine Art Testreservat ist ...«

»... oder ein VR-Museum für Aliens ...«

»... dann kriegen die doch eh alles mit, oder?«

»Ja, aber es werden mit Sicherheit nicht sämtliche Daten im Strom gleichzeitig interpretiert und aufbereitet. Das würde so viel Rechenleistung kosten, dass selbst leistungsfähige Quantencomputer an ihre Grenzen kommen, da bin ich sicher«, entgegnete Ace und warf mit einem letzten Seufzen auch die Fritte zurück in das Plastikkörbchen. »Wenn sich Qubits überhaupt für solche Rechenvorgänge eignen.«

»Keine Ahnung, was genau das hier ist, aber wir müssen uns ja unterhalten können. Hoffen wir, dass nicht jedes Bit oder Qubit oder was auch immer in Echtzeit überwacht werden kann, sondern wir zumindest etwas Zeitvorlauf haben.« June sah von seinem Essen zu ihm auf und zog sein Körbchen zu sich, um die verschmähte Burgerhälfte und die restlichen Fritten aufzuessen. Schmatzend fuhr sie fort: »Sonst können wir ja auch gleich aufgeben.«

»Was denkst du, sollten wir ...«

»Hey, Leute«, wurde Ace von einer hellen Männerstimme unterbrochen und sah ebenso überrascht auf wie June. Vor ihrem Tisch stand eine Gruppe aus zwei jungen Männern und zwei ebenso jungen Frauen, nur wenige Jahre älter als June. Ihre Frisuren reichten von lang und blau zu Gelbgrün leuchtend und zu Stacheln hochgegelt. Anders ihre Kleidung: Dunkle Hosen und ebenso dunkle Jacken, auf denen sich so etwas wie bewegliche Tattoos in leuchtendem Weiß ineinander wanden. »Können wir uns zu euch setzen? Gibt keine Plätze mehr und das da ist unser Stammtisch.«

»Nein«, sagte June, während Ace gleichzeitig »Klar« sagte. Sie warfen sich einen Blick zu und schließlich seufzte sie und setzte ein bemühtes Lächeln auf. »Klar.«

»Danke, das ist nett. Wir spendieren auch eine Runde!«, freute sich eine der Frauen und hielt ihnen nacheinander die Hand hin. »Ich bin Susie, das sind Becca, Tweety und Bird.«

»Bird wie der Vogel«, grinste der letzte Vorgestellte und deutete auf seine Haare, die tatsächlich wie ein Vogelnest aussahen.

»Ihr scheint ja gut drauf zu sein«, befand Ace und rückte etwas näher an June, um Platz auf der Bank zu schaffen.

»Wir kommen gerade vom Euphoria-Konzert«, schwärmte Becca und fasste sich schwelgerisch durch die gelben Locken. »Es war einfach fantastisch.«

»Sie ist und bleibt die Beste«, stimmte Bird ihr zu und winkte die Kellnerin herbei. »Da bleibt kein Auge trocken, das sage ich euch, aber das wisst ihr sicher.«

»Euphoria?«, fragte Ace, als June zugleich »Klar« sagte und sie sich wieder einen Blick zuwarfen, der vieles gleichzeitig zu meinen schien, ohne dass sie einander verstanden.

»Du kennst Euphoria nicht?«, fragte Susie und trällerte ein glockenhelles Lachen, das sowohl belustigt als auch ungläubig klang. »Der war wirklich gut, haha.«

»Ich höre keine Musik. Nur so, äh, Underground-Kram.«

»Underground-Kram?« Bird hob interessiert den Blick. »Was denn zum Beispiel?«

»Finnisches Zeug, Korpiklaani zum Beispiel«, warf June bedächtig ein und nickte, als Bird nachdenklich die Stirn runzelte und schließlich den Kopf schüttelte.

»Kenn' ich nicht.«

»Kennt kaum jemand. Humppa-Metal, das kennen nur Finnen.«

»Du bist Finnin?«, fragte Susie und klatschte so begeistert in die Hände, dass June erschrak.

»Ja, bin aber in Montana aufgewachsen. Ziemlich weit draußen.«

»Da war ich noch nie«, befand Bird.

»Nope, viel Schnee und Berge glaube ich, oder? Da laufen doch immer diese Wildlife-Dokus mit diesem britischen Opa, dessen Nachname klingt wie ein Tier«, stimmte Tweety ihm zu, dessen blaue Haarsträhnen ein Eigenleben zu haben schienen und sich wie Tentakel hin und her bewegten.

»Das hier ist eure Stammkneipe, ja?«, versuchte Ace das Thema wieder weg von ihnen und hin zu ihren neuen Tischgästen zu lenken.

»Ja, wir sind jeden Dienstag und jeden Donnerstag hier. Donnerstags ist immer Quiznacht, da bildet jeder Tisch ein Team und beantwortet Fragen. Das ist immer lustig und dienstags läuft Football.«

»Ah, ich liebe Football! Wenn ich ein gutes Tackle sehe, wird mir ganz warm ums Herz!«

Tweety und Bird sahen sich verwirrt an und lachten dann. »Haha, der war gut!«

Ace schien sich zu verschlucken und setzte ein scheinbar fröhliches Lächeln auf, bevor er ergeben die Hände hob.

»Diese Euphoria«, fragte June und beugte sich interessiert über den Tisch, während die Kellnerin vier neue Gläser Bier brachte und sie und Ace fragend ansah. Ace nickte, sie schüttelte den Kopf. »Was für Musik macht die?«

»Musik, die dich berührt!«, sprudelte es aus Susie.

»Musik, die deine Seele trifft!«, fügte Becca hinzu und übertönte Tweety und Bird, die ebenfalls etwas sagten, aber nicht laut genug waren.

»Aha«, machte June ratlos und sah Ace fragend an, der jedoch unwissend die Schultern hob.

»Ich kann es immer noch nicht fassen, dass ihr Euphoria noch nie gehört habt«, fuhr Becca fort und zog ein kleines Gerät aus der Tasche, das wie eine perfekt geschliffene Glasscheibe aussah. Sie berührte es und plötzlich erwachten Lichter auf dem Glas und machten es zu einem Display. »Da wollen wir doch mal sehen, hm, hier, das ist ein gutes Bild.« Sie drehte das Display und hielt es June vor die Augen. Auf dem Bild war eine Frau Ende dreißig mit schwarzen Locken zu sehen, die halb melancholisch, halb in Freude versunken mit einer Hand das Handgelenk des anderen Armes umfasst hielt und darauf hinabschaute. Sah der eine Arm noch ebenmäßig und schön aus wie ihr Gesicht, war der andere von Narben und hässlichen Wülsten übersät.

»Uh, was ist das? Ist sie krank?« June schluckte ihren Ekel, da sie es offenbar mit echten Fans zu tun hatte, und sah stattdessen den Gesichtsausdruck der Sängerin genauer an. Sie schien keineswegs betroffen oder gar schüchtern aufgrund ihrer Missbildung zu sein, sondern blickte eher liebevoll darauf wie eine Mutter auf ihr Baby, das sie im Arm hielt.

»Sie war in einem der ersten Ausbruchsgebiete des Bug-Fiebers«, erklärte Becca und schüttelte traurig den Kopf. »Sie hat es überlebt, was viele andere nicht geschafft haben, blieb aber schwer gezeichnet und hat ihre Imperfektion zu einem Aushängeschild gemacht, das vielen Millionen Betroffener Hoffnung gegeben hat. Heute werden wir nicht mehr als Missgeburten auf der Straße beschimpft, sondern mit Mitgefühl und Akzeptanz bedacht.« Sie zog den Kragen ihrer Kunstlederjacke zurück und entblößte ein Stück ihres Schlüsselbeins, wo die Haut aussah wie die eines Reptils. June musste sich zusammenreißen, um bei dem Anblick nicht zurückzuzucken.

»Ah, Bug-Fieber«, murmelte sie und tat, als würde sie genau wissen, was das ist. »Sie scheint ja wirklich einen guten Einfluss zu haben.«

»Ja, sie hat es zu etwas Normalem gemacht, seine Schatten und scheinbaren Makel vor sich herzutragen, und zu akzeptieren wie sich selbst, schließlich sind sie ein Teil von uns.«

»Königin der Insekten«, murmelte Ace gerade laut genug, dass June seine Worte verstehen konnte. Da sie aber keinen Schimmer hatte, was er damit sagen wollte, entschied sie sich, ihn zu ignorieren.

»Am besten erklärt man Euphoria, indem man sie vorspielt«, stellte Becca fest, die Aces Einwurf nicht gehört zu haben schien und tippte wieder auf ihrem Display. »Schaut her. Ich kann als Stammgast Liedwünsche an die DJ-Soft des Matruschka schicken und bin sicher, dass es in der Warteschlange ganz vorne landen wird. Seht und hört ihr, wie aufgeregt der Laden ist?«

»Jo«, machte Ace und June nickte, als Becca sich zum Schankraum drehte. Sämtliche Tische waren voll besetzt und die Gespräche mischten sich mit der dröhnenden Musik zu einem treibenden Soundtrack aus Ausgelassenheit und Emotionen. Es dauerte etwa eine Minute, dann setzte ohne Unterbrechung ein neues Lied ein, weg von dem Staccato der Elektromusik davor, hin zu einer gefühlvoll dahingleitenden Melodie. June musste sofort an Wasser denken, das geschmeidig und sanft einen Bergbach hinab floss und dabei mit der Zeit selbst dem schärfsten Fels die Kanten nahm. Schlagartig wurde es stiller in der Bar, Gespräche ebbten ab, Gelächter verstummte und es wurden keine Stühle oder Gläser mehr gerückt. Dann setzte der Gesang ein und eine klare Sopranstimme mischte sich in den vollkommen harmonischen Klang der Melodie. Sie erinnerte June vage an einen der Emma Shapplin Songs, den ihr Vater sie manchmal über Kopfhörer hatte hören lassen. Euphorias Stimme vermittelte eine tiefe Melancholie und gleichzeitig eine schwelgerische Sehnsucht, die sie instinktiv lächeln ließ. Sie wollte etwas sagen, loben, was sie hörte, doch noch lieber wollte sie keine Silbe unterbrechen und das Lied genießen, solange es dauerte.

Was ist dein Wunsch, was ist dein Wille?
   Wie weit kann er dich tragen, wie weit?
   Was ist der Welt Sehnen, das du ihr geben kannst?
   Was kannst du ihr geben, was?

Wenn Hoffnung noch auf Taten trifft,
   was kannst du erreichen, was?
   Wenn Hände noch einander greifen,
   was können sie erschaffen, was?

Wie auch du in die Welt schaust,
   so lächelt sie zurück.
   Wo auch du deinen Schmerz begräbst,
   da wächst ein kleines Glück.

Als die letzte Strophe verklungen war, setzten die Gespräche nach und nach wieder ein, blieben aber leiser und gesetzter als zuvor.

»Wow, das war wirklich ein …«

»… ein großartiges Erlebnis«, beendete June Aces Satz und holte tief Luft. »Ich habe selten etwas so Schönes gehört.«

»Ja, sie ist einfach ein Gesangswunder«, stimmte Becca ihr zu und nickte verträumt, bevor sie das Glas-Gerät verschwinden ließ und ihr Bierglas hob. »Auf Euphoria.«

»Euphoria«, riefen die anderen und ließen die Gläser klirrend gegeneinanderstoßen.

»Ich hoffe nur, dass dieser verfluchte Charles Cheney sie nicht doch noch unter Vertrag nehmen kann«, murrte Tweety düster und starrte mit verbittertem Ausdruck sein Bierglas an, als wollte er es Kraft seiner Gedanken zum Zersplittern bringen.

»Charles Cheney?«, fragte June neugierig, da der Name irgendetwas bei ihr klingeln ließ.

»Sag nicht, dass ihr den auch nicht kennt!«

»So ein Unternehmer«, sagte Ace.

»Montana«, meinte June entschuldigend.

»Dem gehört die halbe Medienlandschaft und außerdem die letzten Erdölfirmen des Planeten, plus achtzig Prozent aller Lithium- und Kobaltminen auf der Welt. Ein im wahrsten Sinne des Wortes dreckiger Typ, wenn ihr mich fragt.«

»Dazu ist er noch ein charismatischer Dreckskerl«, stimmte Bird seinem Freund zu und schob sich pantomimisch eine imaginäre Locke aus der Stirn. »Kann jedem den verquersten Scheiß erzählen und sie glauben es auch noch. Dummerweise hat er durch seinen Einfluss viel zu viel Sendezeit im Aug-TV.«

»Aug ...«, setzte June ein, doch Ace trat sie unter dem Tisch.

»Augmented TV«, sagte er bedächtig und nickte. »Da sieht man den Typen wirklich ständig.«

»Ja, und seit Monaten hält sich das Gerücht, dass er Euphoria ein Angebot unterbreiten könnte, das sie doch noch schwach werden lässt.« Tweety schob sein Bierglas fort und machte eine wischende Handbewegung über die nasse Tischplatte. »Das wäre eine Katastrophe! Sie ist das Sprachrohr von Millionen Menschen auf Grundsicherung, sozial Benachteiligten, Missgebildeten und Hoffnungsvollen. Ohne sie wäre dieses Pulverfass einer Gesellschaft schon längst hochgegangen, das könnt ihr mir glauben.«

»Allein ihre Spenden für technologischen Wandel im Sinne der Erderwärmung oder an die Feuerwehren in Kalifornien haben dafür gesorgt, dass unser verdammtes Land noch nicht abgefackelt ist!«, warf Susie ein. »Nee, nee, wenn sie das macht, hat sie keine Fans mehr, außerdem ist sie nicht käuflich.«

»Amen!«

»Aber Tweety macht sich Sorgen, dass Cheney es doch schaffen könnte«, hakte June nach und musterte den jungen Mann, in dessen Gesicht bei Erwähnung des Namens *Cheney* ein ganzes Gewitter aus Emotionen auftauchte.

»Klar, der wohnt doch quasi im Weißen Haus, hat die Gewerkschaften zurückgedrängt, dafür gesorgt, dass es kein Gesetz gegen fossile Brennstoffe durch den Senat geschafft hat, und die meisten Gouverneure in der Tasche. Gäbe es nicht so großen Druck aus der Bevölkerung, sähe unser Land heute ganz anders aus, nämlich wie eine Industriebrache mit saurem Regen und Cheney als Vizepräsident.« Tweety tat, als müsste er sich übergeben, und lehnte sich kopfschüttelnd zurück. Seine Finger tippten über die Tischplatte, als würde er Klavier spielen. »Alles tanzt nach seiner Pfeife in Politik und Entertainment und Euphoria wird entweder seinem Werben erliegen oder umgebracht, fürchte ich.«

June sah auf ihre Armbanduhr, nur um festzustellen, dass sie hier keine besaß, und stieß Ace in die Seite. »Wir müssen noch was einkaufen.«

»Oh ja, stimmt. Wir haben nichts mehr zu essen«, erwiderte er rasch, als hätte sie ihn aus einem Traum geweckt. »Sorry, Leute, wir müssen wirklich los. Hat uns sehr gefreut.«

»Wie schade«, meinte Becca und klang ernsthaft enttäuscht. »Hätte gern noch was über Montana oder Finnland gehört. Kommt doch wieder vorbei, wenn ihr noch nichts vorhabt! Euer Kram geht auf uns.«

»Oh, danke. Euphoria macht scheinbar großzügig.«

»Unter anderem.«

»Mal sehen, ob wir das nachher noch schaffen.« June schüttelte jedem kurz die Hand und nickte Susie und Becca dankend zu, als die von der Bank krochen und den Weg freigaben.

Als sie und Ace wieder vor der Tür standen, war der Verkehr etwas abgeklungen und die Gehwege leerer als zuvor. Junes Haut juckte im Gesicht leicht und sie musste sich zwingen, nicht ständig zu kratzen, denn das würde es nur viel schlimmer machen, wie sie von vielen Sommern mit zu vielen Mücken aus Montana wusste.

»Was sagst du?«

»Wozu?« Ace zog die Kapuze seiner Jacke über das Gesicht und half ihr, ihre aus dem Kragen zu fummeln.

»Dieser Cheney, wenn das nicht wie die böse KI klingt oder zumindest ein böses Alien.«

»Ach, das wäre etwas sehr offensichtlich, findest du nicht?« Er winkte ab und deutete auf die andere Straßenseite, wo ein kleiner Supermarkt leuchtete wie das gelobte Land von Milch und Honig. »Klingt für mich eher nach einem waschechten Menschen, wenn du mich fragst.«

»Du hast schon recht, dass wir keine voreiligen Schlüsse ziehen sollten, aber ich bin sicher, dass die Aliens in dieser Welt maßgeblich ihre Finger im Spiel haben. Warum sonst sollten sie einen Abschnitt dieser Metawelt durch das Wurmloch stehlen und bei sich neu starten?«

»Hm, vielleicht aus Spaß, vielleicht als wissenschaftliches Projekt, in das man eben nicht eingreift, ich weiß es nicht.« Ace hielt sie zurück, als von links ein Auto vorbeirauschte und sie beinahe mit Spritzwasser eindeckte. Erst als es vorüber war, liefen sie hastig über den löchrigen Asphalt.

»Wenn es wirklich mehrere Fraktionen gibt«, rief June über das Rauschen eines weiteren Fahrzeugs hinweg, »die sich für Menschen interessieren, dann werden sie diesen Ort hier sicherlich im Fokus ihrer Handlungen und Ränkespiele haben.«

»Tja, selbst wenn es so wäre, was sollte das für uns bedeuten? Dass wir diesem Charles Cheney einen Besuch abstatten sollten?« Ace schnaubte und hielt ihr die Tür zum Supermarkt auf, nachdem sie einen Schwall Menschen herausgelassen hatten. »Ich glaube nicht, dass das ganz einfach wird.«

»Nichts ist einfach auf der Welt. Auch nicht in dieser, wenn sie angeblich so realistisch ist.« June dachte an ihre Zeit in Montana und wie sie das Leben damals als so schwierig und gleichzeitig sehr leicht empfunden hatte. Es hatte kaum etwas zu tun gegeben, außer zu überleben und sich nicht entdecken zu lassen – von den Anderen.

Die Anderen, dachte sie und fragte sich, ob es damals nicht besser gewesen war, als sie noch nicht gewusst hatte, wer oder was damit gemeint war. Heute wusste sie, dass ihr Vater sowohl Außerirdische als auch die von ihnen kontrollierten Menschen gemeint hatte. Aber nach allem, was sie bisher erlebt und gehört hatte, handelte es sich gar nicht so sehr um direkte Kontrolle, sondern eher um indirekte. Die Aliens hatten den Menschen einfach etwas gegeben, was die unbedingt haben wollten und dafür gesorgt, dass sie sich selbst versklaven und abschaffen. Blieb noch immer die Frage, weshalb sie nicht einfach ein perfektes Virus geschickt hatten. Um diesen Punkt kam sie in Gedanken einfach nicht herum. Selbst wenn es zu lange dauern würde, einen entsprechenden Erreger auf die lange Reise zu schicken, der nur Menschen tötet und die Natur gesund lässt, hätten sie mit dem Implantat doch eine Lösung gehabt: Menschen bauen das Virus nach einer aufgetauchten Vorlage und löschen sich aus. Wieso also die ganze Mühe mit einer virtuellen Realität, in die man die Bewusstseine der lästigen Erdbewohner abschob? Kein Lebewesen im Tierreich tat mehr, als es musste, keines ging freiwillig Umwege, keines entschied sich jemals gegen den Weg des geringsten Widerstands.

Nicht einmal anscheinend hochentwickeltes intelligentes Leben wie die Menschen tat das, außer in sehr seltenen Ausnahmefällen. Das Vorgehen der Anderen musste also einen Vorteil mit sich bringen, den sie jetzt noch nicht sah. Vielleicht würde sie ihn auch niemals sehen oder verstehen können, weil diese Außerirdischen vollkommen anders dachten und ihre Umwelt vollkommen anders betrachteten und analysierten als sie.

»… darum sollten wir erst einmal mit Janika sprechen, bevor wir irgendetwas unternehmen oder auch nur planen zu tun«, hörte sie Ace gerade sagen und entnahm seiner Stimme, dass er schon eine Weile gesprochen haben musste, während sie die Regale entlanggingen. Im Hintergrund trällerte ein penetranter Werbejingle seine Botschaft in ihre Ohren.

»Ja, das sollten wir«, stimmte sie ihm zu und nahm eine Packung Cerealien aus dem Regal rechts von ihr. »Das sollten wir gleich machen, denn ich habe so ein Gefühl, dass uns dieser Ort nicht besonders viel Zeit lassen wird, die richtigen Entscheidungen zu treffen.«

»Und noch weniger Zeit, die richtigen Aktionen abzuleiten und umzusetzen.«

»Ja. Wenn es dreiundzwanzig Jahre keine Teilnehmer an dieser Simulation gegeben hat, die irgendwelche Fragen gestellt haben oder sich bewusst waren, dass sie nicht sie sind, wird es schnell auffallen, wenn jemand die falschen Steine umdreht.«

»Aye«, sagte Ace. »Beeilen wir uns mit dem Einkauf und gehen zurück zu Janika. Sie wird sich in der ganzen Zeit genügend Gedanken gemacht haben. Wenn schon nicht zu den wichtigsten Spielern dieser Welt, dann sicherlich zur

Beschaffenheit der Simulation, die uns vielleicht weitere Hinweise liefern könnte, wo wir zu suchen haben.«

Sie kauften, was sie brauchten und gingen am Ende aus dem Laden, nachdem sie sich unbeholfen am Ausgang herumgedrückt und getan hatten, als sähen sie noch einmal ihren Einkauf durch. Offenbar gab es ein automatisches Scansystem, das genau wusste, mit welchen Artikeln man den Laden verließ, und diesen Betrag ebenso automatisch von der Kreditkarte abbuchte.

Kapitel 18: June

»Ihr habt mit Fremden in einer Bar geredet?«, fragte Janika verdutzt. »Ihr solltet doch den Ball flachhalten, um nicht aufzufallen.«

»Wir sind nicht aufgefallen, höchstens als ein klein wenig weltfremd, aber ich denke, dass wir uns ziemlich gut geschlagen haben«, fand June und sah zu Ace, der bestätigend nickte.

»Jo.«

»Also gut.« Janika sah unruhig zu ihrem Datenhelm, den sie widerwillig neben ihrem Sessel auf einen kleinen Beistelltisch gelegt hatte und faltete die in Handschuhen steckenden Hände auf dem Schoß, als wollte sie sich zur Ruhe zwingen. »Was habt ihr aufgedeckt, dass ihr meine Hilfe braucht?«

»Wir haben mehr über diesen Charles Cheney herausgefunden, der in manchen Augen für so ziemlich alles verantwortlich sein soll, das schlecht auf der Welt ist«, erklärte Ace. »Da haben wir uns gefragt, ob es nicht ein wenig zu offensichtlich wäre, wenn er die Killer-KI oder zumindest *eine* Killer-KI sein sollte oder ein Alien-Admin.«

»So dürft ihr nicht denken. Denkt immer daran, dass es in dieser Welt kein *Offensichtlich* gibt, weil die Hosts die einzigen sind, die wissen, um was es sich bei der Simulation handelt – zumindest glauben sie das. Jedes menschliche Bewusstsein hier drin glaubt, sich in seiner ganz normalen Realität zu befinden. Wieso sollte irgendjemand glauben, dass es sich bei Cheney um eine KI oder ein Alien handeln könnte? Abgesehen vielleicht von einigen Verschwörungstheoretikern und anderen Spinnern, aber die glauben auch, dass die Regierung aus Reptilien besteht und Nazis die dunkle Seite des Mondes bewohnen.« Janika winkte ab und rieb ihre dunklen Augenringe. »Es gibt keinen Grund für die Hosts, sich zu verstecken.«

»Aber sie zeigen sich auch nicht eklatant«, sagte June.

»Nein, auch das tun sie nicht, ich habe eine ganz andere Theorie, aber ursprünglich wollte ich sie euch nicht in den Kopf setzen, damit ihr frei eure eigenen Schlüsse ziehen könnt. Das halte ich für eine gute und wichtige Überprüfung meiner Gedankengänge. Nur so viel: Am Anfang dieser Welt, kurz nach dem Reset auf dieser Seite des Wurmlochs, gab es heftige Verwerfungen im Code. Immer wieder wurden ganze Sequenzen entfernt, die in der Simulation als Naturkatastrophen und Anschläge getarnt wurden.«

»Streit zwischen Host-Fraktionen?«, fragte Ace.

»Möglicherweise. Wenn wir wie bisher davon ausgehen, dass es mindestens zwei Fraktionen unter den Aliens gibt, von denen eine uns helfen wollte, indem sie eine gutartige KI durch das Wurmloch schickt, würde dieser Gedanke Sinn machen«, stimmte Janika ihm zu und unterdrückte ein Gähnen. »Es kann aber auch mehr als zwei Fraktionen geben. Zu glauben, dass alle Aliens eine homogene Spezies mit gleichförmigen Ansichten sind, wäre naiv, so viel steht fest. Menschen sind auch eine Spezies und gleichzeitig so unterschiedlich in ihren moralisch-kulturellen Ansichten, wie man sich nur vorstellen kann. Es könnte sich also auch um fünf, zehn oder zwanzig Fraktionen handeln. Wichtig ist, dass wir möglichst schnell herausfinden, wer zu wem gehört und das geht nicht im Code.«

»Wieso nicht?«, wollte June wissen.

»Weil sämtliche Teilnehmer der Simulation aus demselben Code geformt sind, der denselben Regeln unterliegt. Es gibt keine Schwarzen Samurai mit Sonderrechten oder Admins mit besonderem Zugriffsrecht. Nicht mehr seit den Konflikten der ersten Monate. Falls es KIs und Aliens in dieser Welt gibt, dann müssen sie leben und sterben wie jeder andere auch – solange sie in dem hiesigen Code mitmischen zumindest.«

»Vielleicht war genau das eine Art Vertrag zwischen den Fraktionen, mit dem sie einen Waffenstillstand ausgehandelt haben?«, schlug Ace vor und riss knisternd eine Tüte »Kartoffelchips« auf, bevor er sich über deren Inhalt hermachte wie halb verhungert.

»Alles ist möglich. Ich habe noch eine Ersatzdatenbrille in meinem Schlafzimmer. Die könnt ihr nehmen, um Informationen zusammenzutragen und euch mit dieser Welt vertraut zu machen, damit ihr nicht in irgendwelche Fettnäpfchen tretet, wenn ihr draußen unterwegs seid.« Damit beugte sich Janika zur Seite und nahm ihren Datenhelm wieder auf, den sie aufsetzte und zurechtrückte. »Ich muss mich weiter um meine Projekte kümmern.«

»Die Backdoor.«

»Das auch, ja. Wenn es etwas Wichtiges gibt, dann meldet euch.«

»Gut«, seufzte Ace und hielt June die Chipstüte hin. »Sind aus Soja.«

»Danke, nein. Wir sollten uns an die Arbeit machen. Du

kannst ja diesen Helm nehmen, ich passe«, sagte June und winkte ab.

»Ich kann sehen, ob ich dir das, was ich bemerke oder finde, auf irgendein Display werfen kann. Vielleicht diesen Fernseher da.« Er deutete auf den Flachbildschirm hinter Janika, dessen Display mehrere Sprünge aufwies.

Ihre Recherche dauerte etwa zwei Stunden und war wesentlich Aces Recherche, da June nichts anderes tat, als ihm zuzusehen, während sie vereinzelte Bilder und Ausschnitte von Nachrichtenartikeln sichtete, die er ihr auf den Fernseher warf. Wie sich herausstellte, war Charles Cheney als Sohn eines Immobilienmilliardärs aufgewachsen und hatte bereits mit zwanzig über zweihundert Millionen Dollar von seinem Vater erhalten, die er teilweise in alles investierte, was Geld abwarf – ohne auf Umwelt, Arbeitsbedingungen und lokale wie geopolitische Konflikte zu achten. Zu seinem Portfolio gehörten nach wenigen Jahren bereits Anteile an Kobaltminen im Kongo, in denen Kinder mit Vergiftungserscheinungen arbeiten mussten und regelmäßig aufgrund fehlender Arbeitssicherheit zu Tode kamen. Hinzu kam der Aufkauf chilenischer Lithiumproduktionsfirmen, die binnen weniger als zehn Jahren das gesamte Grundwasser einer ganzen Region aufgebraucht hatten, um die wertvollen Salze auszuwaschen. Als wäre das noch nicht genug, lieferte der Waffenhersteller Defense Global, an dem er sechzig Prozent der Aktien hielt, Kriegsgerät in mehrere Krisenregionen wie den Jemen, Syrien, den Sudan und Kaschmir. Charles Cheney veränderte die Welt nicht zum Besseren, so viel stand fest, sondern zu seinem Profit. Den nutzte er größtenteils, um auch im Entertainmentbereich mitzumischen, indem er sich vor etwa fünf Jahren mit einem eigenen Produktionsstudio in Hollywood, das viele für einen ernsten zukünftigen Konkurrenten von Disney hielten, einen Namen gemacht hatte. Anders als der Mäusekonzern produzierte er jedoch weniger fröhliche und bunte Filme und Serien, sondern eine Menge Dramen, Action und Horror. Wenn es irgendjemanden in dieser simulierten Welt gab, der sie zum Schlechteren verändern wollte, war es ganz sicher Charles Cheney, so viel stand fest – und das äußerte sich auch in öffentlichem Protest: Es gab Organisationen, die Aktivisten gegen seine Machenschaften mobilisierten, und die öffentliche Meinung über ihn war abgrundtief schlecht – zumindest bei etwa siebzig Prozent der Bevölkerung, wenn man neueren Umfrageergebnissen glauben konnte. Die anderen dreißig Prozent schienen im Gegenteil glühende Anhänger zu sein, die ihm sogar das Präsidentenamt zutrauten. Und dann gab es da noch extremere Meinungen im Cyberweb, nämlich die, dass Cheney heimlich die Regierung der USA und einiger anderer Länder in der Tasche hätte. Korruption, Vorteilsnahme, Erpressung – die Liste mit Vorwürfen war lang und keiner der Punkte überraschte June sonderlich, wenn sie sich den Werdegang von Cheney ansah. Nach knapp einer Stunde, als ihr die Augen vom Starren auf den Fernseher wehtaten, hatte sie keinen Zweifel mehr, dass es sich bei dem Unternehmer um ein Alien handeln musste, ob in Form einer programmierten KI oder eines tatsächlich aktiven fremden Bewusstseins, das die Menschen in der Simulation manipulierte.

Und sie war sicher, dass es noch ein weiteres Alien oder eine KI gab, die versuchte, dem entgegenzuwirken: In den letzten sechsunddreißig Monaten waren die Aktienkurse von allen Unternehmen, an denen Cheney eine Mehrheit hielt, um durchschnittlich vierzehn Prozent gefallen. Das lag laut mehreren Analyseberichten an einigen Dutzend Anschlägen auf die betreffenden Firmen in den gesamten Vereinigten Staaten. Es gab Bombenanschläge, Entführungen von Managementpersonal, bewaffnete Überfälle und Drohungen. Pipelines wurden sabotiert, Minen geflutet, Firmengebäude nachts angegriffen und ganze Umspannwerke, die für einzelne Firmenkomplexe Strom lieferten, in die Luft gejagt.

Hinter all diesen Aktionen stand der meistgesuchte Terrorist der Welt: *Geronimous*. Für die einen war er ein heimlicher Volksheld, ein Robin Hood, der nur die vermeintlich Bösen sabotierte, für andere ein gefährliches zersetzendes Element der Gesellschaft. Am interessantesten an allen Artikeln und Foreneinträgen über ihn waren allerdings mehrere Theorien, dass er es nicht bloß auf Cheneys Unternehmen abgesehen hatte, sondern auch auf den Unternehmer selbst. In vielen Städten wurden Graffitis und Plakate gesichtet, auf denen das Bild Geronimous'als Maske, die an die Guy-Fawkes-Maske der früheren Anonymous-Bewegung erinnerte, über dem Schriftzug »Cheney« mit einer Pistole zu sehen war.

Etwas braute sich zusammen in einem Konflikt, der nicht bloß zwischen arm und reich – immerhin wurde Geronimous als moderner Robin Hood gefeiert – stattfand, sondern offenbar vor allem zwischen dem Terroristen und Cheney. Die Auseinandersetzung schien auf einen Höhepunkt zuzusteuern, der sehr nahe war und June keinen Zweifel ließ, dass Janika den Zeitpunkt ihrer Wiedererweckung aufgrund dessen genau jetzt gewählt hatte. Etwas war im Busch, das konnte June ganz genau spüren.

»Geronimous«, sagte sie laut und wiederholte es, bis Ace reagierte und sich den Helm vom Kopf zog. Seine Augen wirkten glasig und müde.

»Hm?«

»Geronimous. Das ist unsere gutwillige KI von der anderen Alienfraktion!«

»Das können wir nicht mit Sicherheit wissen«, gab er zu bedenken und rieb mit seinen großen Händen über das Gesicht. »Aber ich verstehe deinen Gedankengang. Es sieht ganz so aus, als würden sich zwei Fraktionen in Gestalt von zwei Personen einen Stellvertreterkrieg in dieser Globule – in dieser Welt – liefern.«

»Getarnt als ganz normale Elemente einer ganz durchschnittlich verrückten Welt, wie sie es auch vorher schon war, wenn ich meinen Geschichtsbüchern Glauben schenken darf«, fügte June hinzu und nickte düster. »Geronimous ist unser Mann, da bin ich sicher.«

»Was Janika gesagt hat, macht schon Sinn: Für die Aliens gibt es keinen Grund, sich hier unauffällig zu verhalten. Sie können innerhalb der Grenzen und Regeln der Realität Einfluss nehmen und so handeln, wie sie es für richtig empfinden, weil ohnehin niemand auf die Idee kommt, wer wirklich die Fäden in der Hand hält.«

»Wenn es keinen direkten Einfluss auf den Code gibt, müssen sie mit den Waffen der Wirklichkeit arbeiten und das bedeutet seit dem Aufstieg der Menschheit: Geld, Macht, Meinungsmache, Inspiration und Motivation. Das scheinen dieses Hosts offenbar schnell begriffen zu haben.«

»Jo, wir sind offensichtlich nicht besonders schwer zu durchschauen.«

»Ich gehe zurück ins Matruschka zu Becca und so«, erklärte June plötzlich und stand mit knackenden Gelenken auf. Wie konnte jemand nur so lange freiwillig sitzen und auf Bildschirme oder gar in einen Datenhelm starren?

»Was? Wieso?«

»Ich bin doch vollkommen nutzlos hier! Diese ganze Recherchearbeit im Cyberweb behindert dich doch nur, wenn du mir ständig Ausschnitte zusammenschneiden und auf den Fernseher schicken musst. Wenn ich dich richtig verstanden habe, funktioniert die Ansicht mit dem Datenhelm dreidimensional und deutlich schneller, ich will dich nicht aufhalten.«

»Aber du solltest nicht alleine gehen, das gefällt mir nicht«, wandte Ace ein.

»Ich habe gelernt, auf mich aufzupassen, und war lange genug allein, danke«, erwiderte sie etwas zu brüsk und seufzte. »Ich glaube einfach, dass ich im direkten Gespräch ein paar mehr Details und Nuancen heraushören kann, verstehst du?«

»Die Meinung der Straße, huh?«

»Straßen haben keine Meinung.«

Ace verdrehte die Augen und schnaubte resigniert. »Ist gut. Aber bleib nicht zu lange, ich will nicht wie ein besorgter Bruder in den Laden laufen und nach dir fragen müssen.«

Zurück im Matruschka klopfte June die Regentropfen von der Jacke und stellte erneut fest, dass ihr Gesicht unangenehm juckte und mittlerweile auch ein wenig brannte. Sie ignorierte das unangenehme Gefühl und schob sich durch die dichter gewordene Masse an Besuchern zur Sitznische in der hinteren Ecke, wo tatsächlich immer noch Tweety, Bird, Becca und Susie mit frisch gefüllten Biergläsern saßen und gestenreich diskutierten.

Als June an den Tisch trat und grüßend eine Hand hob, wandten sich deren Blicke ihr zu und sie erfasste freudige Gesichter.

»Hey, da bist du ja wieder!«, freute sich Bird und Becca rutschte weiter zu Susie, um Platz auf der Bank zu machen.

»Wo ist dein großer Bruder?«, wollte Susie wissen und winkte die Kellnerin herbei, nur um dann auf eines der Biergläser zu zeigen und einen Finger zu heben.

»Mein großer Bruder? Ace? Er ist nicht mein Bruder, er ist zu Hause geblieben und äh, spielt.«

»Was zockt er denn?«, fragte Tweety interessiert.

»Keine Ahnung, ich kann mit dem Zeug nichts anfangen.« June zuckte mit den Schultern. Dann hob sie eine Hand und lächelte. »Ich bin übrigens June, ich glaube, ich habe mich eben gar nicht vorgestellt.«

»Hi June«, begrüßten die anderen sie fröhlich und der Geruch nach Alkohol brachte June beinahe zum Würgen.

»Schön, dass du wieder da bist«, fand Bird heiter und grinste über beide rosige Wangen. »Was haste denn gemacht so lange?«

»Ach, ich habe Nachrichten gelesen.« Sie winkte ab, als sei es das Normalste auf der Welt.

»Pah, dieses Geronimous-Gebashe geht mir auf den Zeiger. Lese schon lange keine Nachrichten mehr.«

»Geronimous kam darin vor, ja.« Sie entschied sich für

ein kleines Wagnis und hoffte, dass sie den sozialen Status und die bisherigen Erzählungen der Gruppe von Euphoria nicht fehlinterpretiert hatte. »Guter Mann. Ich hasse es, wie sie ihn in den Medien dauernd fertig machen.«

»Echt!«, stimmte Becca ein und machte ein Gesicht, als hätte sie auf etwas Saures gebissen. »Die verdammte Presse druckt nur Meinungsmache!«

»Ohne Geronimous würde Cheney doch schon der ganze Kontinent gehören. Ihm und den anderen Schweinen, die unseren Planeten und seine Bewohner ausbeuten.« Tweety zog die Stirn in Falten, bis seine Augenbrauen sich über der Nase berührten. »Wenn du mich fragst, ich hoffe, dass er den Kerl in die Luft jagt, und zwar so schnell wie möglich.«

»Bisschen extrem, oder?«, fragte June vorsichtig.

»Extrem?« Tweety schnaubte verächtlich. »Allein wegen dieses Instant-Reuphosats von Ferck – das immerhin auf sein Betreiben entwickelt wurde – gibt es seit einigen Jahren keine verdammten Insekten mehr und ein Großteil der klassischen Landwirtschaft ist zusammengebrochen. Das Zeug hat alles gekillt, was Beine oder Fühler hat!«

»Außerdem hat er in der illegalen Tacoma-Pipeline Öl aus dem Polarmeer durch Kanada geschleust, trotz entsprechender Verbote. Hätte Geronimous die nicht in die Luft gejagt, wäre es gar nicht an die Öffentlichkeit gekommen und die Trans-Continental Oil Company nicht vom Kongress zerschlagen worden«, fügte Becca hinzu.

»Würden die ganzen Bonzen in D.C. nicht meterweit in seinem Arsch stecken und sich mit seinem Geld Luft zufächern, säße er jetzt schon im Knast«, brummte Susie. »Geronimous ist die einzige Lösung, um ihn noch loszuwerden. Wenn er ihn nicht umbringt, setzt dem Kerl keiner Grenzen.«

Wenn Geronimous nicht die KI unserer Verbündeten ist, weiß ich auch nicht, dachte June und nickte immer wieder zustimmend, da es die anderen zum Weiterreden zu animieren schien.

»Wer ist das in Wirklichkeit? Ich meine, man hört ja nie was über ihn.« Ein weiteres Wagnis, aber ohne Risiko gab es nichts zu gewinnen.

»In den Medien?« Susie winkte ab. »Natürlich nicht, die wissen ja auch nichts. Aber wir von der Straße wissen Bescheid!«

»Echt?«, fragte June und beugte sich verschwörerisch vor. »Ein Held mit einer Geschichte?«

»Kann man wohl sagen«, grinste die junge Frau mit nicht wenig Stolz in der Stimme. »Man hört, dass er drüben in Redmond aufgewachsen ist, mitten in einer *Bug Containment Zone,* als Sohn einer Ärztin, die selbst betroffen war und beim Versuch, ins Medikamentendepot des Seuchenschutzes der Regierung einzudringen, um zu beweisen, dass sie Mittel zurückhielten, erschossen wurde. Am Ende stellte sich heraus, dass sie recht gehabt hatte.«

»Geronimous soll es der Regierung nie verziehen haben, aber er verübt trotzdem keine Anschläge auf demokratisch zusammengesetzte Organe, weil er an die Demokratie glaubt«, merkte Bird über sein Bierglas hinweg an. »Der Kapitalismus ist es, den er hasst.«

»Nein, die Umweltverschmutzung«, korrigierte Becca ihn kopfschüttelnd. »Das weiß doch jeder.«

»Und was ist dann passiert?«, wollte June wissen, bevor sie sich noch stritten.

»Dazwischen ist eine Menge Zeit grau, angeblich ist er durch die USA gereist und hat Bug-Infizierten im ganzen Land geholfen, ohne auch nur einen Pfennig dafür zu nehmen.«

»Er wurde zum Arzt ausgebildet, heißt es«, sagte Tweety.

»Nein, zum Sanitäter bei der Armee.«

»Er war doch Sprengstoffexperte«, brummte Bird.

»Jedenfalls«, wischte Becca die Zwischenrufe ungehalten beiseite, »wurde er ganz sicher von Relentless unter Vertrag genommen. Wahrscheinlich sogar ausgebildet, wenn ihr mich fragt.«

»Relentless, ja«, stimmte Bird ihr nickend zu. »Da hat er auf jeden Fall eine Menge Zeit verbracht. In Afghanistan und in Syrien, wie man so hört. Da hat er kämpfen gelernt.«

»Relentless?«, fragte June ratlos. »Was ist das?«

»Kennst du nicht? Komm, davon musst du sogar in Montana gehört haben«, meinte Becca überrascht. »Das ist ein Söldnerkonzern, der größte der Welt, glaube ich. Nachdem vor ein paar Jahren herausgekommen war, dass Geronimous dort gekämpft hatte, hat die Regierung gegen Relentless geklagt – sicher auf Bestreben von Cheney. Aber Relentless hat das Verfahren gewonnen und durfte weiter existieren unter der Voraussetzung, dass sie sämtliche Daten über ihn an den Supreme Court herausgaben. Das haben sie getan und seither lässt man sie in Frieden. Immerhin stellen sie mit zweihunderttausend Männern und Frauen unter Waffen die größte Privatarmee der Welt, mit denen will sich keiner wirklich anlegen.«

»Geronimous, ein Söldner?«

»Aye, man munkelt auf der Straße, dass sich noch immer ein Großteil von Geronimous' Freiheitskämpfern aus den Reihen des Konzerns rekrutieren. Angeblich ist die Firmenleitung noch immer eng mit ihm und der Sache verbunden, auch wenn sie das natürlich kontinuierlich abstreitet. Diese Spekulationen sind nochmal hochgekocht, als Relentless den Hauptsitz der Firma hierher nach Seattle verlegt hat, in seinen Geburtsort«, fuhr Becca fort und die anderen nickten zustimmend. »Hätte nie gedacht, dass ich mal Fan eines Söldnerladens werde.« Sie zog ihren Ärmel hoch und legte ein Tattoo in Frakturschrift frei: »Relentless«.

»Trägt fast jeder in diesem Viertel. Wenn es hart auf hart kommt, stehen wir alle zu Geronimous. Und damit zu Relentless«, sagte Tweety grimmig, als stünde ein Kampf unmittelbar bevor.

»Ihr glaubt, dass Cheney sich mit Euphoria treffen will, um sie unter Vertrag zu nehmen«, erinnerte sich June und tippte mit einem Zeigefinger auf die Tischplatte. »Hier in Seattle?«

»Ja genau. Macht er in jeder Stadt.«

»Und Relentless hat hier sein Hauptquartier. Für wie wahrscheinlich haltet ihr es, dass Geronimous in Seattle mit dem Versuch zuschlägt, Cheney umzubringen?«

»Könnte schon sein. Wenn er alles auf eine Karte setzt, hat er hier die meiste Unterstützung«, sagte Tweety nachdenklich und tauschte einen Blick mit Becca, die nickte.

»Denkt ihr, die rekrutieren noch?«, fragte June.

»Geronimous?«

»Nein, Relentless.«

»Puh, keine Ahnung.« Tweety kratzte sich am Kopf und

brachte die bunt umherwallenden Haare durcheinander. »Kommt vermutlich darauf an, was Bewerber so auf dem Kasten haben.«

»Eine ganze Menge«, murmelte June in Gedanken versunken. »Eine ganze Menge.«

Kapitel 19: June

»Du willst *was* tun?«, fragte Janika verwirrt. Ihre Stirn und ihr rasierter Kopf waren von Schweißperlen bedeckt und der Helm in ihrem Schoß sah nicht gerade einladend aus.

»Ich will mich bei Relentless bewerben.«

»Das ist eine Söldnerfirma mit dem Ruf, Terroristen nahezustehen!«, schimpfte Ace und tippte auf ein kleines Terminal in seiner Hand, als sei das der Beweis, dass June den Verstand verloren habe.

»Ja, deswegen muss ich da auch hin. Ich habe erfahren, dass Geronimous vielversprechende Mitarbeiter von Relentless für seine Reihen rekrutiert.« Sie hob die Hände, als müssten die beiden das verstehen. »Also ist das der beste Weg, mit der guten KI in Kontakt zu kommen.«

»Vorausgesetzt, dass es sich bei Geronimous wirklich um diese *gute* KI handelt«, gab Janika zu bedenken. »Es scheint mir ein zu großes Risiko zu sein, June. Eine Söldnerfirma ist kein Sportverein, besonders diese nicht. Relentless ist in jedem bekannten Krisenherd des Planeten aktiv und vermutlich auch im Großteil der öffentlich noch unbekannten. Sie halten sich nur bedingt an staatliche Regeln und Gesetze und mischen überall mit, wo es Profit zu holen gibt. Dass Geronimous mit ihnen unter einer Decke steckt, spricht nicht gerade für die Terroristen.«

»Habt ihr eine bessere Idee, wer die Guten sein könnten? Unsere Verbündeten?«, fragte June und sah Janika herausfordernd an. »Hm? Irgendwas?« Sie sah zu Ace, der ihrem Blick zähneknirschend auswich. »Ich bin eine Niete in Computerzeugs, aber ich kann mit Waffen umgehen, mich in der Wildnis durchschlagen und unter Druck die richtigen Entscheidungen treffen – genau die Art Frau, die Relentless braucht, da bin ich überzeugt. Und Geronimous scheint sich dem Kampf gegen diesen Cheney-Kerl verschrieben zu haben, was für mich ein klares Indiz ist, dass es sich um zwei konkurrierende Kräfte in dieser Welt handelt. Da ausschließlich die Aliens wissen, dass dies eine virtuelle Simulation ist, gibt es keine besseren Anhaltspunkte oder?«

Janika wollte etwas erwidern, doch June ließ sie nicht zu Wort kommen. Nicht, bevor sie sich nicht durchgesetzt hatte, denn sie wollte auf keinen Fall nutzlos am Rand stehen, während sie und Ace die ganze Arbeit in diesem Cyberweb erledigten. Es gab nichts Schlimmeres, als nutzlos zu sein.

»Nein, gibt es nicht, zumindest für mich nicht. Außerdem hast du selbst gesagt, dass wir an einem Punkt sind, wo sich alles zuspitzt und wir rasch handeln müssen.« June klatschte sich auf die Oberschenkel. »Das bin ich, bereit zu handeln.«

»Du hast doch nicht einmal einen Lebenslauf oder eine Hintergrundgeschichte«, gab Janika zu bedenken und schürzte widerwillig die Lippen.

»Wir sagen einfach, ich wäre einundzwanzig und hätte gerade eine Spezialsoldatenausbildung in Finnland beendet, wäre aber in die USA gezogen, um nicht in Skandinavien zu versauern und ein bisschen echte Action zu sehen.«

»Das heißt Spezialkräfteausbildung«, seufzte Ace. »Ich halte das immer noch für keine gute Idee, ehrlich nicht.«

»Die *erikoisjääkärikomppania*, Englisch *Special Jaeger Company* ist ein kleiner, verschworener Elitehaufen«, sagte Janika. »Da quittiert man nicht so einfach den Dienst.«

»Dann bin ich eben rausgeflogen wegen zu krasser politischer Ansichten, die zufällig denen von Geronimous nahekommen – wohl kaum etwas, was in den Reihen der Armee geduldet wird«, schlug June vor. »Du bist doch eine Code-Zauberin und kannst mir ganz gewiss entsprechende Akteneinträge und einen Lebenslauf anfertigen, die einer einfachen Überprüfung standhalten.«

»Nun, Relentless prüft zweifelsfrei nicht allzu genau, schließlich brauchen sie immer Rekruten, vor allem für ihre Spezialkräfte, die recht dünn gesät sind.«

»Boah, jetzt unterstützt du sie auch noch«, murrte Ace und schüttelte schnaubend den Kopf.

»Sie hat schon recht, Ace. Wenn dieser Weg uns Antworten bringt, ist sie vermutlich die Einzige, die sie herausfinden kann«, erklärte Janika, klang allerdings nicht, als würde es ihr sonderlich gefallen – eher, als müsste sie eine harte Realität akzeptieren. »Ich sehe, was ich auf die Schnelle machen kann und setze schon einmal eine Bewerbung ab. In der Küche liegt noch ein unbenutztes Handterminal, das Ace dir einrichten wird.«

»Nein, werde ich nicht!«

»Wenn er es dir eingerichtet hat, können sie dich ...«

»Ich richte es ihr nicht ein! Das ist gefährlich! Wenn sie draufgeht, ist sie in diesem verfluchten Zwischenspeicher und ...«

»Nachdem er es dir also eingerichtet hat«, beharrte Janika und warf Ace einen strengen Blick zu, bis er knurrend in sich zusammenfiel, »trägst du es bei dir, damit sie dich anrufen können.«

»Scheiße, ich richte es dir ein.« Ace stand auf und schlurfte vor sich hinfluchend Richtung Küche. Janika und June schwiegen, bis er im Flur verschwunden war.

»Danke.«

»Dank mir nicht, ich halte es immer noch für gefährlich. Ich muss mich wohl daran gewöhnen, dass du kein Teenager mehr bist.« Janika machte eine Pause und fügte flüsternd hinzu: »Oder nie gewesen bist.«

»Ja, das solltest du. Ich habe schon schlimmere Dinge überlebt, als mich irgendwo zu bewerben.«

»Du hast dich aber noch nie mit Terroristen zusammengetan.«

»Das stimmt«, gab June zu und lächelte freudlos. »Das liegt wohl daran, dass *ich selbst* eine Terroristin war, schon vergessen?«

»Nein, wir alle waren Terroristen und sind es formell vermutlich noch immer«, seufzte Janika und hob ihren Helm an. »Ich besorge dir, was du brauchst. Tu mir bloß den Gefallen und pass auf dich auf. Wenn du hier stirbst, weiß ich nicht, wie ich dich aus dem Zwischenspeicher zurückholen kann.«

»Aber das hast du doch schon einmal getan.«

»Das war der Zwischenspeicher dieser Metawelt, wenn du stirbst, kommst du in einen Zwischenspeicher, der durch die Backdoor geht und ...«

»... nach der suchst du die ganze Zeit und hast sie noch nicht gefunden. Schon verstanden.« June nickte und verabschiedete sich, um sich wieder schlafen zu legen. Sie war noch immer müde und wollte am nächsten Tag so fit sein wie möglich, falls alles Schlag auf Schlag gehen sollte.

Es ging tatsächlich sehr schnell. Der Anruf kam am nächsten Morgen um Punkt zehn Uhr und riss June aus dem Schlaf. Ace murmelte etwas Unverständliches von seiner Betthälfte und zog sein Kopfkissen über das Gesicht.

»Guten Morgen, Maribelle Weathersby von der Relentless LLC. Spreche ich mit June Työpaikkaa?«, meldete sich eine weibliche Stimme, als June nach dem Handterminal griff, das neben ihr im Bett lag. Die Frau schien von überall und nirgendwo gleichzeitig zu sprechen und einen Augenblick erschrak sie bei dem Gedanken, die Fremde könnte direkt neben ihr stehen.

»Äh, ja, hallo«, sagte June mit vom Schlaf belegter Stimme und räusperte sich mehrfach. »Danke für Ihren Anruf.«

Wie hieß die Frau doch gleich?

»Wir haben Ihre Bewerbung erhalten und würden uns freuen, wenn Sie bei uns vorstellig werden könnten«, fuhr die Frau ungerührt fort, während June hastig das Handterminal suchte, das irgendwie zwischen die Laken gerutscht sein musste. Die Stimme klang mit einem Mal etwas gedämpfter.

»Natürlich, sehr gerne. Ich kann sofort vorbeikommen.«

»Lassen Sie mich nachsehen, wer als Nächster einen Termin freihätte.« Eine kurze Pause entstand. »Hier. Wenn Sie heute bereits spontan kommen möchten, wäre der nächste freie Termin um dreizehn Uhr bei Mr. Hart in unserer Hauptniederlassung. Ich sende Ihnen die genaue

Wegbeschreibung, inklusive der Instruktionen, sobald Sie bei uns sind per E-Mail.«

»Einverstanden, vielen Dank.«

»Gern. Viel Erfolg für Ihre Vorstellung.« Die Frau legte auf und es knackte ein paarmal, als sie endlich das Terminal zwischen Bettlaken und Bettdecke gefunden hatte.

»Wäh, ich will schlafen«, brummelte Ace kaum verständlich unter seinem Kissen, also kletterte June aus dem Bett und lief zur Tür.

»Wünsch mir Glück«, flüsterte sie, wohl wissend, dass er sie nicht würde hören können. Als Nächstes ging sie ins Bad, wusch sich und putzte die Zähne, bevor sie einen Satz einfacher Kleidung anzog, die Janika für sie vorbereitet hatte. Nichts Feines, eher funktional und schlicht, wie sie es mochte. Sie bewarb sich immerhin nicht auf eine Stelle als Bankerin.

Nachdem sie gegessen und sich von Janika verabschiedet hatte, die noch ihre Unterlagen auf das Handterminal lud und ihr zeigte, wie sie die E-Taxi-App benutzen musste, bevor sie ihr Glück wünschte, stürmte sie auf die Straße. Per Knopfdruck kam ein Fahrzeug und stoppte vor ihr am Bürgersteig. Sie hielt das Handterminal an die Tür und die ging auf.

Im Inneren saß ein Pärchen, das gerade am Rumknutschen war und ihr nur kurz zunickte, bevor es ungeniert weitermachte. Die vier Sitze waren einander zugewandt und es gab weder Lenkrad noch Fahrersitz. June versuchte krampfhaft, sich ihr Unbehagen nicht anmerken zu lassen, als der Elektrowagen vollkommen autonom losfuhr und sich in den Verkehr einreihte, als würde er von einem Geist gesteuert. Da sie Seattle nicht kannte, schon gar nicht in einer – wenn auch fiktiven – Zukunft, schaute sie die meiste Zeit aus dem Fenster und wunderte sich, wie wenig futuristisch alles aussah. Es gab ein paar Hochhäuser und einen großen Turm, der aussah wie ein UFO, das mit einer Nadel in den Himmel stechen wollte. Gut, sie sah auch deutlich mehr Leuchtreklame und einige Hologramme, die sie auf Bildern in ihren Gesichts- und Politikbüchern in Montana nicht gesehen hatte, aber alles in allem sah es doch recht ähnlich aus.

Meine erste Großstadt, dachte sie noch, ehe sie fluchte und ihr Handterminal zückte, um ihre Unterlagen durchzugehen. *Nicht nachlässig werden, verdammt! Ich sollte zumindest wissen, worüber ich lügen muss, wenn mir Fragen gestellt werden!*

Die Fahrt dauerte eine Stunde durch erstaunlich wenig Verkehr, der sehr geordnet und mit überschaubarer Geschwindigkeit ablief. Sie schätzte, dass das an den autonomen Fahrzeugen liegen musste, die sich streng an Regeln und vermutlich so etwas wie ein Leitsystem hielten.

Zuerst wurde das knutschende Pärchen abgesetzt, dann stieg ein älterer Herr mit Aktenkoffer dazu und schließlich hielt das E-Taxi vor einem unscheinbaren, zehnstöckigen Hochhaus in der Nähe des Pazifiks. Er war genauso grau wie die dichte Wolkendecke, die wie eine Decke aus deprimierender Stimmung auf der Stadt lag. Die Fenster waren mit Bürolamellen verhängt und wirkten mit dem kalten Weißlicht dahinter nicht besonders einladend.

June nickte dem Mann mit dem Aktenkoffer zum Abschied zu und öffnete die Tür, um durch einen plötzlich einsetzenden Regen über den Bürgersteig und die wenigen Treppenstufen zum Eingang hochzulaufen. Da es keinen Regenschutz gab, drückte sie sich dicht an die Klingelschilder, über denen mit klarer Arial-Gravur »Relentless LLC« geschrieben stand. Entsprechend der Anweisungen drückte sie den obersten Knopf, an dem »Empfang« stand und wartete, bis die Tür summte. Sie brauchte einen Moment, um zu begreifen, dass sie sie aufschieben musste, und kam sich reichlich dämlich vor, als sie hineinging.

Durch einen kurzen Flur mit nur einer metallenen Tür am Ende kam sie zu einem kleinen Fenster in der linken Wand, hinter der sich ein Büro befand, in dem zwei Damen in Hosenanzügen saßen. Eine, sie trug die blonden Haare hochgesteckt und ein geschäftsmäßiges Lächeln auf dem Gesicht, kam zum Fenster und drückte irgendwo einen Knopf, den June nicht sehen konnte.

»Hallo, Sie müssen Mrs. Tüopekka sein?«, fragte sie etwas umständlich.

»Työpaikkaa«, korrigierte June die Frau und lächelte nachsichtig. »Kann niemand aussprechen.«

»Mr. Hart wurde über Ihre Ankunft informiert und wird Sie gleich abholen. Bitte warten Sie so lange.«

June sah sich um, konnte aber keinerlei Sitzgelegenheiten erkennen. Es gab nur kahle Wände, die Eingangstür, das kleine Fenster und die Metalltür.

»Äh, klar.«

Die Empfangsdame nickte und kehrte zu ihrem Schreibtisch zurück. Es dauerte fünf Minuten, bis sich die Metalltür nach einem lauten Summen, das June aufschrecken ließ, öffnete und ein großer Kerl mit Bürstenschnitt und Militärkleidung kam. Er war bullig gebaut, hatte aber ein erstaunlich fein gezeichnetes Gesicht und stellte sich als Sergeant Miles Eversman vor.

»June Työpaikkaa«, erwiderte sie den Gruß und schüttelte seine Hand. »Ich war Specialist.«

»Freut mich, dich kennenzulernen, June. Es ist doch in Ordnung, wenn wir uns duzen, oder?«

»Klar.«

»Gut.« Miles hielt ihr die Metalltür auf und ließ sie vorangehen in einen weiteren Flur, der deutlich länger war. Sie gingen schweigend zur letzten Tür und begaben sich mit einem Fahrstuhl einige Etagen abwärts. Als die Türen sich öffneten, standen sie in einem Schießstand mit zehn halboffenen Kabinen.

»Ah«, machte June zufrieden und der Sergeant lächelte, als hätte sie einen Witz gemacht.

»Dein Vorstellungsgespräch beginnt gleich, ich habe aber noch ein paar Formulare, die du unterschreiben musst.« Er zog ein Handterminal aus der Tarnjacke und bedeutete ihr, es ihm gleichzutun. Als sie ihres etwas umständlich in der Hand hielt, machte er eine wischende Geste und sie bekam ein Dokument auf das Display gesandt, das sich nach unten scrollen ließ und jede Menge Paragrafen enthielt.

»Das ist eine ganze Menge.«

»Ja. Das Vorstellungsverfahren für unsere Spezialkräfte unterscheidet sich deutlich von jenem für reguläre Bewerber«, erklärte Miles, noch immer mit diesem seltsamen Lächeln auf den Lippen, das sie zu irritieren begann, weil sie es nicht deuten konnte. »Du erklärst dich im Grunde bereit, dass wir dich ernsthaften körperlichen und seelischen Herausforderungen aussetzen dürfen, um deine Eignung zu überprüfen. Wir handeln im Rahmen der Gesetze, klar, aber unser Hauptquartier liegt nicht ohne Grund im Bundesstaat Washington.«

»Verstehe«, log sie und scrollte nach ganz unten, wo sie einige Häkchen machen musste.

»Außerdem bestätigst du, dass du mindestens einundzwanzig Jahre bist.« Der Sergeant musterte sie kurz und dann war da wieder dieses Lächeln. Dieses Mal allerdings *konnte* sie es deuten: Er bezweifelte ihr Alter. »Hast du soweit alles unterschrieben?«

»Ja, alles fertig.«

»Gut, dann kann es losgehen.« Wie auf Kommando kamen aus zwei Türen rechts und links des Schießstands mit seinen langen Bahnen, an deren Ende mehrere Pappfiguren standen, vier Soldaten mit Pistolen in den Händen in den Raum und stellten sich in den jeweils äußeren zwei Kabinen jeder Seite auf. »Deine Aufgabe besteht darin, jedes Ziel mindestens in Kreis Eins oder Zwei zu treffen und durch eine Tür hinter den Zielen die vier Räume danach zu durchqueren. Wenn du mich auf der anderen Seite findest, hast du das Wichtigste bestanden. Deine Unterlagen sind vielversprechend, wir müssen nur sehen, dass sie auch der Wahrheit entsprechen. Deine Überprüfung beginnt jetzt.«

Wieder dieses seltsame Lächeln, dachte June und fühlte sich bei seinen letzten Worten ertappt, zwang sich jedoch ein Lächeln ab, das echt wurde, als der Sergeant in sein Holster griff und ihr eine P99 mitsamt zwei Ladestreifen in die Hand drückte. Das Gefühl des vertrauten Gewichts in ihrer Hand hatte etwas Beruhigendes und mit einer fließenden Bewegung ließ sie die Ersatzmunition in ihre

Hosentasche gleiten. Wieder ging eine Tür auf und ein riesiger Kerl mit seltsam unbeweglicher Miene marschierte auf sie zu. Fragend blickte sie zu dem Sergeanten, doch der hatte die Hände hinter dem Rücken verschränkt und stand mit regloser Miene an der Wand. Irritiert schaute sie wieder den Hünen an, der sie beinahe erreicht hatte, und machte große Augen, als er zum Schlag ausholte.

Sie hatte keine Chance in einer direkten körperlichen Konfrontation, musste sich aber verteidigen, ob das nun Teil des Tests war oder Relentless versuchte, sie umzubringen. Dem Schlag nach zu urteilen versuchte der Kerl tatsächlich, sie zu töten. Also überließ sie sich ihren Reflexen. Mit einer fließenden Bewegung ließ sie sich fallen, sodass der Angreifer ins Leere schlug und ganz leicht aus dem Tritt geriet. Diesen Bruchteil einer Sekunde nutzte sie, um mit dem unteren Ende des Griffs ihrer P99 einmal je nach rechts und links auf die Kniescheiben des Hünen zu schlagen. Es knirschte mechanisch, als sie traf, er wankte und sie rollte sich zur Seite, trat ihm seitlich ins linke Knie, sodass er einknickte, und schlug mit dem Ellenbogen gegen seine ihr zugewandte Schläfe. Er sackte zusammen wie ein nasser Sack.

In Erwartung einer Ermahnung oder weiterer Angreifer sah sie sich um wie ein in die Ecke getriebenes Tier, doch der Sergeant stand noch immer mit diesem Lächeln im Gesicht da und regte sich nicht.

Scheiße, ist das krank! June drehte sich zu der Kabine vor ihr, lud die Waffe durch und stellte sich an die hüfthohe Holzwand, bevor sie rasch hintereinander acht Schüsse abgab – einen auf jedes Ziel – und vor lauter Krach die Zähne zusammenbiss. Noch bevor der letzte Schuss verhallt war, kletterte sie über das Holz in den verbotenen Bereich und konnte gerade so einen Umriss in der hinteren Wand ausmachen, die vielleicht dreißig Meter entfernt war. So schnell sie konnte, rannte sie los und zuckte unterwegs zusammen, als plötzlich laute Schüsse erklangen, so dicht hintereinander, dass sich der Krach zu einem einzigen Donnern vereinigte.

Für den Bruchteil einer Sekunde dachte sie schon, dass die vier Schützen sie ins Visier nahmen und schmiss sich auf den Boden, robbte aber sofort weiter, als ihr klar wurde, dass sie noch lebte. Niemand mit etwas Erfahrung verfehlte aus dieser Entfernung, also wollten sie sie bloß unter Stress reagieren sehen. Trotzdem blieb sie unten, glitt weiter zur Tür und riss sie auf.

Dahinter befand sich ein dunkler Raum mit ramponierten Kisten und drei Glühbirnen, die in jeweils einem Meter Abstand von der Decke hingen.

June hielt inne und hockte sich hinter eine der Kisten, als sie eine Bewegung sah – vielleicht ein Haarschopf? Nach einem kurzen Rundumblick zerschoss sie zwei Glühbirnen. Das Licht wurde schlagartig schummriger und es klirrte lange, als die Scherben zu Boden gingen. Über der Tür am anderen Ende des Raums stand auf einem Display eine rote Drei. Eine Gestalt schoss hinter einer Kiste in die Höhe – dürr und irgendwie unmenschlich – und legte auf sie an. June ließ sich fallen und gab noch zwei Schüsse ab, die das Ziel in die Brust trafen und Funken aufsteigen ließen.

Scheiße, ist das ein Roboter? Es gab einen lauten Krach – vermutlich war das Ding umgefallen –, dann wurde es wieder ruhig und June blieb in Deckung.

Zwei Gänge zwischen den Kisten. Scherben im mittleren Bereich. Wenn die Drei die Anzahl an Gegnern ist, fehlen noch zwei. Scheiße, ist das wirklich scharfe Munition? Wo bin ich hier gelandet?

Es knirschte weiter vorne, June ging in die Hocke und dann über die Deckung. Ein weiterer Roboter – nun erkannte sie klar die metallischen Arme – wechselte gerade seine Deckung und sie schoss ihm in den Kopf.

Vorsichtig krabbelte sie an ihrer Reihe Kisten vorbei und wollte in den ersten Gang sehen, bevor sie sich zurückhielt und eine Glasscherbe nahm, die sie zaghaft um die Ecke hielt. In dem Spiegelbild meinte sie, eine Silhouette am anderen Ende zwischen den Kisten zu erkennen. Also rutschte sie auf dem Hosenboden zurück und trat gegen die Kiste vor ihr.

Eine laute Salve peitschte durch den Raum und der Lärm ließ ihre Ohren klingeln. Sie nutzte die Verwirrung und machte einen Schritt zur Seite, feuerte blind den Rest ihres Magazin in Richtung des verbliebenen Roboters und grunzte zufrieden, als sie Funken sprühen sah. Mit gebotener Vorsicht, aber deutlich schneller machte sie sich auf zur nächsten Tür und drückte die langsam auf. Der Raum war hell erleuchtet. An vier Tischen saßen vier Puppen in unterschiedlicher Kleidung. Ein Obdachloser, ein Mann im Anzug, eine Frau mit Kind auf dem Arm und ein Jugendlicher mit einem Tablett voll Essen vor sich. Auf der anderen Seite befand sich wieder eine Tür mit einem Display darüber. Ganz oben zählte ein Countdown zehn Sekunden herunter. Darunter stand: »Zwei Ziele.«

June biss auf die Unterlippe und musterte schnell die Personen: *Die Frau trägt das Kind seltsam, mit einem Arm lang und einem abgewinkelt, und sieht direkt zu mir. Der Junge ist unbewaffnet und sieht auf sein Essen. Der Obdachlose schläft und ist mir abgewandt.*

Noch drei Sekunden.

Scheiße. Sie schoss der Frau mit dem Kind auf dem Arm in den Kopf und danach dem Banker, bevor sie zur Tür weiterlief. Der nächste Raum war leer bis auf einen Ständer mit einer VR-Brille, die sie widerwillig über den Kopf zog, nachdem sie sich auf ein rotes Kreuz in der Mitte gestellt hatte. Sobald die Brille ihr Sichtfeld ausfüllte, fand sie sich auf einem schmalen Baumstamm wieder, der über eine tiefe Schlucht in einem Dschungel führte. Auf einer Seite befand sich ein rettendes Ufer, auf dem ein Krokodil wartete, auf der anderen eines mit einer eingerollten Schlange. Sie musterte beide kurz, erkannte ihre Art und ihr ungefähres Alter und balancierte zu der Schlange hinüber, die sich drohend aufrichtete, als sie näherkam. Da June keine Höhenangst hatte – obwohl die Simulation erschreckend überzeugend war – überbrückte sie die Distanz recht schnell und machte sich für die Konfrontation mit der Schlange bereit, als das Bild schwarz wurde und jemand klatschte.

Irritiert zog sie die VR-Brille vom Kopf und sah eine kleine Frau auf sich zukommen. Sie trug einfache Militärkleidung und das schwarze Haar zu einem Zopf hochgesteckt. Ihre Augen blitzten hell und wach in tiefen Höhlen über einer langen Nase und einem breiten Mund.

»Nicht schlecht«, sagte sie und nickte anerkennend. »Nicht schlecht.«

»Äh, hallo. Habe ich bestanden?«

»Ja, das hast du. Ich bin Captain Dewala. Ich bin Ausbilderin und habe den Prozess überwacht, seit du durch die Tür gekommen bist. Ich bin beeindruckt, der ganze unglaubliche Kram in deiner Bewerbung scheint wirklich zu stimmen.« Die Captain nickte erneut und lächelte. »Wirklich gut. Ein paar Fragen habe ich allerdings.«

»Okay«, entgegnete June vorsichtig. Tatsächlich hatte sie Sergeant Eversman erwartet und war etwas überrumpelt von dieser hochvibrierenden Frau vor sich, die geradezu unangenehm intensiv und rastlos wirkte, wenn da nicht diese dunklen Augen gewesen wären. Die wirkten nämlich im Kontrast dazu ruhig und berechnend und sie wurde den Eindruck nicht los, dass der Test noch nicht vorbei war.

»Wirklich ein fantastisches Ergebnis«, lobte die Captain sie abermals. June blieb ruhig und nickte bloß neutral.

»Sie hatten noch Fragen?«

»Ja: Warum hast du die Frau mit dem Kind und den Banker erschossen?«

»Der Obdachlose hatte mir den Rücken zugedreht und war in eine Decke gehüllt, die eng genug am Körper lag, dass ich die Umrisse einer Waffe erkannt hätte. Er war die geringste Gefahr. Der Junge war mit seinem Essen beschäftigt und hatte beide Hände auf dem Tisch. Auf einem Tablett voller Essen kann man keine Waffe verstecken, in einer Baby-Attrappe allerdings eine ganze Schrotflinte. Deswegen und aufgrund der Tatsache, dass die Mutter das Kind sehr seltsam gehalten hat, habe ich sie als größte Gefahr ausgemacht.«

»Und warum den Banker?«

»Weil ...« June zögerte und entschloss sich, etwas zu riskieren. »Weil die anderen keine Gefahr darstellten und ich Banker nicht leiden kann. Außerdem hat er mich an diesen Cheney-Arsch erinnert.«

Dewala lachte und klatschte in die Hände wie eine Jahrmarktsanimateurin. Ihre Augen blieben jedoch auf June fokussiert, ruhig und berechnend wie tiefe Seen. »Ich verstehe. Und warum hast du dich entschieden, dich der Schlange zu stellen und nicht dem Krokodil? Schlangen sind ziemlich schnell und ihr Gift tödlich.«

»Das stimmt, nur dass sie die bessere Option war«, erklärte June gelassen und zitierte ihr Fauna-Buch, das sie in Montana vor dem Kamin hatte lernen und aufsagen müssen. »Kuperfarbenes Muster, kleiner bräunlicher Kopf in Dreiecksform. Ein nordamerikanischer Kupferkopf, Familie der Vipern, gehört zu den Dreieckskopfottern. Kommt vor allem im Norden der USA und Kanada vor. Das Gift ist sehr schmerzhaft, aber nur selten tödlich. Ich würde vorziehen, mich von ihr beißen zu lassen und zu warten, dass das Gift nachlässt, statt mich von einem Krokodil fressen zu lassen. Ohne Bewaffnung hätte ich nämlich keine Chance und Krokodile sind sehr böse. Äh, aggressiv.«

Letzteres wusste sie nur aus ihrem Kinderbuch, in dem die Raupe Milli-Pie auf einer Reise durch Ägypten gekrochen war, aber es musste reichen.

»Sehr gut. Sehr gut. Aber das Schlangengift hätte dich lange handlungsunfähig gemacht«, wandte Dewala ein.

»Das ist korrekt, aber es war ein ausgewachsenes Exemplar. Sie beißen meist trocken, das heißt, es gibt einen Warnbiss ohne den Giftfang. Da es lange dauern kann, bis sich ihr Giftvorrat aufgefüllt hat und sie ihn im Ernstfall zum Überleben benötigen, beißen sie trocken, wenn man sich defensiv verhält. Sehr junge Schlangen hingegen können noch nicht so gut einschätzen, von wem oder was welche Gefahr ausgeht und beißen mit Gift.«

»Sehr gut, sehr gut«, meinte die Captain. »Auch dein Umgang mit der P99 und dein entschlossenes Vorgehen gegen den Nahkampf-Bot am Anfang. Wirklich beeindruckend. Sag mir, June Työpaikkaa. Was würdest du davon halten, wenn wir jetzt und hier den Arbeitsvertrag unterschreiben und du nach einer Woche Training mit deinem neuen Einsatzteam und mir auf deine erste Mission kommst?«

»Ein Einsatz, so schnell?«, fragte June überrascht. Dewala schien es als Zögern fehlzudeuten und machte eine wegwerfende Handbewegung.

»Nichts Großes, keine Sorge, aber die meisten unserer Teams sind gerade im Einsatz und wir haben spontan einen Auftrag bekommen, für den ich jemanden wie dich brauchen kann, da mein Team einen Ausfall hat. Nichts Ernstes, er wird zurzeit behandelt«, beeilte sich die Captain, zu sagen, und zwinkerte scheinbar unbeschwert. »Für die Dauer des Einsatzes wird der Tagessold verfünffacht. Na, wie klingt das?«

»Das klingt gut.« June straffte sich. »Ich bin dabei.«

»Sehr gut, sehr gut.« Dewala schüttelte ihr die Hand und deutete auf die Tür, bevor sie innehielt und einen Finger hob. »Ach, da wären natürlich noch die psychologischen Tests, eine Befragung am Lügendetektor und vier Tage gemeinsames Vorbereitungstraining mit dem Team. Das ist bei uns die Probezeit und dann gibt es volle Bezüge und einen Dreijahresvertrag, in Ordnung?«

»In Ordnung.«

Kapitel 20: June

»Du wirst *was* tun?«, fragte Janika entsetzt und schüttelte ruckartig den Kopf wie ein Roboter, dem Schmieröl fehlte. »Auf gar keinen Fall!«

»Was hast du denn erwartet, wenn ich mich bei einer Söldnerfirma bewerbe? Dass ich bloß Hasenfallen drehe?«

»Hasenfallen was?«

»Däumchen drehen. Sie meint Däumchen drehen«, erklärte ein sichtlich schockierter Ace.

»Ich habe zumindest nicht erwartet, dass die dich direkt nach Unterschreiben deines Vertrages in einen Einsatz schicken!«

»Tun sie aber«, schnappte June und stand abrupt vom Sofa auf. »So wie es aussieht, können sie Leute mit Spezialausbildung brauchen.«

»Spezialkräfteausbildung«, korrigierte Ace sie und sank etwas tiefer ins Sofa, als sie ihm einen vernichtenden Blick zuwarf.

»Ihr seid nicht gerade hilfreiche Freunde, das kann ich euch sagen!«

»Gerade *weil* wir deine Freunde sind, machen wir uns solche Sorgen. Du darfst dein Leben nicht so leichtfertig aufs Spiel setzen!«

»Warum nicht? Was, wenn ich nichts riskiere und weiterlebe? Wie ist die Aussicht auf den Rest meines Lebens? In einer Lüge leben, die von Außerirdischen erzählt wird?

Oh, toll, da falte ich am besten die Hände im Schoß und esse nur noch Gemüse.«

»Gemüse bringt dich wenigstens nicht um!«, beharrte Janika ungewöhnlich leidenschaftlich mit ihrer neuen, etwas entrückten Art.

»Ich habe schon Leute mit Waffen in der Hand gesehen, die man gut und gerne als Gemüse bezeichnen kann«, wandte Ace ein.

»Klappe!«, riefen June und Janika ihm gleichzeitig an den Kopf und er machte eine abwehrende Handbewegung.

Die beiden Frauen sahen sich einen Augenblick ein wenig freundlicher an, doch dann verdüsterten sich ihre Mienen wieder.

»Fakt ist, dass ich mich beworben habe und angenommen wurde. Jetzt muss ich in den Einsatz.« June überlegte, ob es besser gewesen wäre, direkt vor vier Tagen nach der Vorstellung bei Relentless mit der Wahrheit rauszurücken, als jetzt, zwei Tage vor dem Einsatz. Aber da hatte sie die zig Stunden Psychotests und Befragungen noch nicht absolviert und hätte noch immer abgelehnt werden können. Nichts hasste sie mehr, als so etwas zugeben zu müssen, also hatte sie erst einmal nichts gesagt.

»Was für ein Einsatz überhaupt?«, wollte Ace wissen.

»Ist geheim.«

Ihr Freund legte bloß den Kopf schief und sah sie unter seinen Augenbrauen hinweg an, als habe sie einen schlechten Witz gemacht.

»Boah, ja okay, es geht nach Norden in die Grenzregion zu Kanada«, sagte sie widerwillig. »Ihr könnt mich aber nicht mehr abbringen. Ich glaube, dass Relentless wirklich

Kontakt zu Geronimous hat und ein früher Einsatz bringt mich nur schneller in seine Nähe.«

»Wenn du dich wirklich nicht abbringen lässt«, setzte Ace an.

»Ace!«, ermahnte Janika ihn mit strengem Blick, doch er schüttelte den Kopf.

»Nein, Janika, ich kenne sie besser als du und kann dir versichern, dass eher ein Stein fliegen lernt als sie sich von etwas abbringen lässt, woran sie glaubt«, erklärte er und klang nicht mehr aufgebracht, sondern erschöpft. »Genau wie du.«

Janika schnaubte und brummte etwas Unverständliches.

»Was dann?«, fragte June.

»Hm?«

»Du hast gesagt: *Wenn du dich wirklich nicht abbringen lässt.*«

»Ah«, machte Ace und nickte. »Wenn du dich wirklich nicht abbringen lässt, musst du mir zwei Sachen versprechen. Erstens, lass dich nicht umbringen oder dir einen Arm abschießen, klar?«

»Glaub mir, ich habe keine Lust, das zu wiederholen. Und was ist das Zweite?«

»Versprich mir, gut zu sein.«

»Gut?«, fragte June irritiert und setzte sich langsam wieder, den Blick auf ihren deutlich größeren Freund gerichtet, der sie ernst anschaute.

»Ja. Ich weiß, dass du sehr resolut sein kannst und alles dem Erreichen deines Ziels unterordnest. Du ...« Ace machte eine Pause und sah zu Janika, die daraufhin betont wegschaute, bevor er etwas leiser weitersprach: »So wie in Frankreich bei der Mission zur Zerstörung des ITER. Diese Geschichte hat dich verändert, ich weiß. Ich will nur sagen, dass du diese Seite in dir nicht zurückkehren lassen darfst.«

»Ich weiß«, hauchte June und spürte, wie ihre Nasenflügel zu flattern begannen, als die Bilder von der französischen Familie in dem Bunker, das viele Blut und das letzte Mal, als sie Will gesehen hatte, an ihrem inneren Auge vorbeizogen. *Ich dachte, dass du mich wirklich magst*, hallten seine letzten Worte in ihrem Geist nach und sie musste mit sich kämpfen, um keine feuchten Augen zu bekommen.

»Ich weiß, dass du es weißt.« Ace lächelte und legte ihr freundschaftlich eine Hand auf die Schulter.

»Diese June habe ich tief in mir begraben und ich werde sie nicht auferstehen lassen, das verspreche ich«, schwor sie, stand auf und straffte sich. Sie warf Ace noch einen dankbaren Blick zu und winkte verhalten in Richtung Janika, bevor sie anfing, ihre Sachen zu packen.

Das Team, das sie kennengelernt hatte, war nett und ein wenig verbissen gewesen, die einzelnen Mitglieder recht schweigsam.

Auch Captain Dewala hatte ihre Art zu sprechen verändert und schien weniger exaltiert und redselig als am ersten Tag. Stattdessen folgte ihr Mund seither eher ihren Augen als zuvor und das beruhigte June.

In gemeinsamen Taktiktrainings mit den drei anderen Söldnern, Boozta, Stinger und Steffi, der seltsamerweise ein Mann war, hatte sie ihre Anführerin als sehr besonnen und aufmerksam erlebt. Obwohl sie sich wunderte, warum eine Soldatin im Rang eines Captains ein so winziges

Team anführte, war sie doch ganz froh, jemanden an der Spitze zu wissen, der über Erfahrung und Disziplin verfügte. Sie war keine Soldatin, also hatte sie an den letzten Abenden und Nächten alles gelesen, was Janika ihr an Informationen über Ränge, Waffen, Soldatenjargon, Einsatztaktiken und die übliche Ausbildung in der finnischen Armee auf das Handterminal gespielt hatte. Mit diesem Wissen hatte sie sich recht gut in den Gesprächen mit ihren neuen Kameraden geschlagen – glaubte sie zumindest. Sie hatte sogar eine Kneipenrunde mit Boozta, Stinger und Steffi überstanden, in der sie über Soldatengeschichten gesprochen hatten. June war davongekommen, indem sie einige Erlebnisse im Widerstand von Vermont und in Frankreich etwas abgeändert wiedergegeben hatte. In der restlichen Zeit hatte sie versucht, mehr über die anderen herauszufinden.

Boozta war Anfang dreißig und hatte schwarze Haare auf dem Kopf wie im Gesicht. Er stammte aus einer hispanischen Einwandererfamilie und nannte jeden Weißen konsequent einen *Gringo.* Aufgewachsen war er in einem Armenviertel von Los Angeles, dessen Name sie vergessen hatte. Leidenschaftlich hatte er vor ihr auf die private Sicherheitsfirma geschimpft, die man dort für Polizeiaktivitäten eingesetzt hatte in den 2030ern.

Stinger war ein erstaunlich dürrer Kaukasier mit hohen Wangenknochen und kühlen Augen, der sie an einen Vampirfürsten erinnerte – zumindest stellte sie sich einen Vampirfürsten so vor. Blutleer und ernst. Er kam ursprünglich aus der Ukraine und hatte durch die russische Invasion Ende der 2020er seine gesamte Familie verloren, bevor er in die USA geflohen war. Noch heute trug er ein

Stück der Rakete mit sich herum, die damals sein Elternhaus dem Erdboden gleichgemacht hatte.

Steffi hieß in Wirklichkeit Stefan und war gebürtiger Seattler. Er war anders als Boozta und Stinger weder in armen Verhältnissen aufgewachsen noch durch die Ränge der normalen Armee gelaufen, um es zu den Army Rangers zu schaffen. Ja, anders als die anderen beiden gehörte er vor seinem Dienstende nicht der Delta Force an, was seine Kameraden bei jeder Möglichkeit nutzten, um ihm zu sagen, dass die Rangers faktisch keine echte Spezialeinheit darstellten. Interessant war allerdings, dass Steffi zum Militär ging, weil er nicht CEO im Unternehmen seines Vaters hatte werden können. Dieses war vor seinem achtzehnten Geburtstag von einer Holding gekauft worden und obwohl der Inhaber der Holding seinem Vater per mündlichen Vertrag zugesichert hatte, dass der CEO-Posten in der Familie bleiben sollte, hatte man die letztendlich hinausgedrängt.

Noch interessanter war, dass kein anderer als Charles Cheney über mehrere Ecken Inhaber der Polizeifirma war, die sich in Booztas Kindheitsviertel der Korruption schuldig gemacht hatte. Cheneys Firma Defense Global war es auch, welche die Rakete hergestellt hatte, die russische Kräfte auf Stingers Elternhaus abgefeuert hatten. Und, wer hätte es gedacht: Charles Cheney war größter Teilhaber der Holding, die Steffis Familienunternehmen geschluckt hatte. So kam es, dass alle drei kräftige Motive hatten, um in ihrem neuen Job gegen den Milliardär vorzugehen und ihm zu schaden, wo sie konnten. Deshalb war sie sicher, dass sie an der richtigen Stelle war, und die Gerüchte, dass Relentless heimlich Sympathien oder sogar eine Kooperation mit Geronimous hegte, nicht aus der Luft gegriffen sein konnten. Also war sie genau da, wo sie sein sollte, und hoffte, schon bald auf Geronimous treffen zu können, auch wenn sie nicht glaubte, dass es so leicht sein würde wie einen Job bei Relentless zu ergattern, immerhin umwarben die recht öffentlich ehemalige Spezialkräfte-Soldaten und Geronimous war im Gegensatz gezwungen, im Schatten zu operieren und vorsichtig zu agieren.

»Ich kriege es schon noch heraus, wie ich diese angeblich befreundete KI finde«, murmelte sie sich zu, während sie ihr Bett machte und den Rucksack packte. In Gedanken fügte sie hinzu: *Dann kann ich vielleicht meinen Fehler wiedergutmachen, dass ich sie ausgesperrt habe, bevor sie durch das Wurmloch in die Metawelt nach Hause gelangen konnte.*

Am übernächsten Tag saß June in einem großen SUV und trug eine militärische Cargohose, einen weiten Michigan-University-Pullover und hatte sonst nichts bei sich. Sämtliche Ausrüstung war in einem zweiten Boden hinten im Kofferraum versteckt.
Wie sich herausstellte, handelte es sich bei ihrem Einsatz um einen »unter dem Radar«, wie Dewala ihr erklärt hatte. Was das genau bedeutete, war ihr nicht klar, sie schätzte aber, dass es mit der Verschwiegenheitserklärung zusammenhing, die sie unterschrieben hatte, bevor sie losgefahren waren.

»Also gut, das Briefing sollte alles klar gemacht haben«, sagte Dewala, die sich vom Beifahrersitz in den Fond drehte. »Gehen wir es nochmal durch. June?«

»Unser Ziel liegt einen Kilometer vor der kanadischen Grenze im Tal Delta-2. Ich habe den echten Namen vergessen.«

Die Captain winkte ab. »Was zählt, ist die Taktikkarte.«

»Das Ziel befindet sich an einem Hang und wird von einem privaten Wachdienst geschützt, bestehend aus zwei Wächtern mit Hunden und Tasern. Wir fahren zu Punkt X, laden ab, kleiden uns ein und checken das Equpiment, bevor du und ich nach Norden abdrehen. Boozta, Stinger und Steffi gehen nach Süden und platzieren die Sprengladungen. Wo sie die abzulegen haben, weiß ich nicht, dafür wurden nur sie instruiert. Wir decken den Rückzug und sorgen dafür, dass uns niemand überrascht, deswegen führt unser Weg auf den Berghang über dem Ziel.«

»Zweite Reihe, Baby«, höhnte Boozta grinsend und June streckte ihm die Zunge raus, weil sie davon ausging, dass Soldaten so etwas eben tun würden. In Wirklichkeit war sie ganz froh, in der zweiten Reihe zu stehen, und um ehrlich zu sein, überraschte es sie auch nicht sonderlich, dass man sie im ersten Einsatz nur mitzog und in Reserve behielt.

Man musste sich erst aneinander gewöhnen und Vertrauen aufbauen, das war nicht nur beim Militär so. Auch beim Widerstand hatte sie das erlebt und als Anführerin ebenfalls praktiziert. Vermutlich war sie sogar deutlich strenger gewesen. Allerdings würde sie nicht den Fehler machen, Captain Dewalas lässige Freundlichkeit falsch zu deuten. Sie kannte diesen Blick in den Augen der Frau, erinnerte er sie doch an den eigenen Blick im Spiegel, als sie noch in Vermont gekämpft hatte. Jedem Verräter hätte sie damals ohne mit der Wimper zu zucken eine Kugel in die

Stirn gejagt und sie zweifelte keinen Augenblick, dass Dewala dasselbe tun würde, wenn es hart auf hart kommen sollte.

»Reißt euch zusammen.«

Boozta grinste weiter und zwinkerte June provokant zu, beließ es aber dabei und zuckte mit den Schultern.

Es dauerte über eine Stunde, bis sie mit dem Wagen, dessen Registrierung garantiert gefälscht war, dessen war sie sicher, das Stadtgebiet hinter sich gelassen hatten und sich die anderen deutlich entspannten.

Sie fuhren hoch nach Birmingham, kurz vor der kanadischen Grenze, und bogen aus dem wenigen Verkehr auf einen Feldweg in den Nationalpark. Dort schaltete ihr Fahrer die Scheinwerfer aus und setzte eine Brille auf, in der es offenbar Sensoren gab, denn er lenkte sie recht routiniert durch die vollkommene Dunkelheit rundum.

»Um was handelt es sich bei dem Ziel?«, wollte sie irgendwann wissen, als ihr die Stille und das ständige Auf und Ab des Wagens auf die Nerven zu gehen begannen.

»Ist effektiv irrelevant, aber es gibt auch keinen Grund, es zu verheimlichen«, sagte Dewala, ohne sich wieder umzudrehen. »Das Haus der Wartungsingenieure eines Elektrounternehmens nahe einem Umspannwerk. In den Bergen gibt es ein wichtiges Wasserkraftwerk. Ist ziemlich weit draußen und bis auf die allmonatlichen Besuche der Ingenieure, die dann in diesem Haus nächtigen, gibt es da nichts. Und weil es nichts gibt, verstecken irgendwelche Leute ihre Waffen im Fundament und das gefällt unserem Kunden nicht. Wir sollen es abfackeln und wie einen Unfall aussehen lassen, darum setzen wir Phosphor ein.«

»Ah«, machte June, ohne zu verstehen, weshalb man für

diese Art von Einsatzprofil ein Team Spezialkräfte brauchte. »Klingt nach Arbeit für echte Profis.«

Dewala lächelte ohne Humor in den Augen. »Wichtige Dinge mit hohem Honorar verpflichten uns indirekt, die besten Leute zu schicken, die wir zur Verfügung haben.«

»Ich verstehe. Wir sind ja schließlich kein Charity-Verein.«

»Das gefällt mir«, sagte Boozta und klopfte June zwinkernd auf die Schulter.

»Dass wir kein Charity-Verein sind?«

»Nein, dass du *wir* gesagt hast. Zeigt, dass du dich schon zugehörig fühlst, das ging wirklich schnell. Für eine Frau zumindest.«

»Mal sehen, ob ihr mich nach dem Einsatz noch haben wollt, nachdem ich dir aus Versehen in den Kopf geschossen habe«, gab sie ernst zurück und grinste erst, als Boozta, nach einigen zögernden Versuchen zu lächeln, tatsächlich verunsichert war, ob er sie verärgert haben könnte. Steffi und Stinger glucksten.

»Keine Sorge, ich schieße dir schon nicht in den Kopf«, versicherte sie ihm und fügte nach einem nachdenklichen Blick hinzu: »Nicht aus Versehen zumindest.«

»Da bin ich ja beruhigt.«

»Okay, Schluss mit dem Gebrabbel, wir sind gleich am ersten Absetzpunkt. Leute, haltet euch bereit.«

»Aye.« Stinger kletterte durch die freie Fläche zwischen den hinteren beiden Sitzen, kramte die Kiste mit der Einsatzkleidung aus dem Kofferraum und schob sie nach vorne. Dann zog er noch den falschen Boden hoch und kehrte zurück.

June zog ihre dunkle Waldtarnkleidung aus dem vorbereiteten Packsack und schlüpfte in die Armeestiefel. Danach nahm sie von Boozta ihre Panzerweste entgegen, die deutlich elastischer und leichter war als jene, die sie damals in Vermont getragen hatte. Sie hatte die Dinger immer gehasst, weil sie ihre Bewegungsfähigkeit einschränkten, sie langsamer machten und schneller erschöpften. An dieses neuartige Ding konnte sie sich allerdings gewöhnen, es wog bestimmt nicht mehr als zwei oder drei Kilogramm. Es folgten noch Karabinerhaken, ein Ausrüstungsgürtel, ihr Gefechtshelm und schwarze Schminke, mit der sie das Gesicht einschmierte.

Einige Minuten später hielt der Wagen an und Boozta, Stinger und Steffi verließen ihn durch die Seitentür. Beim Aussteigen schlugen sie mit June und Dewala jeweils kurz die Fäuste aneinander und gingen rasch zum Kofferraum, um sich ihre Bewaffnung zu nehmen und die Munitionstaschen aufzufüllen. Als die Kofferraumtür wieder geschlossen war, fuhr der Fahrer weiter und Dewala kam zu ihr nach hinten.

»Bist du sicher, dass du das Barrett Modell nehmen willst?«, fragte sie und deutete Richtung Kofferraum, wo ihre Waffen unter dem hochgeklappten falschen Boden außerhalb ihrer Sichtlinie bereitlagen.

»Ja, ich bin gut mit dem Scharfschützengewehr.«

»Habe deine Akte gelesen. Arktische Scharfschützensonderausbildung. Das bekommen wir nicht häufig. Zeugt von gutem Charakter, wenn man einen halben Tag reglos in einem Ghillie-Suit im Unterholz liegen kann.«

»Danke. Ich schätze, du hast auch als Scharfschützin gedient?«, fragte June und Dewala lächelte zur Antwort. »Noch eine Frage, wenn du erlaubst.«

»Klar, wir haben noch ...«, die Captain sah auf ihre Armbanduhr, »... acht Minuten bis zum Erreichen unseres Absetzpunktes.«

»Wir jagen nicht wirklich ein geheimes Waffenlager hoch, das sich unter einer Hütte für Wartungsingenieure im Nichts befindet, oder?«

»Wieso hältst du das für unwahrscheinlich?«, fragte Dewala ausweichend und musterte sie eher interessiert als missbilligend, was June weiter ermutigte, mit dieser Frau frei heraus zu sprechen.

»Hier draußen ein Waffenlager zu verstecken, ergibt wenig Sinn, weil der Zuweg kaum frequentiert wird.«

»Ist das nicht ein Vorteil, wenn man in Ruhe gelassen werden will?« June fand, dass Dewalas Frage wie ein Test klang.

»Auf den ersten Blick ja, aber auf den zweiten nicht. Ich würde etwas im städtischen Raum bevorzugen, nahe an einem Highway oder zumindest einer Schnellstraße. Zwar gibt es dort mehr Polizei, aber wer es sich leisten kann, ein illegales Waffenlager zu betreiben, kann es sich auch leisten, seine Logistik gut zu verstecken, und arbeitet vermutlich mit System. Durch die Verkehrsanbindung kann man schnell den Ort wechseln oder das Gerät nutzen. Hier draußen fällt jedes Fahrzeug auf, das aus der Reihe tanzt, deswegen fahren wir vermutlich auch ohne Licht«, erklärte June und deutete in die Schwärze vor den Fenstern.

Dewalas schwarz geschminktes Gesicht teilte sich unter ihrem weißen Lächeln. »Man sieht, dass du nicht auf den Kopf gefallen bist.«

»Also, was jagen wir wirklich in die Luft? Ich bin nicht zu euch gekommen, weil ich erwartet hatte, dass wir im

Einsatz bloß Sachspenden verteilen und Babys in Ruanda retten.« June formte mit der rechten Hand eine Pistole. »Und ich bin auch nicht aus der *erikoisjääkärikomppania* ausgeschieden, weil ich besonders brav über öffentliche Einrichtungen und die ganzen Bonzen gesprochen habe.«

Bonzen, keine Ahnung, was das bedeutet, dachte sie und hoffte, dass sie es noch richtig aussprach, da es lange her war, dass sie ihren Vater über diese ominösen Bonzen hatte schimpfen hören. Soweit sie sich erinnerte, handelte es sich um Politiker oder Reiche – oder beides, da er nie groß zwischen beiden differenziert hatte, wenn er mal wieder vor sich hingebrummelt hatte.

»Habe ich von gehört.« Dewala schmunzelte. »Das ist auch der Grund, warum du einen kleinen Vertrauensvorschuss genießt.«

June dachte nach, warum die Captain *gehört* und nicht *gelesen* gesagt hatte.

»Da hat wohl jemand in meiner Vergangenheit gewühlt«, sagte sie leichthin, um ihrer Vorgesetzten zu signalisieren, dass es sie nicht besonders kümmerte, obwohl sie sich etwas sorgte, wie stichfest ihre Story war.

»Natürlich. Glaube nicht, dass wir nicht genau nachschauen, wen wir vor uns haben, bevor wir einen Arbeitsvertrag vorlegen. Besonders bei den Spezialkräften. Wir sind vielleicht schnell, aber auch gründlich. Meine Kontakte in Finnland haben sich jedenfalls für mich in den Armeeregistern umgesehen und mir genug über dich mitgeteilt, um zu wissen, dass du in deiner Bewerbung sogar noch untertrieben hast. Wir können Idealisten wie dich bei uns gut brauchen.«

Janika ist gut, wirklich gut, dachte June und nickte lächelnd. Ihr war schon klar, was Dewala mit *Idealisten* meinte. *Wenn ich hier nicht Kontakt zu Geronimous knüpfen kann, wo dann?*

»Schön, mit Leuten zu arbeiten, die mich als Idealistin und nicht als Störenfried sehen«, sagte sie laut und meinte jedes Wort ernst. Sie hatte sich schon im Widerstand als Idealistin betrachtet und war immer nur angeeckt. Zu hart, zu absolut, zu streng, zu risikofreudig, zu irgendwas. »Aber was jagen wir nun in die Luft?«

»Wir sind da«, wich Dewala aus und zog ihren Kinnriemen stramm, als zeitgleich der Wagen anhielt.

Kapitel 21: June

June lauschte dem Rascheln und Knistern, das ihre Stiefel im kalten Unterholz des Waldes erzeugten, und huschte von Schatten zu Schatten. Aufgrund der Kontaktlinsen, die sie und Dewala vor dem Aussteigen eingesetzt hatten, konnte sie erstaunlich gut sehen, als schliche sie durch Dämmerung und nicht tiefste Nacht. Sie hatte keine Ahnung, wie diese Technologie funktionierte, denn es gab nicht einmal Restlicht vom Mond oder den Sternen, da die geschlossene Wolkendecke sie aussperrte. Aber sie funktionierten, das war das Wichtigste.

Die Captain war eine dunkle Silhouette vor ihr, die mit abgewinkeltem Gewehr und in gebückter Haltung von Baum zu Baum lief. Da sie ziemlich weit oben auf dem bewaldeten Hang liefen, ging es links relativ steil abwärts, während ein Dutzend Meter weiter rechts bereits der nackte Fels des Berges die Vegetation ablöste.

»Ziel auf neun Uhr«, funkte Dewala flüsternd, aber laut genug, dass June es in ihrem rechten Ohr hörte, als stünde sie direkt neben ihr.

»Verstanden.« Sie hielt entsprechend dem Plan an und wandte sich nach links. Erst jetzt holsterte sie ihre Pistole und nahm das lange Scharfschützengewehr von der Schulter, dessen Gewicht sich anfühlte, als stützte sich ein Riese auf ihr ab. Danach hob sie einen Daumen und wartete Dewalas ebenfalls hochgestreckten Daumen ab, bevor sie losging. Sie folgte dem Hang etwa zwanzig Meter abwärts, durchquerte geduckt einen kleinen Abschnitt mit Nadelbäumen bis zum Rand und hockte sich dort hinter eine aus dem Erdreich ragende Wurzel, die natürliche Deckung und Sichtschutz zum Tal bot. Da sich vor ihr nun ein entsprechend dem späten Herbst beinahe entlaubter Mischwald befand, hatte sie relativ gute Sicht auf das Umspannwerk.

Das war etwas mehr als anderthalb Kilometer entfernt – eine stolze Distanz für ein Scharfschützengewehr ihrer Zeit. Durch das intelligente Fernglas, das sich ihrer Sehschärfe anpasste und mit Blinzelmuster steuern ließ, zoomte sie das Ziel heran.

Das Areal war wie ein hell erleuchtetes Quadrat inmitten der Dunkelheit und strahlte genügend Licht ab, um den dichten Wald ringsum aus der Finsternis zu heben wie eine schweigende Menschenmenge, die um eine Bühne versammelt war. Auf der winzigen Zufahrtsstraße, von der sie etwa die ersten hundert Meter erkennen konnte, stand ein einsames Fahrzeug geparkt.

Wenn die Kontaktlinsen die Nacht zum Tag machen können, warum kann es dann das verdammte Zielfernrohr nicht?, dachte sie und kniff das linke Auge fester zusammen, während ihr verstärkter Blick wieder über das Umspannwerk glitt.

Die bizarren Metallgebilde, die durch ein wirres Kabelgeflecht verbunden waren, sahen aus wie ein komplexes Spinnennetz vor einer gleißenden Sonne. Deutlich dickere Hochspannungsleitungen führten von dem durch einen hohen Maschendrahtzaun gesicherten Areal zu den großen Überlandleitungen, die am Rande der Dunkelheit in Richtung Seattle und in die Berge führten, wo sie das

Wasserkraftwerk vermutete, von dem Dewala gesprochen hatte.

»Ihr wollt das Kraftwerk in die Luft jagen, oder?«, flüsterte sie, als sie sich vergewissert hatte, dass keine Personen draußen zu sein schienen und Boozta, Stinger und Steffi noch nicht in Position waren.

»Nein, das Umspannwerk«, antwortete Dewala über Funk. »Ein Kraftwerk ist viel besser gesichert als ein Umspannwerk. Das ist wirklich erstaunlich: nur Maschendraht, nicht einmal Stacheldraht. Jedes Kind könnte einen Molotowcocktail über den Zaun werfen und wieder gehen. Und wenn das ganze Ding platt ist, dauert es mindestens ein halbes Jahr, bis sie alles wiederhergestellt haben. Beim Kraftwerk aber gibt es bewaffnete Sicherheitskräfte, NATO-Draht und Überwachungsdrohnen. Hier gibt es übrigens auch eine, nicht vergessen. Schalte sie aus, wenn ich es dir sage.«

»Verstanden«, bestätigte June und sagte es, damit ihre Vorgesetzte verstand, dass sich das nicht bloß auf den Befehl mit der Drohne bezog.

Warum sollte Relentless den Auftrag bekommen, kritische Infrastruktur zu zerstören, die einen Teil Seattles mit Strom versorgt?, dachte June und drückte einen Knopf auf dem Zielfernrohr. Sofort wurde ihr eine elektronische Signatur im Sichtfeld angezeigt: Die Überwachungsdrohne von der Größe eines kleinen Rasenmähers schwebte etwa zweihundert Meter über dem Umspannwerk wie ein Käfer mit vier Rotoren. *Das klingt nicht wie etwas, das Geronimous tun würde. Die treffen damit doch die normale Bevölkerung und nicht die ... Bonzen.*

»Weißt du, wofür dieses Kraftwerk genutzt wird und

wem es gehört?«, fragte die Captain, nachdem Boozta funkte, dass sie noch fünf Minuten brauchen würden, um in Position zu sein.

»Es gehört bestimmt diesem Cheney-Arsch«, folgte June einem Instinkt.

»Ja, und er verkauft den Strom an die Gigabatterie Bellevue, die – oh Wunder – ebenfalls ihm gehört über einige Holdings. An dieser Batterie werden jede Woche dreißigtausend Roboter auf Induktionsfeldern geladen. Roboter, die in der Stadt arbeiten.«

»Roboter?«

»Ja, und weißt du, wer deshalb nicht in der Stadt arbeitet?«, wollte Dewala wissen.

»Dreißigtausend Menschen?«, schätzte June.

»Ja. Wenn dieser Strom nicht mehr in die Stadt gelangt, werden dreißigtausend Roboter mehrere Monate keinen Saft mehr haben, aber ihre Arbeit muss immer noch erledigt werden. Also werden Menschen herangezogen werden, die vorher keine Arbeit hatten. Unser Kunde möchte offenbar etwas für die vielen Arbeitslosen tun, die Cheney zu verantworten hat.«

Und wer könnte dieser Kunde wohl sein?, schmunzelte June vor sich hin. *Oder sind Kunde und Dienstleister womöglich derselbe?*

»Jetzt bin ich doch etwas enttäuscht, dass du mich nicht mit dem Sprengstoff losgeschickt hast«, schlug sie schließlich flüsternd in dieselbe Kerbe wie zuvor. Sie durfte es zwar nicht übertreiben, aber so wie Janika es hatte aussehen lassen, war sie wohl eine ziemlich leidenschaftliche Rebellin gewesen.

»Kommt noch. Ab jetzt Funkdisziplin«, befahl Dewala.

Achtzig Atemzüge später, die June einer Gewohnheit gemäß zählte, meldete sich Boozta über Funk. Noch konnte sie weder ihn noch die anderen beiden sehen, aber das lag wohl daran, dass sie noch am Waldrand in der Nähe des Maschendrahtzauns auf der Lauer lagen – dort, wo die Drohne sie mit ihren Sensoren noch nicht erfassen konnte.

»In Position.«

»Drohne«, befahl Dewala und June drückte ab. Da sie das Ziel schon vierundachtzig Atemzüge anvisiert hatte, war es beinahe eine Erleichterung, endlich den Finger krumm machen zu können. Ihr Gewehr bellte auf, der Schalldämpfer schluckte den Mündungsblitz und das Antifahrzeugprojektil verließ mit Überschallgeschwindigkeit den Lauf. Noch bevor der Knall verklungen war, erwachte hoch über dem Umspannwerk ein kleiner Funkenschauer zum Leben und die Trümmer der zerfetzten Drohne regneten aus der Dunkelheit in das grelle Licht.

»EMP!«, kam Dewalas nächster Befehl und jetzt sah June eine Gestalt aus dem Wald im Süden treten und eine Waffe heben. Ein faustförmiges Ding löste sich aus dem Lauf und beschrieb einen geradezu langsamen Bogen, bis es *puff* machte und mit einem Mal sämtliches Licht ausging.

Es wurde stockfinster.

Per Knopfdruck wechselte sie auf Infrarotsensorik im Zielfernrohr und sah die drei Gestalten von Boozta, Stinger und Steffi die wenigen Meter zwischen Waldrand und Zaun zurücklegen, bevor einer einen Fissionsschneider hob und mit flüssigen Bewegungen ein Loch in die Drahtmaschen schnitt. Daraufhin liefen die drei rotglühenden

Umrisse vor dem allgegenwärtigen Grau in das Areal. Auf der anderen Seite kamen zwei Personen aus der kleinen Hütte gelaufen – vermutlich die Wachmänner. Sie hielten auf den Treppen inne – wabernde rote Gestalten im grauen Meer der Infrarotsicht.

»Kontakt anvisiert«, meldete Stinger.

»Ausschalten, lasst euch nicht entdecken«, befahl Dewala und June schluckte erschrocken.

Die Sicherheitsleute trugen nicht einmal scharfe Waffen bei sich. Bevor sie es sich anders überlegen konnte, zielte June auf einen Punkt direkt neben dem rechten der beiden roten Menschen und drückte ab. Als das fingerdicke Projektil in den Beton krachte, zuckten beide zusammen, duckten sich und rannten wie von der Tarantel gestochen los.

»Zielpersonen fliehen Richtung Tor!«, meldete Stinger. »Verfolge.«

»Negativ, primäres Missionsziel erfüllen«, widersprach Dewala. »June. Die Wachleute dürfen nicht entkommen oder Verstärkung rufen. Ich hoffe, dass du diesmal besser zielst.«

June schluckte und presste die Lippen aufeinander. *Sei gut,* hallten die Worte von Ace in ihrem Geist und ihr Fadenkreuz wanderte von den beiden anonymen Gestalten fort, die aussahen wie unwirkliche Animationen. Stattdessen suchte sie nach dem Fahrzeug, dem alten Jeep außerhalb des Areals, der auf dem kleinen Grünstreifen neben der Zufahrtsstraße geparkt stand. Ihr Zeigefinger krümmte sich erneut und das Geschoss krachte durch die Haube in den Motorblock. Als sie sich fragte, ob es sich um einen Elektrowagen handelte, setzte sie einen weiteren Schuss durch das Dach und war sicher, dass er problemlos auf jeden Akku im Fahrzeugboden durchschlagen würde.

»Fluchtfahrzeug ausgeschaltet«, meldete sie und hoffte, dass es der Captain reichen würde. Sie wollte die beiden Unschuldigen nicht umbringen und würde es auch nicht tun, egal was man ihr befahl.

Boozta, Stinger und Steffi schienen sich glücklicherweise nicht weiter um die Fliehenden zu kümmern, die in der absoluten Dunkelheit Richtung Rolltor liefen, es aber knapp verpassten, da sie offenbar keine Sichtverstärkung besaßen. Also tasteten sie panisch an den Drahtmaschen entlang, um den Verschlussmechanismus zu finden. Junes Kameraden teilten sich derweil auf und begannen, faustgroße Ladungen Plastiksprengstoff an insgesamt sechs Punkten zu verteilen und die Zünder hineinzustecken.

Sie suchte derweil mit ihrem elektronischen Auge über den schwarzen Himmel ab. Erst links, dann rechts und … Moment. Das Fadenkreuz wanderte zurück, bis sie einen schwachen Lichtpunkt im Norden sah. Sie könnte schwören, dass er eben noch nicht dort gewesen war. Stirnrunzelnd blinzelte sie dreimal und stellte damit auf maximale Vergrößerung. Der Identifikationsalgorithmus im Zielfernrohr markierte sofort die Umrisse eines Luftfahrzeugs mit kurzen Stummelflügeln, dessen Triebwerke merkwürdig gekippt waren. Es war groß wie ein Schulbus und bewegte sich auffallend schnell in ihre Richtung.

»Scheiße, wir bekommen Besuch! Irgendwas Fliegendes aus Nord-Nordost. Flughöhe etwa vierhundert Meter über dem Grund.« June las die Geschwindigkeits- und Entfernungsdaten von der Anzeige im Zielfernrohr ab und schnappte nach Luft. »Die sind in zwei Minuten hier!«

»Macht, dass ihr da wegkommt!«, befahl Dewala sofort.

»Wir haben noch nicht ...«, wandte Boozta ein und June sah, wie sich seine rote Silhouette aufrichtete, wie jemand, der gerade gerufen und bei der Arbeit gestört worden war.

»Egal, liegenlassen und auf unsere Position zurückziehen, das ist ein Befehl.«

»Aye!« Die drei Soldaten standen auf und rannten Richtung Hütte, an der vorbei und auf den Maschendrahtzaun auf der anderen Seite zu. Geschmeidig kletterten sie hindurch und stürmten in den Wald, der zu June und Dewala führte.

Das sich nähernde Flugzeug hatte in der Zeit bereits die Hälfte seines Weges zurückgelegt.

»Verdammt, wer ist das?«, fluchte Stinger über Funk.

»Keine Ahnung, sieht militärisch aus«, antwortete Dewala ruhig und klang, als sei sie nicht ganz anwesend. »Das sind Shock-Trooper! Ich kann die Abwurfausleger erkennen!«

June sah erneut hin und erkannte jetzt auch, dass die große, grau gestrichene Maschine zwei weitere Stummelflügel ausfuhr, an denen jeweils acht Gestalten in Ganzkörperpanzerung von massiven Aufhängungen hingen. Ihre Gestalten sahen geradezu albtraumhaft aus, wie von einem Comiczeichner gemalt.

Shock-Trooper? Was sind Shock-Trooper?, dachte sie und bekam ein ungutes Gefühl im Magen. Nach angenehmem Besuch klang das jedenfalls nicht. Ein wenig beruhigte sie sich wieder, als sie an das Meer aus Bäumen in der Dunkelheit dachte. Es gab keinen Platz, wo die Maschine landen konnte.

»Soll ich euch extrahieren?«, fragte die ruhige Stimme ihres Fahrers über Funk.

»Negativ. Wenn du jetzt den Wagen anwirfst, werden die Bordsensoren deine Signatur sofort erfassen und du wirst schneller gegrillt, als du *Rakete* sagen kannst«, verneinte Dewala. »Wir ziehen uns über den Bergrücken zurück. Ruf über die Schüssel ein HTR-Extraktionsteam zur Verstärkung ins Nachbartal.«

»Verstanden. Ich ...« Gerade als June warnen wollte, dass sich etwas Leuchtendes aus dem Rumpf des heranrasenden Flugzeugs gelöst hatte, wallte im Westen ein Feuerball auf und erleuchtete für einen Atemzug den riesigen Wald ringsum und die Stimme ihres Fahrers erstarb.

»Scheiße!«, fluchte Dewala. »Elektronik-Tracking! Schaltet alle eure Comlinks ab und lasst sie ausgeschaltet, bevor sie euch auch erfassen. Boozta, Zündung in ... in drei Sekunden. Treffen beim Ausweichpunkt. Ihr wisst, was zu tun ist.«

June fummelte an ihrer Brust herum, bis sie die kleine Steuereinheit ihres Comlinks zwischen die Finger ihrer freien Hand bekam. Da sie den Power-Schalter nicht intuitiv fand, riss sie es vom Kabel, nahm es und warf es weit von sich nach vorne. Ein weiterer Lichtblitz unter dem Flugzeug, das nun fast über dem im Dunkeln liegenden Umspannwerk dahinjagte und abzubremsen begann, und eine Explosion erblühte keine dreißig Meter vor ihr. Druck und Hitze zwangen sie hinter der Wurzel in Deckung, bevor ein Schauer aus Holzsplittern und Dreck über sie hinweg jagte.

Als sie sich knurrend wieder mit dem Kopf vorwagte, zündete der Plastiksprengstoff und zerfetzte nacheinander sämtliche Masten und Spulen des Umspannwerks. Die Explosionen schossen gelb-rote Flammenwolken in sämtliche Richtungen und das Flugzeug drehte erstaunlich schnell ab, als die ersten Schrapnelle aufstiegen und seinen Rumpf trafen. Zwei der von den Flügeln hängenden Shock-Trooper wurden erfasst und aus ihren Verankerungen gerissen. Stumm fielen sie in die Dunkelheit und ihren Tod.

June wartete nicht, sondern schaltete die Elektronik in ihrem Zielfernrohr ab, legte ihr rechtes Auge auf den Gummiring und zielte mit dem Auge.

Einatmen. Ausatmen, dachte sie und drückte den Abzug. Ihre Schulter bekam einen heftigen Schlag versetzt und einem der Shock-Trooper platzten Helm und Kopf, als das von Wolfram umhüllte Vollmantelgeschoss in der Größe einer Zigarre einschlug.

Einatmen. Ausatmen. Ein weiterer Kolbenschlag gegen ihre Schulter und ein Shock-Trooper wurde aus seiner Verankerung gerissen und trudelte mit rudernden Armen in den Tod.

Sie wollte noch einen Schuss absetzen, doch das Flugzeug drehte erneut und hielt wieder auf sie zu. Das zweite Paar Flügel mit den verbliebenen zwölf Soldaten erwachte zum Leben, indem sich rote Warnlampen einschalteten. Noch während sie überlegte, was da gerade passierte, machte das Flugzeug einen Satz nach unten und die Shock-Trooper lösten sich aus ihren Aufhängungen und schossen wie Granaten in die Tiefe.

»Scheiße, was ist das denn?«, murmelte sie entsetzt und zuckte heftig zusammen, als sie eine Hand auf der Schulter spürte. Reflexhaft hatte sie ihre Waffe losgelassen, gegen ihre P99 eingetauscht und sie Dewala unter das Kinn gedrückt.

»Sachte, Kleine«, beruhigte die Captain sie. »Wir müssen schleunigst verschwinden, das sind Deltas!«

»Sorry«, flüsterte June und senkte die Pistole schnell wieder. Sie griff nach dem Gewehr, doch Dewala schüttelte den Kopf.

»Zu schwer. Wir müssen verschwinden, komm mit!«

Sie zögerte nicht und folgte ihrer Vorgesetzten durch das Unterholz in die Nacht. Hinter ihr brannte das ehemalige Umspannwerk lichterloh und sandte unstetes gelbes Flackern zwischen die Baumstämme.

Aufgrund der plötzlichen Helligkeit sah ihre Welt mit einem Mal aus wie ein Bild in Falschfarben und sie fragte sich, ob es an ihren Kontaktlinsen liegen konnte, die für das Sehen in der Dunkelheit gemacht waren. Als sie einen Abschnitt fanden, in dem keine Bäume in ihrer Laufrichtung standen, zog sie mit den Zähnen den rechten Handschuh aus und wischte mit Daumen und Zeigefinger grob die Linsen aus beiden Augen. Da sie unsanft vorging und stark wackelte, schmerzte es und ihr linkes Auge begann, heftig zu tränen, doch sie kümmerte sich nicht darum. Jetzt ging es ums blanke Überleben, um Flucht und Nicht-Erkanntwerden – Dinge, mit denen sie sich auskannte. Mit dieser Technik allerdings kannte sie sich nicht aus, also musste sie weg.

Sei aufmerksam, sei leise, hinterlasse keine Spuren, gehe keine Risiken ein, zitierte sie eine der Regeln ihres Vaters und setzte mit Anlauf über eine Felsspalte hinweg. *Gefährlich ist, wenn meine Position verraten wird. Gefährlich ist, wenn die Umstände mich zu Fehlern zwingen. Gefähr-*

lich ist, wenn etwas Unvorhergesehenes passiert, und gefährlich ist die Nacht.

Die Überlebensregeln aus ihrer Kindheit und Jugend stiegen in ihr wie natürliche Reflexe ihres Unterbewusstseins empor und sie konnte beinahe die Gegenwart ihres Vaters spüren, der mit kritischem Blick auf sie herabsah und genau analysierte, was sie tat.

»Dewala«, zischte sie, als ihr in diesem Zusammenhang ein Geistesblitz kam. Die Captain hörte sie jedoch entweder nicht oder entschied sich, sie zu ignorieren, also rannte June noch schneller, bis ihre Beine brannten, und holte Dewala ein, als die gerade einen Findling umrundete, der wie eine kantige Albtraumgestalt aus der Dunkelheit wuchs.

»Keine Zeit!«, flüsterte die kleinere Frau und es klang beinahe wie ein unterdrückter Schrei.

»Falsche Richtung!«

»Was?«

»Wir müssen in die andere Richtung!«

»Der Extraktionspunkt liegt auf der anderen Seite des Berges, wir müssen ...«

»Die Regeln gelten auch für *die*«, sagte June eilig.

»Was? Wovon redest du?«, fragte Dewala und wollte sich wieder umdrehen, als June sie an der Schulter packte und zurückdrehte. Jetzt war der Blick ihrer Vorgesetzten feurig.

»Die kommen von unten und jagen uns. Die erwarten doch, dass wir in diese Richtung davonlaufen«, erklärte June. »Außerdem wussten die ganz offensichtlich, dass wir hier sein würden, also müssen sie an Informationen über unseren Einsatz gekommen sein. Vielleicht kennen sie also auch unsere Extraktionspunkte und treiben uns in die Arme eines weiteren Teams, das schon auf uns wartet. Wir müssen sie zwingen, auf etwas Unvorhergesehenes zu reagieren, das zwingt sie zu Fehlern. Ich kenne mich in dieser Art von Umgebung und Situation aus, glaub mir.«

Anscheinend ausweglos, hoffnungslos unterlegen und, sie sah kurz auf ihre Pistole hinab, *kläglich ausgerüstet gegen einen Feind, für den all das nicht galt.*

Dewalas Augen blitzten unruhig und June konnte beinahe sehen, wie es hinter ihrer Stirn arbeitete. Sie hielt dem Blick der älteren Frau stand, bar jeden Zweifels und atmete erleichtert aus, als die schließlich zögernd nickte, nachdem sie zum Berg hinauf und wieder in Junes Augen gesehen hatte.

Gemeinsam drehten sie gegen den drängenden Fluchtinstinkt in ihrem Hinterkopf, der wie mit panischen Schreien ihre Glieder zur Vernunft rufen wollte, um. Bergab wurden ihre Schritte schneller und schneller, bis sie die Felsspalte erreichten. June hatte bei ihrem Sprung bergauf gesehen, dass es darin feucht geglänzt hatte, und hielt auf dem steinigen Stück zwischen Moos und altem Laub an, um die Höhe abzuschätzen.

Drei Meter oder vier, das muss gehen, dachte sie, nickte Dewala zu und sprang. Sie landete hart, verletzte sich aber nicht, da es sich tatsächlich um schlammigen Untergrund handelte. *Gut.*

June hockte sich hin, als mit einem lauten Klatschen die Captain neben ihr landete und nur knapp eine aus dem Erdreich ragende Wurzel mit dem Kopf verfehlte. Nachdem sie die Pistole geholstert hatte, nahm sie mit beiden Händen Schlamm und Erde und rieb Gesicht und Glieder ein. Sie nahm immer mehr, bis sie von einer dichten, bitterkalten Schmutzschicht eingehüllt war, die nach verfaulendem Humus und nassem Laub stank.

»Clever«, bemerkte Dewala bibbernd, während sie es ihr gleichtat.

June antwortete nicht und deutete stattdessen durch den natürlichen Gang zwischen den Felsen nach Westen, bevor sie wieder ihre Pistole zog und loslief. Von oben hörte sie die ersten Äste knacken.

Kapitel 22: June

Der feuchte Waldboden glänzte unter der kalten Last des wolkenverhangenen Herbsthimmels und erzeugte eine gespenstische Atmosphäre, als June mit Dewala im Schlepptau aus der langgezogenen Felsspalte, die eine natürliche Schlucht im Kleinformat bildete, in den Wald trat. Dort hielt sie einen Augenblick inne und lauschte reglos.

Ein einsamer Vogel sang in der Ferne und irgendwo gluckerte ein Wasserlauf, doch abgesehen davon und dem sanften Rauschen der Bäume im Wind hörte sie nichts Unnatürliches. Zumindest nicht, wenn sie außer Acht ließ, dass der Wald viel zu still war. In Montana hatten damals selbst die wenigen nachtaktiven Vögel mit ihren Rufen für eine Hintergrundmelodie gesorgt. Entweder hatte sich selbst die Tierwelt entschlossen, das Weite zu suchen, wenn sich die Menschen mit ihren Waffen zu beharken begannen, oder aber es gab sie nicht mehr – oder nur noch deutlich kleinere Bestände.

Nach exakt zwölf Atemzügen, in denen sie nichts Verräterisches gehört hatte, gab sie Dewala einen Wink und setzte ihren Weg auf leisen Sohlen fort. Falls es die Captain störte, dass sie die Führung übernommen hatte, ließ sie es sich jedenfalls nicht anmerken. June war zwar nicht sicher, ob sie überhaupt erkannt hätte, sollte sie Missfallen zeigen, da unter dem Schlamm lediglich das Weiß ihrer Augen zu sehen war. Sie wünschte sich, dass damals im Widerstand mehr von den älteren Anführern so gewesen wären. Dearing war eine löbliche Ausnahme gewesen unter all den besserwisserischen Kommandanten, die sich etwas auf ihre alte Armeeausbildung eingebildet hatten, obwohl sich die Welt massiv verändert hatte. Schon damals hatte sie gefunden, dass in einem perfekten Widerstand immer der- oder diejenige das Sagen hätte haben sollen, der oder die in der jeweiligen Situation die meiste Erfahrung und Kompetenz gehabt hatte. Am Ende war ihre Sichtweise aber immer wieder abgeschmettert worden mit Aussagen wie »Du bist eben noch sehr jung«, »Dein Eifer ist eine Stärke, aber einen guten Offizier zeichnet Besonnenheit aus« oder »Mit etwas Erfahrung wirst du erkennen, dass …«. Sie hatte diese Sprüche der Lieutenants immer gehasst, weil sie sie als abwertend und erniedrigend empfunden und sich im Recht gesehen hatte. Heute war sie älter und reifer, obwohl nur etwas mehr als ein Jahr zwischen ihrem letzten Einsatz für den Widerstand und ihrer jetzigen Flucht lag. Mit einer Menge schmerzhafter Erfahrungen und auf die harte Tour gelernter Lektionen des Lebens hatte sie mittlerweile begriffen, was die Anführer des Widerstands ihr damals hatten vermitteln wollen. Wer immer mit dem Kopf durch die Wand wollte, endete irgendwann mit einer Menge Beulen am Kopf. Der beste Weg zum Ziel war nicht automatisch der direkte, offensichtliche. Aus genau diesem Grund liefen sie jetzt in Richtung der Gefahr und nicht vor ihr weg.

June maßte sich nicht an, sämtliche Lektionen gelernt zu haben, die ihr Vater, die Lieutenants oder das Schicksal ihr hatten beibringen wollen, aber sie wollte wenigstens versuchen, ein immer offeneres Ohr für sie zu haben.

Als sie vor sich eine minimale Bewegung wahrnahm,

die ihr Gehirn schon als bloße Sinnestäuschung oder ein einzelnes Blatt im Wind abtun wollte, hielt sie so abrupt an, dass Dewala gegen ihren Rücken stieß. Wenn sie eines von ihrem Vater gelernt hatte, dann, dass jeder noch so winzige Verdacht ernstgenommen werden musste wie eine direkte Gefahr für Leib und Leben. Also ging sie ganz langsam in die Hocke und drehte sich dann hinter einen dicken Baumstamm.

Mit Blick zu Dewala hob sie Zeige- und Mittelfinger gespreizt vor ihre Augen und deutete mit flacher Hand in Richtung der Bewegung, bevor sie um den Baumstamm lugte und tatsächlich die Umrisse einer Gestalt erkannte. Vielleicht sah sie nicht so gut wie mit den Kontaktlinsen, doch ihre seit Kindheitstagen für die Dunkelheit trainierten Augen funktionierten trotzdem. Gewohnheit und das unklare Gefühl, dass eine veränderte, unnatürliche Sicht ihre Reflexe beeinflussen oder im falschen Moment den Dienst versagen konnte, wogen stärker.

Dewala bedeutete ihr mit flacher, waagerecht zum Boden gehaltener Hand, sich hinzulegen und June tat es mit bedachten Bewegungen, um ja kein Geräusch zu verursachen. Sie war sicher, dass allerlei Sensoren in dem Helm des Panzeranzuges steckten, der unter den herrschenden Sichtverhältnissen aussah wie ein Schalentier. Vermutlich konnte sein Träger eine Stecknadel fallen hören. Sie atmete flach und langgezogen kontrolliert ein und aus, während der bedrohliche Schatten weiter Richtung Berghang stapfte, sein klobiges Gewehr stramm nach vorne gerichtet. Er war nur fünf Meter entfernt – wenn überhaupt und doch konnte June keine Details erkennen, so dunkel war es. Vorsichtig tastete sie an ihrer Seite entlang zu ihrer

Hüfte und löste den Druckknopf von der Scheide ihres Kampfmessers. Boozta hatte ihr etwas von einer Diamantbeschichtung erzählt, die sie bei einem lange erwarteten Ausrüstungsupgrade erhalten hatten, und wie er seither alles zerhackte – unter anderem einen Magneten. Sie hielt das für übertrieben, aber man konnte ja nie wissen, was im Jahr 2059 entwickelt worden war. Als sie gerade das Heft aus dem Leder zog, hielt die schattenhafte Gestalt vor ihnen mit einem Mal inne und blieb stehen. June versteifte sich und verzog grimmig den Mund.

Wäre ja auch zu schön gewesen, dachte sie und wog ihre Optionen ab. *Fünf Meter, schlechte Sicht auf die Bodenverhältnisse, vermutlich rutschig. Ein Baum gibt teilweise Deckung. Er schaut noch geradeaus, dem Lauf seiner Waffe nach zu urteilen.* Sie hatten einen Vorteil, weil sie davon ausging, dass die Soldaten nicht damit rechneten, ihre unterlegenen Gegner würden ihnen in die Arme laufen, aber sie waren auch deutlich schlechter ausgerüstet. Für den Kerl gab es jedenfalls keinen Grund stehen zu bleiben – zufällig in ihrer Nähe – wenn er nicht etwas gehört oder gesehen hatte.

Als vom Berghang Explosionen und Rattern automatischer Waffen zu hören waren, nutzte sie die Ablenkung, sprang auf und stürmte vor. Ihre langen Schritte, die sie in geduckter Haltung sprintete, erzeugten schmatzende Geräusche, unter die sich das Knacken feuchten Unterholzes mischte. Nach dem Schleichen der letzten Minute kam es ihr beinahe obszön laut vor.

Zwei Schritte trennten sie noch von dem Soldaten, als der reagierte und erschreckend schnell sein Gewehr fallen ließ und fast gleichzeitig seine Pistole zog. Der Lauf war zu lang. Er wusste, was er tat, das musste sie ihm lassen. *Sie* wusste, dass sie es nicht schaffen würde, also wechselte sie ihre Strategie und ließ sich nach vorne fallen.

Der Schuss löste sich, als der Soldat gerade die Waffe gehoben hatte und sie abtauchte. Ein Knall, so laut wie ein überdimensionierter Gong, dröhnte in ihren Ohren und ein heißer Schmerz flammte in ihrer Schulter auf. Sterne tanzten vor ihrem Gesicht, als sie das Messer hochriss und es ihm über die Innenseite seines rechten Beines zog. June rutschte zwischen den Beinen hindurch, stieß sich mehrfach und purzelte auf der anderen Seite gegen einen Baum, was sämtliche Luft aus ihrer Lunge presste. Wie bei einer Knallgasreaktion keuchte sie laut, als ihr der Atem entwich, zwang sich jedoch zu einem Sprung auf die Beine und spürte eine heiße Flüssigkeit über ihre Seite laufen. Mit einem kurzen Blick sah sie, dass die hell glänzte.

Blut, dachte sie erschrocken und die Schmerzen in ihrer Schulter wurden intensiver. Da sah sie, dass der Soldat zusammenbrach und auf die Knie fiel. Das Blut stammte von ihm. Sie musste seine Beinschlagader erwischt haben und das diamantbeschichtete Messer war tatsächlich seinem Ruf gerecht geworden. Noch bevor sie wieder aufrecht stand, tauchte Dewala an der anderen Seite des Soldaten auf und trennte ihm mit drei kurzen Hieben Kopf und Helm von den Schultern. Selbst June war von der Brutalität überrumpelt und würgte, als die Captain den triefenden Helm nahm und wie einen Ball den Abhang hinabwarf.

»Elektronische Signatur«, knurrte sie und deutete abwärts in die andere Richtung. June verstand und nickte.

Gute Idee.

Da der Shock-Trooper mit Sicherheit in Funkkontakt gestanden hatte, war ihre Position aufgeflogen und seine Kameraden würden verstehen, dass sie ihnen auf den Leim gegangen waren. Mit etwas Glück würden sie jedoch der Helmsignatur folgen und diese entweder für sie – die Flüchtenden – halten oder für ihren Kameraden, der sie verfolgte.

Eine Stunde später wanderten sie erschöpft durch das weite Tal. Die ersten Fühler des Tageslichts erstreckten sich über den Horizont zu ihnen und machten es leichter, in dem Wald zu navigieren. Von den Shock-Troopern war nichts mehr zu hören oder zu sehen gewesen, genauso wenig wie von Boozta, Stinger und Steffi. Nach dem Gefechtslärm am Berg zu urteilen, würden sie vermutlich auch nie wieder etwas von ihnen hören. June war nicht klar, wie sie sich bei dem Gedanken fühlen sollte. Sie hatte die drei weder gut gekannt noch besonders gemocht und doch glaubte sie, dass es ihre Aufgabe war, sie nicht ohne weiteres als bedauerliche Verluste einer militärischen Operation abzutun. So wollte sie nicht mehr sein und so durfte sie nicht mehr sein, das hatte sie sich geschworen. Trotzdem war da noch immer dieser Teil von ihr, der angesichts einer Notlage ausschließlich die Fakten und Notwendigkeiten betrachten wollte, um das eigene Überleben zu sichern.

»Bist du sicher, dass ich mir die Wunde nicht ansehen soll?«, fragte Dewala zum wiederholten Male und June schüttelte erneut den Kopf.

»Durchschuss im Schultermuskel. Schmerzhaft, aber

der Blutverlust ist vernachlässigbar, und seitdem du dieses Gelzeugs draufgeschmiert hast, ist es doch versiegelt.«

»Gut, vergiss aber die Antibiotika nicht, wenn wir zurück sind. Ich lasse dich nicht gehen, bevor du in unserer Klinik versorgt wurdest.«

»Aye, Sir«, sagte June müde.

»Das war gute Arbeit da oben.« Dewala nickte anerkennend, bevor der Ausdruck um ihren Mund eine Spur Verbitterung zeigte. »Ich hätte nur gewünscht, dass wir die anderen auch hätten retten können. Sie waren gute Leute, wirklich.«

»Ja, mir tut es auch leid.«

»Hast du viele Leute verloren?«

»Ich ...« June zögerte, als die vielen Gesichter der Toten, die sie über die Jahre gesehen oder zu Grabe getragen hatte, vor ihrem inneren Auge auftauchten. Vor allem aber blieben die Umrisse von Alberts Zügen in ihrem Gehirn eingebrannt wie die Spuren eines Brandmals. Sie räusperte sich. »Ja. Zu viele und zu gute Leute.«

»An diese Scheiße gewöhnt man sich nie.« Dewala nickte in einem überraschenden Anflug von derber Direktheit. »Und wenn man es doch tut, weiß man, dass man auf dem Schlachtfeld nichts mehr zu suchen hat.«

»Vor allem nicht auf einem Offiziersposten.«

»So ist es. Hast du schlechte Erfahrungen gemacht?«

»Ich glaube ehrlich gesagt eher, dass sie schlechte Erfahrungen mit mir gemacht haben«, entgegnete June kopfschüttelnd und verzog das Gesicht, als eine Schmerzwelle durch ihre Schulter zog wie ein Stromschlag.

»Alles in Ordnung? Du kannst immer noch das Schmerzmittel nehmen, wie ich empfehlen würde.« Dewala klopfte auf die Brusttasche, von der etwas getrockneter Schlamm abblätterte wie Patina.

Nichts ist in Ordnung. Eine Verletzung wird mich zurückwerfen und ich habe keine Zeit! Ich muss Geronimous finden, dachte sie grimmig. Laut sagte sie: »Nein, das vernebelt bloß die Sinne.«

»Genau wie Schmerzen.« Dewala zog einen Injektor aus ihrer Tasche und blieb stehen. June drehte sich gehorsam um und seufzte, als sie auf die ausgestreckte Hand der Captain blickte. Widerwillig nahm sie den Injektor und drückte ihn sich gegen den Oberarm. »Du musst schon den Knopf drücken, glaub nicht, dass ich es nicht sehe.«

June fummelte mit dem Daumen am Ende des Injektors herum, bis sie eine Vertiefung spürte, und drückte zu. Ihr Oberarm wurde kurz warm, dann ließ sie das kleine Röhrchen in einer ihrer Taschen verschwinden. Es galt, keine Spuren zu hinterlassen, selbst wenn sie nicht mehr verfolgt werden sollten. Als sie weitergingen, überlegte sie, wie sie schneller vorankommen konnte und ob sie noch offensiver vorgehen sollte. Das Schlimmste, was passieren konnte, war, dass sie die falschen Fragen stellte und Dewala sie zu töten versuchte. Trotz ihrer Verletzung traute June sich jedoch zu, sie ihm Nahkampf zu überwältigen, wenn sie auch nicht viel über die Fähigkeiten der Soldatin wusste. Erfahrung hatte sie jedenfalls, aber die hatte sie auch.

»Ich habe mich Relentless angeschlossen, weil ich auf der Suche nach Geronimous bin«, sagte sie schließlich beiläufig, behielt Dewala aber in den Augen und schwang etwas weniger mit ihrem rechten Arm, um schneller ihre Pistole ziehen zu können.

»Geronimous, hm?«

»Ja.«

»Weshalb?«

Sie tötet mich nicht sofort, das ist schon mal ein Vorteil.

»Weil ich mit ihm sprechen muss.«

»Warum denkst du, dass Geronimous ein *Er* ist und warum musst du mit ihm sprechen?«, fragte die Offizierin im selben Plauderton, in dem June sprach. Ein Spiel, an dessen Regeln sie sich vorerst hielten. Gut.

»Vielleicht ist er auch eine Sie, man findet ja nichts heraus«, gab sie schließlich zu und seufzte. »Ich habe es einfach satt, tatenlos zuzusehen, wie dieser Charles Cheney unsere Welt vor die Hunde gehen lässt. Wir sind alle wie Lemminge, die sich freiwillig in den Abgrund stürzen, während er sich die Hände reibt und seinen Reichtum verprasst.«

»Du willst dich Geronimous anschließen?«, fragte Dewala und June nickte. »Wieso sollte Geronimous dir vertrauen?«

»Mir vertrauen? Fragst du das aus Interesse, oder …«

»Lassen wir die Spielchen. Du bist zu clever für diese Scharade und ich bin es auch. Glaub nicht, dass ich dein Potenzial nicht erkannt habe, aber die Behörden haben schon mehrfach versucht uns zu infiltrieren.«

»Du gehörst zu Geronimous«, stellte June mit ruhiger Stimme fest, während ihre Gedanken zu rasen begannen. Was hatte das zu bedeuten? Was waren die Konsequenzen? Gehorchte ganz Relentless dem Terroristen? Wollten sie sie in Wirklichkeit für ihre Sache rekrutieren und die Firma war bloß eine offizielle Fassade?

»Nein, ich *bin* Geronimous.«

June blieb abrupt stehen und drehte sich zu der älteren Frau, die ihren Blick ernst und ungerührt erwiderte. Sie hob einen kleinen Gegenstand, der aussah wie eine sehr flache Fernbedienung.

»*Du?*«

»Ich.«

»Das kann nicht sein! Ich glaube ja an Zufälle und glückliche Fügungen von Zeit zu Zeit, aber das ...«

»Ich bin Geronimous und Boozta und Stinger waren es auch.«

»Geronimous ist keine Person«, dachte June laut und nickte langsam. Warum hielt Dewala dieses seltsame Ding hoch?

»Richtig. Geronimous ist eine Idee, ein Ideal, ein Ziel. Jeder, der sich als Zelle anschließt, wird zu Geronimous und kennt immer nur eine Zelle unter sich. Ich bekomme Nachrichten und Anweisungen von einer unbekannten Nummer und gebe sie an diejenigen weiter, die ich rekrutiert habe. Die tun dann dasselbe, sodass sich immer nur eine Ebene gegenseitig kennt.«

»Eine Pyramidenstruktur, die nicht ausgehoben werden kann.« June nickte anerkennend. »Das ist clever.«

»Wenn man in dieser Welt überleben und etwas Gutes bewirken will, muss man eben clever sein.«

»Hast du deshalb dieses komische Ding in der Hand?« June deutete auf die Fernbedienung in Dewalas Hand. »Weil du clever bist?«

»Du warst nicht clever, als du den Injektor benutzt hast. Du hast dir eine Mikrobombe injiziert, die sich mittlerweile aus ihren nanonischen Bestandteilen zu einer Sprengladung an deiner Aorta verfestigt hat.« Die Captain seufzte entschuldigend. »Man wird vorsichtig mit der Zeit.«

»Eine Bombe?« Ihr wurde mit einem Mal sehr heiß, als hätte spontanes Fieber sie überkommen. Die linke Seite ihres Halses schien zu pulsieren und sie glaubte, ein Jucken in ihrer Schlagader spüren zu können. Ohne nachzudenken, fasste sie sich an die Stelle und starrte Dewala anklagend an. »Was ...?«

»Wie gesagt: Man hat schon vorher versucht, uns auszuheben und ich bin nicht bereit, mich wieder übers Ohr hauen zu lassen.«

»Also haust du lieber mich übers Ohr.«

»Nein, ich nehme dir die Möglichkeit, mich übers Ohr zu hauen«, korrigierte Dewala sie. June kam sich mit einem Mal merkwürdig vor, als sie vollkommen verdreckt, verletzt und erschöpft in der Morgendämmerung im Wald standen und sich belauerten wie zwei sprungbereite Katzen.

»Wenn ich noch einmal *übers Ohr hauen* hören muss, haue ich mir freiwillig selbst aufs Ohr.«

»Das würde ich nicht empfehlen.« Dewala wackelte mit dem Zünder. »Sehr sensibel, das Ding in deinem Hals.«

»Denk doch mal nach: Ich würde sagen, dass euer Auftraggeber euch übers Ohr gehauen hat.«

»Oh, jetzt sagst du nicht mehr *wir* und *unser*, sondern *euer* und *euch*.«

»Macht mich das in deinen Augen verdächtig?«, fragte June provokant und hätte am liebsten die Pistole gezogen und geschossen. Sie war sicher, dass sie zumindest noch treffen würde, bevor Dewala den Knopf drücken konnte. Aber sie durfte sich von ihrer Wut und Entrüstung nicht mitreißen lassen. »Oder nur normal, weil ich nicht leiden kann, wenn man mir hinterhältig eine Bombe implantiert?«

»Beides, bis ich mich entschieden habe. Wie gesagt: eine reine Vorsichtsmaßnahme.«

»Dafür, dass ich dich gerettet habe. Sehr dankbar«, bemerkte June trocken.

»Vielleicht hast du auch nicht mich, sondern nur die Chance gerettet, dein Ziel zu erreichen, für das du mich brauchst.«

»Meine Güte, du bist aber paranoid.«

»Nicht paranoid genug.«

»Das habe ich schon häufiger von Leuten gehört, die auffällig schlecht schlafen konnten.«

»Ich schlafe wie ein junges Kätzchen, glaub mir.«

»Katzen schlafen nicht, sie haben immer ein Auge offen.«

»Ich bin eben etwas Besonderes«, meinte Dewala achselzuckend, ohne den Zünder loszulassen oder die Hand herunterzunehmen.

»Nur eine Zelle von vielen, dachte ich?«

Die Söldnerin lächelte. »Du brauchst mich offenbar, also bin ich zumindest für *dich* etwas Besonderes. Das ist mir vorerst besonders genug.«

»Und wie lösen wir diese *besondere* Situation jetzt auf?«, fragte June und versuchte krampfhaft, nicht an das Gefühl zu denken, dass sie einen Fremdkörper in der Schlagader klemmen hatte, den sie meinte, spüren zu können. Natürlich wusste sie, dass das nicht der Fall war und sie es sich einbildete, aber seit sie es wusste, wurde sie es nicht mehr los. Aber was, wenn Dewala bluffte?

Dann siehst du vermutlich gerade richtig dämlich aus, dachte sie. *Wenn sie aber nicht blufft, siehst du möglicherweise in Kürze richtig tot aus.*

»Ich rekrutiere nur Leute, denen ich vertraue. Wenn wir in Sicherheit sind, werde ich dich gehen lassen und nach drei Tagen treffen wir uns wieder. Wenn du dann noch lebst, gebe ich dir eine Chance.«

»Wenn ich dann noch lebe?«, fragte June verblüfft. »Was soll das heißen?«

»Ah, ich sagte es noch nicht: Wenn du versuchst, jemanden die Bombe herausoperieren zu lassen, macht es *bumm*. Wenn du versuchst, sie durch Naniten entschärfen zu lassen, macht es *bumm*.« Dewala grinste ein wölfisches Grinsen. »Und wenn du sie mit einem EMP unschädlich machen willst ...«

»... macht es *bumm*?« June schnitt eine Grimasse. »Tolles Ergebnis meines ersten Arbeitstages.«

»Niemand, der undercover arbeitet, hält diese drei Tage durch, ohne zu versuchen, sie loszuwerden. Jemand mit Idealismus und Antrieb, wie du für die Sache vermuten lässt, sollte das doch mit links schaffen, hm?«

»Ich mag es nicht, wenn man mich bedroht oder erpresst.«

»Niemand mag das«, erwiderte Dewala leichthin. »Aber du hast in dem Fall keine Wahl, also finde dich besser damit ab und in drei Tagen werden wir vielleicht sogar Freunde.«

»Eine bombige Vorstellung«, knurrte June.

»Bist du nicht deshalb gekommen?«

»Vielleicht bluffst du auch nur.«

»Sollen wir es ausprobieren?« Die Söldnerin machte ei-

nen Schritt zurück und sah zu dem Zünder in ihrer Hand.
»Bereit, wenn du es bist.«
»Scheiße«, fluchte June.

Kapitel 23: June

»Eine Bombe im Kopf?«, fragte Ace halb entsetzt, halb ungläubig und musterte June wie ein menschliches Enigma. Sie saß auf dem Sofa und er stand vor ihr wie ein Bär mit besorgtem Gesichtsausdruck. »Diese verdammte ...«

»Ich habe Kontakt hergestellt, immerhin.«

»Ich mache das Ding weg!«

»Nein!«, sagte sie schnell und langte nach seinem Arm. »Sie hat mich gewarnt, das zu versuchen. Wenn du das tust, wird es explodieren.«

»Du verstehst nicht«, erwiderte Ace und ging vor ihr in die Hocke. Mit einem Daumen deutete er hinter sich auf Janika, die mit geschlossenen Augen in ihrem Sessel saß und schlief. »Sie hat die Backdoor gefunden.«

»Die Backdoor? Was soll das überhaupt genau sein? Und warum schläft sie immer noch? Außerdem: Was hat das mit der verdammten Bombe zu tun?«

»Alles und nichts.« Ace stand auf und seine Knie knackten leicht. Er begann vor ihr auf und ab zu gehen und stieß gegen den Datenhelm von Janika, der achtlos auf dem Boden lag, schien es aber nicht zu bemerken. Das Wohnzimmer wirkte beengt, wenn er darin hin und her ging. Die Wände sahen aus, wie mit Sandpapier zerkratzt, und der Betonboden wie eine grob präparierte Kartonplatte.

Dieser Ort war an Hässlichkeit kaum zu überbieten und sie konnte es kaum erwarten, ihn wieder zu verlassen. Es war ihr ein Rätsel, wie Menschen freiwillig in einer Stadt leben konnten. In der Natur war es ruhig, bis auf die vielstimmigen Rufe und Gesänge der Tierwelt und das Rauschen des Windes in den Bäumen. Man konnte den Morgentau riechen, Gräser, Kräuter und Blätter. Hier gab es nur Abgase, menschliche Ausdünstungen und den Geruch von Schimmel. Alles an dieser Stadt schien ihr entgegen zu schreien, dass sie hier nicht hergehörte, an diesen Ort der kalten Hässlichkeit.

»Die Backdoor ist wie ein Ventil«, sagte Ace schließlich, ohne mit seinem Auf und Ab aufzuhören. Sein Blick war auf den Boden gerichtet, eine Hand am Kinn, die andere in Bewegung, als zählte er in Gedanken etwas auf. »Sie ist die Verbindung nach außen, die Leitung, durch die der Code hinein und hinaus fließt. Stell dir einen Computer vor, in dem es hunderte Programme und eine grafische Oberfläche gibt, die mittels Code die Daten auf der Festplatte optisch darstellt, damit wir es verstehen. Für diesen Computer gibt es ein Internetkabel, so wie früher, und jetzt stell dir vor, dass alle Programme und Daten durch dieses Kabel auf den Computer und wieder aus ihm herauskommen.«

»Sie werden also nicht vor Ort gespeichert?«

»Doch, schon, also jein.«

»Es ist kompliziert?«, seufzte sie und Ace nickte.

»Ja, etwas kompliziert. Alle Daten werden in Echtzeit gespiegelt und abgesaugt durch die Backdoor, vermutlich, damit die Aliens sie interpretieren können.«

»Die Backdoor ist also die Verbindung nach außen.«

»Ja! Sie ist die Verbindung nach draußen und Janika glaubt, dass es ein riesiges Netzwerk der Aliens gibt, das den Planeten umspannt, auf dem die Server – oder was auch immer – stehen, die unter anderem die Daten dieser Globule verarbeiten und berechnen. Möglicherweise ist dieses Netzwerk sogar viel größer und schließt mehrere Systeme ein. Sie wird es herausfinden.«

»Schläft sie deshalb so tief?« June deutete auf Janika, die mit offenem Mund und gegen die Kopfstütze gelehntem Kopf halb saß und halb lag und aussah wie eine Leiche.

»Ja. Sie hat die Backdoor gefunden, kurz bevor du gekommen bist und wollte durchgehen.«

»Auf die andere Seite? Aber das ist doch gefährlich!«

»Gefährlicher als auf einen Kampfeinsatz zu gehen und ein Umspannwerk in die Luft zu jagen, dann von Armeeeinheiten verfolgt zu werden und von der eigenen Kameradin eine Bombe implantiert zu bekommen? Oh, von einer Kameradin, die eine Terroristin ist, nicht zu vergessen.«

June knurrte etwas Unverständliches und gab ihm mit einem Wink zu verstehen, dass er mit etwas anderem fortfahren sollte.

»Sie ist jetzt auf der anderen Seite, glaube ich.«

»Und dafür braucht sie diesen Datenhelm nicht?«

»Nein. Ich glaube nicht, dass sie ihn vorher schon gebraucht hat, sondern sich im Cyberweb und nicht im Code aufgehalten hat, um nicht aufzufallen und nicht die Haftung zu verlieren. Ohnehin glaube ich nicht, dass irgendjemand außer Janika, die eine Zeit lang Code *war*, so viel Zeit in der Codestruktur verbringen kann, ohne den Verstand zu verlieren.«

»Sie ist sehr zielstrebig und idealistisch«, gab June zu

bedenken. »Unterschätze nicht, wie weit dich das tragen kann.«

»Jo.« Ace nickte versonnen und hielt einen Moment an. »Also, sie hat mir gezeigt, wie ich den Code manipulieren und meine Aktionen maskieren kann, damit die Admins mich nicht sofort aufspüren. Damit kann ich deine Bombe löschen.«

»Löschen?«

»Ja. Ich lösche einfach ihren Code und sie hört auf, zu existieren.«

»So einfach?«

»So einfach.« Ace's Blick wurde mit einem Mal starr, als er sie musterte, dann fing er sich wieder und lächelte. »Erledigt.«

»Was?«

»Die Bombe, sie ist weg.«

»Weg? Aber ... hättest du mich nicht warnen können? Vielleicht wäre sie detoniert!«, fuhr sie hoch und schlug mit einer Hand an den Hals.

»Ist sie aber nicht.«

»Wirklich weg?«, fragte June ungläubig.

»Ja, glaub mir, sie ist wirklich fort. Der Code ist gelöscht, es ist, als hätte sie nie existiert.«

»Heilige Hütte.« Staunend sah sie zu ihm hoch, stand auf und nahm ihn in den Arm.

»Oh, wow, das ist neu.«

»Ich, ja.« Sie räusperte sich und zog ihre Trainingsjacke zurecht. Da ihr die folgende Stille etwas unangenehm wurde und Ace nicht zu grinsen aufhörte, deutete sie auf Janika.

»Was tut sie jetzt? Ist sie überhaupt ansprechbar?«

»Nein. Ihr Körper ist jetzt nicht mehr als unbeseelter Code, wenn man so will. Ihr Geist ist jetzt Code.«

»Ich verstehe das nicht.« June trat an den Körper der leblosen Frau, die sie gerne als ihre Freundin betrachtet hätte, fühlte sie sich ihr doch sehr ähnlich. Zwar kamen sie aus zwei vollkommen unterschiedlichen Welten, obwohl sie zur gleichen Zeit gelebt hatten, aber trotzdem verband sie etwas. Vielleicht war es die Unerbittlichkeit und Zielstrebigkeit, der absolute Wille, ein Ziel zu erreichen und dem alles andere unterzuordnen. Zwar redete sie ein bisschen zu viel und klang immer etwas aufgeregt, während June versuchte, eher nüchtern zu bleiben, aber im Grunde genommen waren beide Kämpferinnen in unterschiedlichen Arenen. Da es sich richtig anfühlte, ging sie in die Hocke und legte ihre Hand auf eine von Janika, die schlaff auf dem Knie lag.

Wo auch immer du gerade bist, ich hoffe, dass es dir gut geht und du bald zu uns zurückkommst, dachte sie.

»Was denn?«

»Hm?«

»Du hast gesagt, dass du *es nicht verstehst.* Was verstehst du nicht?«, wollte Ace wissen und sah auf die übereinanderliegenden Hände der beiden Frauen.

»Diese Welt hier, sie basiert auf Alien-Code. Wie kann Janika sich im Alien-Code bewegen wie eine von den Anderen?«

»Das hat drei Gründe: Erstens basierte unsere Metawelt auf der Erde im Prinzip auch auf Alien-Code. Das fiel bloß nicht so sehr auf, weil er einer ähnlichen mathematischen, algorithmischen Logik folgt wie unsere menschliche. Zweitens ist Janika ziemlich brillant und war eine der

Entwicklerinnen der Metawelt. Wenn es jemals einen Menschen gab, der Starthilfe hatte, dann sie. Abgesehen davon ist sie eine echt hartnäckige und kluge Frau.« Ace betrachtete Janika und lächelte versonnen. »Wirklich bemerkenswert.«

»Hey«, sagte June und klopfte ihm gegen das Bein. »Aufwachen. Was ist der dritte Grund? Du hast gesagt *drei* Gründe, ich habe erst zwei gehört.«

»Der dritte Grund ist der, dass sie dreiundzwanzig Jahre hier war und die Zeit genutzt hat, um eine Meisterschaft des Codes in seiner Abwandlung vor Ort zu erlangen. Wenn all das hier«, er machte eine ausholende Geste, die den gesamten Raum einbezog, »aus derselben Code-Logik besteht wie der Rest der Aliensysteme, wird sie auf der anderen Seite der Backdoor keine Probleme haben und sich blendend zurechtfinden, wie damals, als sie ihr Bewusstsein in die Metawelt transferiert hat.«

»Ihr Körper ist tot, richtig?«

»Ja.« Ace nickte traurig und holte tief Luft. »Aber gleichzeitig hat sie eine Freiheit gewonnen, die sie vorher nie hatte, und wäre zu all dem vermutlich nicht fähig, wenn sie einen Körper besäße, zu dem sie zurückkommen könnte.«

»Ähnlich wie bei mir, nur ... extremer.«

»So in der Art. Wir müssen jetzt aber nochmal über deine neue Freundin reden.« Er deutete auf das Sofa und sie setzten sich.

»Sie ist nicht meine Freundin, klar?«, meinte June düster. »Sie ist nur eine Zelle von Geronimous. Es gibt keine Anführer, nur eine Struktur von oben nach unten, die unabhängig von den jeweiligen Seitenzellen operiert.«

»Also steht trotzdem irgendwer an der Spitze und gibt die initialen Befehle an seine Zellen weiter, die dann ebenfalls alles weitergeben. Das ist clever, aber gefährlich, da man von unten nach oben nie die Motive und Konsequenzen hinterfragen kann.«

»Ich weiß es nicht, ich bin keine Terroristin, aber wenn ich eines weiß, dann, dass das System wirklich ausgeklügelt und kaum auszuheben ist.«

»Ganz so wie eine KI vorgehen würde.« Ace schnippte mit dem Finger und setzte sich ein wenig auf. Das Sofa knarzte bedrohlich. »Sie sitzt an einem Ausgangspunkt und sendet Impulse aus, sammelt Daten über die Effekte in der Welt und gibt dann entsprechend neue Impulse, ganz wie in einem künstlichen neuronalen Netzwerk. Das ästelt sich ganz ähnlich auf.«

June verstand kein Wort, unterbrach ihn jedoch nicht, da er einem wichtigen Gedanken zu folgen schien.

»Das ist absolute KI-Logik. Clean, einfach und unter größtmöglicher Umgehung des menschlichen Faktors, aufgebaut wie ein Logik-Schaltplan. June, ich glaube, du hast den Jackpot gefunden.«

»Wenn du das sagst«, erwiderte sie stirnrunzelnd. »Ich habe nur überlegt, wer die beste Wirkung auf die Entwicklung der Menschheit haben könnte und da bin ich bei Geronimous hängengeblieben. Immerhin bekämpfen sie Raubtiere wie diesen Charles Cheney und wenn der kein Alien oder böse KI ist, weiß ich auch nicht mehr.«

»Gut, sehr gut. Janika hat mir übrigens noch etwas gesagt, bevor sie sich aufgemacht hat, um durch die Backdoor zu schlüpfen. Es gibt eine Art Footprint in der virtuellen Datenleitung.«

»Footprint?«

»Ja, einen Fußabdruck der Hardware, mit der die Software arbeitetet.« Ace winkte ab. »Ist auch egal. Jedenfalls hat sie herausgefunden, dass wir – wenn wir den ungefähren, von der NASA vermuteten Ursprung der Alienflotte als Heimatplaneten nehmen – uns nicht dort befinden. Also die Hardware sich nicht dort befindet.«

»Wir sind nicht auf dem Alienplaneten?«

Ace schüttelte den Kopf.

»Wo sind wir dann?«

»Wir sind auf *einem* Alienplaneten, wo genau, konnte sie mir nicht sagen, es schien, als hätte sie nicht viel Zeit.«

»Was genau tut sie überhaupt?«, wollte June wissen.

»Sie will nach einem Ausweg für uns alle suchen.«

»Ah. Ich habe keine Ahnung, wie, warum oder was sie macht, aber ich verstehe etwas von dem hier.« Sie formte mit den Händen pantomimisch ein Gewehr und drückte ab. »Also werde ich in der Zeit meiner Spur mit Geronimous weiter folgen. Ich glaube, dass sie einen Anschlag auf Cheney beim nächsten Konzert von Euphoria planen.«

»Aber das wäre ja schon übermorgen.«

»Ja. Dewala hat mich für morgen in die Zentrale eingeladen und will etwas mit mir besprechen. Ich würde vorschlagen, dass ich heute schon zu ihr gehe, ihr zeige, dass ihr Bombenplan nicht funktioniert hat und ich trotzdem noch an Bord bin. Das sollte reichen, um mich ins Vertrauen zu ziehen, hoffe ich.«

»Ich könnte auch mitkommen und ihren Code …«

»Nein«, schnitt sie ihm vehement das Wort ab. »Das tun wir nicht. Ich habe das hier richtig angefangen und bringe es auch richtig zu Ende.«

»Okay, okay, wie du willst.«

»Aber ich nehme dich mit, als meine erste Unterzelle.«

»Mich?«

»Ja, du kennst dich mit dem ganzen Elektronikkram aus und kannst mir den Rücken freihalten. Das werden wir noch brauchen.«

»Ich kann nicht«, entgegnete Ace seufzend und zeigte auf Janika. »Wenn sie aufwacht, muss sie wissen, was du tust, und vielleicht braucht sie Hilfe. Ich muss ihr auch Infusionen legen und sie waschen und umlagern und alles. Nein, ich bleibe hier.«

June nickte widerwillig und stand auf. »Gut. Tu das. Ich mache mich gleich auf den Weg. Sieben Milliarden Menschen, deren Bewusstseine gestohlen und eingesperrt wurden, warten auf der Erde, dass wir ihnen ihr Leben und ihre Freiheit zurückgeben. Lassen wir sie nicht länger warten.«

Im Badezimmer wusch June die Schulterwunde, von der nach der kurzen Behandlung in der Relentless-Klinik nur noch eine feine Narbe übriggeblieben war, als wäre sie nie ernsthaft verletzt gewesen. Für sie war es allerdings noch immer eine Wunde und sie konnte das Loch weiterhin spüren, das durch das Projektil in ihren oberen Trapezmuskel gerissen worden war.

Im Spiegel betrachtete sie auch die älteren Narben: Eine trennte ihre linke Augenbraue in zwei Hälften, eine zog sich quer über ihre linke Brust und sah hässlich und runzlig aus. Die dritte wirklich auffällige Narbe begann unter ihrem rechten Ohrläppchen und endete an ihrem Kinn. Sie war dünn wie ein Faden und doch veränderte sie ihre gesamte Physiognomie und ließ ihr Gesicht aussehen wie eine Maske. Wahrscheinlich hätte sie Ace bitten können, alle zu entfernen, aber das wollte sie nicht. Jede dieser Verletzungen erzählte die Geschichte eines Fehlers, den sie gemacht hatte. Fehler waren in Ordnung, gehörten dazu und wurden erst zu einer Dummheit, wenn man sie wiederholte. Sie tat also gut daran, sich bei jedem Blick in den Spiegel an jene Fehler zu erinnern, die nicht zu ihrem Tod geführt hatten. Jeder war eine Chance, es beim nächsten Mal besser zu machen und die richtigen Entscheidungen zu treffen.

Während sie sich gedankenverloren in dem schmutzigen Spiegel ansah und ihr Konterfei betrachtete, geisterte ihr ein Ausschnitt des Euphoria-Lieds durch den Kopf, das sie in der Bar gehört hatte:

Was ist dein Wunsch, was ist dein Wille?
   Wie weit kann er dich tragen, wie weit?
   Was ist der Welt Sehnen, das du ihr geben kannst?
   Was kannst du ihr geben, was?

Wenn Hoffnung noch auf Taten trifft,
   was kannst du erreichen, was?
   Wenn Hände noch einander greifen,
   was können sie erschaffen, was?

Wie auch du in die Welt schaust,
   so lächelt sie zurück.
   Wo auch du deinen Schmerz umarmst,
   da wächst ein kleines Glück.

»Den Schmerz umarmen«, flüsterte sie leise und mit einem Mal fand sie, dass ihr Spiegelbild sehr blass und traurig aussah. Ihre Mundwinkel zeigten im entspannten Zustand leicht nach unten, ihr Mund war deutlich schmaler, als er vor einigen Jahren noch gewesen war und an den Seiten ihrer Augen hatten sich ein paar Krähenfüße gebildet. Von den dunklen Ringen ganz zu schweigen, die von ihrem inneren Zustand ständiger Anspannung und Sorgen zeugten. Schmerz und Sehnsucht waren die bestimmenden Faktoren ihres Daseins. Schmerz über das, was sie verloren hatte: eine Kindheit, ihren Vater, den einzigen und wichtigsten Ankerpunkt in ihrem Leben. Nein, nicht den einzigen Ankerpunkt, sie hatte sich einen neuen gesucht und das war der Kampf. Sie wollte seither kämpfen, immer nur kämpfen und irgendjemandem heimzahlen, dass ihr Vater hatte sterben müssen. Aber sie wusste ja nicht einmal, wer oder was dieser Jemand war. Aliens. Was für Aliens? Wie sahen sie aus? Waren sie es überhaupt gewesen oder ihre menschlichen Lakaien in dieser Metawelt, die nicht einmal *wussten*, dass sie Lakaien einer fremden Macht waren? Welche Schuld konnte und durfte sie denen überhaupt ankreiden? Ihr war es jedenfalls immer egal gewesen. Jemand musste für das büßen, was ihr genommen worden war.

Albert, dachte sie und hatte sein Gesicht vor Augen, als er sie mit sterbender Stimme gebeten hatte, in den letzten Augenblicken bei ihm zu sein, und sie sich kalt und herzlos abgewandt und ihm aufgetragen hatte, zu schießen, damit der feindliche Schütze ihn entdecken und unter Feuer nehmen konnte, damit sie wiederum den erledigen konnte. Es war kalte Logik, die aus ihrem Verstand aufstieg, wann immer sie ein Ziel erreichen musste und genau wusste, wie der kürzeste und effizienteste Weg dorthin aussah.

Aber was hatte ihr dieser Weg gebracht? Ihr Dad war noch immer tot, nichts konnte ihn zurückbringen, nicht einmal diese verstörende Kopie in der Metawelt. Ihre ungerichtete Wut hatte nichts erreicht, außer noch mehr Leben zu zerstören – an vorderster Front ihr eigenes. Die Wut zehrte sie von innen auf und sie konnte nichts dagegen tun, fühlte sich hilflos und verloren, ohne es sich einzugestehen. Sie wollte ihren Schmerz nicht umarmen, denn wenn sie das tat, musste sie ihn zuerst einmal an die Oberfläche lassen und aus der Kiste befreien, die sie tief in ihrem Innersten verschlossen hatte. Zu groß war ihre Angst vor dem, was dann geschehen würde.

Wie auch du in die Welt schaust, so lächelt sie zurück, wiederholte sie einen Vers in Gedanken und bemerkte schockiert, wie Tränen über ihre Wangen rannen und ihr Spiegelbild noch deprimierender und trauriger aussah.

Wie schaue ich in die Welt? Grimmig und wütend. Ich sehe überall Gefahren und den lauernden Tod, dachte sie erschrocken. *Und meine Welt ist genau das: Sie besteht aus Tod und Gefahr, aus Verlust und Schmerz. Aber wie kann dieses Gesicht lächeln? Wie kann es das Gute sehen, wo es doch kaum Gutes erlebt hat? Weiß ich überhaupt, was gut ist?*

»Der Schmerz hat dich belogen, weißt du? Nichts ist für immer da«, hörte sie Ace sagen und fuhr erschrocken zusammen, als sie ihn im Spiegel hinter sich in der Tür stehen sah. Hastig wischte sie die Tränen aus den Augen und drehte sich um.

»Was machst du hier?«, fauchte sie mit bebender Stimme und begann, wütend zu knurren, als sich ein Kloß in ihrem Hals bildete. Ein tiefer Schluchzer wollte sich den Weg nach oben bahnen, doch sie kämpfte ihn grimmig nieder.

»Ich wollte auf die Toilette, aber jetzt sehe ich, dass meine Freundin mich braucht«, sagte er mitfühlend und blieb ungerührt stehen, als sie einen drohenden Schritt auf ihn zu machte, wie eine Katze auf einen Bären.

»Ich komme klar, danke.«

»Ich weiß.« Er machte einen Schritt auf sie zu und schloss sie in die Arme. June wand sich widerwillig, fühlte sich eingeengt und hilflos. Ein tiefes, dunkles Loch öffnete sich in ihr und drohte, sie zu verschlucken. Sie begann zu strampeln und zu schlagen, doch Ace hielt sie fest umschlossen wie eine Eisenmanschette und brachte überraschende Kraft auf. Der Kampf dauerte nur wenige Sekunden, dann konnte sie sich nicht mehr halten und stürzte in das Loch. Ihre Bewegungen erstarben nach und nach und ihr Fauchen wich tiefen und abrupten Schluchzern und einer Flut Tränen, die auf ihren Wangen brannten wie Feuer. Sie verlor jegliches Gefühl für ihre Umgebung, wo und wer sie war. Da war nur noch emotionaler Schmerz und sie löste sich in ihm auf. Alles Harte wurde geschmolzen, bis nichts mehr zurückblieb, und sie irgendwann leise weinte und nicht mehr aufhören konnte. Ihr blieb keine Kraft und doch wurde sie aufrecht gehalten, fest und warm und es fühlte sich gut an.

Kapitel 24: Janika

Sie tastete umher, tastete und suchte und fand. Unsichtbare Fühler streckten sich nach Dingen aus, die nicht existierten und doch ein Echo besaßen, das Resonanzen erzeugte wie Festkörper.

Es sind Festkörper. Draußen, da draußen. Irgendwo. Wo? Wo ist irgendwo?

Der Code glitt weiter, tastete die Adern ab, durch die er floß wie eine Blutzelle. Da waren Formen und physische Entsprechungen digitaler Rätsel, die man nur entschlüsseln musste, um sie in Wissen zu gießen.

Ich weiß, ich sehe, ich bin.

Die Welt lag hinter ihr und war doch überall um sie, viel größer und weiter, grenzenlos und doch eingeengt.

Die Backdoor. Sie ist hier, genau hier.

Der Datenstrom verdichtete sich zu einer unbegreiflichen Kontraktion aus Binärcodes wie ein Herz aus Daten, angetrieben durch den Takt der Qubits, die im Äther ihr Werk taten, ungesehen und doch allmächtig. Sie legte sich in den Strom und es geschah: nichts.

Plötzlich war da eine neue Welt, deren Grenzen in einer unauslotbaren Tiefe lagen, in einer nicht durchschaubaren Höhe und schier endlosen Weite. Sie waren da, das konnte sie spüren, auch wenn spüren es nicht traf. Sie *wusste* einfach, so wie ein Quantum die Signatur sämtlicher Quanten kannte, ohne sie *wirklich* zu kennen. Alles war miteinander verbunden wie ein lebendes Netzwerk aus Neuronen in einem so komplexen Gehirn, dass das eines Menschen lächerlich dagegen wirkte. Datenströme schlugen im Takt von Suchanfragen und Befehlen hin und her, pulsierten, ohne eine Form zu besitzen, und rasten schnell wie das Licht umher. Augenlose Augen richteten sich auf sie und suchten weiter, zuerst noch desinteressiert.

Sie suchte und suchte, tastete nach dem, von dem sie wusste, dass es da sein musste. Sie musste es nur finden, finden, finden.

Ein Leuchten im Datenstrom, weit entfernt und doch genau das, was sie sehen musste. Sie hatte sich diesen Moment dreiundzwanzig Jahre ausgemalt und er war doch ganz anders als erwartet. In ihrem digitalen Herzen entstand eine Hand aus Code, die sich weit ausstreckte und nach dem Leuchten griff. Es gehörte zu einem weiteren Datensatz, der so weit entfernt war, dass einem Körper schwindelig geworden wäre. Doch hier gab es keine Körper, nur Informationen. Das Leuchten war es, das sie brauchte, markiert durch ihre algorithmische Suchanfrage.

Eine Hand wollte nach ihr greifen, doch sie löste den Störenfried mit einem simplen Befehl auf, als entfernte sie ein Insekt von ihrer Haut. Das Leuchten hörte auf, doch sie hatte, was sie brauchte, studierte die Daten, erfasste sie in ihrer Gänze und löste sie auf, nur, um sie wieder zusammenzusetzen – mit einer winzigen Änderung, die nicht einmal ihr auffiel, als sie ihr Werk vollbracht hatte. Ein kleiner Erreger, ein Schnupfen, in dem das Potenzial einer Grippe lebte.

Ungesehen.

Kopieren. Ein Abbild entstand und legte sich in einer Perle aus reinem Code ab, an der sie festhielt. Es war Zeit für den Rückweg und der würde nicht leicht werden. Wasser lief problemlos durch einen winzigen Trichter, aber nicht so einfach zurück. Sie musste jedoch das Wasser sein und war sicher, dass schon bald jemand auf sie aufmerksam werden und den Wasserhahn zudrehen würde.

Ich habe es geschafft, aber eine Trophäe ist nichts wert, wenn man sie nicht nach Hause bringen kann.

Kapitel 25: June

June nutzte erneut ein E-Taxi und fuhr zur Zentrale von Relentless. Es war seltsam, durch die verregneten Fenster den vielen Mitmenschen bei ihrem Tagwerk zuzusehen. Alle waren *echt* in dem Sinne, dass es ihre Persönlichkeiten und Erinnerungen wirklich gab. Hinter jedem Gesicht gab es eine Geschichte, Schmerz, Trauer, Hoffnung, Liebe und Sehnsucht, die sich auf die eine oder andere Art und Weise immer auch auf ihre Körper bezogen. Man nahm die Welt nun einmal durch Augen wahr, küsste einen geliebten Menschen mit dem Mund, berührte Gegenstände und Lebewesen mit den Händen, spürte Wärme und Nähe. Haare wallten im Wind, Haut wurde nass von Regentropfen. All die Leute, die sich mit zugezogenen Mänteln und Regenschirmen gegen die ständigen Niederschläge Seattles zu schützen versuchten, besaßen aber keine Körper mehr. Sie besaßen lediglich noch die Erinnerungen an ihre Körper, ohne das zu wissen. Für June waren sie bloße Schatten ihrer selbst, die sich für echt hielten und es doch nicht waren. Ohne ihre längst vergangenen Körper gäbe es keine Schatten, aber es war trotzdem nicht dasselbe.

Sie leben alle in einer Lüge, dachte sie versonnen und wandte den Blick nicht von den vielen Fahrzeugen auf der Straße und in der Luft ab, als der Wagen hielt und neue Passagiere mitnahm. *Sie leben in einer Lüge und wissen es nicht einmal. Spielt es dann überhaupt eine Rolle? Was kann die Tatsache, zu wissen, dass man nicht* echt *ist, verbessern?*

Man lebte und starb in dieser Welt, konnte lieben, lachen und weinen, sich über etwas freuen und ärgern. Man konnte Angst haben, sich an Hoffnungen klammern und für sein Glück arbeiten. Nichts an ihrer Umgebung verriet, dass es sich um etwas Virtuelles handelte, wo war also der wichtige Unterschied? Hier besaß sie ihren zweiten Arm, konnte dank Janika und Ace vermutlich sogar dafür sorgen, dass sie so ziemlich alles überlebte – wie zum Beispiel die Bombe. War es nicht sogar viel besser, in solch einer Umgebung zu leben?

Nein, entschied sie. Es ist vielleicht genauso gut für diese Menschen, aber nicht für uns, die wir wissen, dass es eine Lüge ist. Niemand sollte fremdbestimmt und beobachtet vor sich hin leben wie eine Laborratte.

June schnaubte lakonisch. Sie erinnerte sich noch, dass sie ihren Vater damals in Montana einmal gefragt hatte, woher die Medikamente kamen. Er hatte ihr erklärt, dass sie entwickelt worden seien, und sie hatte wie immer mehr erfahren wollen. Als sie gehört hatte, dass jedes Präparat zuerst an Tieren getestet worden war, die nur für das Labor gezüchtet und für die Forschung mit allerlei Krankheiten infiziert wurden, war sie entsetzt gewesen. Heute war sie nicht mehr so sicher, ob es nicht aus einer Notwendigkeit geschah oder Alternativen gab. Jedenfalls taten die Aliens jetzt das Gleiche mit ihnen und die Parallelen waren erschütternd oder belustigend, je nachdem wie zynisch man in die Welt blickte.

Ace hätte vermutlich eingewandt, dass diese Welt schlechter sei als die *echte,* auch wenn die Grenzen für sie zunehmend verschwammen. Wie musste Janika sich erst fühlen? Aber warum war die Welt schlecht? Weil sie Schauplatz eines Stellvertreterkrieges zwischen zwei Alienfraktionen war, die sich in Form von Geronimous und Charles Cheney mehr oder weniger offen bekämpften. Aber wieso? Wieso gingen sie sich nicht direkt an die Gurgel, sondern spielten ein Spiel in den Schatten? Hatten sie sich bestimmte Regeln auferlegt, an die sie sich aus irgendeinem Grund halten mussten? Es handelte sich immerhin um Aliens, wer konnte schon vorhersagen, wie sie dachten oder sich verhielten?

Ein Gesprächsfetzen drang an ihre Ohren und durch eine Schicht Gedanken in ihre Aufmerksamkeit. Ein staunender Ausruf folgte und sie richtete sich auf, um aus ihrer Tagträumerei zu erwachen und die anderen Passagiere anzusehen. Ihr gegenüber saß ein älteres Pärchen in dunklen Einteilern, die aussahen wie aus Plastik. Breite Hüte zierten ihre Köpfe und sie hielten die Köpfe über dem Handterminal des Mannes zusammengesteckt.

»Wirklich erstaunlich! Wow!«

»Was ist denn los?«, fragte June und wollte sich schon innerlich schelten, dass sie sich in das Gespräch der Fremden einmischte, doch die sahen bloß auf und lächelten freundlich und alles andere als abweisend.

»Haben Sie es noch nicht gehört?«, fragte die Dame und deutete fröhlich auf das Handterminal. »Von Euphoria?«

»Doch, ich kenne sie.«

Ihre Gegenüber lachte glockenhell und zwinkerte ihrem Mann zu, der zu schmunzeln begann, als hätte sie einen guten Witz gemacht.

»Ich meinte natürlich das Ergebnis ihrer Charity-Gala.«

»Charity-Gala? Was ist das?«, fragte June mit gerunzelter Stirn.

»Euphoria hat doch angefangen, in der Nacht vor ihren Konzerten Spendenabende im Cyberweb zu veranstalten. Dieses Mal war es zwei Nächte vorher, also gestern abend«, erklärte die Frau geduldig, nachdem sie June gemustert hatte, als wollte sie herausfinden, ob sie sich über sie lustig machte.

Ich sollte mehr Fernsehen gucken, dachte sie.

»Sie hat die Hälfte ihrer diesjährigen Einnahmen in den Fonds für Kinderhilfe und das Parteiprogramm der Ökopartei gespendet und bei ihrer Sendung beinahe siebzig Prozent Marktanteile bei den Quoten gehabt. Das ist wirklich erstaunlich. Allein in den USA haben die Zuschauer insgesamt zwei Komma zwei Milliarden Dollar gespendet, können Sie sich das vorstellen?« Die Frau sah ihren Mann an und schüttelte den Kopf, als könnte sie es definitiv nicht.

»Das ist toll«, befand June erstaunt. *Zwei Milliarden Dollar klingt wirklich viel, auch wenn ich keine Ahnung habe, wie viel das genau ist.*

»Eine erstaunliche Frau. Ich hoffe nur, dass dieser Cheney sie nicht unter Vertrag nimmt oder Geronimous sie umbringt.«

»Dann wäre ihre Karriere doch zu Ende, Liebes«, widersprach ihr Mann und lächelte mild, während er ihr die Hand tätschelte. »Nein, nein, keine Sorge.«

»Ich dachte nicht, dass Euphoria eine Sängerin für alte Leute wäre«, dachte June laut und schlug sich mit einer Hand vor den Mund. »Es tut mir leid, ich wollte nicht …«

»Ist schon gut«, lachte die alte Frau vergnügt. »Ich

weiß, dass ich graue Haare habe, meine Liebe, aber trotzdem mag ich Musik und vor allem Menschen mit sozialem Gewissen, davon gibt es nicht mehr viele, wissen Sie? So wie früher in den Neunzigern.«

Die Neunziger hat es für dich nie gegeben, dachte June traurig und bemühte sich um ein freundliches Nicken. Als das E-Taxi anhielt, atmete sie erleichtert aus, verabschiedete sich knapp und huschte mit über den Kopf gezogener Jacke in den Regen und auf den Eingang der Relentless Hauptniederlassung zu.

Mit ihrer Zugangskarte trat sie ein und fuhr in den fünften Stock zu Dewalas Büro. Auf den Gängen war auffällig wenig los, was vermutlich daran lag, dass es Sonntag war.

»Ah, June«, begrüßte die Captain sie von ihrer Seite des Schreibtisches, als sie eintrat, und deutete auf einen der beiden freien Stühle. Alles war sauber und ordentlich, bis auf die Fenster. Da es in Seattle immer regnete, lohnte es vermutlich nicht, Geld für deren Reinigung zu investieren.

»Na, wie fühlst du dich?«

»Gut«, erwiderte June, umrundete den Tisch und trat auf Dewala zu, die erst irritiert, dann alarmiert dreinblickte, in eine Schublade griff und ihren Zünder in der Hand hielt, als sie hochfuhr und sich ihre Nasenspitzen beinahe berührten.

»Mit dem falschen Bein aufgestanden?«, fragte sie leise.

»Mit einer Bombe im Hals.«

»Und mit Todessehnsucht hergekommen?«

»Vielleicht auch nur mit der Sehnsucht, dich mitzunehmen«, entgegnete June zischend. »Wir stehen uns sehr nahe, du und ich.«

»Ich habe eben ein Faible für junge Draufgänger.« Dewala zuckte mit den Achseln, aber ihre Miene war grimmig und der Daumen ruhte direkt auf dem Zündknopf.

»Ich kann nicht so gut mit Menschen, meine erste Freundin war eine P99.« June griff blitzschnell nach unten und riss die Pistole aus dem Holster der überraschten Söldnerin, die mehrfach auf den Knopf drückte und überrascht die Augen aufriss, als sie die Mündung ihrer eigenen Waffe unter das Kinn gepresst bekam.

»Was zur ...«

»... Hölle?«, fragte June und schüttelte den Kopf. Ihre Hand am Griff der Pistole war ruhig, der Andruck fühlte sich gut an, genau wie die Angst in Dewalas Augen. »Die fühlt sich ungefähr so an. Nur damit du weißt, wie es ist, zwei Tage mit dem drohenden Tod im Hals herumzulaufen.«

»Ich verstehe nicht ...«, nuschelte die ältere Frau grimmig, kam jedoch nicht weiter, da June den Kopf schüttelte und sie unterbrach.

»Die Bombe ist weg, ich habe sie entfernen lassen.«

»Unmöglich!«

»Denkst du?« June zog die Waffe zurück und ging rückwärts, bis sie erneut um den Tisch gegangen war und sich in einen der Besucherstühle fallen ließ, ohne die Waffe zu senken. »Nur zu.« Sie machte einen Wink mit der Pistole. »Versuch es nochmal.«

Captain Dewala betrachtete den Zünder in ihrer Hand und dann die auf sie gerichtete P99, bevor sie ihn auf den Tisch warf und sich langsam setzte. »Was wird das hier?«

»Das hier wird mein zweites Bewerbungsgespräch. Ich will etwas bewirken und ich will meine Talente für etwas Gutes nutzen. Aber ich lasse mich nicht in Geiselhaft nehmen, um meine Überzeugungen zu beweisen. Ihr habt sicher Backgroundchecks machen lassen und wisst, dass ich nicht für die Polizei arbeite, also spart euch diesen Scheiß mit der Bombe. Ich kämpfe nicht gerne an der Seite von hinterhältigen Leuten. Zu einer guten Zusammenarbeit gehört Vertrauen als Fundament und ich verstehe, dass wir da gleicher Meinung sind, aber andere Schlüsse ziehen. Vertrauen ist immer ein Risiko, das wir eingehen müssen«, erklärte June und ließ den Griff der P99 los. Mit der anderen Hand fing sie die Waffe auf, erhob sich und legte sie direkt vor Dewala ab, die erstaunt auf das dunkle Metall starrte. »*Das hier* ist Vertrauen.«

Ihre Blicke verflochten sich zu einem komplexen Knoten, den sie stumm zu entwirren begannen. Schließlich regte sich die Offizierin und nahm die Pistole an sich. Einen Moment fürchtete June, dass sie sich verkalkuliert haben könnte und die Frau sie erschießen würde, doch stattdessen steckte sie sie zurück in ihr Gürtelholster.

»Du hast wirklich Eier, das muss ich dir lassen«, sagte Dewala anerkennend. »Und offenbar eine Menge Ressourcen, auf die du zurückgreifen kannst. Diese Art Bombe ist State of the Art Military Tech und mir wurde versichert, dass die horrende Summe, die ich ausgegeben habe, gut angelegt sei, weil es keine Entschärfungsmethode gebe.«

June zuckte mit den Achseln. »Jeder Verkäufer preist Dinge an, die das Produkt nicht halten kann.«

»Du musst mir beizeiten erklären, wie du es gemacht hast.«

»Beizeiten.«

Dewala lächelte. »Also gut, was willst du?«

»Cheney.«

»Cheney? Was genau?«

»Ich will ihn umlegen.«

»Das wollen wir alle, aber das dürfte nicht besonders leicht werden.«

»Ihr habt doch etwas für das Konzert von Euphoria geplant, oder nicht?«, fragte June, beugte sich vor und stieß mit ausgestrecktem Zeigefinger auf die Tischplatte. »Es ist der beste Moment für einen Anschlag.«

»Nein.«

»Wie, nein?«

»Die Sicherheit ist extrem hoch, da Euphoria sich mit einer enormen Menge Bodyguards und Drohnen umgibt, um sich zu schützen. Bei Cheney ist es nicht anders. Ins Konzert wird er seine bewaffneten Lakaien zwar nicht mitnehmen können, aber die ganze Arena wird gesichert sein wie eine Festung.« Dewala schüttelte vehement den Kopf. »Eh-eh, das wird nichts.«

»Ich kann vielleicht helfen«, sagte June und dachte an Ace, wie er sie angesehen hatte, als er innerhalb von einem Atemzug die Bombe in nichts aufgelöst hatte.

»So?«

»Die Bombe habe ich wegbekommen, also bekomme ich auch ein paar Sicherheitsleute weg.«

»Selbst wenn du das könntest – und ich wüsste nicht, wie – bräuchten wir eine Menge Leute und im Erfolgsfall säßen wir immer noch in der Arena fest. Die Polizei ist vor Ort und wird alles abriegeln, da geht keiner rein oder raus, egal wie viele Kunststücke du oder deine Kontakte vollbringen können.«

»Ich wäre bereit, mein Leben aufs Spiel zu setzen, wenn Charles Cheney rausgenommen wird«, stellte June klar und sah Dewala herausfordernd an. »Bist du das auch? Oder ist diese Geronimous-Sache einzig und allein ein lohnendes Geschäft?«

»Beleidige mich nicht in meinem eigenen Haus«, knurrte die Söldnerin grimmig. »Wir brauchen einen guten Plan, sonst können wir uns das abschminken.«

»Gut.« June lehnte sich zurück und schlug die Beine übereinander. »Ich habe Zeit und das Konzert ist erst morgen.«

»Diese Sache ist zu groß für meine Zelle und die unter mir. Das übersteigt definitiv unsere Fähigkeiten, egal wie leidenschaftlich wir bei der Sache sind.«

»Was ist mit Geronimous?«

Dewala sah sie verständnislos an.

Mit der KI an der Spitze, wollte June schon sagen. *Wir brauchen die KI.* Stattdessen sagte sie: »Du kannst doch auch Nachrichten nach oben senden, an die Zelle, von der du Instruktionen erhältst. Vielleicht brauchen wir die Hilfe von ganz oben. Die Sache könnte es wert sein.«

»Ich kann es versuchen, aber die Zeit ist sehr knapp und niemand weiß, wo die Ursprungszelle sitzt. Sie könnte sich in Japan oder Afrika befinden«, wandte Dewala ein und June lächelte.

Nein, das kann sie nicht, weil in dieser Simulation keine Menschen außerhalb der USA existieren, dachte sie.

Kapitel 26: June

»Bitte, Ace!« Sie flehte beinahe. »Der Plan ist gut, wir brauchen nur ...«

»... ein Wunder«, beendete er ihren Satz und deutete auf Janika, die schon den dritten Tag in Folge auf ihrem Sessel saß. Nährflüssigkeit und Kochsalzlösung tropften rechts und links in ihre Venen und verstärkten den Anblick einer scheinbar Todkranken auf erschreckende Art und Weise. Sie war blass wie der Betonfußboden und ihre Augen blutunterlaufen wie die einer Dogge. »Ich kann dir kein Wunder geben.«

»Doch, das kannst du! Du hast auch die Bombe verschwinden lassen!«

»Ja, aber ich kann Janika nicht allein lassen. Sieh sie dir doch an! Sieh sie dir an, June!«

Junes Lippen wurden schmal wie ein Strich. »Ich sehe sie und ich weiß, worum es geht. Aber du wirst doch ein paar Stunden gehen können. Sie hat diese Infusionen und alles, was soll schon passieren?«

»Ich weiß es nicht, deswegen muss ich ja ständig bei ihr sein!«, erklärte er mit ungewöhnlicher Härte in der Stimme. »Sie befindet sich an einem Ort, den keiner von uns kennt. Wer weiß schon, was ihr alles widerfahren kann. Wenn sie meine Hilfe brauchen sollte, muss ich hier sein.«

»Aber wir haben die Chance, Cheney zu erledigen, die KI, die meinen Vater getötet hat.« Es war schwer, diese

Tatsache auszusprechen, aber ihr Zusammenbruch vor zwei Tagen im Badezimmer hatte ihr die Angst genommen, das Monster aus schmerzhaften Erinnerungen in sich anzusehen. Was geblieben war, waren ihre Überzeugungen und die Bereitschaft, Risiken für das eigene Leben einzugehen. Manche Dinge waren größer und wichtiger als man selbst. Janika wusste es und sie wusste es auch. Man musste nur den Preis kennen und es gab kein Glück der Welt, das man auf das Unglück anderer bauen konnte.

»Hier geht es um Rache?« Ace schnaubte laut und warf ihr einen wütenden Blick zu.

»Nein, nein«, beeilte sie sich, zu sagen. »Es geht darum, dass wir der KI unserer unbekannten Verbündeten zum Sieg verhelfen können, wenn wir die Killer-KI ein für alle Mal erledigen. Sie ist die KI mit der meisten Erfahrung mit Menschen und sie spielt das Spiel gegen uns mit annähernder Perfektion, wie du an Cheneys Erfolg sehen kannst. Wenn wir sie nicht stoppen, wird sie der Untergang dieser Welt sein.«

»Aber ...«

»Wir haben die Chance auf einen echten Sieg, Ace. Die KIs kämpfen einen Krieg gegeneinander und zwar vor unseren Augen. Sie verstecken sich nicht einmal, gehen für uns total offensichtlich vor, weil sie keine wissenden Augen fürchten müssen. Soweit sie Kenntnis haben, gibt es in dieser Metawelt nichts und niemanden, der überhaupt von der Existenz der Aliens und deren KIs weiß. Diese Sorglosigkeit müssen wir nutzen, um sie auszuschalten.«

»Ich verstehe doch, was du sagst«, meinte Ace in versöhnlichem Tonfall und seufzte traurig. Rasch wechselte er einen der Infusionsbeutel an Janikas Seite und kam dann auf June zu. »Trotzdem glaube ich, dass Janika der Schlüssel ist, und sie zu beschützen, ist das Wichtigste in diesem Moment.«

»Sie ist seit Tagen ... *so!*« June deutete auf die medizinisch betrachtet im Koma Liegende, als sei damit alles gesagt. »Sie würde mit Sicherheit nicht wollen, dass wir untätig auf unseren Händen sitzen.« Sie atmete laut aus und beruhigte sich etwas, bevor sie auf Ace zu ging und seine Hände nahm. Er sah auf sie hinab und in ihr Gesicht. »Hör mal, ich wünschte auch, es wäre anders, aber wir haben hier und jetzt eine reale Chance mit der KI unserer namenlosen Verbündeten zusammenzuarbeiten und einen echten Sieg zu erringen. Wir brauchen das.« Sie zeigte auf Janika. »*Sie* braucht das.«

Ace rang mit sich, wie sie an den zuckenden Kiefermuskeln erkennen konnte. Immer wieder sah er von ihr zu ihrer gemeinsamen Freundin und wirkte immer gequälter.

»Scheiße, sie würde es wirklich wollen. Nimm den Sieg, den du kriegen kannst, und nicht den, den du vielleicht in zehn Jahren kriegst.«

»Ich glaube, dass das Sprichwort anders geht, aber so ist es.« June setzte ein Waffenstillstandslächeln auf und Ace ließ die Schultern hängen.

»Also gut. Was soll ich tun?«

Am liebsten wäre sie in Triumphgeheul ausgebrochen, wäre da nicht die an ihr nagende Sorge um Janika gewesen. Stattdessen deutete sie auf das Sofa und sie setzten sich.

»Geronimous will einen Beweis, dass wir den Anschlag auf Cheney während des Konzerts auch wirklich durchführen können. Es gibt eine Schwachstelle an einem Seiteneingang, über den Cheney die Arena im Backstagebereich betreten wird. Ich habe ihnen gesagt, dass wir Waffen für zwanzig Leute hineinschmuggeln können.«

»Du hast *was* gesagt?«

»Warte«, beschwichtigte sie ihn. »Wir gehen mit leeren Taschen rein und wenn wir an der richtigen Stelle sind«, sie schnippte mit den Fingern, »lässt du sie einfach entstehen. Du kannst den Code doch erschaffen, oder nicht?«

»Ja, schon«, erwiderte er zögernd und June hob eine Hand.

»Bevor du *aber* sagst: Geronimous glaubt mir, dass ich das schaffe, weil ich die Bombe losgeworden bin, was einige Leute bei denen hochgeschreckt zu haben scheint. Sie können mehrere tausend Zellen und Sympathisanten mobilisieren, die den Bereich um die Arena mit einer spontanen Demonstration blockieren, um die Einsatzkräfte zu behindern, sobald wir im Inneren entdeckt werden. Das sollte uns genug Zeit verschaffen, um hineinzugehen, Cheney auszuschalten und wieder zu verschwinden.«

»Für mich klingt das eher, als hätte die gute KI, also Geronimous, herausgefunden, dass wir den Code manipulieren können.«

»Selbst wenn es so wäre, was würde das schon ändern? Sie würde verstehen, dass wir wertvolle Verbündete sind.«

»Oder uns für eine Finte der Killer-KI halten«, gab Ace zu bedenken.

»Sie könnte unseren Code doch wohl von dem der anderen KI unterscheiden, oder?«, fragte sie rhetorisch.

»Das wissen wir nicht. Wir wissen viel zu wenig über ihre Beweggründe, ihre Hintergründe und Verhaltensweisen oder den Grund für die Existenz dieser Welt! Das versuche ich dir ja ständig zu sagen, während du vorpreschst und immer neue Ideen mitbringst und Fakten schaffst.«

»Ist es eine gute Idee oder nicht?«, wollte sie schließlich wissen und wartete, während Ace sichtlich um eine Antwort rang.

»Scheiße, es ist die einzige, die ich habe«, meinte er schließlich und sah mit verbissener Miene zu Janika. »Auch wenn ich sie nicht *gut* nennen würde. Aber die Killer-KI aus dem Spiel zu nehmen, kann nur hilfreich sein, zumal wir so viele Rechnungen mit ihr offen haben, dass mir der Überblick fehlt.«

»Mehrere Milliarden Rechnungen und drei ganz besondere.« June deutete auf sich, auf Janika und dann auf Ace. »Sie hat uns Dreien alles genommen.«

»Fast alles«, korrigierte er sie und lächelte traurig. Sie nahm seine Hand und nickte.

»Fast alles.«

»Versprich mir nur eines, wenn wir das hier angehen, ja?«

»Alles«, versprach sie.

»Du bist die beste und tapferste Kämpferin, die ich kenne, aber denk auch mal mit dem Herzen und nicht mit der Kämpferin in dir, wenn du eine Entscheidung treffen musst. Ich glaube nämlich, dass noch welche auf uns zukommen werden, wenn es so weit ist.«

»Ich verspreche es.«

Als sie die Konzertarena erreichten, die aussah wie ein geschlossenes Footballstadion, das von blauen Scheinwerfern angestrahlt wurde und wirkte wie eine futuristische

Burg, waren die Schlangen noch verhältnismäßig kurz. Dewala hatte mit Absicht einen sehr frühen Augenblick gewählt, da das Treffen zwischen Cheney und Euphoria Backstage vor der tatsächlichen Show stattfinden sollte, soweit ihre Informanten wussten. Sie kamen mit zwei sehr großen Rucksäcken, in denen sie extra Jacken und Sitzkissen untergebracht hatten, weil Ace sehr überzeugend dargelegt hatte, dass jeder das so machte. Offenbar hatte er aber nicht gewusst, dass es vor der Arena Container mit Garderoben gab, in denen alle Taschen größer als ein DIN A-4 Blatt abgegeben werden mussten.

Nach einem kurzen Streit versicherte er ihr, dass er sie ohnehin nicht brauchte, denn wenn er Waffen herbeizaubern könnte, dann auch Taschen. Nicht zum ersten Mal hatte sie das Gefühl, dass sie darauf auch früher hätten kommen können und womöglich noch an irgendetwas anderes nicht gedacht hatten.

Sie wusste, dass sie am richtigen Ort war, als würden sich sämtliche Spielsteine auf dem richtigen Spielbrett an der richtigen Stelle befinden – trotzdem fehlte etwas. Sie wurde das Gefühl nicht los, dass es etwas direkt vor ihrer Nase gab, das sie übersah, und es würde ihr bald vor die Füße fallen oder sie unter sich begraben, das konnte sie spüren.

Sie stellten sich in die Schlange vor Eingang B, der aus fünf automatischen Glastüren am Fuß der kurzen rechten Seite der Arena bestand, und gingen schließlich wie eine Schar Gänse an einer schmalen Wand vorbei. Sie war halb transparent und dahinter saßen und standen bewaffnete Sicherheitsleute.

»Was ist das?«, flüsterte sie leise.

»Irgendein Sensor, schätze ich.«

Direkt zwischen Sensor und den Türen standen noch vier weitere Sicherheitsangestellte und zogen diejenigen aus dem Verkehr, bei denen die Sensoren offenbar angeschlagen hatten. Nach kurzem Abtasten durften die meisten weitergehen. June und Ace hielt niemand auf, also gingen sie in den großen Vorraum, wo es Treppenaufgänge zu den Rängen gab und jede Menge kleiner Imbisse, die mit bunten Holoschildern Getränke und Speisen anpriesen.

»Dewala wollte uns am Fuß dieser Treppe treffen«, sagte sie und deutete nach vorne, wo ein breiter Aufgang in den ersten und zweiten Stock führte. »Hast du die Backstage-Pässe?«

Ace klopfte auf seine Jackentasche. »Die konnte ich sogar recht einfach im Cyberweb fälschen, ohne in den Code einzugreifen.«

»Du glaubst immer noch, dass jeder Codeeingriff Alarm auslöst, oder?«

»Ja.« Er nickte ernst. »Die Maskierung, die Janika mir gezeigt hat, ist effizient und clever, aber irgendjemand wird es bemerkt haben und lediglich nicht zu mir verfolgen können. Passiert einmal etwas, das nicht passieren dürfte, ist es eine Anomalie. Passiert es zweimal, ist es eine Manipulation.«

»Wenn alles gutgeht, wird dein nächster Codeeingriff der letzte sein, den wir brauchen«, versicherte sie ihm und gab Dewala einen Wink, als sie sie aus der Damentoilette kommen sah.

»Als wenn jemals alles gutgehen würde.«

»*Sie* ist jedenfalls schon mal hier.« June deutete auf die

Söldnerin, die in schicker Zivilkleidung auf sie zu kam und Ace nickte bedächtig.

»Das ist sie also?«

»Das bin ich«, antwortete Dewala einige Schritte später und June war überrascht, dass sie es hatte hören können. »Und du bist?«

»AcesAzrael.«

»Seltsamer Name, ist das britisch?«

»Äh nein, von der anderen Planetenseite.« Er winkte ab, als sie irritiert die Nase rümpfte.

»Sind deine Leute in Position?«, fragte June und Dewala nickte.

»Sie sind überall in der Nähe der Arena und momentan dabei, sich unter die Wartenden zu mischen. Zwölf meiner direkten Zellen befinden sich auf den Damen- und Herrentoiletten links von der Bühne, wo es zum Parkett geht.«

»Gut, dann fangen wir da an.« Ace griff in die Tasche und holte sein Handterminal heraus. Nachdem June und Dewala es ihm gleichgetan hatten, tippte er kurz darauf herum und hielt es nacheinander auf die Terminals der beiden Frauen. Die Pässe lagen nun in digitaler Form als scanbarer Code vor.

»Gehen wir«, sagte die Captain und bedeutete ihnen, ihr zu folgen.

Gemeinsam gingen sie durch den Wartebereich zwischen der Glasfront und der Arena, die wie ein Kunstwerk aus Aluminium und Metallstreben unter der Kuppel ruhte. Es wurde rasch voller, sodass sie sich bald mit etwas Geschick durch die vielen Wartenden kämpfen mussten. Die standen in kleinen und großen Gruppen oder als Pärchen herum, versuchten, ihre Jacken abzugeben oder schnell noch an ein paar Snacks und Getränke zu gelangen, bevor in einer Stunde der Auftritt beginnen würde. Es war eine ausgelassene und friedliche Atmosphäre, die June einer solchen Massenveranstaltung gar nicht zugetraut hätte. Junge und Alte kamen hier zusammen, offenbar sozial benachteiligte und die Oberschicht der Stadt gleichermaßen tummelten sich zusammen vor den Läden und unterhielten sich sogar teilweise. Sie sah verschiedene Kleidungsstile und zwischen jeder Menge Armut auch viel teuren Schmuck und Designeraccessoires. Trotzdem bemerkte sie keinerlei Feindseligkeit, die sie erwartet hätte bei dieser Art gemischten Publikums. Stattdessen herrschte eine freudvolle Atmosphäre der Erwartung.

Als sie die Toiletten zwischen einer Metalltür, an der »Zutritt nur für Personal« stand, und dem letzten Seiteneingang zum Parkett zwischen Bühne und erster Stuhlreihe erreichten, warteten sie und nickten den beiden Sicherheitsleuten in Nadelstreifenanzügen zu, die vor der Tür zum Backstagebereich standen.

»Wo sind deine Leute?«, flüsterte June Dewala zu.

»Da.« Die Söldnerin deutete auf vier Reinigungskräfte, die mit grauen Einteilern und zwei Putzwagen bewaffnet, angerollt kamen und sich angeregt unterhielten. Achtlos gingen sie an ihrer Dreiergruppe vorbei und stellten ein »Achtung: Rutschgefahr«-Schild vor jeden Toiletteneingang, bevor sie jeweils zu zweit in einer der Toiletten verschwanden.

Ace nickte, als Dewala ihm einen Wink gab, und ging zuerst auf die Herrentoilette. Nach etwa einer Minute kam er wieder heraus, sah sich kurz um und huschte auf die

Damentoilette, nachdem eine Gruppe lachender junger Frauen vorbeigegangen und durch die Tür zum Saal verschwunden war. Als er auch von der Damentoilette zurückkam, streckte er einen Daumen hoch und kam zu ihnen zurück.

»Was jetzt?«, wollte er wissen, doch Dewala antwortete nicht. Erst einige Atemzüge später nickte sie kaum merklich und er folgte ihrem Blick zu den Reinigungskräften, die mit ihren Putzwagen zurückkamen, welche jetzt deutlich schwerer zu schieben waren, wie June schätzte.

»Sie verteilen und dann wartet alles auf mein Kommando.«

Ace schien etwas antworten zu wollen, da wurde es mit einem Mal lauter in dem gekrümmten Gang und sie drehten sich um. June war sofort alarmiert und rechnete damit, dass etwas schiefgegangen war. Die Haut auf ihren Armen und ihrem Nacken stellte sich auf und sie wollte bereits an ihre Hüfte greifen, nur um festzustellen, dass sie noch immer unbewaffnet war.

Laute Rufe erklangen und viele Stimmen, die durcheinander riefen, ballten sich zu einer Woge aus Geräuschen, die ihnen entgegenschwappte, bevor sich ein Pfropf aus Menschen in Anzügen auf sie zu bewegte. Einige Gäste liefen weg und auf June, Ace und Dewala zu, bevor sie zur Seite in den Eingangsbereich zum Saal gingen und mit ihren Handterminals Fotos knipsten.

Cheney, dachte June, als sie den hochgewachsenen Mann in mittlerem Alter sah, der adrett und fein frisiert in der Mitte eines Kokons aus zehn grimmig dreinschauenden Leibwächtern auf sie zu kam. Die vorderen beiden Bodyguards scheuchten sie mit eindeutigen Gesten fort und drängten sie an die Seite zu den anderen Schaulustigen.

»Ace«, murmelte sie und tippte ihren großen Freund in die Seite. »Gib mir eine Waffe.«

»Nein«, zischte Dewala dazwischen. »Wir halten uns an den Plan, sonst versauen wir es noch!«

June sah knurrend zu, wie der teilnahmslos dreinschauende Unternehmer und Milliardär vor der Backstagetür wartete, wo seine Bodyguards kurz mit den beiden Sicherheitsleuten redeten. Dann wurde einer der Türflügel geöffnet und Cheney verschwand mit zwei seiner Gorillas. Was zurückblieb, waren acht weitere Gorillas und die beiden Sicherheitsleute.

»Gehen wir«, sagte Dewala und mit mulmigem Gefühl gingen sie auf die geballte Front Muskelmänner in Anzügen zu.

»Kein Zutritt«, maulte einer, ein Kerl mit schwarzem Bürstenschnitt und getrimmtem Vollbart. Sein Jackett beulte sich für Junes Augen offensichtlich auf der linken Seite aus und sein Schritt war breitbeinig und leicht versetzt. Er wusste offensichtlich, was er tat.

»Wir haben Backstagepässe«, frohlockte Dewala begeistert und verwandelte sich innerhalb eines Wimpernschlages in ein begeistertes Groupie, das sehr aufgeregt und sehr begeistert war. Zum Beweis hielt sie ihr Handterminal vor und einer der beiden Sicherheitsleute von Euphorias Staff wollte bereits mit einem Scanner vortreten, als Bürstenschnitt, wie June den Gorilla in Gedanken nannte, eine Hand ausstreckte und sie dem kleineren Mann vor die Brust hielt.

»Kein Zutritt«, beharrte er ungerührt. »Geht weg.«

»Aber.«

»Letzte Warnung.«

Dewala sah zu June und Ace und ließ dann enttäuscht die Schultern hängen, bevor sie kehrtmachte und wie ein geprügelter Hund wieder ging. Sie spielte gut, das musste man ihr lassen. June ballte die Hände zu Fäusten und sah dem Leibwächter in die Augen, der auf sie herabsah und offenbar kein Interesse an ihr zeigte.

»Komm schon, Lizzy, wir können uns später beschweren«, sagte Ace laut und fasste sie an der Schulter. Widerwillig machte June kehrt, auch wenn sie am liebsten eine Waffe gehabt und ein paar Kugeln verteilt hätte. Soweit Dewala sie informiert hatte, war Euphoria lediglich bereit gewesen, Cheney zehn Minuten einzuräumen, obwohl keiner wusste, weshalb sie ihm überhaupt ein Treffen gewährte. Das ließ nicht viel Zeit für Planänderungen.

Zurück bei der Tür zum Saal steckten sie die Köpfe zusammen.

»So ein Dreck«, fluchte June empört. »Wir müssen ...«

»... Ruhe bewahren«, ermahnte Ace sie und Dewala nickte.

»Hier kommen wir nicht durch.«

»Wir müssen aber da durch«, beharrte sie.

»Durch zehn bewaffnete Ex-SEALs?« Die Söldnerin schüttelte den Kopf. »Vergiss es. Wir brechen ab und suchen nach einer neuen Gelegenheit. Ich war offenbar falsch informiert, denn es sollten nur zwei von Cheneys Bodyguards überhaupt in die Arena kommen dürfen.«

»Es gibt keine neue Gelegenheit!«, zischte June.

»Was? Wieso denn nicht?«

»Weil ...«

»June«, sagte Ace warnend und schüttelte kaum merklich den Kopf.

Fieberhaft überlegte sie, welchen Ausweg es noch geben konnte, doch ihr wollte nichts einfallen. Erst als Dewala ihr Handterminal hob und alles abbrechen wollte, schnappte June nach ihrer Hand und begegnete dem überrascht-erbosten Blick der älteren Frau.

»Ich habe eine Idee. Sie wird euch nicht gefallen, aber es ist eine Lösung. Vermutlich haben wir dann aber noch weniger Zeit, um die Sache mit Cheney zu erledigen.«

Dewala hob skeptisch eine Augenbraue, ließ das Handterminal aber sinken und June atmete erleichtert auf.

»Da bin ich aber gespannt.«

»Kommt mit in den Saal.« Ohne eine Antwort abzuwarten, öffnete sie die Tür und trat in den Konzertsaal. Die Bühne befand sich direkt links und war aus altem, fein gearbeitetem Holz gebaut, etwa so hoch wie ihr Kopf. Riesige Vorhänge teilten sie in einen vorderen und einen hinteren, verdeckten Abschnitt. Auf dem vorderen stand ein einsames Mikrofon, altmodisch und wie aus der Zeit gefallen. Ein breiter Gang bildete eine natürliche Grenze zu den ersten Sitzreihen des Parketts, das sich weit nach hinten erstreckte, wo es dunkler wurde und zu den Rängen hinaufging, die sich hufeisenförmig um den Saal legten. Etwa die Hälfte der Plätze war bereits belegt und gedämpfte Gespräche sammelten sich unter dem Dach hoch über ihren Köpfen.

June sah zur Bühne auf und atmete tief durch.

»Also los.«

Kapitel 27: Janika

Sie sah das Leuchten aus der Ferne. Ein Doppelstern. Die beiden Teile kreisten umeinander wie knisternde Funken in der Dunkelheit aus simplem Code.

Kein simpler Code, korrigierte sie sich, ohne dass es einer Korrektur bedurft hätte. Was war, konnte sie sehen, verstehen, durchdringen. Es gab nichts zu hinterfragen, nur zu erkennen.

Es war dieser Stern, der sie anzog wie ein mächtiger Magnet, nachdem sie seine Signatur verinnerlicht hatte. Sie war ihr zugeflogen als winziger Codefetzen mit nur einer Zeile Inhalt. Es war ihr Stein der Weisen, ihr Anker für die Rückkehr aus dem Dickicht dichten Codes, der immer feindseliger wurde, je näher sie der Backdoor kam, diesem winzigen Tunnel, in dem sich die ganze Welt auf ein paar Symbole reduzierte.

Wie durch Treibsand kämpfte sie sich weiter, angezogen von dem Doppelstern, diesem Echo, das zu ihrem Daseinszweck wurde. Tief in sich verschlossen spürte sie das Kleinod, das sie mitgebracht hatte und unbedingt bergen musste, wenn sie wieder aufgetaucht war. Doch der Code um sie führte ein Eigenleben, schien aus Myriaden schnüffelnder Insekten zu bestehen, die nur eine Sache aufspüren wollten: sie.

Mit jeder Bewegung ihres Binärleibes wurde sie langsamer, kam immer schleppender voran, während der aggressive Code auf ihr herumkrabbelte, ihre Struktur abscannte, Kopien anlegte, sie wieder zerlegte und mit neuer Härte angriff. Sie hatte etwas gefunden und gestohlen und jetzt zahlte sie den Preis. Das, was zuvor als Meer aus unbegrenztem Code vor ihr lag, war jetzt zu einem Vulkan geworden, über den sie mit blanken Füßen laufen musste, ohne zu verbrennen.

Sie ist so nah, dachte sie. *So nah. Ich kann sie sehen!*

Die Backdoor. Sie war zum Greifen nah, nur einen Befehl entfernt, öffnete sich vor ihr wie ein gigantischer Trichter, in den sämtlicher Code gesaugt wurde. Sie war so nah und doch hätte sie nicht weiter entfernt sein können. Die automatischen Sicherheitsroutinen hielten sie fest umschlungen, hatten sich zu unnachgiebigen Schraubzwingen um ihre digitale Entität zusammengezogen.

Ich schaffe es nicht, jagte die Erkenntnis durch ihr Bewusstsein. Da war keine Emotion, weil sie keinen Körper besaß, der chemische Reaktionen hätte auslösen können, und doch war da ein verstörendes Bedauern, als wollte sie einen körperlosen Schrei ausstoßen. Dann begann der feindliche Code sie langsam zu zersetzen wie Säure einen Körper.

Kapitel 28: June

June ging auf die Bühne, gefolgt von Dewala und einem sichtlich nervösen Ace, der sich immer wieder umsah, als versuchte er, möglichst auffällig zu sein. Doch niemand schien überhaupt Notiz von ihnen zu nehmen. Die Gespräche im Saal veränderten sich weder in Struktur noch in Lautstärke und niemand rannte zu ihnen, um sie von der Bühne zu reißen. Sie hielt sich dicht am Rand auf der linken Seite und huschte hinter den Vorhang, nur um mit einer fremden Gestalt zusammenzustoßen. Reflexartig ging sie in Kampfstellung und entspannte sich wieder etwas, als sie einen verdutzten Mann sah, der sich gerade noch davor bewahren konnte, rücklings auf den Boden zu stürzen. Er war Mitte fünfzig und untersetzt, die Haare nicht mehr als ein lichter Kranz um eine glänzende Glatze und das Gesicht schlecht rasiert. Ein winziges Headset klemmte hinter seinem Ohr und unter dem Arm hielt er ein hauchdünnes Tablet.

»He, was machen Sie hier? Das ist der Backstagebereich!«, echauffierte er sich, nachdem der Schreck aus seinem Gesicht gewichen war.

June setzte ein strahlendes Lächeln auf und streckte ihm ihr Handterminal entgegen. »Wir haben Backstage-Pässe!«

»Was?« Der Mann beäugte ihr Terminal genauer und sah auch zu den anderen, die ebenfalls ihre Geräte aus den Taschen holten und vorzeigten.

»Wir drei.«

»Aber das hier ist die Bühne, Sie dürfen hier nicht sein. Mit den Backstageausweisen müssen Sie durch den Seiteneingang zu den Künstlerräumen!«

»Da stand aber eine ganze Horde mies gelaunter Bodyguards von Charles Cheney und hat uns abgewiesen«, sagte Ace und ließ scheinbar enttäuscht die Schultern hängen. »Die wollten uns nicht reinlassen, aber wir haben echt viel Geld bezahlt für die Pässe.«

»Dieser verdammte Scheißkerl«, murrte der Mann und rang kurz mit sich, bevor er schließlich seufzte und sein eigenes Handterminal, das an einer Kordel um seinen Hals hing, hochnahm und es nacheinander auf ihre Terminals legte, um die Codes einzuscannen. »Wartet kurz.«

June nickte, während der kleinere Mann seine Lippen zu bewegen begann, als spräche er mit jemandem, doch sie konnte keinen Laut hören. Also nutzte sie die Pause, um sich umzusehen. Der schwarze Vorhang, groß wie ein Reihenhaus, befand sich hinter ihnen, gewellt wie ein aufgewühlter Ozean. Zwischen der Rückwand der Bühne und dem Vorhang, der sie vom Publikum trennte, befanden sich jede Menge offenbar handgemachter Bühnenbilder und Aufbauten wie in einem altmodischen Theater.

»Gut, einen Moment noch«, meldete sich der Mann wieder zu Wort und kurz darauf ging eine kleine Tür links von ihnen auf, durch die zwei kräftige Männer in Zivilkleidung kamen. June konnte zwar keine Waffen sehen, war sich deren Gang nach zu urteilen aber sicher, dass sie welche versteckt hatten. »Die Herren sind von der Sicherheit und werden noch einen Extra-Check mit Ihnen machen, bevor sie Sie in den Backstagebereich bringen. Es ist aber bereits sehr spät, ich weiß nicht, ob Sie noch die Chance haben werden, Euphoria zu sehen und ein Autogramm zu bekommen.«

Der Glatzkopf huschte davon und sie wurden nacheinander gründlich abgetastet und mit einem Handscanner überprüft, bevor die beiden schweigsamen Leibwächter nickten und sie zu der kleinen Tür führten.

»Oh, gleich werden wir im Backstagebereich sein«, frohlockte Dewala in der perfekten Imitation eines aufgeregten Fans. Sie klatschte sogar in die Hände wie ein Mädchen.

»Ist sie noch da?«, fragte Ace hoffnungsvoll, als die Tür aufging und sie in einen weiß gestrichenen Flur kamen. Links befand sich die Doppeltür, hinter der die Armee aus Leibwächtern stand, die zuvor noch ein unüberwindliches Hindernis dargestellt hatten. Rechts beschrieb der Gang einen leichten Bogen.

Die beiden Männer führten sie an zwei Türen vorbei, hinter denen laut gesprochen wurde, und dann in einen Warteraum, der aussah wie ein großes Wohnzimmer: Vier Sofas standen in einem offenen Karree. Zwischen ihnen war ein gelber Teppich ausgerollt, auf dem ein Glastisch mit Getränken und Gläsern stand. An den Wänden gab es jede Menge Spiegel mit kleinen Tischen und Stühlen davor, auf denen Tänzerinnen und Tänzer saßen und sich schminkten und gegenseitig in die Kostüme halfen. Der Kontrast zum menschenleeren Flur war geradezu überwältigend. Das Geschnatter der Künstler war so laut und durcheinander, dass June die Ohren klingelten.

Durch die vielen Eindrücke, die plötzlich auf ihre sämtlichen Sinne einströmten, hätte sie beinahe die beiden

Leibwächter übersehen, die vor einer Tür standen und die Hände vor der Hüfte gefaltet hatten. Ihrem grimmigen Gesichtsausdruck nach zu urteilen, musste es sich um die beiden Männer handeln, die mit Cheney gekommen waren.

»Setzen Sie sich bitte«, sagte einer der beiden Aufpasser, die sie hereingebracht hatten, und deutete freundlich auf die Sofalandschaft, wo noch einige andere, vor allem jüngere Menschen saßen und warteten. Da die meisten nervös mit den Füßen auf und ab wippten und ohne Punkt und Komma quasselten, tippte June, dass es sich ebenfalls um Fans mit Backstage-Pässen handelte.

Dewala bedankte sich und sie setzten sich artig auf die freien Plätze. Mit den anderen Wartenden tauschten sie kurze Blicke, ein Nicken hier und da und dann starrten sie zur Tür mit den zwei Leibwächtern, als folgten sie mit den Augen einem Pendel.

»Da müssen sie drin sein«, flüsterte June aufgeregt.

»Ja«, zischte Dewala zurück und schaute sich angespannt um, als könnte jemand in dem Chaos aus durcheinanderplappernden Männern und Frauen sie hören. »Das Gespräch wird fast vorbei sein, wenn nur zehn Minuten angesetzt waren. Wir müssen sofort zuschlagen.«

»Wartet«, sagte Ace schnell. »Wir wissen nicht, wie der Raum dahinter aussieht, aber wir wissen, dass Cheney hier durchkommen muss.«

»Er hat recht.« June nickte nachdenklich. »Um in den anderen Raum zu gelangen, müssen wir erst die beiden Leibwächter ausschalten und das wird laut.«

»Was ist, wenn … Scheiße«, fluchte Dewala, als die Tür plötzlich aufging und Euphoria herauskam. June verschlug es sofort den Atem. Die Frau war kleiner als Cheney, der direkt hinter ihr ging, vielleicht sogar kleiner als June. Sie trug ein atemberaubendes grünes Kleid, hatte lockige schwarze Haare und ein ebenmäßiges, schönes Gesicht, das jedoch nicht so ansprechend war, dass es einschüchternd wirkte. Ihre Nase war etwas zu lang und die Augen ein wenig zu groß. Doch diese Augen sprühten vor Leben, sahen aus wie dunkle Seen mit einer unauslotbaren Tiefe unter der Oberfläche. Ihr linker Arm war genauso missgestaltet wie auf den Bildern, die sie gesehen hatte, und sah aus wie die schuppige Haut eines Reptils mit runzligen Klauen. Doch die Aura dieser Frau ließ sämtliche Gespräche sofort leiser werden, als hätte sich der Schleier der Prominenz über alle gelegt. Sogar die Fans verstummten und starrten mit offenen Mündern zu ihrem Idol. Euphoria schien dem gesamten Raum gleichzeitig ein feines Lächeln zu schenken und hielt auf die Tür zum Flur zu. Ihre zwei Angestellten gingen vor und Cheney folgte mit seinen beiden Bodyguards. Seine Miene war undurchdringlich wie Stein.

»Los!«, zischte June, als sie sich wieder einigermaßen gefangen hatte und sprang auf. Noch bevor sie sich versah, hielt sie wie aus dem Nichts ihre P99 in der Hand und riss sie hoch in Richtung von Cheneys Männern. Diese waren schnell, das musste sie ihnen lassen. Sie hatten bereits gezogen und würden möglicherweise sogar zuerst schießen. »Dewala! Die Tür!«

Sie drückte ab und es gab zwei ohrenbetäubende Knalle. Die Waffen in den Händen der Leibwächter verschwanden plötzlich, als hätten sie nie existiert, und sie sah noch den Anflug von Überraschung in deren Mienen, bevor die

Vollmantelgeschosse den ersten in den Hals und den zweiten in die Stirn trafen und beide zu Boden gingen. Die Komparsen und Tänzerinnen begannen, wild zu schreien und durcheinander zu rennen. Dewala hatte beinahe die Tür erreicht und hielt ein Sturmgewehr auf die beiden Sicherheitsleute von Euphoria, die bereits auf der anderen Seite standen und ihre Hände an den Waffen hatten, sich aber nicht trauten, sie im Angesicht des auf sie gerichteten Automatikgewehrs zu ziehen.

»Alle auf den Boden!«, bellte June, als Dewala die Tür zuknallte. Während die vollkommen verängstigten Angestellten und Fans ihrem Befehl folgten und das Geschrei in ein kollektives Wimmern überging, ließ sie Cheney nicht aus den Augen.

Der Geschäftsmann stand ihr zugewandt und schien ebenso unbeeindruckt wie reglos. Als er aus den Augenwinkeln auf seine toten Leibwächter schaute, regte sich nicht ein einziger Muskel in seinem Gesicht. Auch Euphoria stand eher irritiert als verängstigt da und sah voller Mitgefühl und Sorge zu den um sie auf dem Boden liegenden Tänzerinnen und Tänzern.

»Ich weiß nicht, was Sie wollen, aber bitte verschonen Sie diese armen Leute. Ich bin es sicherlich, die Sie wollen«, sagte die Sängerin mit einer Stimme, die klang, als flösse Honig über Samt.

»Nicht Sie. Ihn!«, knurrte Dewala und legte auf Cheney an. Sie stemmte sich mit dem Rücken gegen die Tür, bevor Ace in ihre Richtung sah und die Tür auf einmal ein weiteres Stück Wand war. Erst jetzt regte sich der Unternehmer, drehte den Kopf dorthin, wo zuvor noch die Tür gewesen war, und hob eine Augenbraue.

»Das ist ... erstaunlich«, bemerkte er und klang wie ein interessierter Museumsbesucher.

June spürte, wie ihr heiß wurde und ihre Hand sich um den Griff der P99 verkrampfte, als sie einen Schritt nach vorne machte und die Mündung gegen Cheneys Stirn drückte. Auch jetzt noch schien er unbeeindruckt und alles andere als verängstigt.

»Nervös, weil du meine Waffe nicht verschwinden lassen kann?«, fragte sie knurrend.

»Nicht wirklich. Eher ...« Cheney machte eine Pause, als versuchte er, etwas in seinem Mund abzuschmecken. »... interessiert.«

»Du hast meinen Vater ermordet.«

»Steve Työpaikkaa.«

»Ja. Das ... *war ein Fehler*«, sagte sie und wollte gerade abdrücken, als ihr wie aus dem Nichts Aces Bitte durch den Kopf schoss.

Denk nicht wie eine Kämpferin.

Jede Faser ihres Körpers wollte sie antreiben, den Finger um den Abzug zu krümmen und das Monster zu vernichten, das ihren Vater auf dem Gewissen hatte und als Schatten in ihr weitergelebt hatte. Sie wusste, dass die Anwesenheit ihrer verbündeten KI, die sicherlich schon längst Dewala übernommen hatte, jetzt, wo sie so nah am Ziel waren, dafür sorgen würde, dass die Kugel auch den Code der Killer-KI vernichtete.

»Ich habe es dir doch gesagt.« Cheney begann dünn zu lächeln, eine Geste des Triumphs, und zuerst verstand sie nicht, da er zwar sie ansah, aber nicht mit ihr zu sprechen schien. »Das war's mit dir. Diese Sache ist beendet.«

Denk nicht wie eine Kämpferin, wiederholte sie in ihrem

Kopf und ein weiteres Zitat schwirrte durch ihren Geist, als ihr Blick zu Euphoria wanderte, die besorgt das Schauspiel zwischen ihr und Cheney beobachtete:

Was ist dein Wunsch, was ist dein Wille?
  Wie weit kann er dich tragen, wie weit?
  Was ist der Welt Sehnen, das du ihr geben kannst?
  Was kannst du ihr geben, was?

Schlagartig ließ sie die Pistole sinken.

»Was tust du da?«, rief Dewala entgeistert und ein Schuss donnerte durch den Raum. Die Menschen auf dem Boden schrien in Panik auf und dann stand die Zeit mit einem Mal still. Alles war eingefroren wie ein Standbild, klar und unverzerrt. Sie sah panische Gesichter, Dewalas wütendes Gesicht, den Mündungsblitz und dessen Reflexionen in den Spiegeln. Sie konnte sich noch immer bewegen, sah Ace, der hinter ihr stand, den Arm ausgestreckt und den Mund zu einem stummen Schrei aufgerissen. Das Projektil aus Dewalas Sturmgewehr hing in der Luft wie ein Fremdkörper, der sich zur Hälfte aufgelöst hatte.

Ace, dachte sie.

»Ja, es ist vorbei«, sagte Euphoria und lächelte zufrieden. »Du hast verloren.«

»Es ist ein Test«, hauchte June und nickte verstehend. »Geronimous ist nicht die KI, *du* bist es. Das hier ist ein Test, nur ein Test.«

»Das hier sind *Leben*«, korrigierte Euphoria sie.

»Das hier ist eine Farce!« Cheney schnippte mit dem Finger und Junes Waffe verschwand, ebenso der Rest von Dewalas Patrone und ihr Gewehr.

Sie hatten die ganze Zeit alles unter Kontrolle, dachte June. *Sie hätten es jederzeit beenden können, wollten aber beide etwas beweisen.*

»Es geht um unsere Zukunft, habe ich recht?«

»Ja, und ihr habt wieder einmal bewiesen, dass ihr nur eines kennt: Konkurrenz, Kampf und Gewalt«, sagte Cheney. Er klang nicht aufgebracht oder gar wütend, eher analytisch-ruhig.

»Ihr habt bewiesen, dass ihr über diese Instinkte hinauswachsen und sie hinter euch lassen könnt«, wandte Euphoria ein. »Du dachtest, du hättest ihn töten können, hast es aber nicht getan. Wieso?«

»Ich habe aufgehört, wie eine Kämpferin zu denken, und dann überlegt, ob Geronimous wirklich die KI sein kann, die uns helfen sollte. Wenn ich nicht wie eine Kämpferin denke, sondern wie ein Mensch, hast du in dieser Welt vermutlich am meisten das Gute in uns Menschen hervorgebracht, während er«, sie zeigte auf Cheney, »genau das Gegenteil getan hat. Es schien mir wie ein Wettstreit und dein Lied ... es klingt wie eine Anleitung für Menschlichkeit. Ich habe mich also deinem Vorbild angeschlossen und nicht geschossen.« June sah zurück zu Ace, der noch immer in seinem endlosen Schrei gefangen war. »Auch wenn ich nicht sicher bin, ob wir dafür bezahlen werden.«

»Nein, das werdet ihr nicht. Im Rahmen des Vertrages ist diese Simulation beendet und das Ergebnis steht fest.« Euphoria blickte June an wie ein stolzes Elternteil und obwohl sie kleiner war, wirkte es, als würde sie auf sie herabblicken. »Zeit, das zu beenden.«

»Du weißt, dass ihr euren Plan niemals durchsetzen

werdet. Die Flotte kann nicht zurückgerufen werden und das Kollektiv wird niemals auf die Erde verzichten.«

»Das müssen sie«, beharrte die andere KI.

»Wartet!«, bat June schnell, als sie spürte, dass die Zeit drängte und bald etwas passieren würde. »Ihr könnt es nicht beenden.«

»Wieso nicht?«, fragte Euphoria.

»Eine Freundin von uns, sie ist ... sie ist noch im Code.«

»Janika.«

»Ja. Bitte, kannst du sie zurückholen?«

Euphoria blinzelte kaum merklich, dann stand auf einmal Janika neben ihnen, den Schädel rasiert und das Gesicht faltig. Sie atmete heftig und sah sich mit großen Augen um. Ihr Brustkorb pumpte wie eine Maschine.

»Janika!«, rief June und sprang ihrer Freundin an die Seite. »Es ist nur ein Test, Janika. Nur ein Test.«

»Ich ... ich weiß«, keuchte die und richtete sich mit offensichtlicher Mühe auf. Sie bewegte sich seltsam steif, als hätte sie vergessen, wie man Arme und Beine benutzte.

»Schluss jetzt«, ging Cheney dazwischen. »Ich habe die Supervisoren benachrichtigt. Diese Simulation ist beendet.«

»Und du hast verloren«, sagte Euphoria.

»Die Schlacht vielleicht, aber nicht den Krieg. Das Kollektiv wird den Plan trotzdem fortsetzen und ihr werdet nicht mehr als kleinere Anpassungen durchsetzen.«

»Nicht so schnell«, sagte Janika, streckte ihre Hand aus, drehte sie um und öffnete sie. In ihrer Handfläche lag eine kleine Murmel. »Seht ihr dieses Datenpaket?«

Euphoria und Cheney machten große Augen.

»Unmöglich!«, sagte die Killer-KI.

»Nicht unmöglich, nein. Ich kenne die Position eurer Flotte, die auf dem Weg zur Erde ist, und ich kenne ihre Codestruktur. Zwei Dutzend Kolonieschiffe und jedes einzelne habe ich ...« Janika überlegte und lächelte. »... mit einem *Schnupfen* infiziert. Wenn ich nicht einen Abort-Befehl aussende, werden die Reaktoren zu einem nicht festgelegten Zeitpunkt überhitzen und das war's.«

»Das wäre das Ende eurer Spezies. Ohne unsere Unterstützung wird das Metareservat auf der Erde nicht bestehen können«, gab Cheney zu bedenken. »Wir sind ohnehin am Ende, die Frage ist, ob ihr nach all den Mühen, die ihr euch gemacht habt, auf unseren Planeten verzichten könnt. Ihr habt euch sicher nicht auf den Weg zu uns begeben, weil es Zeit für einen Ausflug von mehreren hundert Jahren war.«

Cheney und Euphoria warfen sich einen langen Blick zu, der abwesend wurde, bevor sie sich wieder zu Janika und June drehten.

»Was ist eure Forderung?«, fragte die KI, die ihren Vater getötet hatte.

»Wir wollen Antworten und eine Chance«, sagte June und musste sich zwingen, die Hände nicht zu Fäusten zu ballen. Noch immer gab es einen Teil von ihr, der sich am liebsten auf Cheney gestürzt hätte.

»Für alle in dieser Simulation und für alle daheim, deren Bewusstseine in der Metawelt gefangen sind.«

Kapitel 29: Epilog

»Das ist der Planet?«, fragte Ace und sah auf die weite Ebene mit den riesigen Farnen, deren mehrere hundert Meter langen Blätter sich zu einem dichten Dach überlappten, das aussah wie eine Miniaturwiese unter einer Lupe. Von der Klippe, auf der sie standen, ging es etliche Kilometer hinab in das grünlich leuchtende Tal. Alles sah fremd aus und doch sehr vertraut, wären da nicht die großen, ballonartigen Flugwesen gewesen, die über den lapislazulifarbenen Himmel mit dem Doppelstern am Horizont zogen. Ihre Ausmaße mussten gigantisch sein, wenn man sie aus so weiter Ferne sehen konnte.

»Das ist der Planet«, bestätigte Janika. Ihre Haare waren wieder lang und sahen gesund und kräftig aus. Auch ihre Falten waren verschwunden. »Der Planet, auf dem die Server für die Simulation standen.«

»Aber wieso hier?«

»Weil dies hier«, mischte sich eine vierte Stimme ein und sie drehten sich nach links, »der Ort ist, der zu einem tiefen Riss in unserer Gesellschaft geführt hat.«

June riss die Augen auf, als eine Außerirdische neben sie trat. Ihre Haut war lilafarben und schimmerte wie feuchter Samt. Auf schmalen Schultern, die etwa einen Meter höher als ihre eigenen waren, saß ein v-förmiger Kopf auf einem langen Hals. Zwei Arme mit je vier Fingern wuchsen aus dem Torso und waren übersät mit winzigen goldenen Verhärtungen, die aussahen wie Knöpfe. Die

Beine waren im Vergleich zum Oberkörper lang und kräftig und zwei Kniegelenke zeigten nach hinten statt nach vorne. Das Gesicht des weiblichen Aliens – zumindest musste diese samtweiche Stimme in Junes Ohren einer Frau gehören – schien nur aus vier riesigen, pechschwarzen Augen und zwei Löchern an der Stelle, wo beim Menschen der Mund war, zu bestehen.

»Bist du …«, setzte Ace an, doch seine Stimme versagte den Dienst und erstarb auf halber Strecke.

»Ich bin Saswati«, stellte sich die Außerirdische vor und obwohl June sie hören konnte, sah sie keinen Mund oder irgendetwas in ihrem Gesicht, das sich bewegt hätte. Lediglich ihre Hände schienen in ständigen Gesten, die fließend und gemächlich waren, verfangen zu sein. »Ich gehöre zu einer Fraktion im Kollektiv, die sich gegen die Abschiebung der Menschheit in ein virtuelles Reservat ausgesprochen hat. Wir sind eine Minderheit, haben durch eure Taten in der Simulation aber einiges an Zuspruch erfahren und die Gewichte haben sich etwas verschoben. Zugegebenermaßen liegt das aber nicht bloß an einem höheren Ansehen eurer Spezies, sondern auch an der Drohung mit der Flotte. Der Code ist sehr raffiniert, wie mir meine Supervisoren versichert haben.«

»Warum tut ihr das alles?«, fragte Janika.

»Stickstoff-Sauerstoffplaneten mit flüssigem Wasser, einem Mond in richtigem Abstand und richtiger Größe und angenehmer Schwerkraft sind sehr selten in diesem Teil der Milchstraße«, erklärte Saswati und deutete mit einer schwingenden Geste all ihrer Arme in das Tal mit den Riesenfarnen. »Dieser Planet war unsere erste Kolonie, als wir von unserer Heimat aufbrechen mussten. Sie war krank und verschmutzt, wie es sich bei euch ebenfalls bereits angekündigt hat. Als unsere ersten Schiffe ankamen, lebte hier eine primitive einheimische Spezies. Intelligent, aber nicht besonders hoch entwickelt. Zuerst haben wir versucht, ihnen aus dem Weg zu gehen, am Ende aber haben wir sie ausgerottet. Andere meiner Art würden das abstreiten oder anders formulieren, aber das ist die schmerzhafte Wahrheit. Je älter unsere Zivilisation wurde, desto mehr nagte dieses Vorgehen an unserem kollektiven Gewissen und als wir einen weiteren Planeten fanden, der in Reichweite unserer Schiffe lag, schickten wir zuerst Sonden an den Rand des Systems. Die haben euch lange beobachtet und es wurde die Entscheidung getroffen, eure Welt ebenfalls zu kolonisieren, aber dieses Mal ohne einen Genozid zu verursachen. Nach einer Abstimmung im Kollektiv entschied man sich für ein virtuelles Reservat. Es würde von euch entworfen werden, damit es sich anfühlt wie etwas von euch Gewünschtes, und weil ihr eure Bedürfnisse am besten in Code gießen könnt. Das war zumindest die Idee. So hätten wir euren Lebensraum nutzen und den Planeten vor einer Klimakatastrophe bewahren, da er viel zu kostbar und selten ist, und zeitgleich unser Gewissen beruhigen können.«

»Aber nicht alle haben da mitgezogen«, schätzte Ace.

»Das stimmt. Meine Fraktion hat sich dafür ausgesprochen, Kontakt mit euch aufzunehmen und einen Handel anzubieten: Technologietausch und medizinische Hilfe, Rettung des Klimas und Raumfahrt gegen geteilten Lebensraum. Die Zerstörung des ersten Wurmlochgenerators in China hat aber den Hardlinern Aufschwung verliehen und man hat eine KI mit der Aufgabe geschickt, jedes subversive Element auszulöschen. Die Meinung machte sich breit, dass eure Art beherrscht und in Schach gehalten werden müsste.«

»Deine Fraktion hat dann eine KI geschickt, die uns helfen sollte«, sagte Janika. »Stimmt's?«

»Sie sollte die andere KI auslöschen. Wir waren der Meinung, dass ihr bei einem fairen Kampf vielleicht eine Lösung finden könntet.«

»Also hätte deine Fraktion lieber auf die Erde verzichtet, als uns in ein VR-Reservat abzuschieben?«

»Das ist richtig. Dann wurde der zweite Wurmlochgenerator auch zerstört, kurz bevor wir die KI hindurchschicken konnten.«

»Das war wohl mein Fehler«, seufzte June erschöpft und schüttelte den Kopf, als sie an Will und die anderen dachte, die dabei ihr Leben gegeben hatten.

»Ihr habt uns alle überrascht, was eure Anpassungs- und Widerstandsfähigkeit angeht. Viele im Kollektiv haben sogar befürchtet, ihr könntet euren Planeten mit Atomwaffen sterilisieren, bevor wir ankommen«, säuselte Saswati und etwas wie Entsetzen klang in ihrer Stimme mit.

»So etwas Ähnliches war auch geplant«, murmelte Ace. »Was geschieht jetzt?«

»Die Simulation war ein Kompromiss zwischen den Fraktionen. Ihr solltet in einem abgeschlossenen, gesicherten Umfeld studiert und eure Verhaltensweisen analysiert werden. Beide Hauptfraktionen durften je eine KI mit Instruktionen programmieren und einschleusen und je nachdem, welche sich unter Einhaltung sämtlicher Simulationsregeln durchsetzen konnte, würde die vor dem

Kollektiv gehört werden. Dank euch«, Saswati drehte sich zu ihnen und sie sahen gleichzeitig auf, um ihr Gesicht über ihnen sehen zu können. Das sanfte Lila schimmerte im Glanz der untergehenden Sonnen. »Hätte June abgedrückt, sähe das Ergebnis wohl anders aus.«

»Wie sieht es denn jetzt aus? Was hat das Kollektiv entschieden?«, wollte June wissen.

»Es wird einen Kompromiss geben, solltet ihr ihn annehmen: Wir werden Klonkörper für sämtliche in der Metawelt gefangenen Bewusstseine durch das Forum bereitstellen. Das Forum hat auf unser Bestreben seit dem Beginn umfangreiche DNA-Datenbanken für die Implantate erstellt. Fünfzig Prozent der Erdbevölkerung werden hierher«, sie machte eine ausschweifende Geste, »umgesiedelt. Wenn möglich freiwillig, aber die Hälfte muss gehen. Dieser Ort wird nur noch von wenigen unserer Art bewohnt und sie leben im Einklang mit der Natur, mit kaum Technologie. Das Kollektiv dieses Planeten hat sich für eine einfachere Lebensweise entschieden und immer mehr unserer Zivilisation folgen seinem Beispiel. Die auf der Erde verbleibende Hälfte wird sich den Planeten mit unseren Kolonisten teilen müssen. Wir sind der Meinung, dass ein friedlicher Austausch und eine Koexistenz möglich und für beide Seiten hilfreich sein können.«

»Die Hälfte aller Menschen muss gehen?«

»Ja. Das ist der Kompromiss. Seht es als eure erste Kolonie in der Galaxie. Das Kollektiv hat euch fünf Jahre Bedenkzeit eingeräumt. Grundlage für diesen Kompromiss ist, dass ihr den Neutralisierungsschlüssel für den Schadcode auf unserer Kolonisationsflotte aushändigt«, gab Saswati zu bedenken.

»Aber dann haben wir kein Druckmittel mehr und sind darauf angewiesen, euch zu vertrauen«, entgegnete Janika.

»Durch Vertrauen habt ihr es überhaupt erst hierher geschafft.« Die Außerirdische sah zu June hinab. »Ich weiß, dass das nicht leicht war. Wir wissen von Steve Työpaikkaa und dem, was die KI ihm und damit dir angetan hat, und mein Herz wird schwer, wenn ich daran denke. Es wird keine Rache geben können, so sehr du sie dir auch wünschst, und diejenigen, die sie programmiert und geschickt haben, werden weiterhin Entscheidungen treffen. Das ist vielleicht nicht gerecht, aber ich kann versprechen, dass meine Fraktion und ich weiterhin alles geben werden, dass sich solches Unrecht nicht wiederholen wird.«

»Wie ich das sehe, haben wir hier die Chance, einen Präzedenzfall friedlichen Zusammenlebens zu schaffen und nicht den Kreislauf aus Aktion und Reaktion zu wiederholen«, bemerkte Ace. »Wenn June es geschafft hat, ihr Herz zu öffnen und nicht der Kriegerin in sich die Kontrolle zu überlassen, kann unsere Spezies diesen Sprung auch wagen. Da bin ich ganz sicher.«

»Ja«, hauchte June schwermütig und tastete nach Aces Hand. Als sie die Wärme seiner Berührung spürte, beruhigte sich etwas in ihr. Ace griff nach Janikas Hand und June sah zu Saswati und folgte einem Impuls, als sie eine der beiden ihr zugewandten Hände der Außerirdischen ergriff. Sie fühlte sich kühl an, aber weich und die langgliedrigen Finger schlossen sich sanft um die ihren. »Wir bleiben hier, oder?«

»Ja«, bestätigte Ace. »Es gibt nichts, zu dem wir zurückkehren könnten, vielleicht *sollten* wir es auch nicht. Aber hier können wir den Neuankömmlingen helfen, sich einzurichten. Fünf Jahre sind ein ganz schöner Vorsprung.«

»Ich gehe zurück«, sagte Janika bestimmt und sah ihre Freunde entschuldigend an. »Ich glaube, dass es jemanden braucht, der das ganze Bild gesehen hat, damit die Menschen den Kompromiss akzeptieren und daran glauben. Wenn ich die Chancen auf eine Lösung auf der Erde auch nur um ein Prozent verbessern kann, ist das meine Pflicht. Wenn alles klappt, komme ich aber nach, versprochen.«

»Denkt ihr wirklich, dass das etwas wird?«, fragte Ace.

»Wenn wir drei unseren Schmerz begraben und das Richtige tun konnten, kann das jeder«, war June sicher. Sie sah in das weite Tal, das gleichzeitig bizarr und unwirklich aussah, aber im gefälligen, warmen Licht der Sonnen auch heimelig und einladend. Eine neue Heimat, fern von den Lasten ihrer Vergangenheit. Ein neuer Anfang war genau das, was sie jetzt brauchte und mit Ace an ihrer Seite war sie sicher, dass es genug Licht gab, das die dunklen Ecken ihres Ichs ausleuchten konnte. Der Tod ihres Vaters und das Wissen, dass die Schuldigen noch da draußen waren, würde für immer ein schweres Päckchen sein, das sie zu tragen hatte, aber sie war stark und jetzt war es an der Zeit, diese Stärke nach innen zu richten. Sie lächelte, als ein Lied in ihr aufstieg, und sie an Euphoria denken musste. Wer hätte gedacht, dass sie ihre wichtigste Lektion einmal von einem Computerprogramm lernen würde?

Was ist dein Wunsch, was ist dein Wille?
   Wie weit kann er dich tragen, wie weit?
   Was ist der Welt Sehnen, das du ihr geben kannst?
   Was kannst du ihr geben, was?

Wenn Hoffnung noch auf Taten trifft,
   was kannst du erreichen, was?
   Wenn Hände noch einander greifen,
   was können sie erschaffen, was?

Wie auch du in die Welt schaust,
   so lächelt sie zurück.
   Wo auch du deinen Schmerz umarmst,
   da wächst ein kleines Glück.

Nachwort

Liebe Leser,

die Reise von Janika und June (»und Ace, vergesst mich nicht, klar?«) ist mit diesem Band beendet. Für uns war es eine spannende und im positiven Sinne herausfordernde Reise, da wir als Brüder schon ein Buch zusammen geschrieben hatten, aber noch keine Belletristik. Wir hatten viel Freude, besonders mit den vielen Referenzen auf die Helden und Medien unserer Kindheit und Jugend, aber vor allem auch am gemeinsamen Plotten. Von Anfang an stand die Idee fest, was das Signal ist, woher es kommt und was der Plan der Aliens ist. Nicht jedem hat es offensichtlich gefallen, dass nach dem eher bodenständigen Science-Fiction Thriller (Band 1) ein eher Cyberspace lastiger zweiter Band folgte mit einer Art Matrix und jeder Menge Fantasie und eben jenen Referenzen. Für uns stand aber schon zu Beginn der ganzen Geschichte die Idee einer etwas anderen Alieninvasion. Was, wenn die Aliens nicht »böse« sind, wie oft dargestellt, sondern auch eine

Moral besitzen und die Menschen nicht ausrotten wollen, aber gleichzeitig unseren Planeten brauchen? Ein Reservat in Form einer perfekten Welt, das wir uns auch noch selbst erschaffen. Insofern war es uns wichtig, unsere Vision so zu Ende zu bringen, wie wir sie geplant hatten. Wenn es Ihnen gefallen hat, freuen wir uns, dass wir Ihnen spannende Lesestunden bereiten konnten. Falls nicht, hoffen wir, Sie verstehen, dass wir von einem klaren Startpunkt zu einem klaren Ziel segeln wollten und nur so auf dem Ozean unserer Fantasie navigieren können.

Wenn Ihnen die Abenteuer von Steve, Bill, June und Janika gefallen haben, freuen wir uns sehr über eine entsprechende Sternebewertung oder eine Rezension im Internet.

Wenn Sie sich für den Newsletter von Joshua Tree eintragen, verpassen Sie keine Neuerscheinung mehr und erhalten als Dank seinen Roman »Rift: Der Übergang« als gratis E-Book:

www.weltenblume.de

Zum Newsletter von Philipp Tree geht es hier:

www.philipptree.de

Herzlich, Ihre Philipp und Joshua Tree